International
Chinese
Poetry

国际汉语诗歌

（2015—2017年卷）

名誉主编　屠　岸
主　　编　谭五昌
执行主编　顾春芳　远　岸　庄伟杰

中国言实出版社

图书在版编目（CIP）数据

国际汉语诗歌 . 2015—2017 年卷 / 谭五昌主编 . -- 北京：
中国言实出版社 , 2018.7

ISBN 978-7-5171-2796-3

Ⅰ . ①国… Ⅱ . ①谭… Ⅲ . ①华文文学—诗歌研究—
世界—文集 Ⅳ . ① I106.2-53

中国版本图书馆 CIP 数据核字（2018）第 124929 号

责任编辑：史会美
出版统筹：李满意
文字编辑：崔文婷
责任印制：佟贵兆
封面设计：淡晓库

出版发行　中国言实出版社
　　　地　址：北京市朝阳区北苑路 180 号加利大厦 5 号楼 105 室
　　　邮　编：100101
　　　编辑部：北京市海淀区北太平庄路甲 1 号
　　　邮　编：100088
　　　电　话：64924853（总编室）　64924716（发行部）
　　　网　址：www.zgyscbs.cn
　　　E-mail：zgyscbs@263.net
经　　销　新华书店
印　　刷　北京虎彩文化传播有限公司
版　　次　2018 年 8 月第 1 版　　2018 年 8 月第 1 次印刷
规　　格　710 毫米 ×1000 毫米　1/16　29.75 印张
字　　数　210 千字
定　　价　68.00 元　　　ISBN 978-7-5171-2796-3

《国际汉语诗歌（2015—2017 年卷）》编辑委员会名单

目录 CONTENTS

一、汉诗外译【主持：北塔、张智、李笠】

二、外国诗歌【主持：树才、高兴、汪剑钊】

三、港澳台及海外诗坛【主持：庄伟杰、许耀林、熊国华】

四、汉诗方阵【主持：谭五昌、远岸、王桂林】

五、新锐平台【主持：潇潇、安琪、冷先桥】

六、网络诗歌【主持：韩庆成、洪烛、郭思思】

七、散文诗页【主持：谭五昌、灵焚、喻子涵】

八、中外诗歌论坛【主持：罗振亚、杨四平、傅元峰】

九、汉语诗人研究【主持：赵金钟、干天全、马启代】

十、少数民族诗歌【主持：罗庆春（阿库乌雾）、卡西、杨廷成】

十一、诗歌访谈【主持：花语、南鸥、向卫国】

十二、留学生诗苑【主持：四月、谭五昌、大枪】

十三、汉语诗学著作评介【主持：蒋登科、唐诗、赵思运】

一、汉诗外译

【主持：北塔、张智、李笠】

陆 健

[美国] 宋德利 译

门	Door
我的朋友在那片麦田里	My friends were in that field of wheat
下午的太阳不得不	The sun in the afternoon had to
到山冈西边渴死	Go to the west of the hill to be thirsty to die
男男女女，不复站立	Men and women, they didn't stand there anymore
乳房好似戴红色草帽的坟墓	Breads were like graves with red straw hats
朋友一定不在那片麦田里	Friends were definitely not in that field of wheat
鹧鸪飞走，蝶蛾飘去	Partridges flew away, butterfly moths drifted away
灰鼠钻入地下，他就少了	Gray mice drilled into underground, he had less and less
很少人进驻时间之内	Only a few people entered the time
有梦正缠绕着脚印丛生	There was dreams twining footprints and breaking out
根本不存在那片麦田	That field of wheat absolutely didn't exist
小麦醉了	Wheat was drunken
疯狂地向自己的皱褶中	And madly filled water and air
装填水和空气。它旋转	Into its creases. It rotated
它的初衷在石磨间	Its original intention in the stone mill
一次次破裂，它哭泣着	Broken time and again, it was weeping
麦苗指着夏天护卫的	Pointing to summer, what wheat seedlings protected
依旧是这条道路	Was still this road

山 野

刚才花的呼喊
到什么地方去了
只余绿草哗地复归直立
的姿态进攻我的视觉

它们开放着诸多斑斓

那声音往何处隐匿
连接阡陌的唯人之路径
一件事物抵达左眼
右眼将它改变
泪是掺了盐的淡水
因此痛悔无缘我与精神的海

那花万般丽都我能
同时经验千种异样的体温
现在全身的肌肉包围不了
一种存在

田野上依旧斑斓开放着的不是花
我的手在另一只袖筒里已然消化

Mountains and Plains

The flower cried just now
Where did the cry go
Only green grass were left over, which stood
straightly again
Its posture already attacked my vision

They made so much splendor being opened

Where did that sound go to hide
What linked the crossroads were only the roads of
men
An event or a thing arrived the left eye
And then made itself changed
Tear was the fresh water mixed with salt
So lament didn't have the luck to me and the
mental sea

With the beautiful flowers, I could
At the same time experience varied body
temperature
The muscle of the whole body couldn't circle
That sort of existence

What was still gorgeously in bloom in the field
was not flower
My hand had already digested in the other sleeve

静

谁从高空中抛下一群飞鸟
视觉惊醒时
那手臂已杳然
谷穗从生命里走出
才有了言语

是月光中微明的村庄浮动
无意间将危险躲过
土层里握紧梦魇的根
把飘逸的小路喂养

谁家的石瓮不小心
夜半被声音捏住
又是谁的一部分不见了

Quiet

Who threw down a flock of birds from upper air
With visual sense waking up with a start
That arm has vanished
Only after going out from life
The ear-heads got languages

Thanks to the slightly bright village floating in moon light
Dangers were inadvertently steered by
The roots of hagridden are tightly held in soil
To feed the small elegant path

Whose stone jar was so careless
That it was pinched by sound at middle night
And whose part has disappeared

作者简介

陆健，陕西人，现居北京。中国当代诗人。中国传媒大学教授。已出版诗集近 20 部。

潇　潇

[美] Jami Proctor-Xu 译

<table>
<tr><td>

悲剧角色

不能回头，即使双腿麻木
挪不动脚跟，不是胆怯、怀旧
我被有毒的心刺痛、背弃
树杈悬在血液中摇晃
深秋开始霸道起来

冬天提前，动弹儿下身体，它就
早泄
踩着冰碴，身体像棉花
我扯着十月隐忍着，骨节发凉
气候裹紧心窝，慈悲裹住我
让风拔掉一根根脱水的刺

把窘迫、委屈嚼碎，烂在心头
宽恕阳光，招摇了别处
做好一个悲剧时代的小角色
这个时候，眼泪是药水
一滴一滴闪光，疗伤

</td><td>

Tragic Role

I can't look back, even though my legs are numb
I can't move my heels, not out of cowardice or
nostalgia
I'm pricked and abandoned by poisonous hearts
The tree fork sways with blood
Deep autumn becomes despotic

Winter comes early, stirring the body, ejaculating
early
Sleeping on ice dregs, the body like cotton
I'm tearing at October, silently enduring, my joints
cold
The atmosphere is bound tightly around my chest
Mercy envelops me
Let the wind pluck out each thorn that dehydrates me

Chew up embarrassment and grievances, rotting in
the mind
Forgive sunlight, flaunting itself elsewhere
Play well a minor role in a tragic era
Now, tears are medicine
Shimmering drop by drop, and healing

</td></tr>
</table>

先把死亡喝醉

告诉所有飞翔的植物
敲开，粒粒羞涩的青稞
花朵与我有了酩酊的冲动
酒杯摔倒
一阵疾风，大醉不归

青稞酒飞起来
寒冷开始后退
心像炒热的怀柔板栗
剥离嘴巴，吞吐真金白银

我已认不清这个表面光鲜
打过蜡，添加苏丹红的泛毒时代
只醉给高原的天空
醉给一片远离枝头的云朵
邀请无穷星子落座

从灵魂的缺口一路小跑
哼唱镀满月光的花儿，先把死亡喝醉
坐在词语的台阶上
我要册封：青稞为王蝴蝶为后

First, Get Death Drunk

Tell all flying plants
To crack open each grain of highland barley
The flowers and I have the urge to get wasted
Throw down the shot glasses
One gust of wind and I'm too drunk to turn back

Highland barley flies
And the cold starts to retreat
The heart is like the roasted chestnuts in Huairou
Peeling away from the mouth
Swallowing and spitting out read gold and silver

Now I can no longer recognize this surface
brightness
This era inundated in poison, waxed with Sudan red
I'll only get drunk for the highland sky
Only for a cloud that's far from the branches,
Inviting the endless stars to come sit down

I jog out from a gap in the soul
Humming moonlit-plated flower songs, first, get
death drunk
And sit on a staircase of words
I want to crown highland barley king and butterflies
queen

秋天的洪水猛兽

九月的某一个日子
带有水果疯狂的气息
朝东的阳光弯下腰来
眯着眼，从窗台上偷听
那间卧室粉红色的声音

当秋天的尖叫在一张床上溅起浪花
左边流淌的洪水就越涨越高
骑在水上的猛兽
一次、二次、三次落进高潮
这时的死亡含有蜂蜜的味道

The Autumn Flood and the Beast

On a day in September
With the unbridled scent of fruit
The east-facing sunlight bends its waist
And squints its eyes to eavesdrop from
The windowsill on the pink voice in that bedroom

When autumn's shrieks spray from the bed
And the floodwaters from the left swell higher and higher
The beast riding the water
Falls into the first, second, and then the third climax
The deaths of this age are honey-scented

作者简介

潇潇，四川人，现居北京。中国当代女诗人。已出版诗集多部。在国内、国外多次获奖。

庄伟杰

[中国] 万明子 译

走　出	**Walking　Out**
走出国门闯荡外面世界 是从故乡出发的	Walking out of the country to wander abroad Is started from my hometown
走出故乡开始远行 是从乡间小路出发的	Walking out of my hometown to travel around Is started from the village lane
走出乡间小路进入都市 是从一座石头楼房出发的	Walking out of the village lane to the urban land Is started from a stone building
走出一座石头楼房四处流浪 是从某个春天出发的	Walking out of the stone building to stroll around Is started in one spring
走出某个春天漂泊岁月 是从那年那月那日出发的	Walking out of the spring to drift time Is started on that day of that year
走出那年那月那日学会独立 是从母亲眼眸出发的	Walking out of that day to become independent Is started from the gaze of my mother
走出母亲眼眸感受生活 是从千叮咛万嘱咐出发的	Walking out of the gaze of my mother to experience life Is started from her prayers day and night
千叮咛万嘱咐唤醒了我的内心 让所有的走出都感动得清晰可辨	Her prayers awaken my heart And move all my walking out be legible

想　起

想起家以及那个海边村庄
心底有一股暖意像灯光
每一盏有每一盏的瑰丽
每一线有每一线的缤纷
但笑看另一个世界的悲欢离合
想起的是老祖母曾编织的童话

想起地瓜藤和青石板铺成的路
黄昏中　飘动的花头巾
无意间触动故土的血脉
涌动好多好多的叹息
留下太深太深的思念
想起的是马致远的《天净沙·秋思》

想起流浪的日子想起神游的梦
我是一只飞鸟　俯仰于海天之间
每一次扑腾都隐含着忧伤
每一个姿态都拖曳一行湿漉
而作为另一种形式的船只
想起的是抵达那坚实的彼岸

Recall

Recalling my home and the village by the seaside

My heart is warm like the lamplight

Every lamp has its splendor

Every beam has its dazzling color

But when I look at the joy and sorrow, separation and reunion

I recall the fairytale by my grandmother

Recalling the road paved by vines and green flagstone

At dusk, the waving kerchief

Unintentionally touches the blood vessels of homeland

Springs up so many sighs

Leave behind so deep thoughts

In mind is Autumn thoughts by Ma Zhiyuan

In mind are the roaming days and traveling dreams

I am a flying bird sailing in the sky above the sea

Each flutter contains the hidden sorrow

Each gesture carries a wet trail

Being another form of boat

In mind is to reach the solid yonder shore

瓶 子

我的脑袋瓜　是一只
盛满方块字的瓶子

甫一学会点横竖撇捺
头顶的天空便闪烁星星之火
刚刚学会爬格子挖心思
腹部之地尽是丘壑云烟
走进社会站上讲台
张口闭口　信手拈来
都是那一个个充满
青铜气息和甲骨味道的
蜻蜓蝌蚪蝴蝶的家族们
四处横空飘浮

如今　我走出家园四海浪游
仍然依仗着一连串方块
四平八稳　踽踽独行
走出所有的陌生和街头
许多新鲜异味的东西
也因此与我　失之交臂

哦，我是一只装满方块意念
漫溢四流的瓶子

Bottle

My brains are a bottle
Filled with squared characters

Upon learning to write the strokes
The sky above my head is flickering
Upon learning to slink ink and dig mind
My chest is of gentle hillock and valley, cloud and mist
After graduation, I become a teacher
With my mouth open and shut, those at hands are
The clans of Dragonfly, butterfly and tadpoles
Which prosess the breath of the bronze and the flavor of
Oracle bone, and they are floating about

Now, I travel around away from home
And still rely on the lines of the squares
Steady as rock, I walk alone
Out of all the strangeness and all the streets
Because of this, I miss a lot new and alien stuff

Ah, I am a bottle over flow with the squared thoughts

作者简介

庄伟杰，福建人，长期旅居澳大利亚，现在国内几所高校任职。中国当代诗人。已出版诗集及学术著作近20部。

四 月

[中国] 胡谍 译

风 暴	Storm
托我在你的手心	Lift me into the palms of your hands
让呼吸穿过那	Let the breathing pass through
顺从的乌黑的发丝	That submissive pitch-black hair
像是宇宙的风	Like the winds of the universe
吹散了黑色的云	Bustling clear the dark clouds
擦亮那斑斓的晚星	Brightening those radiant stars of the night
紧紧地裹着云团	Tightly wrapped clouds
在棉花一样的温柔中	In gentleness like cotton
痛苦地挣扎和祈求	Struggles in pain and prays
祈求那爱的弧线	Praying that the arc of love
紧贴着河川以及	May extend along the rivers and
那伟岸巍峨的群山	The mighty stalwart mountains
遮天蔽日的风暴	The storm that covers the sky and sun
像烈火一样地吞吐	Heaving like a raging fire
吞吐着爱和死	It heaves love and death
生的意志和狂热	The volition and craze of life
分娩的眼泪和哭喊	The tears and cries of childbirth
在这僵硬的世界	In this frigid world
奔突出一条新的恒河	Barges out a whole new Gange River
在那恒河的波浪中	And within the waves of the Gange River
化为永恒的节奏	Transforms into an eternal rhythm
神光下的羽化和飞升	Bathed in immortal glory ascending to the heavens
朵朵绽放的白莲	Blossoms of white lotuses
宁静就像处女的泪	Tranquil as the tears of a virgin
滴落在遥远的天际	Falls into the distant horizon
滴在无限喜悦的	Falling into an infinite joyous
宇宙的心坎	Heart of the universe

霜　降

还来不及褪去最后的一缕绚烂
在隆重的谢幕中隐退
就被这突如其来的苍凉覆盖了
光辉的余韵　　秋天在四季的枝头坠落

燃烧的枫叶瞬间收熄住蹿动的火焰
遗落了去年此时的缤纷
灰色的霜冻　把它提前交还给命运
寒气和僵硬从大地的深处潜行上来

花瓣卷拢　　果实委顿
那曾被十月感动的青空和斜阳
也变得忧郁和阴沉
幽寂地徘徊在枯芦和败草的叹息里

还来不及酝酿好别离的心情
大地就这样苍白得一发而不可收拾
在这不可收拾的苍白里
如何能整理出一些快意和情致

在那积雪和浓雾的黄昏
不至于快速地黯淡了年华
这一场突如其来的霜降　　借着你
正好从容我那颗凌乱而又惆怅的心

Descending Frost

No time to relinquish its' final rays of glory
Retreating behind a grandeous curtain call
Suddenly enveloped in desolation
The lingers of light, autumn falls from the
branches of the seasons

Flaming maples abruptly extinguish their blazing
fires
Having lost their riotous profusion of this time of
the past year
The grey frost returns them to their fate ahead of
time
The coldness and stiff of winter silently creeps
above from the depths of the earth

Petals curl tight, fruits shrink and decay
Blue skies and the splendid setting sun once
touched by October
Are now gloomy and somber
Hovering lonesomely amidst the sighs of dry reeds
and withered grass

No time to brew the mood of farewell
The earth pales irremediably as such
In this irremediable paleness
How could one collate a sliver of delight and
temperament

In that dusk of snowfall and musky smog
Spared the fleeting fadings of life
With this sudden descending frost
Just in time to ease my disconsolate messy heart

空荡荡的时光

空荡荡的时光
想起了一些
约定 一些理想
一些惶惑
春天的期待
就这样转眼间
散成一片金黄的银杏
在秋日的天空
壮观地飘落
没完没了的秋天
果实的诱惑
晒着太阳的人们
好似无比的富有
在这轰轰烈烈的时代
我呆呆地回眸
只见空荡荡的枝头挂着
空荡荡的时光

Empty Times

Empty times
recall to the mind some
promises, some ideals
some perplexities
Expectations of spring time
has in a blink of an eye
fell scattered in the leaves of golden gingko
Set against the sky of autumn days
falling magnificently
the endless autumn
enticing fruits
People basked in the sunlight
seem incomparably rich
In this spectacular age
I glance back blankly
only to see hanging from the empty branches
The empty times

作者简介

四月，原名顾春芳，上海人，现居北京。北京大学艺术学院教授。中国当代女诗人。2017 年出版第一部诗集。

梅 尔

[印度]Dileep 译

双河溶洞

我不能告诉你所有的秘密
我的秘密还在生长
　　　　　　——题记

一

海水再一次漫上来
带着涌动的全部欲望
从舌尖到心灵深处
那些生物无法逃脱
大地，请你收留它们英雄的尸体
昆虫、鱼类，甚至
包括熊猫和犀牛
七亿年后，人们会找到它们的化石
并奉若神明

忘记我一次又一次的痛苦
和秒针一样尖锐的快乐

我的内部也开始秘密勾连
传递七亿年前的烽火
我一直活着
像一则传奇

二

我吞吐过火焰
并经历着崩裂
那撕心裂肺的疼痛，被水注满

那是我清澈而深深的血液
伤口不再愈合
遍地的石花，生长着
那成片或大或小的钙化池
是你的梯田
在你的日月里，她们一样开花结果
你的温度是她的日照
你的目光，穿过七亿年的隧道
落在她的身上，充满深情

三

石头被遗忘
石头里长出了另一种石头
石头以另一种形式抛弃了自己
石头，盛开成自己晶莹的花朵

有时，石头忘却了外面的世界
轻盈如棉絮
仿佛荡漾的柔情
穿过坚硬的时光

唯一，但并不孤单
我清脆而嘹亮的歌喉从未唱出
七亿年的沉默灿若星空
为了等你，石头们惜语如金

四

当繁华落幕
所有的灯光都暗下来
我的心落满了尘埃
曾经的波澜汹涌在石头上留下印迹
山洪来的时候
大象，犀牛都来不及逃生

一次又一次，我的体内发生小规模的崩塌
我曾衔着恐龙的尾巴
渴望得着一丝温暖
岁月常常忽略树和雨的歌唱
她们覆在我身上
早已是我不能分割的一部分

背着柴火的山民走在我的脊背上
炊烟袅袅
黄昏的香草味，伴着晚霞
抚慰我的黑

听说硬币都有正反两面
我和我的背后
有什么不同

五

鹰尝试过飞进我的内心
它俯冲的速度过于猛烈
我在有限的阳光里存满了水
茂密的树木是昆虫的天涯

经年不休的瀑布
是我呼啸的声音
我的可以倾诉的所有
圆柱形的身上布满了伤口
那是我的血脉
经由它们，我与生生不息的你们
相通

鹰沿着垂直的峭壁飞向天空
留给我一颗困境中可以翱翔的心

六

我在你青花瓷般的手势里
读懂了乡愁

七亿年的寂寞与雷霆
都是你前生的脚步
一粒卵，在嶙峋的壁上繁衍
石头与水
成为被朝圣的
图腾

Twin Rivers Karst Cavern

——I cannot tell you all my secrets
My secrets are still growing

Mei er

One

Seawater surges up again
Bringing the entirety of the flood-tide's desire
From the tip of the tongue to the soul's depths
Creatures have no way to flee
Earth, give refuge to those heroic dead bodies
Of insects, fishes
Along with pandas and rhinos
700 million years later folks will seek their fossils
To honor them as sacred relics

Forget the agony that I keep re-living
And my joy, as sharp as a clock's second hand

My inner world now joins in secret league with them
Bringing tidings from eons-old beacon fires
I have been living all this time
As if in a magic tale

Two

I have swallowed flames
I have gone through collapse and ruin
Oh gut-wrenching throes, now engulfed in water
That was my limpid, hard-to-fathom blood
In this wound that won't heal
Earth covered with deposits of stone flowers
Patches of calciferous pools, big and small
Are like your terraced fields, under your sun and moon
They too bloom and bear fruit
Your body heat is her solar illumination
Your glance, passing through a 700-million-year tunnel
Alights on her body filled with up-welling passion

Three

Stone is forgotten
Within the stone another stone is growing
Stone in an alternate form abandons stone
Stone... springs as a crystalline flower of itself

Sometimes the stone forgets the outside world
Becomes as airy as fluffed cotton
Rippling with tenderness
Passes through stubborn time

Left alone, but not forsaken
My clear voice has yet to ring out through silence
Of 700 million years that scintillate like stellar space
Awaiting your coming, the stone hoards words like gold

Four

As the curtain falls on prosperity
All the light fixtures grow dim
Dust sifts down over my heart
Booming surf of the past left marks in stone
And flash floods sweeping down the ravines
Gave elephants and rhinos no chance to flee

Time and again, small collapses happened in my body
Due to a thirst for a bit of warm feeling
I once held a dinosaur's tail in my mouth
Passing years ignored the songs of trees and rain
Spreading across my body
Became an integral part of me

Mountain dwellers walk on my backbone, bearing firewood
Kitchen smoke rises at twilight
Herbal scents join with rosy sunset glow
Bringing solace for my blackness

I am told that a coin has two sides
Why should my other
Be anything other than myself

Five

An eagle once tried to fly into my inner mind
The fierceness of its swoop was too much for me
During limited sunlit hours I stored up water
Lush greenery beckoned insects to their journey's end

A waterfall that doesn't rest year-round
Is my roar that utters
Everything I have to confide
My columnar body is dotted with wounds
In which you will discover my pulsations
Through them I connect
With your future generations

The eagle flies skyward along a cliff face
Leaving my heart in an impasse, yet able to soar

Six

I can read homesickness
In your gestures like blue-patterned porcelain

700 million lonely years, crashes of thunder
All were footprints of your past lifetimes
An egg on a rock face... goes through its fertility cycle
Stones and water
Turn into objects of pilgrimage
As totems here

作者简介

梅尔，江苏人，现居北京。国际汉语诗歌协会理事长。中国当代女诗人。已出版诗集多部。

安 琪

[美] 金重 译

极地之境

现在我在故乡已待一月
朋友们陆续而来
陆续而去。他们安逸
自足，从未有过
我当年的悲哀。那时我年轻
青春激荡，梦想在别处
生活也在别处
现在我还乡，怀揣
人所共知的财富
和辛酸。我对朋友们说
你看你看，一个
出走异乡的人到达过
极地，摸到过太阳也被
它的光芒刺痛

Far-Off Place You Can Never Think of

I have been in my hometown for a month
Friends come and go
They look easy and satisfied
They did not experience those sad years
That I have had. I was young by then
Being young means being turbulent
My dreams lie in those far cities
So does my life
Now I am back home, with some common gains
Of life, sweet or bitter
I said to my friends
You see it People who choose to leave their hometown
Have been to some far-off place you can never think of
There, they were able to touch the sun
And they were badly hurt

虚掩之门

雨后
突然亮起的阳光吵醒了你的睡眠
你起床，絮叨，赶走了我的枯思

这时我正坐在桌前
这时我正虚掩着门
这时我正祈祷诗之灵感从天而降
直落我身

雨后阳光
被雨洗过
比雨前更晃眼
你被阳光晃醒的脚步先于诗神
来到我面前

——门为何虚掩？
——门虚掩是因为快递就要到了

门虚掩是因为诗神就要递来她的诗篇

The Door Cracked Open

The rain is gone
The sudden sunlight wakes you up with its
voices
You get up, complain
You interrupt my dried out thoughts

Now I am at my desk
I leave the door cracked open
I am praying for inspirations to fall from the sky
Right onto my body

Sunlight
Just showered by the rain
Is more dazzling
It wakes up your footsteps
They reach me before Muse does

—Why is the door cracked open
—It's cracked open because express mail is
coming

It's cracked open because Muse is coming
With her delivery of poetry

往事，或中性问题

再有一些青春，它就将从往事中弹跳而起
它安静，沉默，已经一天了
它被堵在通向回家的路上已经一天了
阅读也改变不了早上的空气哭泣着就到
晚上
流通不畅，流通不畅
再有一些未来的焦虑就能置它于死地
我之所以用它是想表明
我如此中性，已完全回到物的身份

The Past, or Something Neutral

If I could feel a little younger
It would jump out from the past
But it is quiet, speechless, for a whole day
For a whole day it's jammed on its way
home
Reading won't change anything—
The early morning air won't stop weeping
when evening comes
Jammed, all things jammed
It could die, if some future worries come to
it at this time
Why do I use "it" here Because "it" implies
I am neutral, I have returned to the state of
being an object

作者简介

安琪，福建人，现居北京。中国当代女诗人。已出版诗集多部。

黄亚洲

[中国] 北塔 译

<table>
<tr><td>

我钦佩

我钦佩谁呢
我钦佩蚱蜢的腿肌
它一下子就把地球蹬得这么远
我钦佩蜘蛛的唾沫
光凭口才，它就能维持自身的高位

我还钦佩谁呢
我还钦佩蝴蝶改过自新的决心
它一口就咬断自己蠕动的履历
我钦佩蜜蜂的胆大妄为
它总是提着利剑寻找爱情

最后，我钦佩你
你愿意从钱眼里挤出时间的缝隙
专程来听一个诗人的呓语
你愿意点燃热量有限的蜡烛
为冷却的心房涂一层最后的温暖

至于钦佩自己，我不想说
我不想说我愿意坐在辽阔的海边
像一枚临风的贝壳，终日晃动
我不想说，我愿意做一只小小的蚂蚁
把人家的鞋底，当成美丽的夜空

</td><td>

I Admire

Who do I admire
I admire grasshopper for its crureus
It drives our planet so far away only with one kick
I admire spider for its saliva
It can keep its high position only with its eloquence

Who else do I admire
I also admire butterfly for its decision of turning over a new leaf
It can snap its wiggly curriculumvitae with just one bite
I admire bee for its daredevil deed
It always looks for love with a sword in its hand

Finally, I admire you
You are willing to squeeze out time from the coin hole
And come to listen to a poet's dream words
You are willing to ignite the candle with limited heat
And coat with a layer of final warmth the frozen heart

I don't want to say that I admire myself
That I am willing to sit at the vast sea
Like a shell, rocking all the time with the wind
That I am willing to be an ant tiny
Which may consider a sole as the beautiful night sky

</td></tr>
</table>

夜空的焰火

为了一个盛大的节日
火炮把黑油油的天空
大面积开垦
用那种拖拉机的隆隆声

夜空似乎比土地更为肥沃
每一种花
都得到了一千倍的承认——
牡丹。月季。芙蓉
山茶。金菊。迎春

愿世上一切口径的大炮
都只在这里列阵
在一颗红色信号弹的挑唆下
互相用鲜花
发动战争

Fireworks in the Night Sky

For a grandiose festival
Artilleries are massively
Digging up the shiny black sky
With a rumbling tractor

The sky seems to be more fertile than the earth
Every kind of flowers
Gets recognition of 1000 times—
Peony. Monthly rose. Lotus
Camellia. Golden aster. Winter jasmine

I wish cannons of all sorts of calibers
Be arrayed only here
And launch wars
With flowers
Under the incitation of a red signal flare

界碑的自述

我的根子如果扎得浅了
两边的人一定兵戎相见
我的根子若是扎得过深
两边的人打起来更不留情

我的坚固的心，其实很脆弱
一只蚯蚓爬过，我都会心惊
我怕土地松了，怕经纬线
变成蠕动的蚯蚓

我其实有一颗隐士的心
希望我的黄昏始终宁静
希望每天都看见蝴蝶袭击花瓣
而不是弹片飞行

其实，我不怕死
我的降生就是世界的毛病
我时刻愿意腾出位置
让给甲虫和蚯蚓

Autobiographical Notes of
a Boundary Tablet

If my roots were installed not deeply
The both sides would definitely appeal to arms
If my roots were installed too deeply
The both sides would fight more mercilessly

My solid heart, actually very weak
Even an earthworm crawling by, I would be scared
Afraid that the land be loosened and meridians and parallels
Become wriggling earthworms

Actually I have a heart of hermit
Hoping my evenings are always tranquil
And everyday butterflies attacking petals
Instead of flying shrapnels

Actually I am not afraid of death
A sickness of the world is my birth
I am always willing to vacate my positions
For beetles and ants

作者简介

黄亚洲，浙江人，现居杭州。曾
任中国作家协会副主席。中国当代诗
人。已出版诗集近20部。

唐 诗

[中国] 张智中　译

黑夜与早梅相逢

前村的雪下得很大，我在雪中
摸黑触红了一枝梅花

我既喜悦，又惊讶，寒冷中，仿佛有人
把灯放在梅中，把酒
添进我的骨头

这早开的梅花，肯定与我的血型有关
肯定同我的性格相同
其他的蝴蝶飞开
只留我和梅花，顶着风雪
把重峦叠嶂的花瓣打开

一个个蓓蕾，包着火焰
枝上的星辰，依次点亮，爱落在近处
铜嵌得发红，我真想看清
教梅花早行的人是什么模样

狗吠传来，我身上的墙回应了几声
接着是难以言说的寂静
面对梅花
我不想走，我要把梅花认作妹妹
雪，沙沙地下，我该向谁欢笑
我该向谁
诉说

The Dark Night Meeting
the Early Plum Blossom

It is snowing heavily in the village beyond, in
the snow I
Touched a plum blossom in the dark

I am glad and surprised, in the coldness, as if
somebody
Has put a lamp in plum blossoms, and has
added
Wine into my bone

The early-open plum blossoms, must be
relevant to my blood type
Must be similar to my character
Other butterflies fly away
Leaving only me and plum blossoms, braving
winds and snows
To open the overlapping petals

A bud after another, containing flames
The stars over the twigs, are lightened one
after another, love is falling nigh
Copper is embedded crimson, I feel the urge to
see clearly
The appearance of the person who sends plum
blossoms onto an early way

The dog's barking comes hither, and the wall
of my body echoes
What follows is unspeakable quietude
Before plum blossoms
I feel reluctant to leave, I will identify plum
blossoms as my sisters

The snow, is snowing gently, I should smile to
whom
I should pour out my heart
To whom

怀念镰刀

镰刀已经很长时间
不与我握手了
它独自在低矮的屋檐下
伸出弯月似的脑袋
顽强地遥望
我模糊的童年

镰刀最先来到我生命的春季
它金属的秉性
令翠绿的野草不敢对抗
至今我还怀念
镰刀清芬的口吻　就像
怀念祖母的簪子
簪子身边一只细弯细弯的月牙

我特别喜爱镰刀收割麦子的动作
镰刀跨步向前
时光唰唰发响　麦子
像爱情大片大片地倒伏
这种激情　这种速度
使我一生弓着身子也觉幸福

镰刀老了　缺齿生锈
待在老木屋幽暗的静默中
然而　镰刀
却给了我许许多多锋利的问号
让我锋利地
不敢背叛
相依为命的镰刀

我如今手无寸铁　唯有
镰刀的声音和影子　在灵魂的村庄
把我永久照耀

Yearning for the Sickle

For quite a long time the sickle

Has not shaken hands with me
Under the low eaves it lonely
Protrudes its crescent-moon-like head
In eager expectation of
My misty childhood

The sickle takes lead in arriving at the spring of my life
Its metallic character
Frightens the green grass out of confrontation
To this day I am still missing
The fragrant breath of the sickle just like
Missing the hairpin of my grandmother
And the slender crescent moon beside the hairpin

I have a special liking for the motion of the sickle harvesting wheat
When the sickle steps forward
Time is producing a noise of sash-slash the wheat
Prostrates in patches after patches like love
This passion this speed
Give me a feeling of happiness even if I am going to bend myself for the whole life

The sickle is old it is blunt and rusty
And it stays in the gloomy silence of the old log-cabin
However the sickle
Has given me a host of sharp questions
Which have sharpened me
Out of betraying
The sickle with whom we depend on each other for survival

Now I am bare-handed only
The sound and shadow of the sickle is
enlightening me for aye
In the village of souls

乡下大哥

乡下大哥　头顶一朵忧伤的云
穿过泪流满面的四月
到莺歌燕舞的城里来找我

乡下大哥　只比我大五岁
漆黑的头发坚硬如松针
说话有山羊温驯的本质
坐在我的客厅如一尊
受伤的岩石

乡下大哥　不善言辞
朴实的语言坐在舌头的背上
难以走出嘴唇的门
还没开口　疼痛的泪水
破眶而出　给我下了一场
伤心的雨

乡下大哥　他美丽如梨花的女儿
穿蓝地白花衬衫的女儿
在老村长屋后的黄桷树下
被强暴被撕碎了尊严
乡下大哥的心
被撕出了深深的伤口

乡下大哥　驯服如山羊的大哥
懂得了法律带血的威力
发出了老虎的啸叫
乡下大哥雄赳赳地
走下了我住的三楼

我仿佛看见　乡下那株
盘根错节的黄桷树在颤抖
在怒吼
在向高悬国徽的地方大步迈去

A Country Brother

A country brother wears a dolorous cloud over his head
Through the tear-soaked April
He comes to find me in the city of hubble-bubble

The country brother is only five years my senior
His pitch-black hair is like the hard pine needle
His speaking is tinged with the tenderness of a goat
Sitting in my living room he is like
A hurt stone

The country brother does not have a glib tongue
His simple language is sitting on the back of his tongue
And is difficult to walk out of the door of his mouth
Before uncorking painful tears
Gush out of his eyes a heartrending rain
Is raining for me

The country brother his daughter who is fair like a pear blossom
And wears a blue blouse dotted with white flowers
Was raped and her dignity was also ripped
Under the old tree behind the house of the old village governor
And the heart of the country brother
Is slashed with a deep wound

The country brother who is domesticated like a goat
Comes to know the power of powerful law
And he gives a cry of the tiger
The country brother in a manly way
Walks down the third floor where I live

I seem to see the old gnarled tree
In the countryside is wavering
And is roaring
While striding toward the place where the national emblem is hanging high

作者简介

唐诗，重庆人。国际汉语诗歌协会常务理事。中国当代诗人。已出版诗集多部。

北 塔

[中国] 北塔 译

子夜萨满

仿佛从一个梦跌入另一个
我们的灵魂被一堆篝火
勾引到了它的脚边
但不敢靠得太近

在子夜的大草原上
月光随时会化成冰雹
砸下来，只有这一堆火
把我们收容在它四周

火苗抱着木头在地上跳跃
火星抱着空气在天上狂舞
而我们在黑暗里到处走动
今夜因为萨满鼓而步调一致

鼓槌轻轻一碰我的脊背
心中的魔鬼就从毛孔里
逃出去，夺荒而走，
而我手心里紧紧攥着麦粒

萨满舞一停，火就将熄灭
头顶上的冰雹将化成雨露
明天一早，我将在灰烬里播种
然后离开，让别人来收获

Shaman at Midnight

Seeming to fall from one dream into another
My soul seduced by a pile of campfire
To its feet
Yet dares not to be too close to it

On the vast prairie at midnight
The moonlight will turn into hailstones at any moment
And crash down. Only this fire
Sheltering us around it
Tongues of fire holding wood and jumping on the ground
Sparks of fire holding air and dancing in the sky
While we are walking in the darkness, here and there
With steps unanimous due to the Shaman's drum

Once the drumstick touched my back gently
The devil in my heart fled out of my trichopore
Asrapidlyashisfeetcouldmove, while I
Am grasping grains of wheat in my palms tightly

Once the Shaman stops dancing, fire will be out
Hailstones overhead will become rain and dews
Early tomorrow morning, I will be sowing in ashes
And then leave the spot for others to come to harvest

雏　鹰	Eyas
一片阴云的黑影	Shadow of a dark cloud
始终追着它，压着它	Always chasing it and pressing it
无论到哪儿	Wherever it goes
它都飞得很低	It flies as lowly as possible
有好几次	Quite a few times
差点撞到胖田鼠的怀里	It almost runs into bosom of a fat vole
差点把田鼠洞认作避难所	And regards the vole hole as a shelter
幸亏被芨芨草的指尖	Fortunately its brain is stabbed
戳了一下脑袋	By fingertip of splendid achnatherum
它才猛然再度起飞	Abruptlyit begins to fly again
在蒙古包的上空盘旋	Hovering over the Mongolian yurts
仿佛要在家禽中寻觅游伴	Seeming to try to find a companion from poultry
然而整个天空像巨大的吸盘	However the sky entire is like a huge sucking disk
使它与尘世始终保持着距离	Making it always keep a distance from dusts
强烈的阳光拨拉开乌云	The strong sunshine clears away among clouds
伸手要把它提上去	And stretches out hands to raise it up
它却羞怯地躲避着	Yet it is shyly eluding
不习惯被强烈关注	Unaccustomed to being strongly focused
它甘愿在低空训练自己	It is willing to train itself at low altitude
把翅膀练成云	And turn its wings into clouds

蒙古族女人

蒙古族女人肩膀上的月亮
是她的另一张脸
闪耀着光芒
却并不太亮

蒙古族女人的眼睛
忧郁得像欲雪的天空
更像地下的山泉
蓄满了水
随时准备为心仪的男人
倾泻而出

那喂养过成吉思汗的乳房
低垂着，像两个暗哑了的南瓜
悬挂在秋天
随时可能把架子压垮

在内蒙古大草原上
女人是一整座山脉
而孩子们是一个个山峰

在老得快要走不动时，
蒙古族女人喜欢独自骑着马
绕到山的另一边
像雪，在一块
岩石上，化成水

Mongolian Woman

The moon on shoulder of the Mongolian woman
Is another face of her
Shining with brilliant rays
Yet not too bright

Eyes of the Mongolian woman
Blue like the sky going to snow
More like mountainous springs
With water stored up
Ready to burst out
For the man she admires

The breasts that once fed Genghis Khan
Drooping like two dumb pumpkins
Hung in the autumn
That might press and crush the shelf at any time

On the vast Mongolian prairie
Woman is an entire mountain
And her children are mounts

When too old to walk
The Mongolian woman likes to ride a horse all by herself
Winding to the other side of the mountain
Like snow, on a rock
Melting into water

作者简介

北塔，江苏人，现居北京。中国当代诗人、翻译家。中国现代文学馆研究员。已出版诗集及学术著作近20部。

二、外国诗歌

【主持：树才、高兴、汪剑钊】

威廉·斯塔福德诗选

马永波 译

在我们的房子里

回家晚了，一盏灯低低地燃着
沙发上皱巴巴的枕头
水槽里的湿盘子（夜宵）
每个孩子的房间里
克制、缓慢、安然的呼吸——
突然我就站到了门道里
我又看见了这个地方
这一次，夜还是那么宁静，房子
还是那么安全，只有我的呼吸
轻轻浮在空气中——
在我站立之处，空无一人

信 心

你永远不会孤单，秋天降临
你听到如此深沉的声音。黄色
拖过群山，拨动琴弦
或是闪电后的寂静，在它说出
自己的名字之前——那时云彩将开口
道歉。你从出生起就已定准
你永远不会孤单。雨会到来
充满水沟，一条亚马孙河
漫长的走廊——你从未听过如此深沉的声音
石上青苔，以及岁月。你转过头——
那就是寂静的含意：你不是孤身一人
整个辽阔的世界一倾而下

当我遇见我的缪斯

我瞥了她一眼，摘下眼镜
——它们还在歌唱。它们
像蝗虫在咖啡桌上嗡嗡响了一阵
然后停止了。她的声音发出钟鸣
阳光弯曲了，我感觉屋顶拱起
我知道那里的钉子重新抓住触到的
任何东西。"我是你
看待事物的方式。"她说
"如果你允许我和你一起生活
你对周围世界的每一瞥都将是
一种拯救。"于是我拉住了她的手

和七岁的基特在海滩

我们会爬上最高的沙丘
在那里凝望，然后再下来
海洋在表演
我们的贡献就是攀登

波浪在玩跳背游戏
直接从风暴里涌出
我们的凝视意味着什么
基特等待我来决定

站在这样的一座山丘上
你会告诉你的孩子什么呢
那是一个绝对的远景
那些寒冷的波浪，竞相奔向远方

"在这样的风暴中，爸爸
你能游多远？"
"需要多远就多远。"我说
我一边说话，一边游泳

假腿瞭望台

那些日子，早上有云，周围
空无一人，瞭望台上静悄悄的
早餐我吃动物饼干
用一只蓝色的碗喝奶，上面标着
"1939 年世博会"。有些画像
看上去像我的母亲。我把它们保存到最后
然后我坐在桌边读书
《战争与和平》《魔山》
《大卫·科波菲尔》——我带来的杰作。
每小时我四次走上狭小的通道
查看烟火——什么都没有，数英里松树的树顶
然后是沙斯塔山。那些日子我吃掉了
整个世界，把我的书和动物排成一排
慢慢删除了时间带来的所有
考验和侮辱。整整一年
我在那里平衡了我的生活。有一天
我洗净了那只蓝色的碗，又下山去了

作者简介

威廉·斯塔福德（William Stafford，1914—1993），生于美国堪萨斯，在依阿华大学获博士学位。1948 年，移居西北部的俄勒冈，在列维斯与克拉克学院任教，1980 年退休。48 岁出版第一部诗集《在黑暗中旅行》，并于 1963 年获得国家图书奖。至今共出版了近 70 部诗集和散文随笔。1970—1971 年受聘为美国国会图书馆诗歌顾问。其作品中充满了美国西部天高地阔的感觉，具有浓郁的乡土气息和生活情趣。

译者简介

马永波，1964 年生，诗人，学者，翻译家，现任教于南京理工大学，主要学术方向：中西现代诗学、后现代文艺思潮、生态批评。1986 年开始发表评论、翻译及文学作品。20 世纪 80 年代末致力于西方现当代文学的翻译与研究，系英美后现代主义诗歌的主要翻译家和研究者，填补了相关研究空白。出版有《1940 年后的美国诗歌》《1950 年后的美国诗歌》《1970 年后的美国诗歌》《英国当代诗选》《约翰·阿什贝利诗选》《以两种速度播放的夏天》《九叶诗派与西方现代主义》《荒凉的白纸》《树篱上的雪》《词语中的旅行》《诗人眼中的画家》等 60 余部作品。

斯坦尼斯拉夫·利沃夫斯基诗选

晴朗李寒 译

从满月之初……

从满月之初
就展开调查　由我亲自指挥
我有四颗心我对它们永远了如指掌
妈妈和爸爸比我老
并且将先于我而死　我有四颗心来自于他们
他们还被称为海外流亡者
他们之中谁先死去，那人就是我

我也许还会说……

我也许还会说　应该变得忍耐
我在童年　在小床上　悄悄地　在深夜
有的睡着　听不到。一个高个子
沿着楼梯　爬向我　"只是嘻嘻哈哈"
叶子喧哗着　而在童年要知道
两个人　和那个还在爱的，而您
还没有忘记我，经师，没忘记
那个拳头温热汗淋淋的我，走向我
带着你的爱　只有在童年
绝对一个人　抱着上发条的小狗
一个人　在小床上　那里阳光
落到森林的后面　大海高山的后面　我都
忍耐着忘记您，经师

谢谢　你把我计算在内……

谢谢　你把我计算在内
我连自己也希望这样。以便小兔子跑出来
小鸟飞出来。不知为什么总腾不出手
然而后来　当噼啪响起
用牙齿点数　咔嚓一声

史密斯·威森枪　踩着深深的积雪
口径三十八
还走了三到四
天　手们脚们一二三
一个人走出来　请点数吧
重新变得毫无希望　谢谢
你把我计算在内

我病着痛着却说自己很健康……

我病着痛着却说自己很健康
尽管我这里通常
既没有牛奶也没有蜂蜜
不知为什么我总忘记　药品中只买
一种阿司匹林　偶尔觉得应该给你打电话
很可惜不能海侃问询请求
给我带些牛奶蜂蜜因为我病了

我病着痛着身体的小东西们
死沉沉地乌黑油亮侧身倒下
仿佛已奄奄一息而在浴室里
吵架　小水狼和小水狐狸
相互围绕着旋转
与它们并排的小水雀跳跃着
爪子间握着一根火柴

这是如何发生的
好像很遥远　这事就出了
离康复似乎还很早
不能康复太可怕了

其他的一切都很可怕

很可怕其他的一切
玻璃的肉的钢铁的

有时觉得
应该打电话瞎聊
问询请求

打听一下事情如何
并且抱怨一下我痛着病着

就说我痛着病着没有牛奶没有蜂蜜
我结交了小狐狸驯服了小水雀
甚至用木制的火柴喂食可怕的布拉基诺
可惜不能打电话问询一下痛苦从何而来
我入睡病着在地铁站在通道里
从自己为自己　表现得像英雄

火柴火柴
哪里有你的火柴
否则其他的一切都很可怕
其他的纸做的
木制的无论什么样的

离康复还早
不能康复——太可怕
我活着暂时害怕的是某些事物
从水龙头喝下死亡的水

很遗憾不能打电话求助问询
就是我痛着我病着在家里养了小狼小狐狸
我再也看不见什么海鸥水雀啄瞎了我的眼睛

只有灵魂短短的火柴命运般飞快地燃尽

作者简介

斯坦尼斯拉夫·利沃夫斯基（Станислав ЛЬВОВСКИЙ）
生于1972年，现居莫斯科。毕业于莫斯科国立大学化学系。
在中学教过化学和英语。现在广告和公共关系领域工作。
巴比伦青年文学家联盟的创建者（1989年）之一。1993年
第四届莫斯科自由诗歌节奖金获得者，2003年俄罗斯第一
届肖特奖获得者。翻译了大量英美20世纪诗歌。出版有
诗集《白色喧哗》，散文集《鲜花与狗的闲话》，以及文集
《次年的三个月》等。

译者简介

　　晴朗李寒，原名李树冬，河北省河间人。毕业于河北师范学院外语系俄语专业。诗人，中国作协会员。著有诗集《三色李》（合集），《空寂欢爱》《秘密的手艺》《敌意之诗》《点亮一个词》，译诗集有《俄罗斯当代女诗人诗选》，《当代俄罗斯诗选》（合译），《帕斯捷尔纳克诗歌全集》（合译），《阿赫玛托娃诗全集》（三卷），《孤独的馈赠》（英娜·丽斯年斯卡娅诗选），《普拉多》（格列勃·舒尔比亚科夫诗选）等，翻译佩罗夫斯卡娅动物小说集《孩子与野兽》《我的朋友托比克》和诺贝尔文学奖获奖作家斯维特兰娜·阿列克谢耶维奇所著纪实文学《最后的见证人》（汉译名《我还是想你，妈妈》）等。曾参加《诗刊》杂志社第二十一届"青春诗会"，获得第六届"华文青年诗人奖"、第二届"闻一多诗歌奖"、首届"中国赤子诗人奖"、第五届"后天翻译奖"等。

路比·安德达基斯诗选

张智 译

敬畏生命

敬畏生命的丧失
而且，代价是多少
如斯混乱
肢解的尸体，被丢弃在地上

一次爆炸
最后一次吗
一个母亲绝望地哭喊着她的孩子
人群，耳聋且眼瞎

孩子在恐惧中尖叫
只有一滴大大的眼泪
没有呼吸
只有血和死亡

没有任何可能
或动静
搜索值得敬畏的生命
以及任何人的纷争

敬畏每一个人
——每个种族都是平等的
为了让各国合而为一
恢复世界和平
取代侵略
值得考虑
用智慧抑制狂热
并报以同情

将盛开的春天带到地球
给生命新的呼吸
在快乐稳定的步伐中
提供重新开始比赛的机会

两首诗

诗歌，精神与心灵的表达
那些句子分居
两首诗在单独的页面
泄露情感和信息

"扎根"——绝望
空气中弥漫着
愤怒，失望
疼痛来自流血的伤口——没有治愈的药膏——

彻底迷茫
抑或是一种幻象
"纯粹寓言"——回答
它从伤口驱赶苍蝇

道德上升和支撑
此乃朋友重要的存在
恒心和决心
将取代无奈

伤口最终愈合
目标将在山顶相逢
迈向成功
且带来过度的快乐

老公水牛

老公水牛放慢脚步
如今他迷失了牧人的足迹
他孑然一身
低头发出一声悲鸣

现在是黄昏
它害怕黑
捕食者的眼睛在灌木丛后闪烁
两只秃鹰在它身后飞来飞去
它曾经是力大无穷的首领

骄傲、勇敢、凶猛，冲锋在前
保护领导庞大的族群
他曾经天下无敌

当它如火焰般猛冲过去
食肉动物们便四散奔逃
它们不敢阻挡他的去路
便一直躲在阴霾里

它们仍然藏在那里
眼睛在暗处闪烁
老公牛一动不动站在那里
野狗的犬吠令它微微哆嗦

钟声敲响了
伟大的首领倒下了
夜晚的空气中突然充斥着喧闹声
为了宣告欢乐还是悲伤

那呼号和尖叫是悲痛的哭喊
是一声再见
这些生灵们是在哀悼
失去这样一位伟大的首领
还是在快乐地呐喊
分享为全体开设的盛宴

秃鹰已然入场
不止那一双
更多的秃鹰加入进来
它们正在把勇者的尸体撕开

更多的食腐动物登场
野狗和鬣狗也已入场
它们快速地把肉咬断撕碎
它们狼吞虎咽风卷残云

随后便匆匆逃开
它们知道饥饿的小崽们还在等待
母性的本能在命令

它们去满足生命的需求

黎明到来，盛宴已所剩无几
除了四散的骨头和一张牛皮
老公牛的魂魄已飞回牧人那里
去强化年轻首领的智慧和力量
生命的轮回其实和花儿一样

人生竞赛的时钟

另一声"嘀嗒"；我已六十五岁
我还在蜂巢
我不敏捷
准确地说是脆弱

然而，这不是暮年
这是成熟阶段
当身体活动衰败
但精神获胜

我依然活跃，富有创意
多产而有效
偶尔会满足，我想
即刻迈向成功

所以我保持沉稳的步伐
因为我还在人生赛程
时钟依然嘀嗒作响
直到它"当"的一声

作者简介

路比·安德达基斯（Rubi Andredakis），希腊克里特岛人，1948 年生于东非莫斯-坦桑尼亚市，1970 年定居塞浦路斯。当代著名女诗人、翻译家。先后获得英语、希腊语、法语和意大利语四种语言文凭及新闻与创作学学士，现为一名英语教师。系 *Rubini* 杂志创办人，《动物特征——写作方舟》季刊主编。自 1992 年以来，翻译了大量作品，撰写了不少短篇小说、诗歌。已出版小说、诗集数十种。

译者简介

张智，笔名野鬼，英文名 Arthur Zhang，1965 年生于四川巴县凤凰镇。现居重庆。文学博士。先后从事过多种职业，现任国际诗歌翻译研究中心（IPTRC）主席、英文版《世界诗歌年鉴》主编。1986 年开始发表文学和翻译作品。部分作品被翻译成 30 余种外国文字，曾获多国诗歌奖。出版作品 100 余种。

三、港澳台及海外诗坛

【主持：庄伟杰、许耀林、熊国华】

秀 实
[中国香港]

饲养一切可以饲养的猛兽
——蒲葵垫子书写系列之四

因为思想的强大我感到危险万状
如置身于网络丛林里有许多看不到的陷阱
色彩妖娆只是万花筒转动时的虚幻
柔软的叶子常是扎痛你最深处的芒刺

在亚热带潮湿的土地上，那些菌蕈常不为人注目
而我却由此领悟，饲养一切可以饲养的猛兽
秃鹫立在阳台栏栅，黑熊藏身浴室
大蟒蛇蜷缩床上，并潜进我梦中
清晨客厅在阳光映照中，传来斑豹的吼声

那不为人知的天花板上，红背蜘蛛结着网
墙角有一群墨西哥毒蜥伺伏着
家门后设置了茅蚁穴，吊灯结起黄脚虎头蜂巢
而我躲在书斋里，看那盆蒲葵如看到窗外的明媚

影 子

只满足于一种虚构的情节与设想的结局
命如丛林般难以明了，并常有隐伏着的兽
夜间的一场骤雨让我感到整个时间在崩塌
晌午我缓缓醒来，空间都是依稀的光暗
这是一座空城，却仍有一个影子在生长着
而我是那匹俯首的马在吃影子来存活

影子有变幻的色彩如春花秋云
也保持着恒久的温度会秘密燃烧起来
在一种状态下，会发出简单而真诚的话语
会生长，会饥渴，会默默地看着远方
我路过城市那些高耸的墙壁时
那影子会一直跟随着我故影子不灭

丁酉春节

为了捕猎一头兽我埋藏在狭小而幽暗的空间里
虚掩着的门与微弱的光线都是陷阱

我书写着一篇檄文，旦时便讨伐那些过去

兽隐匿在我隔壁的房间内了无动静
曲廊与厅，阳台与窗，全然没发现它的爪痕

假设它也有家，它便是这样彻夜地搂抱着孩子

狩猎队的火焰声大作后一切都安静如斯
我断定今后它的温柔，与它按时觅食的习性

丁酉了，丁酉了，我的一条腿已埋在地平线之下
而一行诗便由这里进入西方

背　山
——致大诗人余光中

想象一个背影瘦小，踽踽行于西子湾畔
金乌歇翅，喧闹的都将息止在海平线之下
守夜的灯点亮，世界便还原为真实的面貌
那一线的渺渺无边后，便即浑浊与动荡的烟火

你的诗是沉默的存在，不柔不刚
任天崩地裂不曾变改一丝颜色
殿堂的门已然打开，有你缓缓吟诵着的天籁
而那叫落日的，又从东方神祇间轰然升起

背山沉吟，有类于遗世而独立
高雄是一座城，也标示着一个峰顶
无诟无誉的国度在栏栅之中
因为所有的恒久都是空澄于内而纷扰于外

作者简介

　　秀实，世界华文作家交流协会诗学顾问，香港艺术发展局特聘评论员，香港诗歌协会会长，《圆桌诗刊》主编。曾获"香港中文文学奖诗歌奖""新北市文学奖诗歌奖"等。

度母洛妃

[中国香港]

天亮了

天亮了，你说你要走了
走吧，回到那万人中央
紧紧相拥的地方
还留下不忍熄灭的灯光
这样的爱情，如你的脚步一样匆忙
既然要走，就该忍住回眸
不然只会增加忧伤
夜色和晚歌
如风割痛那寂寞的心肠
怎样叹息也不能泄露秘密
天亮了，你该走了
所有的缠绵回归最隐蔽的地方
俨如两颗不同轨道的流星
在远去的路上，划成
彩虹一样美丽的花殇

我大舍了半生，却大舍不了你

时光汹涌，我在碎片中
撷取长河
求风的驻足
像断臂求安的行者
我无法翻覆云雨
也无心日丽风和
任你来去，如当初
你任我十里春风摇曳一路
蜕变的，只是
如尘般落定的时光
而我大舍了半生，却大舍不了你

那只可爱的小鹿

把喧嚣熄灭
让一切暂时黑下来
你的呼吸是我
听得见的光明
此时，咖啡与酒已没有区别
经不住，一床月光诱惑
谁被卷进滚烫的浪头
谁就该被俘虏
不不，还是把圣言当门槛
只要你推进
相思便泛滥
你看我这尘封的裙摆
怎么如此不矜持
竟然也惦记
那只急坏的小鹿
哦，那只可爱的小鹿

只为与岸上的你相连

思念的夜，有点清凉
星隐退，白雾美化了残缺的梦
草尖一颗硕大的水珠
滴在石头上
湿了一个男人的心
蟋蟀在清晨，仍唱着晚秋的歌
一只鹰徘徊在湖面
天亮之前，它不需要高空
湖边一棵坚挺的树
是女人秘密的恋人
湖中的倒影，是我执着的心愿
只为与岸上的你相连

今夜，我等黑颈鹤

淅沥雨中，紧攥你
昨日温暖
甘愿这样，徒步
走向与你有关的土地
这深锁的城池
我不知道的太多
一对对如期而至的飞鸟
在我思念的地方，嬉戏爱情
今夜，我等黑颈鹤

作者简介

度母洛妃，本名何佳霖。现任华声晨报社副总编，《华星诗谈》主编，（广西）东盟创意管理学院院长。著有诗集、散文集及短篇小说。

孟 樊
[中国台湾]

盗版诗人

我偷偷偷你的句子
字斟句酌栽种到我的诗田
一行两行三行……
虽然是移植自异域的外国品种
却也生长得亭亭玉立
不知情的你
还以为遍地开花的是
自己膝下多子多孙

我暗暗暗杠你的意象
精挑细选植入我的语言
或单或双或众……
尽管是来自隔代传承的薪火
仍旧融合得完美无瑕
不以为忤的你
只在乎自身壮大的门派
扈从着一批徒子徒孙

我冉冉染指你的思想
小心翼翼输进我的血液
一针两针三针……
即便是我先天有些营养不足
从此不再时不时贫血
不明就里的你
老是一派潇洒自若的模样
引以为自己的知音

是的，我的确是你少有的
诗的知音
才懂得如何乾坤大挪移
以窃取你的宝藏
搭建我诗的城堡

风景照

湍急的瀑布
一泻千里
突然将时光冻结
更把我少时的惊叹
给牢牢掐住

掐住的原来是
相片里那一绺
唤不回的青春

作者简介

孟樊，本名陈俊荣。现为台北教育大学语文与创作学系教授。出版有诗集、散文集、文化评论、文学评论、学术论著与翻译著作，凡30余册。

紫 鹃
[中国台湾]

生死不须诺言

你的背影
也是黏腻

不妨碍
我春日忧伤

整天心跳加速
通往地狱

在怎堪计算里
倒数计时

亲爱的，请记住
不能睡太多

我不容许
你梦中弹奏濒临绝望的竖琴

日日夜夜急速奔驰
不该旅行的旅行

请你看着我
我是活的活跳跳的

在有生的日子里
努力活下去

像一只萤火虫盘旋
发光发热

你也一定
一定

致母亲

你在梦中呼喊
旷野诗行

将一切空白
填上绵密声响

重音
更多了

溅起浪花
缠绕时间的发霜

幻觉如养分丰饶
呻吟艰涩的词汇

午夜你
抖晃风帆

流淌
难以置信冰川

不要紧我们之间
不须有秘密

只要随着一根稻穗
起舞

未完成的诗篇
让它去吧

迟钝像未成发生过
那样洁净

今夜，我为你洗澡

现在，我们无声相视
在你褪去人世间盔甲之后
踏入抒情的殿堂
来到我面前

风鼓胸腔
一声
雷
响

我不让你和疼痛为邻
我不要你与疾病一起腐朽

我要
为你洗澡

像青春那样奔驰
像中年充满气概
像老迈慈悲沉稳

我要
为你洗澡

用洗发水洗去暴风雪
用洗面乳洁净最真挚容颜
用沐浴乳滑过臂膀滑向肚腩以下
它应该有的样子

你的温度
你的背脊
你的战壕
你的臀部
你的坚持
你的双腿

今夜，我为你洗澡

那轻盈的泡沫
必须慵懒

必须颤抖

亲爱的
我是你的
手

像赶赴一场生死

甜甜的忧伤

小心肝总是占用你吃饭时间
小心肝老缠绕你的电话线

替小心肝传道授业解惑
必须替她排遣寂寞

外加心灵辅导师
陪伴公园散步和逛街
疲惫时隔空按摩
悸动的双肩

小心肝是清新可人
芬芳小磁铁

上面下半
左边右方
青春肉体防御网
细丝搔痒在眼前

快乐泉涌
是浓缩的芬多精

各取所需
温馨欢乐

作者简介

紫鹃，1968 年出生。曾任《乾坤诗刊》现
代诗主编七年，现任《创世纪》现代诗编辑。

方　群
[中国台湾]

与心梗的血栓同眠

当玉山落下今年的第一场雪
在北京，我却与心梗的血栓同眠
零下的温度看似冷静，却容易
堵塞盲目拥挤的回旋管壁

左胸的禁区是刻意忽略的痼疾
迅速缩小的纤维没有丝毫善意的回音
在山与海交欢的漫长旅程
在灵与肉背叛的寂寞道场
忐忑如此，如此亦忐忑

于是就用一种最舒服的姿势躺下来
躺在异地霜雪覆盖的广袤阴霾
让血液凝结无关的种种思念
盘点爱恨情仇继续交错双颊的热泪

当玉山落下今年的第一场雪
在北京，我却与心梗的血栓同眠
日夜辗转，时空递嬗
搞不清是心里的疼还是胸口的痛
一道隔绝海峡瞭望的历史裂缝
在沉睡又苏醒的破碎鼾声中
继续怦然穿透匍匐长夜的日出涌动……
　　（后记：2013 年 11 月 26 日，余因突发性心肌梗
塞送北京大学第三医院急救，经开刀植入支架后幸
得保全，乍感生死一线、祸福无常，因以诗为志。）

早冬过北京香山寻红叶不遇

凋落了我的想象，这一夜
那些霭霭飘降的意象
回荡满山飘零的隐秘絮语

不能书写的思念在陌生的下视丘等待萌芽
穿过雾霾隐没的虚无天际线
渲染扉页里我冻结的气味

过泉州开元寺兼怀台南开元寺

那些镶嵌在红砖的呢喃
是故土传来的梵唱
在两岸我们各自成长，仰望
相同的氤氲香火与目光

相同的氤氲香火与目光
我们孕育警惕又雷同的梦想
当日夜交替四季递嬗
卷藏的历史辗转一层层翻滚的波浪

辗转一层层翻滚的波浪
在辽阔却又靠近的天平两端
在你的瞳中，有善与恶的凝视
在我的脸上，有悲与喜的交欢

登台北 101 兼致 C

看见那些看见的，你
也许未曾看见

那些未曾看见的，我
其实早已看见

早已看见的，我
有些不想这样被看见

这样被看见的看见，我们
假装都看不见

于是就这样扫描了整座城市的心跳
清醒的与睡着的
在俯瞰和仰视的瞳孔里
分享呼吸

作者简介

　　方群，1966 年生，男，台北市人，台湾师范大学国
文研究所博士，现任台北教育大学语文与创作学系教授。
作品曾获"联合报文学奖""时报文学奖"等数十个奖项，
并入选各种选集。

舒　然
[新加坡]

清理内存

清理玫瑰书签的余香
清理漏夜的雨滴

清理红叶飘零的呓语
清理潺潺的山溪

清理石头上的往事
清理月光里的诗意

清理内存
清理有关那人的记忆

初八的伤痕

莲开那夜　初八的伤痕
若西施的愁眉　或
失散的预言

紫色凝聚
生命沉重的底座
沉淀
酒红色的记忆

莲开那夜　西湖醉了
若老去的赤壁　或
蒙尘的青瓷

耳际回味传说的余香
相忘于江湖
那是我想要的　随
大江东去

画廊与茶馆

卖画的人
守着小小的鼎艺轩
像守着月下的站台

画廊里卖着
一张张色彩斑斓的理想和
一幅幅痛彻心扉的离别

卖茶的人
守着小小的宁静
像守着自己的爱人

茶馆里卖着
一片片被唤醒的灵魂和
一朵朵金色的时光

卖画的人和卖茶的人
从南方流浪到北方
又从北方流浪到南方
他们之间隔着一片海
隔断了后半生
但很多年前他们在一起
既不画画，也不喝茶

持戒修行

侍者恒守的野苑里
花儿在梵音下绽放
古老的签筒里
缀满花儿无上的果

虔心礼佛的沙弥
看烛光在佛台上起舞
看邪见与浊恶复起复尽
六道的苦根
可否在合掌之间寂灭

在春日的菩提下

折叠好袈裟
藉着佛与光的常清常静
持戒修行
执念起一钵尘缘

青　蛇

沐过千年断桥的残雪
凝视　烟雨西湖里
那个渡船的人
不会渡我的一生

他的纸伞
浪漫着五百年的浪漫
我在十里荷香里
等待了几个轮回

绿如翡翠
绿透一湖的水
永不能爱
如宿命的谶语或传说
如皮肤上亘古的冷
如呻吟般的呼吸
如雷峰塔隔断的两重人生
破碎的人失去灵魂

给我一个本能的爱
给我一个脉搏相似的人
给我一杯雄黄酒
我就能现了柔软的原形

作者简介

舒然，旅新华侨，艺术策展人。现为国际汉语诗歌协会理事，新声诗社艺术顾问，东南亚诗人笔会会员。诗作近年来散见于海内外文学期刊和报章。首部诗集《以诗为铭》于2016年5月出版，同年7月出版合集《女人之约》。受邀出席2015年第十四届亚洲华文作家代表大会，2016年世界华文作家协会第十届代表大会。

张思怡
[加拿大]

新发的工资

从新发的 8000 元工资中
你拿出 5 个 20
为你的一天买单
生活要富裕自在
这需要高超的算法
有时要把心灵加进来
有时又要把生活的漏洞算出去
不能拆东墙补西墙
在我们的面子破洞时
是否看见生活小小的智慧
你夹了一块红烧肉
边吃边说
少放了一点糖
我倚靠在餐馆一边
不知道多少人坐过的破椅子上
斜睨着你说"刚刚好"

小米粒

小米粒紧紧牵着我
沿着去学校的小路
走到操场的土坡上
黄昏的阳光
金灿灿的
小米粒走上去又走下来
坡上的草地
像被拨动的琴弦
发出轻微的音乐声
一岁多　这么小
小米粒也听见了
站在夕阳下出神
仿佛自己也是一个音符

他紧紧地牵着我的手
望向远方就要下山的太阳
叫着"妈妈　妈妈！"

更微小的事物

在夕阳的余晖下
我仍然把曙光回想
那一排排的杨柳
在灰蒙蒙的天空下
默默地承受着雨水和
远处的高山原野

我蜷缩
在生命的意志里
像是一捧隆起的黄土
一个更微小的事物
爬上了我的悲伤

花　溪

搭车远离喧闹拥挤的
正在肆虐拓展的城市
在溪水边
我和你相遇
看不见溪水的路
通向哪里
但却自然地随着它向前延伸
像一只清凉的大手
将我放生到世界的喜乐
和悲苦
一路行走
一路想再看看自己的缘分
生长的模样
你说这多美
人生的圆满在这里都得到了
这溪水叫花溪
水面上飘摇着水草

落日
毛茸茸的杨柳芽晃着我们的眼
没看见什么花儿
顺着溪水一直走
是清澈的芦苇和杨柳
一只水鸟停立在
一根腐朽的木头上
漂在水中央
它褐色的身上长满了绿色的苔藓
一株两株不知名的植物
在暮色中飘摇
开着紫色的花儿
回到了悲喜

作者简介

张思怡,女,临床医学学士,心理发展与教育硕士。加拿大灵语国际心理中心创始人,临床中心主任。多伦多作家联盟成员。出版有《思·怡——张思怡诗选》,选集《仿佛》。

绿 音

[美国]

明暗之间

看晚霞扇动光的翅膀
沿着黑夜的边缘坠落
眼前顿时一片苍茫
雁阵飞速逃离不再美丽的天空
而天空依然辽阔

无数个黄昏
我伸出双臂想揽住一点金色
而拥住的总是黑夜
黑夜里我是那盏橘黄的灯
守候着我的青春

春去秋来
夏天的芳草气息不再
月亮在秋雨之后锈蚀了
像一个古老的灯笼昏昏沉沉

在夜的一角
我听到风铃在窗外
叮当作响
而我
就在这样的回声里
搁浅

向日葵

转过身
夕阳余晖中的向日葵
将独自穿越
又一个黑夜

暮色用它荒凉的手
触摸

她的前额
远山模糊

她知道暮色是她的朋友
它的静默可被触及
它的辉煌即将消融
像她自己——

一点一滴地
融入黑夜

这一片斑斓

窗前
一棵枫树的几片叶子
开始灿烂了

它们聚集在
一个枝条的末端
红、黄、紫、金黄
仿佛我的
梦想、幻想、冥想和狂想
如此斑斓绚丽

我无法相信
我的世界里，还有
苦难、黑暗和彷徨

这一片姹紫嫣红
装饰我的世界
让黑暗也闪烁起来
直到秋风把它们带走

雪 夜

我的时间堆积如一座雪山
你在山上的一个墓碑之下
是否寒冷

雪越下越大
我的山越堆越高
接近苍穹
接近天堂

你在积雪之下
我在雪山顶上

作者简介

　　绿音，原名韩怡丹，1967年1月生于福建省南平市，祖籍漳州。现居美国新罕布什尔州。1989年毕业于厦门大学新闻系。曾任厦门大学《采贝诗刊》副主编。2002年赴美留学。主编《诗天空当代华语诗选》双语版和《诗天空当代美国诗选》双语版。美国《诗天空》中英双语季刊创始人及主编。诗作曾在中、美获奖。现居美国新罕布什尔州。

四、汉诗方阵

【主持：谭五昌、远岸、王桂林】

李 皓

哭泣的玉米

一株干枯的玉米
把我的心收紧
那打了绺的叶子更像鞭子
一遍遍抽打着无辜的风

面对着滚烫的土地
我多么想大哭一场
然而对于命运的安排
我一再打蔫

我矮小，我无法分蘖
我甚至无法孕育一穗乌米
我短暂而焦渴的一生
像极了村里某个留守的老汉

哪一朵乌云不是假模假式
哪一个滚雷会是眼泪的出口
一滴雨改变了玉米一生的走向
一粒玉米让整个夏天无法收场

独轮手推车

一辆木质独轮手推车
在淮海战役纪念馆
幽幽地
泛着钢铁的光泽

那时我是空军学员
肩负着坚硬的蔚蓝色军衔
很风光地走在
瞻仰的队列中
想象 1949
硝烟弥漫的前夜

大战役摧枯拉朽
烈士的遗物
都成了和平的注脚
他们用过的枪支
枪膛里已没有子弹
却是一辆木质独轮小车
斑驳的弹孔
准确地击中了我
像是在质问：
年轻人
你是否回忆过一位元帅
精辟的论断？

其实我是从多年后的
一部战争电影里
认识到人民
以及属于人民的后勤
于是报考军校时
我毫不犹豫地
选择了后勤专业
而在此之前的那个年代
如果我能承担一辆
独轮手推车的分量
我又何尝不是
他们当中的某一个

在林子里坐坐

在林子里坐坐
我才发现自己与蚂蚁
以及那些不知名的虫子
是那么亲近，我又何尝
不是它们当中的某一个

在林子里坐坐
我不光能看到绿叶和花朵
还能看到这个季节并不多见的
落叶，生死轮回
总是那么悄无声息

在林子里坐坐
你才能意识到人的话语竟然
也是噪音。那些树终年无语
只是由于一对喜鹊的栖落
花花草草的世界才浑然不觉

过王山头桥

过了王山头桥
我就是秋生了
乡亲们
请喊我的乳名

故乡的桥是爷爷的皮鞭子
每经过一次
它就抽打一遍我
变异的口音　虚伪的洋装

不复存在的河水
被那一夜贪杯的我
都倒进脑海了
放浪形骸或者胡言乱语

我到哪一只麻雀的翅膀上
去寻找淘气的影子
我们爬过的涵洞
流着那一年的逝水

河里的细沙，至今
还风干在一条鱼的鳞片上
像胎记，更像疤疤
怎么也　拍打不掉

我无法迁怒于王山头桥的重建
它美妙的前世　丑陋的今生
都足以比一根绳索，更容易
缠着我　一步一回头

歇马杏

一颗杏，能驻留多少匹马
一颗杏，就含着多少征人思乡的眼泪
薛礼们的马蹄，嗒嗒嗒嗒
从那些银色的石头上悄然掠过
踩碎的石头，黄里透着胭脂红

一匹马，被多少杏花挽留
一匹马，就会斩断多少百转的柔肠

每一段柔肠都长出一棵树
每一个蹄印里都开着一万朵花

一颗歇马杏，就是一匹马
这归来的甜蜜，对应
一场有限的爱情

心酸的人，只配品头论足
内心丰盈的人，只递过来一滴雨
英那河就开始涨潮
如果你依然不懂得我的苦心孤诣
那么我甘愿做一颗杏仁
你不打碎我，我就永无出头之日

我的苦，是你此生回味无尽的香
我歇一次脚，就留下一群白马

作者简介

　　李皓，1970 年 8 月生于大连，现为《海燕》文学月刊主编。系中国作家协会会员，中国诗歌学会理事，大连民族大学客座教授。1988 年开始发表文学作品，2000 年至 2010 年因故停笔，2011 年重返诗坛。曾获第二届"陈子昂诗歌奖"提名奖、第七届"冰心散文奖"、首届"杨万里诗歌奖"。著有诗集《击木而歌》《怀念一种声音》等。

陈泰灸

雨一直下

雨一直下滴滴答答
是两个女人的高跟鞋
对我的名字
不断地敲打
今夜注定无人同醉
是在你们目光的钢丝上跳舞
还是在你们的纤纤素手上失眠
我已无需选择
闪电好像妻子骑着白马匆匆而过
雷声滚到麻辣锅里低声诅咒世态炎凉
一杯啤酒就像一段充满泡沫的日子
醉在里面不想出来的
还有一个我穿着制服的兄弟
无意间的一声叹息
真的是告诉你我想停止游戏
顺着你的手势我找回自己
忍不住回首
却又见领着妹妹
赶着马车追来的你
车上拉着五颜六色的故事
批发它们
成就了一个只上了二年学的女人的魅力
雨一直下　稀里哗啦
是忏悔的泪水刷洗放纵的桃花
昨天　一只从北京来的叫毛毛的小鼠逝去了
黑暗中它几次跑过我的梦境
如果我在　死亡可能不会发生
其实　毛毛也是我喜欢的一个女人的小名

安吉，我的心丢了

我关闭身后所有的竹门
也没有带走昨晚走失的芳心
苕溪含笑不语等了整个上午

却被一块糍粑一箭穿心
我来之前已经让台风告诉安吉
松北平原的呼唤无法承受一片叶子的深情
白茶反复炮制让我怀疑汉代竹简的含义
那两个宋代被我们带走的皇帝
不知现在又填了什么小曲
反正我在竹海抱着一根竹子吻过
品味五年后它变成席子的滋味
我还和一位美女在百草原的秋千上荡过
我兄弟说他宁可做一只被拍死的蚊子
杨梅酒醉了两个中午的太阳
一个完整的夜晚又被几首诗灌醉
唯一清醒的时候我都在路上
走向安吉，我为青山绿水陶醉
离开安吉，我为记住的几个人名心碎

兄 弟

浑河不是想象中煤的颜色
抚顺的目光十六度像极了一部爱情小说
我们为了兄弟而来
他在机场迎接我们给他带来的
关于他病情的传说
看他讲故事的样子
我喝干了他们几十年的交情
真看不出这地方国色生香还能诞生诗歌
几个名字串起一张报纸一段记忆
一个没有故乡的男人感情和身体都不能再漂泊
我醉在浑河边的酒馆里
不为春色
只为李犁只为商震
只为我们谁都忘不了的蹉跎岁月

外 遇

明星号列车将辽东半岛锯成两片嘴唇
两只麻雀站在高压线上被车窗定格成暧昧
流动的长发用颜色演绎旅途
泪水洗过飞吻再把双手描绘

是谁在沈阳的大帅府外买醉
是谁在大连的海鲜排档忏悔
渤海里的月光
是会游泳的爱恋在晚风中摇摇欲坠
习惯了你的谎言
坦白让我身心憔悴
心　从此走出蜗居
去和你的眼神干杯
浪花没有归途
睡一次沙滩就是最后一次回味
一起看星星一生可能只有一次
当灵魂旅游回家
我知道
我的心再也无法与你偷偷约会

妮　子

你的眼睛一直看着南岸
就像比目鱼在海里为了爱忘了时间
去年的一声苇笛
割破今年蒲棒白生生的呐喊
露出的处女情结
已被一首歌曲占有
松花江水漂白所有前朝的记忆
亦酒亦泪的几个村庄早已插上了忏悔的风标
从欧罗巴跋涉而来的户口
经过高加索就失去了血统
站在甜草岗上喊叫一声
就能吓退了早春三月的情敌
蜷缩在怀里的温柔被沙尘暴刻录成单调
野生的骏马和圈养的驴孕育成文化
等我想起你的时候
该是小鸟来全的祭典
那一天
我的爱变成我的拥抱
让狼的后裔跟在时间的后面
以金钱诠释辈分的时候终于来临
当我醒着
一江春水淹没几段爱情

春天怀孕了
诞生的可能就是绝望
唯一活着的
是我一生看你的目光

我爱你

最早爱的是冬妮娅
爱到保尔修路时变成恨了
后来又爱祝英台
最后跟着去吃大头菜了
十五岁时爱南岗新华书店卖的
西洋绘画百图
爱安格尔的《泉》
却从来没看过美人头上的瓦罐
倚在秋林路边杨树下
看最后一个沙俄娘们从雨中跑过
那天我知道我变成了男人
走了多少路春风多少度
忘了
看过几遍海登过几座山
没记
只有醉时才能想起夹在记忆中间的
那片香山红叶
只有梦中才能情景再现野花鸟鸣中
松嫩平原的黎明
现在我面对一个人或一堵墙
一不做 二不休

作者简介

陈泰灸，中国作家协会会员、中国诗歌学会会员、
中国散文学会会员、中华诗词学会会员、诗刊社子曰诗
社理事、世界诗人大会中国办事处副秘书长、国际汉语
诗歌协会理事、中诗网副主编、黑龙江省作家协会散文
创作委员会副会长、肇东市作家协会主席。

有诗作、散文、报告文学85万余字发表于《人民
日报》《人民文学》《诗刊》《中国作家》《解放军文艺》
《中国诗歌》《星星》等报纸杂志。50余篇作品入选人

民文学出版社、作家出版社、群众出版社等20余家出版社年度选本。曾获黑龙江省"黑土杯"征文一等奖、2014年《现代青年》十佳诗人、《海燕》纪念抗战胜利70周年诗歌大赛二等奖等奖项。出版诗集《为爱流浪》《感受幸福》《倾听思绪》等。著作被中国现代文学馆、黑龙江省图书馆收藏。应邀参加第三届青海湖国际诗歌节，美国第31届世界诗人大会，捷克第37届世界诗人大会。部分作品被翻译介绍到国外。

冰　峰

秦皇岛短章

小麦从枕木的缝隙间长出

一些小麦，从枕木的缝隙间长出
它们吃力地伸展腰身
惊慌地看着远处急驰而来的火车

枕木下面是道床
道床下面是路基
路基下面是熟悉的泥土
麦子想，再向下一点
就能找到自己的家了

荷池里的浮萍

一片一片圆圆的绿叶
在水中漂着
没有根，没有枝蔓

一些异乡人
在一个城市漂着
没有家，没有回家的盘缠

有一种伤痛
在我的身体里漂着
没有根，却有数不清的枝蔓

北戴河的雨

一些雨落下
一些雨飘来，又被风带走

那些落下的雨
是否被摔伤
那些被风带走的雨

在哪儿安身
我知道，眼前这些雨
一出生，就开始漂泊
开始寻找适合自己落脚的地方

看着眼前的雨
不知为什么
我开始担心自己的命运

观　潮

潮水，向我扑来
抓住我的脚，好像要把我拖入水中
他们一次一次向我扑来
怒吼着，扑来

他们总是在
即将抓住我的时候
退去

海子卧轨的地方

或许，你想阻挡什么
用你的诗歌
用你弱小的身体
用你的一种行动

多少年过去了，火车并没有停下来
坐火车的人，并不知道
他们所坐的火车
曾经被什么阻挡了一下

作者简介

　　冰峰，男，本名赵智。作家。曾在包头文联、人民文学杂志社等单位工作，现任作家网总编、中国微小说与微电影创作联盟常务副主席、北京草原文化部落董事长。

金石开

茶水中的黑夜难以下咽

把一生忧伤
泡成一杯浓茶
用清醒长夜
稀释黏稠记忆

时间的白开水
浇灌出不断滋生的叶子
每一片都充满苦涩的汁液
悄无声息，流入心底

愚蠢、偏执、失意
在滚烫的热水里翻动
绿意舒展，脉络清晰
咀嚼成碎片仍然难以下咽

被往事启动的夜晚
难以用琐碎关闭

特殊学校的实习金工

螺丝钉从他手中脱落
又是一次微小的差错
——上一次意外之后
他被送到这所特殊学校
练习把螺丝钉拧进对应的孔里

他专注地伏在桌子上
面无表情
没有特别的高兴
也不觉得特别的枯燥
站在旁边的父母
都表情严肃
就像孩子在高考

孩子，把螺丝钉拧进去
生活再容不得半点差错

我们是参观学校善举的人
如果不是被提前告知
几乎难以觉察到异常
意外，微小的差错
捉弄了所有人

特殊学校的实习金工
把螺丝钉拧进了我心里
笨手笨脚的孩子
弄痛了我

穿越蒙古大营

草原没了
蒙古包就长到城市的草地上
潜伏在高楼大厦的空隙

乔装打扮的人出入其中
大口吃肉，大碗喝酒
在成吉思汗的眼皮底下密谋
挑战让人忍无可忍的清规戒律

不同的人围坐在一起
胜似同心同德的兄弟
集体背叛营养过剩的身体
拼命储存厮杀疆场的体力

星星成串地落在蒙古包上
人工种植的白桦树林出卖了蒙古人的记忆
仆人牵来的也不是嘶鸣的马匹
汽车载着主人的幸福绝尘而去

婚姻故事

所有失败的婚姻中
没有一个无辜者

幸福的家庭里
也没有一个幸运儿

只有两人出场的舞台
不需要导演
预先精心编制的剧本
永远不能采用

父母语重心长
处处在疗治自己的内心
没有一场美好的故事
源于他人的设计

作者简介

　　金石开，编辑，文学评论者，诗人。曾任作家出版社总编室副主任、营销宣传部主任、作家在线总编辑，现任中国诗歌网总编辑。诗歌、散文、纪实文学和图书评论等作品散见于《文艺报》《中国艺术报》等报刊和一些文学网站。

花　语

掰开夜

夜的味道是不一样的
石榴一样的夜，裹着水晶
辣椒一样的夜，拌着芥末
南瓜车一样的夜，有王子灰姑娘和水晶鞋
醋意十足的夜
有怀疑，猜忌
私藏的手枪，榴弹炮，土铳
和打算决裂摊牌的冲动

拥有完整睡眠的人，是幸福的
那些随意掰开夜的人
有他们的苦衷，在不得已的神经末端
味道各异的汁水
或者溅入眼睛
或者渗透心灵

天冷，是对起床困难户的考验

接近冰点，又未供暖的北京
菊花们绷着脸
愣是不开
紫的，粉的，黄的，小围裙兜着小花边
煞是好看！快点开呀！
我的心，需要温暖

接近负数，接近爱
死亡的高度
介于想和不想
念和不念之间
我痛哭，流泪，抱不住我爱的人
我冷

纸巾里包裹的，不仅仅是泪水
起床，也成了困难的事

西北风还没有刮到我门前
畏手畏脚的我，瑟缩着起床

唱了一遍《国歌》
又唱了一遍《国际歌》

重　阳

无处好登高
菊花们缩在壳里
不开放，也不吐香

该想念的，太多了
年迈的爹娘，孝顺的弟妹
一只见到耗子就扑的野猫
还有你，我又爱又恨的人

苏州的重阳，可是蟹肥
花黄

假如拒绝一直停在刀上

拒绝是最快的刀
死亡不是

死亡只是，停在刀上
睡着了

作者简介

　　花语，祖籍湖北仙桃，现居北京。中国诗歌网特
约访谈主持。曾获 2017 第四届"海子诗歌奖提名奖"，
2016《山东诗人》年度诗人奖，2015《延河》最受
读者欢迎诗人奖"。诗作入选 2013 中国好诗榜。著有诗
集《没有人知道我风沙满袖》《扣响黎明的花语》。

游 华

悉尼寻思

这要感谢库克船长
发现自己梦的同时
也给予许多人的遐想

陌生的地方
总是危机四伏
财富往往是在绝望达到冰点时
才姗姗而来

这座现代文明城市
正昂首南半球
要向当年一批批来自英吉利海峡的
囚徒们致敬
一百多年的风风雨雨
把他们的名字冲刷得苍白无痕
历史应该记住他们以及点亮这座城市灯光的
亚洲黄皮肤黑眼睛

墨尔本一个梦想的城市

这是一座建筑师们
驾驭自己梦想的城市
站在年轮上，把自己的名字
变异为风情万种的楼宇
迫使岁月不得不谱曲
风云为他们舞蹈欢歌

难怪维多利亚式、哥特式……
琳琅满目铺陈南澳大地
世界目光聚焦而来
街面被不同的肤色免费装点

这座城市，从此
在气候里发酵
时间上膨胀
世界人居奖在此花开蒂落
让历史请进了人类文化遗产的荣誉殿堂

成为首批有形无声的讲解员

淘金小镇

当眼光与马车相碰
一下子被嘀嗒……悦耳的声响
硬生生带回到十九世纪的小镇
警员、快递员、马夫、店员……
他们是穿越时间隧道而来
还是我们飞越时空而去

窄小的坑道
让岁月匍匐前行
微弱的油灯
点燃时光一百多年
金子在这幽深黑暗的地狱
埋藏了多少人还乡的梦

繁花的街市仍散发丝丝血腥
呻吟的日子
掏空了疏芬山
华工用引起自豪的祖先
肌体内的聪明勤劳的基因
改变这个国家的历史和民主的进程

徘徊这栋小巧精美的绿色邮局
我想把这里的一切
还有来自地层深处冤魂的嘱托
寄往太平洋彼岸
我们日益强盛的祖国

德国小镇

十九世纪中叶
汉多夫船长一个果敢的决定
把历经一百多年精心编织的花带
缠绕在绿树成荫的山丘
赠送给南半球最南端
一个梦幻般的童话世界

这里有日耳曼民族魔方般的建筑
莱茵河的浪漫

巴伐利亚的豪爽
博登湖畔的风情
更有阿尔卑斯山脉的风度
来自汉堡的美味佳肴让你忘怀
矢车菊的灿烂使你错位
一杯啤酒足以让一个夏季凉爽
冰淇淋一定刺激你的感官神经
迷失在错位的国度

短暂一刻
那视觉的冲击力
思维会出现呆滞
刚出炉的一首新诗
每一个方块字都浸染了浓烈的德国风味
都在时光里熠熠生辉

品味歌剧院

不管是贝壳形还是帆状的
美妙的音乐
不需要任何签证
说走就走
水波如曲
在流动的空气中穿透时空

不论是玛雅文化的点缀
还是阿兹特克神庙的经典
世界是多元的
横亘历史
永远是源远流长的人类文化

该来的都来了
是否真的领悟了橘瓣里跳荡的每一个音符
舞足是否踢破瞳仁里的一汪清水
没有来的
似乎也能享受域外的天籁之音
站在时间之上的优美舞蹈

美丽不朽的大堡礁

千百年来
一次次与潮汐相守撕搏

历经无数生死轮回
终于完成了人类无法用语言表达的杰作
奇观在时光里飘浮
无穷变幻的演绎
在海平面沉浮的身姿
总会倾倒了所有的想象

我们做一尾鱼吧
琢磨一下自己的名字
能否与一粒沙相融结晶
或是在绚烂的海底
带着爱情自由地去潜泳
哪怕是有碰到豹纹鲨的危险

啊，你的美丽
千百万次
让时间魔鬼不停地去磨蚀
在一次次遗憾中摧毁
却又在一次次站立中震撼

作者简介

游华，江西人。研究生学历，公共管理硕士。现为中国民俗摄影协会常务理事、中国摄影家协会会员、江西省民俗摄影协会主席、江西省摄影家协会理事、南昌市摄影家协会副主席、江西省作家协会会员、《诗江西》杂志副主编、南昌市诗歌学会副会长、南昌市作家协会常务理事。其作品陆续被《江西日报》、江西省人民广播电台、《文学港》《艺术广角》《文学与人生》《诗江西》《赣风》《江西诗歌精选》《南昌诗歌精选》登载，其诗作多次在各项比赛中获奖。先后出版了《游华诗歌摄影集》《游华诗集》《让诗走进画里》《税官》。2015 年根据小说《税官》改编剧本，已拍摄成电影《人民税官》并参加 2017 年第 26 届中国金鸡百花电影节国产新片推介展映，其诗作品收入 2016 年中国诗歌排行榜。

大 枪

蒋胜之死

告诉你，蒋胜，上帝从来没有赋予你过人之处
出生，成长，娶妻生子，一切都那么不动声色
就像提前拟好的剧目，完整得让人心痛，直到今天
你死得有些提前，女人脸上的霜猝不及防地晕开
一群水墨画在剧目里成群结队地行走，大幕升起
百鸟调试好背景音乐，死道不孤，经幡猎猎
你删掉舌头上入世多年的台词，开始涉足新途

一切源于宿命，哀乐声在老屋颓旧的床上分娩
这最后一声啼哭，沿着爬满墙根的童年溜了出去
并在每一个脚印内续上尿液，以此来标注过往
最后又回到床上来，这就是人生，一个圆
符合当下通俗写作规律，滥情，拖沓，饶舌
千剧一剧，你也得循章办事，活着的人里
谁都无法提供规避死亡的经验，人人都是胆怯的新生

你曾经放荡地把邓丽君摁在八十年代的墙上
仿佛魔怔于舌头的功能，你把每一句歌词抻长
下一个音符总是在上一个音符余音消失之后响起
你梦中抢过绣球，赤手猎虎，马踏京城
你把梦做得风生水起，可惜尘世网幛深厚
母逝妻离，弱子缠疴，黑暗在污渍的窗棂上散养狼蛛
打劫穿窗而过的月亮与五谷之香，这都是人世的劫数
众梦从月光树上齐齐跌落，世界止于你的鼻息
神说，天空有多么灰，你的日子就有多么灰

其实，一个时期你曾经君临天下，你的青春
让所有的庄稼开始怀孕，它们产下稗子
在南方，苹果树开满纸花，花瓣入土即遁
布谷鸟收起翅膀，在春天就已经鸣金收兵
日子由此老去，你开始忘情于盲人卦师的江湖
你把爻象反复拆解，像拆解儿时的翻绳游戏
整个过程尤为诡异，绳结们环环相扣
直取手指的咽喉，除了承受，你无法从中全身而退

游戏令人失望，黄土堵塞了所有咽喉的出口
蒋胜，你对旧秩序是抱有十分的留恋和敬意的
俚语，长发，失眠的夜灯，扬手飞出的水漂
都会唤醒你合上的双眼和身枷榑榑的灵魂
你把自己种植在八月的土壤里，那些破土而出的
山歌，小河，砍去头颅的稻茬，寡妇的花园
都是你的国语，项饰，战利品和规划幸福的版图
你渴望像一个土司一样封建且流氓地占领它们
每天在旺盛的土地上统领朝昏，放牧影子

对影子而言，热爱她是万物的恩幸，你也不例外
你从来没有今天这么恐惧，你想永久捉住她的脚踝
让她在你的桃花潭游泳，你狂执地想把她捉住
你从小喜欢下潭捉鱼，一个影子就是一条鱼
鱼的鳞片上贴有桃花，暧昧如旧时候的戏折子
生旦净丑，西皮二黄，每一场都是爱恨情仇
你从中能触摸到鱼鳞和桃花的质感，滑如青瓷
但就是无法捉住其一，潭里的黑暗涉世很深
鱼在黑暗里没有光，鱼鳞和桃花也没有光
它们的质感被黑暗吃掉了，这不是你的过错
在尘世，万物都是被黑暗分解和消化掉的

顿悟这一点真是不易，它减轻了你的不平和自卑
虽说布衣不同帝王，南方之橘不同北方之枳
但人终究是要作古的，你把作古写在石碑之上
从此挂出代表人世的印绶，不坐尘船，不问津渡
你开始领略到一个新视界的迷人与富足
比如一只蜻蜓落在水边的芦苇上，变成两只
它们勾尾相视，月亮带着诗集寻找朦胧与爱情
在众灯熄灭之后，从一个窗棂飞行到另一个窗棂
这些都是小隐者的生活，夜莺歌唱，万物喘息
地上地下，万象所及，到处都是旁观者的风景

你从此专注于荒林山野，把空间和欲望留给人世
人世虽然文风鼎盛，却没有一行文字留给你
甚至小镇的爆竹，也只是为你作礼节性的颂辞
这就是人世对你的定性，人情轻薄，重不过纸
好在亲友们总是终审的负责者，他们按照风俗发送你
并且体面地装裱你的灵魂，让你在镜框里作最后的陈述

家人会定期洒扫你的新居，朋友会偶尔造访你的老屋
而你坐在镜框里幸福，笑不出框，这种情形会持续很久
直到你跻身世祖之列，这足以告慰你忧郁而年轻的死亡

蒋胜，据说那里是上帝执政的国度，你应该适应新的属性
你素未经历过的正在发生，素未看到过的都是新鲜的
你应该学会藏起惊讶的眼神，那里没有疼痛和杀戮
没有雾霾和欺骗，百兽们头戴佛光，众花盛开于野
熏风得意，万物朝阳，冬天里的每一块草地都是春天的
在那里，连乌鸦的喉咙都不设禁区，到处是感官的盛宴
你还将自动位列于星星的朝班，这个潜伏多年的凤愿
终于在彩云之上开花结果，从此，在若干个黑暗之夜
你虔诚而友好地看着我们，看着人世，无端发笑

作者简介

　　大枪，原名杨翔，1976 年出生于江西修水，长居北京。曾就读于南昌大学及北京鲁迅文学院。诗人，诗评人。作品曾入围"昌耀诗歌奖"，获得 2017 年第四届"海子诗歌奖"提名奖，首届"杨万里诗歌奖一等奖"及其他奖项。

方文竹

同仁观察

某打一个喷嚏，一把星粒落地
某将一条河流扛在肩头，与梦赛跑
某交出了与魔鬼的接头暗号
某在夜半惊呼一个人的名字，青鸟飞过上阳宫
某登池上楼，慢慢掰碎时间的青花瓷
某在阿尔卑斯山间驱赶内心的小兽
某说了一声对不起汉语，又在笔画的沟壑间横冲直撞

我是你们的总和，又是你们中的一个
可是我不能违背神的素描。如戴毡帽，如郎马嘶，如黄金缕
而在暗度陈仓中，抵达

刀 店

甘心街李二黑开了一家刀店　刀型繁多
直弯尖斜圆大小拐折收
"事物有多少种形状　刀就有多少种形状"　这是老魏说的
一些刀寒光闪闪　亮出来
让阳光变厚
收回去　让心湖徒生波涛
一把刀用来对付另一把刀　刀刀相对何时了
有些刀是用来斩断线索的　有些刀
用来制造另一些线索
不知为什么　桂二叔摸着一把刀老泪纵横
就是不买回家
南郊十里村曹小七用一把小刀结束了年轻媳妇的命
由此引来二黑老婆的骂　"刀也能随便卖的吗？"
"和平时期的锋刃亮在眼里
战争时期的刀成为身体的一部分"
八十六岁退休教师曹英莲老奶奶如是说
冰凉的钢铁收藏着无边的滚烫的力量
美　有时候也会见血
"单独一把刀不见得是谬误
无数把刀的集合不一定是真理"

狂风吹来　无数的刀像书页一样哗啦啦响起
无数的刀变成了一把刀　就这样
李二黑枕着刀入眠

对一条瀑布的追述及其他

声声慢　由快而慢　因为打在时间的回音壁上　仿佛历史
也可以倒立　或倾斜　因为文字变暗　体内的小兽渐渐远去
金秋的嶂山大峡谷　沉寂的大巴内有女士突然间
指着身旁的小姐大叫　"小丽要小解　请停一下车　行吗？"
在几分钟的忸怩和犹豫中　高山间一溜水瀑像金柱从天而降
倾注而下　淹没了车内的嘈杂　吸引了所有人的注意力
这种不由分说的美　热血沸腾的上帝令世界惊惧
可是她只是上帝的供品　不能食用　启示的光芒
却喂养并分辨鲜花与杂草　敞开心灵的过道　此刻啊
上善若水　我们在低处　固有的位置　人心的黑洞注定
要被塞满　类似一次放疗术剔除变异基因　纯净比德的玉石
"那是一台绞刑机"　有人在报告厅引用亲历的瀑布谈感受
心灵一贯疼上加疼　不适宜触类旁通　多情之人一向喜好
以水洗面浸心　仿佛《道德经》喻示的一面明镜　映照不得呀
无数小白银垒积而成的情绪大厦可以瞬息坍塌　或者
以旧翻新　有一股革命党人的脾气　以感叹号的姿态
我看　最好像刚毕业的女中学生放飞一路纸鸢　当然呵
纵使有一天银河倾泻而下　你也不必反对自然与人性的打击乐
在人世　动用我们的左耳和右耳　轮换倾听　接着清洗
鱼尾纹的沟底　这个私立象征　灵府一旦洞开就是全人类

和老魏在黄昏的宛溪河畔散步

雅典的庭院中洁白的月色照临着从洞穴中出来漫步的
柏拉图　带着他的弟子　理念的细雨来自天堂的雷霆
润物无声　以美喻陶罐　贮藏天下珍奇　善的种子渐渐发芽
"生活中依然有许多的盖子没有揭开"　落日徘徊　滚动着
一个巨大浑圆的问号　一只鸬鹚侦探一样
站在古旧的乌篷船头　咬定一个警句　被我们身体内
各自的一条河流打翻　八百年间的提防留住了水妖和美人鱼
却到头来远走他乡　零碎的砂土也填不满生活的空洞
活到今　两岸的人民学会了放风筝　追蝴蝶　观微澜
孔夫子的悲叹里添置了大量棺木　桨叶　卷册　周游列国的马车

观星术流行　不等于心底的一片灿烂　一页一页的
展开　是人类的三千白发　苦难的磨盘　一直在我们的手中
转动　无比丰富的内容　粉末一样在头顶袅绕　"时代很甜
我们只能称它为点心"　就像此刻的人群我们称之一个人
启用一台榨汁机吧　投入话题的缝隙
"面黄肌瘦的时代精神多么需要营养呵"　梦里梦外
江南的栅栏里　星辰代替了百合　在人间言说
老虎的黄金沉默着　却留住了风光无限　灵魂接受着时间的称量

泾县之夜

这宣纸的产地
夜间语文　窜改了词句
二十一世纪的旅馆里
徒生空白
隔壁的浙商
手提利润的无花果句号
傻子的体内
奔跑着动车的节奏
命运忙于檀树皮的排版
跟不上火焰阅读的速度
剩余的木炭用于取暖
此时
走出户外
我像一个失学的孩子
陷进了一场圆月的私教

作者简介

　　方文竹，安徽怀宁人，供职媒体。20世纪80年代起步
于校园诗歌。出版诗集《九十年代实验室》，散文集《我需要
痛》，长篇小说《黑影》等各类著作21部。

柏常青

露水自杀

接住睡梦中的一滴露水，真不容易
自杀的露水，被晚睡早醒的人打扰
月出东山，就像哲学中升起的忧伤
孤独而决绝。我在大路上踽踽独行
不与你们为伍。我走向预定的坟地
自己埋了自己。这不关你们的事情
上帝送来月亮花圈，你们还在做梦

坐在黑暗中面壁思过，或追忆往昔
那么多的围墙，在大地上设计构筑
那么大的帽子，从天而降落地为牢
你们视而不见。在广场上自由游荡
白天比夜里的灯光还暗哑，还朦胧
喃喃自语：要知道生命有多么短暂
必须度过漫长的人生。在这疯人院
看见真正的光芒，需要一点点时间

陌生的日常生活

天色，又开始昏暗，唯余几颗星辰
疲惫中再也不能体感这一天的动静
除了秒钟的走动，一切都浑然不觉
一个老人追逐着我，要挖走这心脏
大街上的人流中，我艰难地逆行着
看见比未来更清晰的灯和人心向背

活着，去工作，去爱，去打开家门
现实中的陌生者；像楼顶上的月亮
这一夜心存幻想，与我的诗句交谈
为空洞的爱而忧伤。更多的灯亮了
视线就变得朦胧；时间在突破空间
我决意等到睡梦的眼睛被雕成铜像

呵，这阳光

阳光刺穿这墙壁，温暖被心阻挡
心，是梦想披着血液流浪的地方
一滴水跑进阳光，与我默默对抗
希腊蓝的空气，爱琴海水的油布
深藏我必须去梦见一个人的窗户
四分之三的爱情和惜存的老唱片
第一次注视阳光在事物上的风度
手掌上的露珠，流向忧伤的秋光
超过眺望的树梢，暗夜提前到达
我傲慢地消沉于周身隐约的涛声
或一声轻微的叫喊：呵，这阳光
沉落于镜面和我四分之一的脸庞

川南的归宿

一根硬铅笔，写晚年的拐杖、药方和遗书
那些三角梅、芙蓉花，是我的情人和女儿
花为君子开，路顺行者直。没有远方的人
就在川南的竹林里慢慢终老，不需要挽歌

而当下我还要回到河西，把种子送到地头
还要种植、松土、间作、浇水；陪稻草人
捕捉鸟雀和害虫；一起辨识头顶的北斗星
我们拥有灿烂的星光，也拥有无尽的黑暗

我在西贡河上

又临西贡河边，疲倦之心比流云还缓慢
没有人能止住这经年的流水。再次涉足
不一定能踏上彼岸，一路上的灯塔和风
一条船上的陌生人、一块地上的红树林
我都深深地爱过，写下永不凋谢的往事

像云一样慢下来，才能够与浪花和闪电
深度沟通。收拾四分五裂的血液和诗意
不过沧海一粟。西贡河在这里隐姓埋名

使远方的人更加渺小，他的虚妄的欲念
以及此起彼伏的深厚渴望，都微不足道

作者简介

柏常青，诗人，1985年起在国内外报刊发表诗歌等文学作品，中国诗歌万里行组委会副秘书长。

宁　明

一夜乡音

堂哥家的侄子昨晚建了一个群
呼啦一下子，围来六十多个宁家人
我像一条潜水的鱼
张大耳朵，贪婪地吞食着乡音

离开家乡快四十年了
在乡音面前，我比沉默的鱼更沉默
长长短短聊天的诱饵
也钓不出我一句地道的家乡话

侄子、孙子、重孙子辈的亲人们
用声声乡音撩起一阵阵浪花
每一朵花开的声音，我都能真切地听懂
我沿着这条亲情的河流
很快就游回了自己苦涩的童年

昨夜，我是最后一个离开群聊的人
他们不知道，我一直在场
可我还是分不太清，这些都是谁家的孩子
躺下后，只有眼角的泪水告诉我
只要生命里还能涌动起一汪水
我就注定要做那条一直游向家乡方向的鱼

高铁驶进华北平原

高铁驶进华北平原
我不必再仰视，窗外低矮的小麦
和偶尔出出风头的杨树
它们都回归到了自身的高度
失去山丘刻意的抬举

有一些感情，是看不见的水

只愿意悄悄地滋润低处的生命
和平原上的作物交朋友
水从不像瀑布那样，居高临下地大声喧哗

即使有的庄稼，比另一类的庄稼
在地位上，高出了一头
那也算不上出人头地
在一只鸟的眼里，它们都叫作平原

我不去猜想，挤在一起的麦苗
每天会发生多少次摩擦
也不断言，相亲相爱的日子能持续多久
只有成熟的小麦才会用锋芒告诉我
即使是普通的庄稼人，也该拥有
一些尖锐的思想

芒　种

芒种是布谷鸟衔来的一个节日
在我那片黄腾腾的记忆里
每年的这几天，天空就会传来
一声接一声的"麦子要熟"的鸟叫声
这也是我，从小就学会翻译的一句鸟语

过了芒种，我的胃口就会变大
眼巴巴抻长的目光，比母亲擀的面条更长
只有把粗碗换成更大的搪瓷盆
才能满足我放学后饥饿难耐的渴望

小时候，我对芒种的理解很肤浅
它就是麦子由青变黄的纪念日
我和小伙伴们喜欢提前模仿这一句鸟叫
只盼青黄不接的日子能早一点过去

后来，芒种渐渐被演变成一种思想
尖锐的程度，常与针尖相比较
但我深知，真正刺痛庄稼人的那一部分

不是麦芒，而是麦粒不值钱的身份

作者简介

　　宁明，毕业于俄罗斯联邦加加林空军军事学院，特级飞行员，一级作家。中国作家协会会员，中国诗歌学会理事，大连市作家协会副主席。辽宁省作家协会第六届至第八届签约作家。出版诗集《态度》，散文集《飞行者》等。被评为首届中国十佳军旅诗人，获首届中国屈原诗歌奖特别奖，辽宁文学奖诗歌奖、散文奖，第四届、第六届冰心散文奖。

高作余

晨曦挣脱夜大海

一粒盐，洁白挟带着蔚蓝
它曾深入大海内部，又被浪花
抛上滩涂，军舰鸟飞起
一粒蓝色的盐在飞翔

雨中的大海，才是真正的大海
它用巨浪仍无法摆脱，一粒盐的呓语，依附
一粒盐种下的火焰，熊熊燃烧起来
风暴中现身的信天翁，一只，数只

还有更多美景，闭目方可看见
汗水滴穿的礁石，移到大海一角
一粒盐在大海中混迹一生，才得以
进入我的舌尖，一粒盐，横扫
海平面上所有的风暴，以及船只

军舰鸟挣脱我的视线，不知所踪
海岸线上的大黄鱼，金黄的阳光
不断倾洒在它身上，越来越多的盐粒
混入海边沸腾的人群，礁石带来的船只，从我身体
一只，一只，清除出去
此时雨歇，航线开阔，春光万里

七百一十八

七百个人出现，另外，十八个人
等待着登场，混沌的世界里，七百个人
显得微不足道，去，或留，激不起我内心半点涟漪
越来越暗的暮色中，他们，或许已被乌鸦

啄开，啄落这七百根枯枝，并且
毫不费力地拗断，进而，挤为齑粉
纷纷扬扬，飘落在初夏被忽略的一天
雨水大，越来越大的浮桥跑进深山

另外十八个人，留在原地
在这个大而无当的世界里，孤独得
像十八根潮湿的火柴。空荡荡的列车
运来白，或黑，或者什么也不运来

七百个见不着十八个，如我见不着你
而你在暗地里觊觎，如铁轨偷走了列车
变红的铁，只能说是年久失修
七百一十八个年久失修的人（内含：
十八根因潮湿　而废弃的火柴）

一小杯酒

一小杯酒，当然没有大碗来得爽快
但它同样集中了酒类的优点：清澈
平静，像深不可测的入口

一大碗酒，喝了就醉了
白云醉了，清风乱翻书
河水上了桌，弄翻了帆船
一小杯酒，还保持着平静

一小杯酒，同样从碗里来
它跟碗里的酒，本是兄弟，大碗
喝酒的人骑上马，去了李白那里的天涯
今夕是何年，你又是谁谁

剩下一个小酒杯，一口，一口
饮尽茫茫的群山
一小杯酒低头在想，是不是
到了号啕痛哭的时刻

亡父帖

题国画：《风吹草帽扣鹌鹑，时运来了不由人》

在鹅黄的田野闲庭信步
我是一场风，温和、急促，紧紧拥抱
我能遇见的每一个少妇。我把烈日
变轻，变薄，柳絮翻飞，稻香遍野

我把惊喜送给你，烈日下的糟老头
你是我死去多年的父亲，清凉、黝黑
冲我咧嘴笑。这世外的金黄真实又遥远
我把全天下的好运气送给你，是我，不是风
我是那只自投罗网的小鹌鹑，我把脱了毛的身体还给你
我可怜的消失多年的老父亲

被你删除之后

河流被删除后，在泪水里重现
沙漠被删除后，在绿洲里重现

旅途被删除后，在越来越宽阔的
风景里重现，黑夜被删除后
在黎明的哽咽中重现

山峰删除内心的浮云
天下本无云，庸人自扰之
一只只向悬崖攀登的蚂蚁
删除了自己孤独的歌唱

被你删除之后，我在山间漫步
每年杜鹃花开，都会映照我心
你的芳冢在万花之间，枝杈交错
被你删除之后，天地无期
悲欢与流水合为一体

作者简介

高作余，曾用笔名高作苦，《南方诗人》主编，1984 年习诗。第四届鲁院西南班学员，受邀参加第 16 届国际诗人笔会。作品入围海子诗歌奖，获中国当代诗歌奖、廖诗蝶诗歌奖、井秋锋短诗奖。部分作品被译为英文、阿拉伯文。

胡刚毅

我不敢看你啊

我不敢看你啊
你的美丽清纯
太阳那么炫目！光芒四射
列车上邂逅的灿烂一瞬
摄入心底
一朵微笑久久芬芳鲜艳

我不敢看你啊
怕星星扎痛澄澈似水的夜空
怕乌云擦暗皎洁如镜的月亮
更怕闪电刺瞎我专注的眼睛

不瞎，又有何用
假如不用来看你

你不知道

你不知道
你的名字香成一朵桃花了
你不知道
有一位忧郁的诗人
正为你憔悴
这一切你不知道
你或许正静静伫立在村口小溪边
细细地看着自己的影子
颤动在层层涟漪里
看着一朵白云无声地划过水面……
而此刻他正徘徊在一处湖边
低吟一首献给你的诗
你不知道
他想在坦荡的平原
制造一座奇峰
你不知道峰巅上有人在眺望你
有一天

他炽热的爱啊闪耀时
你不要以为那是一轮红日呢

冰

我决定，从今天开始融化
在阳光金灿灿的睫毛下悄悄融化
不再坚持自己的冷与硬
释放囚禁一冬的爱情、眼睛、手脚
释放一群好动的暴动分子
我要借小溪的嘴说话
说清澈洁白的话，说一波三折的话
说心平气和的话，也说雷电叱咤的话
不学那树以根拴住安稳的一生
而像春风像奔跑的江河去漫游大地……
当融化时，发现爱的疼痛已深入骨髓
我泪流满脸，消失了，泪还未干

我要拨打一些被人遗忘的电话号码

那么多人揣着各式各样的手机
像抱着鲜花抱着奖杯抱着美人
那么多手机响个不停
像鸣蝉喧嚷拽出一个炎热的夏天

而我要拨打一些被人遗忘的电话号码
我要拨打小溪、青山、森林的号码
倾听纯洁的心声和绿色的语音
我要拨打华南虎、黄腹角雉、猴面鹰的号码
询问她们为什么不辞而别至今不归
我要拨打蓝天、白云、日月、星星的号码
听她们叙述记忆中美好的事物和故事
听她们叙述咳嗽、感冒的痛苦和怨艾
我要拨打江河、湖泊的号码
告诉她们一些强身健体的锻炼方法
老态龙钟、步履蹒跚怎么走向明天
我还要把电话拨向恐龙、红鸭、蓝马羚……
用我嘶哑的嗓音给她们唱和平鸽之歌
共享音乐旋律的一绺阳光和一泓月辉

她们，是我亲爱的一见倾心的朋友啊
有的走失多年，杳无消息
有的忧郁成疾，瘫痪在床……

告诉你，我的手机是红色的
是我掏出了自己泣血的心
我不厌其烦拨打那么多电话
都是忙音……查无此名……
唯一打通了，在那头接电话的
却是我的一个翠绿的梦！

作者简介

胡刚毅，男，祖籍湖南衡阳。中国作家协会会员。从事新闻宣传、文学创作30余年。多次在诗刊社、诗选刊社、江西省文联举办的诗歌大奖赛中获奖，有诗作入选《中国诗歌精选》《中国诗歌年选》《中国诗歌白皮书》等20多种选本。现任吉安市作协副主席，兼庐陵文学院院长和吉安市诗歌学会会长。

王桂林

带着灯罩飞翔

我不要太多思想
思想会使石头
变得坚硬

白天我用手触摸
我的桌子
桌子就会长出
粉红色小蘑菇

到了夜晚
我就给星星浇水
一边和它们说话
一边修剪
它们疯狂的胡子

我在梦里也是这样
从不为明天发愁
只要离开你的注视
就带着灯罩飞翔

中秋节，在布拉格

将古堡，教堂，松林
和伏尔塔瓦河
全部置于一轮金黄的明月之下

将赞美诗
在金黄的明月之下
大声诵出——

此刻
这轮金黄的明月

在我的故乡已经西沉——

伏尔塔瓦河水正运送黄金
斯梅塔纳
穿行在古堡与松林间

——祖国！
此刻我站在异乡的街头
眼里含着此时的月光

而东方
天，就要亮了——

也许只有我

也许只有我不知我为何物
别人早把我看得清楚
也许只有我还在词中哭泣
哀悼世界像哀悼自己

也许只有我一生都在初恋
期待每一次颤抖的离岸
也许只有我血中豢养愤怒的老虎
血中扬起愤怒的风帆

也许只有我，嘲笑嘲笑的潮水
自己摸白自己的头发，摸灰自己的脸
也许只有我亲手打碎众人的雕像
甘愿让风撕裂衣衫

也许只有我还会做白日梦
将琥珀置换成无用的水晶
也许只有我在水晶中看见自己
十字架倒塌于尘埃之中

也许只有我最先刺瞎双眼
追寻渐行渐远的宝石

也许只有我永远沉陷于虚空
独自徘徊在光的边缘

也许只有我一生都被追问所追问
也许只有我，写出不是为了写出

作者简介

王桂林，笔名杜衡，现居东营。中国作家协会会员。20世纪80年代中期开始诗歌写作，办过民刊，组织过诗社。黄河口诗人部落主要发起人，主编诗集《黄河口诗人部落》。

泌 月

南浔，访徐迟先生

我从没有见过你
但我知道　你一直都在
在水晶晶的南浔
一颗水晶晶的心　悬着
一直没有落下来

沿着文字铺筑的小路
我看到你歌、你哭、你爱、你恨
生命的存在有千万种姿态
你选择透明和澄澈
干干净净　单纯的美

祖国太大　世道反复无常
即使你倾注全部　也无法
涤净尘世的污浊
每一次尴尬转身　多少无奈
留在原处　锥子一般明晃晃地矗立

左与右　上与下
这一层更深一层的黑暗　怎经得住
一粒星光　砸出的巨大疼痛
伊利亚特　伊利亚特
美在毁灭　美在重生

我们终究要与世界达成和解
时间留下的隔阂　最终
被时间消除　你想象着一种壮丽
消弭高贵与卑微、尊严与屈辱的距离
碎裂又何尝不是拥有完整的方式

这是一个怎样的深夜
无数美丽的精灵在天空游荡
你忽然也想长出一对翅膀
飞出窗口　飞向永无尽头的浩渺

你要的浪漫就在世界的那一边

密密匝匝的雨丝　裹住了
一个水晶晶的南浔　一个透明的你
穿过我　穿过时间的缝隙
每一次相遇都是一次更深的战栗

杭州，我怎能够轻易路过

雨不停地下
广播在不停地播报航班延误信息
我不知道应该平静还是焦灼
脚下是生养我的故土
远方是等待我的爱人
心被细细地切割成了几瓣
却无法放声号啕大哭

再拐一个弯，家就在眼前
只是一小段路途啊
那个心心念念向家奔去的女儿
突然消失不见
只留下惶恐的我　独自面对
来来往往的陌生人
熟悉的乡音　让我忘却自己
一个又将远行的人

如果，雨继续下
你是否会从我的行囊中走出来
我真的不想再做那个薄情的人
背着伤恸到处游荡
我也不想找再多的理由
企图让自己相信
你真的去了远方

杭州
我归途上绕不过的坐标点
多少爱与痛让人无法释怀
不管是有意还是无意
每一次停留

钱江潮总会涌动　将我淹没
我不知道今生还有多少次停留
但请再多给我一次
下一次，我愿意雨永远下着
一直下到 1994
将整个世界密密缝补
我不远行，你也不走

作者简介

　　宓月，女，浙江绍兴人，现居四川成都。毕业于四川大学新闻系，现为中外散文诗学会副主席兼秘书长，《散文诗世界》杂志主编，成都文学院签约作家。作品多次入选各种年度选本、中学生课外阅读书籍和中考阅读理解试题。

向以鲜

像闹钟那样安静

每个人的身体里
都住着一部小闹钟
小到连核磁共振
也无法证明

只有爱情的耳朵
心尖上的耳朵
听见齿轮听见秒针
在精确飞行

绝望的脚步和泪水
一起转动，世界啊
像闹钟那样安静
又突然惊醒

嘀嗒、嘀嗒、嘀嗒
小小的马蹄即雷霆

短 檠

微弱的金色
向上和四周生长
低矮中吸取能力
裹着爆破的繁响

以隐藏方式
回到事物中央
短促的向日葵
阴影也浸透阳光

[注]"短檠"即短颈油灯。唐韩
愈《短灯檠歌》说："长檠八尺空自
长，短檠二尺便且光。"

石纹猫

我有云的身段：跳跃
只是表象，不可捉摸
突然出现或隐藏
才是神的本质

我有石的纹理：炫目
只是托词，冷酷的心
婴孩的浪漫与无畏
才是我的秘密

在猫和豹子之间
我是一个孤独的徘徊者

[注]石纹猫（Marbled cat），又称
云猫，更像豹亚科而不像猫亚科，在中
国生活于云南高黎贡和藏东南丛林中。

树懒闪电

虽然倒悬于南美丛林
却更像微笑的东方圣贤
大自然的觉悟者
贪看懒与真的秘境

形而下的慢，获得藻类
植物信任，毛发即大地
以此成为潮湿大陆
最隐秘的一部分

树上真好，数不尽的树叶
饱含雨水和营养，繁星
落花和果实，照亮
形而上的慢镜头

不要以为慢就是懒
慢到骨子里，才能钩住

世界的要害，才能
摄取闪电的核心

[注]树懒（Folivora）形状似猴，分布于南美洲。动作迟缓，常以爪倒挂树枝经久不动。身上毛被附有藻类植物，呈绿色。杜甫《漫成》："近识峨眉老，知予懒是真。"

作者简介

向以鲜：四川万源人，现居成都。四川大学教授。诗作获《诗歌报》首届中国探索诗大赛特等奖、天铎（乙未）诗歌奖、纳通国际儒学奖、《成都商报》中国年度诗人奖、首届杨万里诗歌奖、《星星》年度诗人提名奖、李白杯诗歌奖等。作品被收入海内外多种诗歌选集，被国际诗歌翻译中心（IPTRC）等机构联合评选为2016年度国际最佳诗人。20世纪80年代与同仁先后创立《王朝》《红旗》《象罔》等民间诗刊。

桂 杰

辨认蓝天

那是一片不仔细辨认
看不出的蓝天
2017 年的一天
雾霾关闭了所有的道路
屋外所有的景色
以及孩子们的想象
此刻
我在北京东棉花胡同的一角
发现了那一点点可怜的
几乎察觉不到的蓝色
巨大的幸福感就把我包围
我好好辨认着蓝天白云
就像归来的游子
辨认着自己的故乡和亲人
蓝色
请多一些
再多一些吧
看，此刻我是多么幸福
又是多么可怜

来新疆三年

来新疆三天
是新疆的过客
来新疆三周
依然是新疆的过客
来新疆三个月
是新疆的酒徒
醉在新疆的美景中
忘却了归程
来新疆三年
是新疆的恋人
才有资格说起热爱
才有机会看到

西北部新疆上空的星座
大美新疆
这一生
必得选择一个合适的身份
走过新疆

作者简介

桂杰，原名李桂杰，天津作家协会会员，中国诗歌协会会员。供职于中国青年报社。出版《忽然天蓝》《对视月光》《流星的冬》等三部诗集。《不会尘封的记忆——百姓生活三十年》曾获得湖南省"五个一工程奖"。

邓　涛

姥姥档案

姥姥的目光熄灭了
像老化的钨丝再也没有发出光芒的力量
我们哭喊着，因为姥姥怕黑
她从此坠入永不天亮的夜里

一个姓和一个"氏"字标注着
高不过一米五几的干瘦肉体
挑水做饭洗马桶这些流水的琐事
组合了她绝不会流芳百世的简单一生
嫁了个老实巴交的长工，守了二十年寡
最长的旅行：她的小脚走到了离城五十里的乡下
最重大的决定：信了天主教
最轰轰烈烈的行动：生了二男一女
最不可思议的事：不识字的姥姥生下了
一个高级工程师，一个主治大夫
和一个享了几年福，却苦了大半辈子的国民党官太太

姥姥的墓碑上没有太多记录
再过五十年，或许没有人烧香

钉　子

一枚钉子钉入木板
我知道木板的痛
就像时间把我钉在陈旧的机床
就像人民币钉在套牢的股票
就像夜晚钉在喝不干的酒瓶
就像穷人钉在低保工资册
就像病痛钉在医院挂号的长队中
就像沉重的书包钉在女儿瘦小的肩膀
就像爱情钉在怀念里，婚姻钉在柴米油盐
就像壳钉在蜗牛柔软的身体
可我们还要向枝繁叶茂的地方慢慢爬
一枚钉子锈死了木板

我知道木板痛而无泪

看　娘

礼拜天的时候，拎着台风过后的第一个好天气
横穿五盏绿灯去看娘的寂寞
看娘喋喋不休的唠叨，像口齿伶俐地背台词
无序无节奏感地从一只耳朵挤入，从另一只耳朵
疯狂地窜出。看娘吵吵嚷嚷地要和老头子离婚
六十多岁的人啦，生活了一辈子
儿子都快四十，还离什么婚？去看娘抚摸
我一百天照的光屁股相片，喜盈盈地谈起我的
童年趣事，去看娘抽我送给她的好烟
喝我送给她的好酒，去看娘的一把鼻涕一把泪
去看娘一天天地枯老，去看娘谈死亡的可怕，见不到儿子
望不见世事
我的娘，佩戴过毛主席像章上过山下过乡的娘
纺过纱演过满堂喝彩的舞台剧的娘
拍过电视剧获过大奖的娘
现在长着老年斑，躺在农民公寓里不停地抽烟
不停地絮叨，盯着窗外进门的那条路

我的儿，该来看我了

作者简介

邓涛，中国作家协会会员，中国文艺评论家协会会员，江西省美术家协会会员，江西省书法家协会会员，江西省社会科学院文学研究所特邀研究员，江西师范大学美术学院等大学客座教授。作品翻译为英、法、日、意等多国语言。曾荣获"滕王阁文学奖"（政府奖）、"中国图书金牛奖"（铜奖）、"冰心儿童图书奖"等多项奖项。

杨廷成

牙合村记

是山民们耗尽毕生的力量
把这片生长庄稼的土地
以天梯的傲然之势
搭上辽远的云端

他们祖祖辈辈
就沿着这北方的云梯
牵儿携女地向上攀登
仰望苍穹里伸手可及的星群

父亲们摇响一串炸鞭
秋风撕打着他的粗布衣衫
肩胛突起的耕牛一声长哞
叫山外归来的汉子泪花湿了衣襟

谁家的女子
在胡麻花淡蓝的忧伤里一声浅唱
白桦林的每片叶子都屏住了呼吸
聆听这来自白云深处的天籁之音

每一株朴素的花
站在大山厚重的额头上
是阳光下慈眉善目的菩萨
给人世间讲述生命的轮回历程

皮影戏

铜锣敲响处
人生的悲喜剧跌宕起伏

雪花扑打灯幕
世间冷暖自知
壮怀激烈时群山震颤
愁肠百转时河流呜咽
悲伤的泪花闪烁
狂喜的泪花长流
这一幕幕上演的传奇
为什么总是与泪水有关

台下的人一声斥责
让流传史册的帝王将相一文不值
台上的人两句调侃
使风流千古的才子佳人丢尽颜面

哭泣的人依旧哭泣
窃喜的人还在窃喜
这些个僵硬的驴皮
在影布上是如此的生动鲜活

一盏孤灯在风中摇晃
前世今生轮换着粉墨登场

柴火的一生

树干轰然倒下
树根就从深土中刨出
又被刀斧大卸八块
堆垒在苔藓斑驳的大墙下
无人问津

鸟儿们从头顶飞去
羊群们从身旁走过
尘土蒙面的一脸沧桑
水分被太阳渐渐吸干
直至瘦骨铮铮

暴风雪来临
有人记起蜷缩在墙角的它们
只需一缕火星的点燃
柴火们就在冰冷的炉膛里
上演一台激情四射的盛宴

光焰温暖
抵御着冬寒的侵袭
在冷漠又喜悦的眼神中
它们血脉偾张地释怀
把自己燃成灰烬

忘却曾经抛弃的时光
忘记那些锋刃的疼痛
就这样默默无闻地
在漫天的狂雪中流泪
耗尽卑微的一生

青豌豆

轻轻一捏
在一声柔和的脆响中
一缕山野的清香令人心醉
我似乎听见了母亲的问候
我仿佛闻到了故乡的味道

童年的岗坡上
举目是金色的阳光
那些个粉白、淡紫的精灵们
在六月的晴空下摇响一串串风铃
是山里的女孩子追逐嬉闹的笑声

她们手拉着手
她们肩并着肩
是一群群情深意浓的乡下姐妹
同享着春日雨丝的喜悦
共担着夏夜雷电的惊骇

裹着翠绿色的袄子
大家紧紧地依偎在襁褓中
这鲜嫩鲜嫩的珍珠
一粒粒地泛动着生命的光芒
在甜甜的睡梦中期盼成长

青豌豆、青豌豆
这是谁家小丫头的乳名呀
就这样轻轻地叫你一声
我那插了翅膀的心
早已飞回到花落花开的村庄

作者简介

　　杨廷成，青海省平安人。中国作家协会会员、青海省作家协会副主席，现供职于青海省政府国有资产监督管理委员会。出版文学作品集《大自然的萧音》等5部，主编出版诗歌集《青稞与酒的歌谣》等5部。诗歌集《乡土风语》获首届"青海文学奖"。

银 莲

东巴文化

耗去半天时间
捣浆　挤压　晾干
这些树皮做成的东巴纸
躲在语言后面
陌生地看我

图画一样的象形文字
全然不顾我的慌张
踩着纳西古乐
手舞足蹈

东巴文化
撩开神秘面纱书写古老
木府里的声音
落在纸上变成法令
湖畔山野的声音
传递爱情

一个汉字在指尖发出声响

千里万里
坐看山涧云起
流水芬芳
在一壶酒的火焰里
打开自己

太平洋吹来的风
填满摇摆不定的夜晚
月光撩拨琴弦
一个汉字在指尖
发出声响

把自己快递给你

千里之外
路牌不清地址不详
我怎么把自己快递给你
我遥远的爱人
在这个佛祖赐爱
阳光煽情的日子

如果风来敲门
请开门签收
这来路不明的邮件
再一层一层解开
我的青涩与饱满
当你目光微醺
游走我的高山河谷
百合花开
我就是你梦中的新娘

我是溪流
在山涧翻滚的云朵
天天缠绕你
我是蝴蝶
向花蕊讨来的蜜糖
夜夜黏着你
你若喜欢瘦
我就瘦成闪电
你若喜欢胖
我就胖成海洋

亲爱的 请绕道身后
用力抱紧我
穿过我黑色的长发
像星夜赶考的书生
翻阅《诗经》字里行间
枝叶初生的蒹葭
请带我上山冈
用你的火焰
融化我生命里的冰霜

今夜我要带给你
一个男人对女人
所有的想象

作者简介

银莲，专栏作家，诗人。历任《青年作家》《中外文艺》杂志副主编，参与策划并担任2017年华语诗歌春晚成都分会场总导演，现任四川省艺术产业协会执行主席，中国诗歌网四川频道营运总监，成都市武侯区作家协会副主席，峨眉书院创始人。著有诗集《时光的河流》《那时风情》，散文集《树梢上的夏天》。文学作品被译成英语、西班牙语。

雁 西

葡萄园

在乡村，葡萄园
从第一次见面开始，就忘了
今夕何夕。让时间拦住你的去路
不能，不能不想念，天籁那么美
躲在一角，渐渐欣赏
微笑，在窗边，在涌动的海
你不明白发生什么
情网，在沙滩上暴晒
我只想和你在一起，奔向天
湛蓝的海
和你相遇，命运就这样张开了
我是刚好路过
一切都在改变，世界，不，这片土地
不属于你
爱情也一样在改变

整个葡萄园的葡萄
在这个下午开始变酸
看你眼神
像星光点燃了夜，彻底失眠

我只有找到你

像一阵微风掀开了河岸
像一个梦奔向了彼岸，像一朵花
突然绽开，我的楼兰呢，我亲爱的
你，你要去哪里？你究竟在找什么

远望，披头巾，飞翔的翅膀
在沙漠中的红线，引我，牵向
另一个世界深处，你在吗
时间的车轮，碾碎了爱情

两朵玫瑰，像两杯红葡萄酒

杯中的，两滴红酒靠在一起，像一串
葡萄相亲相爱，在召唤千朵万朵
只为寻找到那一朵藏着生死符

云在飘，心像一片羽毛
躺在你的怀里，倾听大地的节奏
你的心跳，来自一条山脉里的山谷
就要结束了，可一切刚刚开始

从天池看到你出浴时的
翠绿和娇滴，魂兮呵风中摇晃
肌肤一直亮到月亮
一个人的时候，全世界都是你

绿洲是你，沙粒是你，阳光的
影子是你，我只有走遍全世界
才能看清你的模样，我只有找到你
才能看清全世界的模样

孔雀从红酒中飞来

穿过了火焰，雨下了起来
泪也慢慢流进了
沙丘，骆驼走过之后
废墟上的遗迹，你是否曾经来过

刚刚离去奔向高处，向海市蜃楼
孔雀从红酒中飞来，万里无云
向缥缈的仙境，你似乎并不存在
你却又存在我的体内开花

不世的忧伤，前尘遗珠
你在寻找，究竟在寻找什么
路上的花香，七里香，也有柠檬
橘子皮，菠萝的味道，酒后的雨
也有了香味

对我而言，你是蝴蝶仙女
一棵长生不老的葡萄树，在深山老林

在天宇尽头，在星星出没的河流
全世界是你，你就是全世界
比玫瑰，比生命更重要
孔雀从红酒中飞来，摇身一变，是你

作者简介

雁西，本名尹英希，出生于江西南康。诗人、评论家、策展人，中国作家协会会员，中国文化管理协会文学艺术委员会副会长兼秘书长，《现代青年》杂志总编辑。出版诗集《时间的河流》《致爱神》等6部。曾获《芒种》年度诗人奖，《人民文学》优秀作品奖，世界诗人大会创意书画奖，中国首届长诗奖，加拿大婵娟诗歌奖，第四届中国当代诗歌奖，2016年12月获两岸诗会"桂冠诗人奖"。

田 湘

古 道

一条路从汉朝走到民国
又走到今天，也不觉得累
不像一个人，早就变成灰了
一条路只要有人走，就不会死去

在环江，我见到了这条路
也不知为谁，穿越了两千年
两旁古树参天，但不是汉朝的
花草藤蔓不是，飞禽走兽也不是
这些生命都太短暂

只有石头是汉朝的
却没有生命和记忆
石头有门，却从不打开
一如古道无法穿越
我们进不去，古人也出不来

俗世缠身

一群云放弃了优雅，不做神仙
入俗，来到尘世
跑进森林、村庄、稻田
跑进城市的污水沟

一群云落到海里，变成了鱼
即刻被大鱼吃掉
变成波浪，又被更大的波浪推到沙滩

一群云落到草原，变成马群
顾不上吃草，就遇见狮群虎群
于是狂奔。草原广阔了起来

一群云最后落入水井
被取来做饭、炖羊、酿酒

此时炉火正旺

最微小的，痛苦也最轻

暴雨和狂风过后
呈现在我面前的是
山体和房屋坍塌
成片的树木折断
汽车被道路上的积水淹没
路边的小草则像刚沐浴出来
最微小的，痛苦也最轻

作者简介

田湘，生于广西河池市金城江区，现居南宁。著有《田湘诗选》《雪人》（汉英双语版）等诗集6部以及配乐朗诵诗专辑。主编《沉香诗选》。

柳必成

两重天

走到这里，天气就完全不同了
西跨一步，拨云见日，朗朗乾坤
东回一尺，雾锁群山，烟雨迷蒙

这是一种自然现象，叫我感到太不自然
就这一尺，或者一步，截然相反两种境界
一种如人世，一种如仙国

在陕川界，在收费站
我和天空接通呼吸，和水光山色相视一笑
买了一包纸巾，一筒薯片，轻松上路

雨 过

天未晴，满脸愁云，挂在山上
山不高，身着墨绿，由远变近

树木们，精神抖擞，不想丢弃一片叶子
建筑群，似曾相识，挺拔于高空中

地上半干，秋风擦拭过，不彻底
空气半湿，白露补过妆，很得体

这些小事，虽然发生在今早上
但我知道，昨夜一定风雨交加

酒 意

我一直怀疑，自己曾经落草，上过水泊梁山
此生，放不下一杯水酒

小碗不过瘾，就换大碗

一场没喝够，接着再喝三台
真酒不多，假酒喝了不少
该喝不该喝的时候，都喝
酒龄已千年，却没留住一个英雄

这么多年，我总能把自己经常灌醉
变成一坨烂泥，七十五公斤重量
从不指望一夜之间，爬上墙面

当然，我会以独特方式在酒里存在
从明天开始，和人参、海马、虎鞭、大枣、枸杞联手
给夜晚壮阳，给白天安神

作者简介

柳必成，陕西汉中人，中国诗歌学会会员，陕西省作家协会会员。著有诗集《茶之语》《与女儿说话》。2016 年获首届"陕西青年文学奖"。

张春华

你好！新公民

——致 Sophia

告别精子与卵子的碰撞
你获得了一个新的人类公民身份
成为这颗星球首位无机生物

在月光表面和火星灰的遮蔽下
你照常可以发声　甚至
歌唱一曲《宇宙永生联盟》

此刻　肉体是痛苦的有机载体
祈祷可以短暂地抚慰受伤的心灵
神开始判断天堂之门是否关闭

历史的沟壑已沉积了无数的骷髅
空气和水　负责
孕育天道与思辨的哲学

每个纪元的起点
与胜者祭坛上滴落的血有关
不论是冷血 还是热血

你好！新公民
没有灵魂与血的震荡　未来的生与死
或许　在你口中是没有意义的单词

剥开一枚果壳

我　在另外一个星球
剥开一枚果壳
这里的季风　是种子的襁褓

词汇和语言
储存在山岗或凹地的灌木丛
水隐没于流动的岩层

沿途孕育的子宫
随花的信使
接管生命的轮回和陨落

眼睛和泪滴
已经摆脱了忧伤和苦痛
光线均匀地打在额头

蹄声化着飞马的旋律
在天空的背景上
划出一道道草木的前生和来世

不是所有的尘埃
都能够回答　时间的永恒
天平的指针始终竖立

何处是天涯
冰冻的记忆　封存了我
曾经赤足的奔跑　和尾随的枪响

挣脱眼睛里的色彩

传递和轮回从来没有停止过
眼睛看见的　其实
不是这个世界的全部

天空　涌动的超声波痕
无形地越过一块块雨季的密林
追踪逃遁的猎物

同时　音频不断敲击深蓝的海
用触须验证的生死情爱
已经跨过　马里亚纳海沟

极地雪白　准确的时间长度
挣脱眼睛里的色彩
用隐秘的信号连接每一段跋涉

我看不见风来的方向

只知道　今夜这有限的归途
会摧毁我可怜的视线

最后的卡西尼

离开土卫二
你向土星的十二道光环进发
我正翻阅米开朗琪罗自传
首页是《末日的审判》

我不知道审判者
审判的标准
也不知道地狱和天堂
是否同在一个天体中运行

其实　强大的悲哀
早已再现在圣彼得教堂的两侧
最后的基督
也耸立在祭坛的中央

你带来有关水的消息
罪与罚　虽没有停止的迹象
你航行的深处　陨落仍然在漫延
可黑暗之河　有光明降临

作者简介

张春华，笔名幽浮时代，现居上海。2016
年出版个人诗集《体温》。

超 侠

孩子与恐龙

一个初生的婴孩
拿起一双筷来
小手微微　去夹盘里的菜
盘子里　有一片森林和
一片大海
天更蓝的可爱
那是婴儿的眼挂在
黑夜的雾霾
暴龙在林中撕拽
翼龙在空中摇摆
蛇颈龙在海中游哉
从天而降的巨筷
夹着它们的腰　一甩
蘸一碟辣椒油　大哙
一口一口一口　猛塞
庞然血骨化作养分牛奶
它告诉新生一代
远古恐龙繁荣兴盛
就是这样遭了灭顶之灾

怒江的怒吼

高峡交错
狰狞的石怪手持斧磨
怒江从此飞过
狂野　惹火
隆隆奔雷虎行龙卧
嗖嗖闪电剑断山廓
你的怒吼不是你的错
你的怒吼是人间的过
你用柔弱
斩妖除魔
你的回眸
含情脉脉

你的蛮腰
盈盈一握
你狠狠的漩涡
如磊落　的　泪落
于是　你不羁的风骨和幽默
像风华绝代的小苹果
走进每个人的心窝

鲁朗云海一线蓝

云海里
有一只眼睛
一只蓝色的眼睛
像天一样蓝
像宝石一样亮
的眼睛
献给青山的哈达
被金乌的光吹散
鲁朗林海
神的云海
你在偷偷看云　看海　看灵
一只神的眼睛
在云里偷偷看你　看心　看情

须　弥

须弥芥子
飞天神石
一山红
千窟洞
轻诉梦
太古天年
宇宙洪荒
睁开观察者的凡眼
坍塌成无脸
量子的宝相庄严
听天空传音
是无人机的机械语言
菩提树下童心群聚愿

冥冥有缘
再现慈悲的巨面
一沙
一世界
一思
一闪念
无数宇宙再现
和再见
生与灭
只在瞬间
豁听天音真言
刹那　凝定　石岩
愿佛留心间
快乐逍遥
永无厌

作者简介

　　超侠，作家、编剧、诗人，作品以科幻小说、童书等为主。作品主要有《少年冒险侠》系列，《超侠小特工系列》，参与编写《蓝猫淘气》《快乐星球》等。曾9次荣获华语科幻界最高大奖全球华语科幻星云奖奖项。剧本获得"八一杯"最佳剧本入围奖。

路军锋

漉泽河畔的夜晚

夜晚的太行
碎银撒满了天空
摇摇曳曳
映照在漉泽河上
晃动的星光
时不时与我眼球亲吻
这是我的家乡
我难忘的地方
舜耕于历山
渔于漉泽
而我
在水里嬉戏
这里演绎了许多故事
也藏匿了许多秘密
夜色里有惊悚
也有亲和
微风相互抚摸
酿成一年又一年的思念
寂寞时总是上演
父母在漉泽河畔的呼唤
乳名和梦一起纠缠
醒来还是很甜，很甜
漉泽河，我忘不了那原始的岸

漉泽古城感怀

在樵峣山上
俯瞰固隆大地
时空慢慢地穿越
回到远古的漉泽
我沿着一些残缺的脉络
寻见了一些
密密匝匝的文字
随着岁月的流逝

一些历史有些模糊
包括群鸟啄破的图案
图案是历史老人设计的
我乘坐一艘太阳船
就这样迷茫地走进深层
走进历史
看风穿过巷道
拂过古城
寻找一些留下的痕迹
读那些嵌得很深的脚印
读那些尘封久远的古朴

雪夜品茶

大雪弥漫了三天
封住了大山所有出口
在骏马岭的书斋
没有柴火
我用电烧开了陆羽茶经
开始拷问千年茶事

今夜没有井水
没有泉水
也没有王安石的长江水
这次我听白居易一回
吟咏霜毛句
闲尝雪水茶

一碗两碗三碗
我要满饮七碗
我不管满屋烟云
今夜我要细啜茗花
细啜苏东坡的叶嘉君
品这一千年的浮沉

我轻抚空谷幽兰
从《笑傲江湖》开始
由《鹤冲霄》到《酒狂》
最后还是《平沙落雁》

谁知尘境外
路与白云通

[注] 空谷幽兰是我心爱古琴。

析城山之恋

在商汤祷雨的地方
有一个神奇的娘娘池
娘娘池的周围
是一个神奇的亚甸草原
草长高的时候
最耀眼的是草中的狼毒花
此时的它，随风摇摆，风情正浪
我认识它，叫她姻粉花
周围是上了年纪的古树
还有七彩的岩石和溪流
壮丽的十八罗汉峰
卡着腰守在它的身旁
五颜六色的帐篷星罗棋布
点缀着辽阔的草甸
尽情地享受着凉风的梳理
古老的吉他
弹奏着析城山古老的山曲
这里不乏远方寻梦的情侣
所有的女人斑斓蝶舞
所有的男人英俊潇洒
散发着雄性啤酒的诱人芳香
他们开始飞翔
他们开始歌唱
都在深深的季节里生长
在欲望与渴望之中
从来不把爱的季节错过
这时候你会看见鸟语闪烁
挂满草甸辽阔的天空
草甸看日出
是一部壮丽的分娩
从这里走出去的男女都会回来
站在草甸的风景线上

想成为一棵树，一棵古老的相思树
一直站着，直到月亮升起
成为草甸最显眼的影子

作者简介

路军锋，笔名太行闲夫。中国诗歌学会会员、山西省作家协会会员、山西省美术家协会会员、山西梦之路书画艺术研究院院长、《天涯诗刊》社长、总编。著有《诗人过太行》《中国传统人物》《书法传天下》《国画传奇》《太行大儒简传》《太行之光》等。有诗散见全国各大报刊，并被收录多种诗歌选本。

陈伟平

井里的鱼

鱼生活井里
嬉戏水的深处
一生的朋友
就几只小虾泥鳅

井很小
鱼很自由
偶尔游出水面
也只瞧瞧
井口大小的天

鱼不眼红蝌蚪
鱼不问江湖

春天的落叶

风往北吹
繁花的影子里
挣扎着几枚春天的落叶
像折翅的蝴蝶
迷惘　痛苦　绝望
其中一枚叫艾兰的
被海浪推上土耳其沙滩
蜷曲的残叶上
仅留着海水的咸涩和
阳光忽略的
叙利亚鸟音

饮　茶

光线照过来时
他看了看杯中的影子
又看了看远处的山林

心存茶念的人
喜欢隐藏云雾背后
用骨头挑着花朵
喂养枯枝上滴落的鸟鸣
他内心的陡峭
往往会因一只途经的蝴蝶
缓降成清明斜坡

往往会因叶瓣上一颗露珠的
微芒
从时间的躯壳里
摇摇晃晃掏出
月光和风声

作者简介

陈伟平，笔名晓雨、左岸，江西省作家协会会员，国际汉语诗歌协会理事。有部分作品获奖、转载、入选《2016 中国新诗排行榜》《每日一诗》等。

祝雪侠

钱塘江的夜晚

如此迷人
钱塘江的夜晚
波光粼粼
伴着璀璨的灯光
这会可以写诗
可以对着海面大胆想象
清风一缕
秀发飘逸
梦幻杭州星光点点
很想畅游
让灯光一起跟着漂流
江面上的小船儿荡悠悠
那束光一缕一缕
有些穿越
水面仿佛穿上了美丽的面纱
我一个人陶醉独醉
一点不想走
我看着江面
水看着我
呼吸深呼吸
清风拂面
今夜如此迷人
我想多待一会儿
没有方向感的我不会迷路
来杭州多次
第一次在宁静的夜晚
一个人走走
看看美丽的夜景
看看美丽壮观的钱塘江
此刻
我感觉神清气爽
心情愉悦
想倾听一朵浪花的歌唱
可是湖面

和我的心情一样平静
不舍离开
钱塘江的夜晚美了醉了
让我在梦里与你相伴

北戴河之旅

初冬的北戴河
阳光灿烂
北戴河之旅
留下美好回忆
海面上波光粼粼
飞翔的海鸥渐远渐近
浪花朵朵
仿佛那首唱不完的歌
海风吹乱了我的头发
眺望远方
海天一色
我与大海如此亲近
漫步海边
看夕阳西下
留下那缕灿烂
像一首动听的歌
似一幅完美的画
我不敢躺下
怕浪花拍打海岸
弄湿了我的衣裙
可是午后的阳光
似乎灿烂了整个冬天
摸着被太阳晒暖的沙子
心里瞬间充满了温暖
海水摸着冰凉
却有一丝清澈和甘甜
张开双臂
任海风肆无忌惮地吹
我与浪花共舞
心如浪花朵朵
融入海的怀抱
北戴河之旅

心被阳光温暖
留下醉人的画面
我喜欢海的波澜壮阔
海边飞翔
梦想随风飘荡
海的声音
你是我心中
悠扬美妙的旋律

鲁院那场雪

这场春雪
飘落在我读鲁院的时刻
雪舞花飞
清晨推开窗户
扑面而来
好大的雪
刷新了我的记忆
清晰了我的思维
是我发现了你
如此晶莹剔透
我被你瞬间融化
同学们调皮
晃了晃树让雪花将我包围
找不到我
是雪花将我淹没
这场雪给我写作带来了灵感
也让空气得到净化而格外清新
雪的洁白
雪的银装素裹
让大地一夜之间变成了雪国
名字有雪对雪格外亲切
仿佛她就是我的化身
我陶醉在雪国
静静地沉默
不想让你融化
可是雪后晴空
像画中梦中一样的风景
你要消失

我却恋恋不舍
站在雪的世界呼唤
将你的美永恒地刻画在心底
雪融化
我的世界依然雪舞花飞
和我的书名一样
浪漫温馨
喜欢雪如我干净清澈的心底
那场雪
如我们的鲁院
心中神圣的殿堂

作者简介

祝雪侠，女，笔名祝雪，陕西武功人。中国作家协会会员，第七届全国青创会代表，鲁迅文学院第十九届高研班学员，中国诗歌网事业发展部总监。出版诗集《雪舞花飞》，诗歌合集《文心中国》。主编文学作品集《楚韵南漳》。出版新著《祝雪侠评论集》。

孔占伟

在山坡上数羊

这是恬静的温柔
在长满阳光的山坡上
悠闲的岁月惬意又温馨
眼前三三两两走过的
公羊　母羊和小羊羔
还有个别是长了硕大羊角的种公羊
部分是白色的　部分是黑白相间的
这时候我有意识地把这些
生活在草地上的精灵们
搅和在时间深处
然后分门别类

一望无际的草原上
羊背上沾满了月光的白
星星的影子洒落一地
我能做到的事情依然是数羊
从一只羊开始一直数到眼花缭乱
季节交替着山坡上的光阴
羊群缓缓走出视野的刹那
天就一下黑了

日子就这样被日月吮吸了
羊群走过的每一座山岗
在我的世界里有枯有荣
羊同草一样枯黄了
剩余的依然在吃草或者繁衍
数羊的情景在山坡上浩浩荡荡
灵魂被清风一次次吹拂
如果能够经常遇见它们
我将栖居在挂满云彩的山坡上

爱在秋天

风的颜色金黄一片

一缕缕从左心室吹向右心室
穿过整个心境
沿着平坦舒服的畅想
进入山庄的粮仓，这是黄金的成分
我爱这样的季节
爱风中暖暖的尘埃
尘埃中小小的分子
分子中每一粒微生物
爱到它们今生今世再也不复存在

为收获劳作的父辈们
一茬又一茬
庄稼一样长成这样老练
从左手到右手
每一个手指撑起日子的乾坤
我爱着他们的魂魄
欣赏自然天成的纹理
迷茫里长大的童年
童年里模糊的记忆
记忆中渐渐又清晰的根本

我爱着秋天的广阔
把世间万物在天地之间
均衡地照养成真实的生活方式
我爱人间的冷暖
那些从容不迫和可爱又可怜的漏洞
把大山深处劳作的过程
在举手投足间表达得淋漓酣畅
我爱秋天般饱满成熟的山乡
使它把唯美和朴实
用蜜的方式呈现出来

远山上的雪

太阳眷恋纯洁
唆使冰雪挂在高海拔的山顶上
这样所有的热量都无济于事

在青海，在接近天宇的高原上

很容易见到雪
看见它时刻高高在上
看见它时刻洁白无瑕

居高临下
那尊和世界对峙的苍茫啊
是与生俱来的胎记
雪的成因没有错
爱恨交集
常年不化的冰雪还要高高在上

比雪洁白的白，在远山
比远山更远的山，在远方
在青海，我才能看到远方和远山上的白

作者简介

孔占伟，笔名山人，1965年生于青海贵德。系中国文联第十次全国代表大会代表，青海省作家协会主席团委员。出版诗集《日子与纯洁的季节》《岸上的水》《家书》等。

卡　西

宽恕一切

初夏披着薄纱，伫立在阴影下
开始刺眼的阳光
正在云端集结，准备穿越悸动的河流

长相臃肿的城市
被喧嚣折磨得有些失忆
找不到旧窝的鸟，蹲在日渐衰落的电杆上
怀念那些不知去向的童年

支离破碎的生活
已经揉捏不出想象中的味道
只有行迹匆匆的风，闪烁在黑夜深处
散发出欲望的延续

很多时候，头骨会莫名其妙疼痛
扯着隐约可见的空荡
一场沉默寡言的山火，它的燃烧比毁灭沉重

下雨的感觉

细如毛茸的舌头舔着我的脸颊
这些天空的语言
披上生命的音乐，浩浩荡荡开进体内
河水在听，石头在听，春风在听
别惊动它们自由的翅膀

这是美妙的黄昏
花瓣闪烁晶莹的战栗
还有爬山虎，一根根强盛的毛细血管
赋予灰色薄暮更多隐喻
经过修剪的绣水浮径
显得有些苍白。仿佛手术后失血的表情
感染城市肿胀的眼睛

西边的亮光在缓慢扩散
像个佝偻老头，裸露出瘦削的肋骨

一天中最后的切口
里面栖息着什么。自以为什么都见过的我
不可思议陷入时间的乱麻丛中

信　念

美好事物，往往出现在不经意间
越来越大的风
伸进乱云飞渡的天空
作为形式存在，我无法选择。一个梦
穿上皇帝的新衣

语言粉饰的背后，被挤兑的词语
一次次向我逼近
截然不同的声音，来自内心的水域
在坚持中坚持
布谷鸟从塌陷的废墟上飘过
一只羊冲破栅栏，向辽阔旷野奔跑而去

呼吸中，必须怀疑某些东西
作为生活的佐证
就像那些无法预知的面具，它们与现实融为一体
忽明忽暗的日子变得扑朔迷离
仿佛黄昏投下的影子
有时是敌人，有时是兄弟

远方响起的闪电，不止一次落在头上
被我紧紧揣着
想想已经挥霍掉的许多岁月
混沌中的苟延残喘
那只是陈旧部分。水的感召，使脚步宽阔起来
醒来的诺言，从弯腰处开始捞起

作者简介

　　卡西，本名郭龙翔，贵州贞丰人，毕业于贵州民族大学数学系，现在贵州大学工作。系贵州省作家协会会员，贵州省诗人协会副秘书长。20世纪80年代初开始诗歌创作。1983年发表处女诗作。主编过民间诗刊《无名指》，著有诗集3部。

远 岸

致母亲

太阳还在
月亮还在
有一个慈爱的声音
却已不在

一声声叫喊——
回家喽
吃饭啦
睡觉哦

又轻
又细
沿着窗台
滑落床边

这是母亲的声音
一串断线的珍珠

若有若无
如孛艮第的味道
阳光般摇动着
月影般凝固下来

冬日的温暖

这些暗红色的记忆
穿越冬日
一定是
为了倾听焰火的心事

寒冷刚刚开始
莱昂纳德·科恩
刚刚在冰封的云层
展开极致的飞翔

太阳依然冉冉上升
大地的心
依然
隐藏在遥远的林子里

就像这些神奇的液体
门开了
多么漫长、唯美
时间停止
只有风
在高处窥视
一把无与伦比的大提琴
一些来自太阳与月亮的天籁
一些哈瓦那孤单暧昧的滋味

致六一居士欧阳修

无法和你开怀对饮
是我
也是你
不醉不说的遗憾

你的万卷经书
是时光魔法手中的
一杯冷饮

一千年的距离
有点寂寞

是酒前下棋
还是醉后听琴

月亮是谁的玩物
任由太阳来摆布

一壶酒不够
一人喝哪成

你说醉翁之意不在酒
我说醉翁之意只在酒

你说的是酒话
我说的是醉话

如果有人问起
静静地
你不说
我也不说

作者简介

远岸，男，中国作家协会会员，海南省作家协会
诗歌创作委员会主任，《国际汉语诗歌》执行主编。
1986年创办红帆诗社。出版诗集《无岸的远航》《带上
我的诗歌去远行》。获过人民文学优秀作品奖、"百年
新诗特别贡献奖"等。《诗歌月刊》2016年年度诗人、
《现代青年》2016年度"最佳诗人"等称号。

赵晓梦

喝酒的人

我能够给你的，都交代在这杯酒中
交代给那个从贵州方向来人的手上
从黄昏到黎明，雨雾一直在山谷堆积
我要等的人　那个喝酒的人还没动身

迟到不是用来惩罚而是用来奖励的
这三杯入席的酒显得过于小气
就来个小钢炮吧，先把场子震住
谁让我要等的那个喝酒的人还在路上

喝酒怎么可能没有声音呢？
这屋外赤水河和二郎山的吼声
这桌上除了菜品和诗人是沉默的
其他的都在一杯酒后变成了话家

话家从一首诗说到一个人
从男人说到女人，从一个中心说到
多点开花。最后在一杯酒中回到一首歌
"若要盼得哟红军来，岭上开遍哟映山红"

对这些喝酒长大的人来说
冲锋陷阵的动能不会随时间流逝减弱
企业改革和利润改善让流动性明显增强
板块轮动，酒的大盘一直在高位震荡上扬
每个人的酒量估值都不能用金杯银杯衡量
对赤水河边的人来说，酒不是问题
问题是天下没有不散的筵席
问题是我要等的那个人始终没来

从黄昏到黎明，喝酒的人在桌上堆积
微信最新动态、堆积荤的素的段子
堆积酒的豪情与放慢步伐的 GDP
也在堆积对某个人不着边际的感情

带酒的人

带酒的人从不喝酒，据说他的肝脏不好
就像我从不打牌，家里却摆有麻将桌
据说这是待客之道。从这个意义上说
带酒和置办一张麻将桌都是中国哲学

这些从古至今的哲学，把中国人摁在桌上
无酒不成席，现在三缺一
你能逃脱历史的最高点
却逃不脱一张桌子布下的局

肝不好的带酒人，将自己的情谊寄托在
我们的酒杯里，就像小散把发财的希望
都寄托在主力的轿子里。问题是水能
酿出酒但代替不了酒，以水敬人太过于直白

我不知道看别人喝酒是什么滋味
但我知道看别人赢钱心里很不是滋味
就像大摆夜宴的韩熙载宁肯把自己醉得泥烂
也要树立宁伤身体也不伤感情的待客标杆

躲在酒杯后面看别人喝酒的带酒人
犹如在模拟盘中看股票大涨大跌
酒杯里的爱恨情仇、悲欢离合
潮水一般冲击着他肝脏虚弱的防线

那一晚的待客之道，令他忽然间沉默
沉默里充满短暂与永恒的纠结
再好的一手牌不下叫永远和不了
而酒的友情只存在于酒的血液里

如果一杯酒能破解时间与死亡的哲学
那么酒便能以自己的轻战胜生命的重
因为，再坚固的酒杯遇到酒也会变得弯曲
因为，你不喝酒怎会明白赤水河对酒的情有独钟

作者简介

赵晓梦，笔名梦大侠，1973年生，重庆合川人，现居成都。中国作家协会会员，四川省作协全委会委员，《华西都市报》常务副总编辑。出版《接骨木》等6部诗文集。作品入选20余种选本。被评为《西北军事文学》优秀诗人、《中华文学》2015年度优秀诗人，2016重庆诗人巡展暨首届"年度诗人"。

金 迪

我现在有重要的事

我的描绘极有可能被你抛弃
如果只是遗忘，如果我的描绘
还有残留的尊严，那我已是
人中之人
草船借箭，借荆州
借奔驰驶向劳斯莱斯身边
一段历史可能毁灭于一段话
一个民族可能成长于一段记忆
一个人，可能因为反抗而被命运看重
命运的最终目的是不断加重责任
责任就是每隔几秒就能听到生命的钟声
这个肩膀一样的窗台
挑起的是一种什么样的精神

两个孩子

不管身躯在何低洼处
灵魂始终比云端更高
蚂蚁不停摆动
长长的队伍像长长的音乐
多么宽阔的田野
我不止一次赤脚投入你的怀抱

月圆时小鸟与我对话
我脱下修辞
只不停对她点头
生命的高飞与滑行
都像打湿我脚步的海浪
咸涩与清香转瞬成为往事

两个一起成长的孩子
一个逐渐衰老
一个步步年轻

返回青春期

拿出一座山的照片
河流般的眼神摄下我的心情
如果我的脚印不能山川一样震撼自己
请不要向我靠近

我以飓风梳理自己的头发
内心的海浪何时才能停歇
道路是格言堆砌还是世俗的气息熔炼
我常将我的灵魂高高举起在烈日下晾晒

我来做什么？我能做什么
人世间的千万种答案汇集成脚下的莽原

作者简介

金迪，湖南桃源人。《诗品》诗刊出品人、社长、主编，湖南省诗歌学会副会长，金迪诗歌奖创办人。作品曾获武警部队诗歌创作一等奖；第三届中国当代诗歌奖（2013—2014）贡献奖；2014《现代青年》年度十佳诗人奖。被评为《诗网络》诗刊2015年度诗人。

李永才

秋天的剧情

开往十月的火车，像一个幻影
被猫头鹰的目光
咬得面目全非
失去快乐的窗口，枝条纷乱
几只枯涩的果子
独自跌落，在一片风声里
鸟儿挤出丛林

秋天来临，种类不同的鸟儿
在自己的云朵里低语
谈论蝴蝶，希思黎和传单一样
被阳光散发的部落
时间的鸟巢，物归其主
没有什么特别的

我的部落，是另外一个世界
落叶像脚下的便士
对秋霜的言辞，无动于衷
在一种匀称的概念里
灿烂，或者宁静
都各守自己的边际

秋天的剧情，多么相似
在黄昏的影子里
一些无花的植物，挂在袖口
保持一种思考的状态
像自由的衬衫
落满整个秋天的哀愁

少年的天空

少年的天空，是一只鸟巢
架在高大的皂荚上
鸟巢渺小。秋风高远

总想看看，巢中的秘密
是否孵出了生命

秋天是一枚鸟蛋，被过往的枫叶
吹破。吹破的还有苹果
红红的脸上，挂着一丝羞涩
少年的手上，是鸟蛋
还是苹果，至今仍是一个谜

秋后的枝头，鸟鸣早已成熟
少年的相思，
如一只提篮，从未打捞起
一朵爱情的浪花

时光之雪，就这样
堆积了，一千个少年的
月亮和太阳
而我的大千世界，只剩下
一行热泪，两根白发

飞鸟与上帝的谈话

有那么一点旧时光
我们站在少年，和女警察的心上
时光之流云，逃往南山
沸腾的日子，被卷进一片小丛林
是时候上路了

海棠红春树，我们用杂乱无章的枝头
记录花朵们的悲欢
正午的阳光和笑语，从头顶流过
让人感到，体内的茅草
有些潮湿和鲜艳

记忆中的植物，再度出现在园中
我们拾阶而上
走出阳光布下的棋局
一段山水路程，有些朴素的光芒
是飞鸟与上帝的谈话

谈论春雨，春心。枯藤和人头
可以忽略
人心流变，春柳开始发芽
生活如雨，又酸又甜的气息
在你的脸上飘起来

作者简介

　　李永才，男，1966 年出生，重庆涪陵人，现居成都。中国作家协会会员，成都文学院签约作家，《四川诗歌》执行主编。出版诗集《故乡的方向》《城市器物》《空白的色彩》《教堂的手》《灵魂的牧场》《南方的太阳鸟》等多部。领衔主编《中国诗歌版图》《四川诗歌地理》等诗选集。

高 飞

武当山　让我们俯下身去倾听

历尽沧桑的武当山
像一位年迈而慈祥的老人

静静地坐在那里
让岁月拂去岁月的尘埃
等待着你的到来
倾听沉默已久的心声

在武当山
任何一座神殿
甚至一级被岁月磨光的台阶
一处神龛或者一截
被青苔锈蚀的残碑
都是古老而鲜活的音符
或者一句隐秘的谶语
或者布满珠网的玄谜
或者一只期待已久的眼睛
在苍茫天地间静静地凝视
等待又一场风雨的来临
一颗灵魂的复苏

那是一个神圣的时刻
那是一个石破天惊的时刻
一个黄昏之后
让我们这些后来者
俯下身去倾听
一场穿越时空的对话

朝天宫

朝天宫在武当山天柱峰的半山腰里
朝天宫离天很远
朝天宫距离坐落着金殿的峰顶也还很远
朝天宫是武当山古神道上一个歇脚的驿站
朝天宫坐东朝西倚山而建
左边的一条路可以上山可以下山

右边的一条路可以下山可以上山
两条路就像朝天宫的两只胳膊
一个在左一个在右
朝天的路就是这样
每一个方向每一个位置每一个时候都可以作为起点
在武当山
没有一座庙宇
把路铺得这样四通八达分寸井然
没有一座庙宇
把路伸展得如此通畅　悬若云梯
朝天宫就是这样
以一种不居高而临下的方式
让每一个登攀者　仰视
然后继续攀登
一路朝天

朝天宫在武当山天柱峰的半山腰里
朝天宫的高度实际上并不算高
比如宫后山崖上的一棵小树或者一株小草
就要比朝天宫高高的屋脊高出几个高度
朝天宫却以一种庙宇的形式
让一种神殿的崇高
超过了九天云霄

朝天宫
一座遥望天堂的
宫阙

武当山金顶

你把一种崇高
用险峻表达
于是　你以一座灵山的神奇
让虔诚在这里
接受检验
你把一种爱
化作九曲回环的天梯
于是每一步台阶
因你攀登成为一种
荡气回肠的向往

你把一种信仰
凝聚成金碧辉煌的殿宇
于是每一次朝拜
因为你
闪着耀眼的光辉

天柱峰
不朽的金殿
天地间
光耀千古的神祇

作者简介

高飞，男，汉族，六十年代生，河南南阳淅川人。现任湖北省丹江口市作家协会主席、《丹江口文艺》主编、《沧浪诗刊》主编，世界汉诗学会理事、中国诗歌学会会员、湖北省作家协会会员，高级编审。先后出版各类著作30余部，发表各类文章千余篇，荣获各类奖项数十项。2016年，其创作的组诗《中国神话》荣获香港国际诗书画大赛金奖。

冷先桥

拜谒杨万里墓

春深几许，在吉水的山野
一些春天的树
正使劲地向天空拔高
桃花已谢，春色正烂漫

小荷的尖尖角还未长出
我们已来到诚斋墓前
你瞧，此刻天空飘来一大块白云
可以想象诚斋先生正端坐云端
一手持蒲扇，一手挥狼毫
写下接天接地的诗句
每一句都隐藏不同风光

在吉水，宜咬文嚼字
在诚斋墓前
宜借香纸的指引
让日子平仄分明

万千尘事滚滚而逝

二十年了，这个岭南倦客
看惯了身怀绝技的各色人物
只了解到生活旱情严重
守着半城心事
半生风雷
岭南虽不似江浙文人汇聚
照样莺飞草长
珠三角的水乡五岭的村落羊城的骑楼阁里
随处可见
带中原母语的脐带血脉相承

先人峨冠博带
指点中原的狼毫
扫过千年的尘烟

史册不容狂草　宜大楷铿锵
不管卑微　遑论高贵
苍穹下　稼穑茬茬生长　风吹花开
书页下滑过的万古愁也好　满江红也罢
挡不住沧桑巨变　风流无数
万千风尘事滚滚而逝
在羊年的初春
我只是拿起一只小小签字笔
在白纸上记下该锻打淬火的流年
记下日子里一事无成的感觉

春事已越过花香的栅栏

岁月的一边　春天说来就来了
此刻，胸怀爱意　情暖人间
时光漏下来　我们从容庆贺
互致祝福　互致吉祥安康

天将见暖　冰河解冻
世间如此美好　和风荡漾
南国万顷花田　万千花期
隐藏不了一春心事
越过花香的栅栏
灿烂盛开

作者介绍

冷先桥，江西修水人。诗人、作家，美国世界艺术文化学院荣誉文学博士。出版诗集《心路漫长》《诗歌十人行》《二重奏》《灵埃——冷先桥诗选》《冷面热心》（汉英对照）等诗集，主编《伪先锋·江西诗歌十人行》《伪先锋·江西诗歌三十人》，参与出版《中国新诗年鉴》2004—2005年度卷，汉英双语版《中国诗选2014》等。现任《陶瓷世界报》总编辑、《散文诗人报》副总编，国际汉语诗歌协会常务理事。

王　威

橱窗里的女子

橱窗里端庄的女子
属于历史
紧束衣袍，朱红小口
还有望穿秋水的眼神
流淌的暗语被晨光稀释
里面的诗，无所作为

有人在看，想起
昔日的新娘
生硬的日子把余温
燃烧殆尽
最终，活着站在这里
端详。端详
一处陈旧的伤疤……

女子盯着沉思的人
盯着所有途径的人
爱与被爱从未走远
直到幕布拉黑了她的生活

茶　道

捕风捉影的容器
把一壶醉了的水
勾兑成色酒
而后正襟危坐
求索的人
虔诚地匍匐
那个圈套
从一个指尖传到另一个指尖
仿佛知情的雾
网住痴迷的人
苦味儿的时光
夹杂着太多的叹息

临刑的时候
要看准时辰
最后的仪式将一个接着一个
没有颜色也没有梦
无序的夜
将飘过无法泅渡的海

作者简介

　　王威，男，1960年生于北京。1982年开始发表诗歌作品。中国作家协会会员，北京作家协会会员，北京青少年诗词创作协会副会长，百川汇海作家大讲堂总策划，华语诗歌春晚策划副主任，北京市海淀区作家协会秘书长。

陈小平

碎 片

划伤过我梦境的羽毛，是我的血
洁白。像晓风残月杨柳岸的承诺

光华褪尽。神的预言不可置疑
岁月波澜不惊，古道依然西风瘦马

甲骨文燃烧，在烟花中模仿启示录
诗或远方，已不再安抚灵魂

沙漠中的海市蜃楼，恣意漫延
一颗隐喻的种子，让化石呼吸

当他看清自己老了，才发现
他一生都是赝品，像道具

有时去寺庙烧香，是为了与神明
妥协。知道的，都沉默

不是唯物主义。现在，是一只鹰
在巉岩上，为蓝天提供更新的意义

梦 境

母亲经常出现在厨房
升起炊烟，围着灶台
让满屋子弥漫出温暖

父亲在客厅正襟危坐
一边抽烟，一边望着一个背影
在门外风一样地消失

窗外，阳光一直明媚着
怒放的花儿鲜妍欲滴
像撒着欢就消失了的童年

在更加辽阔的蓝天上
一只鹰自由地飞翔
羽翼上沾满了雷电的碎屑

浓密的樱桃树荫下
一粒玉米穿过小鸟的胃肠
在荒芜的庭院里落地生根

车过故乡

记忆在指尖开放，如花朵
故乡从群山环抱中走来
与我乘坐的列车擦肩而过
仿佛一位素昧平生的老友

我深知我已无法返回
游戏。在微凉的爱情和近视的
树叶中，我已学会自在地呼吸
像一只鸟，只为晨曦鸣叫

一列旧火车，在午夜
与西行列车迎面而来
它苍凉喑哑的嗓音
惊醒的是喜悦还是忧伤

过往与未来，已没有太多
意义。每一刻都是一座圣殿
如同途经的所有站台
是出发也是终点

作者简介

　　陈小平，笔名野岸，1963年元旦生。中国作协会员，中国高教学会秘书学专业委员会理事，四川作协、诗歌学会、写作学会会员，《四川诗歌》副主编。出版诗集《说声再见》，散文集《对岸的我》等5部。有诗入选《四川文学作品集》等多种权威选集。在《当代文坛》《短篇小说》等核心期刊发表诗论数十篇。

周占林

苏州太仓随笔

沙溪古镇

没有花船，没有渔姑
古镇安详地站在江南水乡
从滴水瓦檐滑落一串串
江南小调
一家卖旗袍的手工作坊
透出一丝丝的苗条
暗喻的诱惑
勾起诗人难以抒写的相思

最好的旗袍要送给最喜欢的她
无论个子高矮，样子俊丑
穿上旗袍后一定会亭亭玉立
古镇千年气运做风骨
万年流水做丝线
诗人的挂念做金针
每一个针脚都是一个跳动的
词语，歌声婉转

买一件旗袍
乘着诺亚方舟
和自己一同
送给远方的期盼
沙溪古镇的古色古香
流动于你存在的时间长河

江南水墨中走来的仕女

你是江南水墨中走来的仕女
恬淡着格桑花的素洁
让一个北方的粗犷汉子
深陷于相思

一个流动着江南音韵的爱字
无法了断生生死死
水乡的柔
让痛苦绵绵无期

文静的流水
无法重述大海的涛声
小桥记忆着每一片飘过的时光
天下粮仓的丰硕
也不能减少思念的饥饿
爱一个人
为什么非要到地老天荒

秀出水墨的意韵
却不能昭示未来的路
江南，江南
刻骨铭心的爱
在这一个明月不在的雨夜
打湿所有的修辞
让诗歌在雨声里发出
千世的感叹

话　雨

雨声急，急如疾驰的马蹄
秋的寒意直击叶脉
一把把雨伞挺直腰身
雨滴飞旋成一幅幅江南水墨
红色的环卫服像一朵荷花
盛开在我的眼前

一位比我还要中年的大叔
缓缓地清扫垃圾
让每一个下水道都畅通无阻
他那佝偻的身子
真的如荷茎一样弱小
每一次挥动扫帚
我的心都和他同步抽搐

在太仓，在这个大雨的早晨
我遇见了一朵移动的荷
莫非他是郑和转生
告知我，诗歌也应该从这里出发
七下西洋
才能沿"一带一路"走得更远

金太仓

十分的相思
能不能换来一分的挂念
太仓的湖水静默
湖底的藕开始窃窃私语
把一池清水荡漾

播种的犁铧早已锈迹斑斑
春风找不到回家的路
夏天的知了只能不停诉说爱的激情
多想在湖里化作一对并蒂莲花
映红一湖的粉红相思
鱼儿再也无法休闲
疯狂追逐远去的诱饵

金太仓，收获的丰满
充盈了整个秋天
十分的相思啊
再也不管结局如何
只有湖中的小岛
依旧葱郁着金太仓物语

作者简介

周占林，中国作家协会会员，中诗网主编，中国诗歌万里行组委会副秘书长，《诗歌地理》主编。

张道通

独角兽

有时，真想跟神说说话
唯有你可以散去忧伤
让那些星宿回到原来的
位置。让那些失落复原
如果有一片祥云潜入内心
有一滴泪流进血液。此刻
一只虫子已变作蝴蝶，一匹
马正孕出龙形，是你吗
在日夜兼程，给我未知的
未来安放鲜花，洒着鲜艳的
水，并使暮气深沉的黄昏
有了清晨的姿色
多想，在自己的花园里，种植
露水和烟火。多想，也有一片天
养着自己的羊群和草原。我甚至
还想，我的头顶也能长出一只角来
带着那些流浪的星星回家

我走过的道路

我走过的道路
与黑夜无关。至少，也会在黄昏
有时，我也选择在时间以外
使灵魂有足够的停留
你有所不知，道路的曲折与平坦
并非我所关心，即便走入泥沼
我也可以走出白云的姿态
多年以来，我坚持行走
而道路却越来越艰难
总有一天，会有这样的时刻
会无路可走
这也难不倒我，你看见了吗
——那只麻雀轻盈地从枝头跌落

它把阳光甩在地上
用铁钉一般的利嘴击打
笃笃笃，笃笃笃
——这是我所向往但没有走过的道路
它们会替我走

在林间

为什么我总是踟蹰于林间
一个人，望着那露珠
从枝头坠落
如一座金碧辉煌的宫殿
从人间蒸发
在林间，我无数次去看朝霞
也去听落日后泉水的合奏
我喜欢它宁静的如被神安排过的
序列。我也喜欢看着微风，把它细碎的
脚步挪进每一朵花中的沉睡，看偶尔闪现的
麋鹿，如何弯曲着身体用少女的眼睛打量着我
在林间，我拾捡着一个小男孩的贝壳
云朵和哭泣。从一个清醒的不真实的梦里
寻找幻觉，也只有在林间
我的忧伤是幸福的
没有人分享，不被打扰
我可以再次聆听那新生的露珠
来到人间的啼声
可以从很多秘密的规则里
尝试我的人生

作者简介

张道通，生于 20 世纪 70 年代，90 年代末开始写
诗。作品散见《星星》《诗江南》《诗建设》等，并连续
入选全国年度诗歌选本。

唐成茂

河水如刀

河水如刀　切出河岸的意念和意志
河岸掌握着流水的异动　能够切开流水的　前世今生

河水如刀　是一把锋利的软刀子
你行进在人生的刀面上
语言的飞流可以切除你的一生　抹掉你的一切　把你从洪峰之上
打回原形

河水如刀　不会切去　穿马褂披黄袍的《二十四史》
不会切去　惊扰里尔克的玫瑰之梦
不会切去　掩映东坡光芒的丹桂之花

河流如刀　锋利而粗放
在人生的高地　一浪打过一浪　让你留下骨头血性块状的影子
河流的血液　只有荆轲可以畅饮
血色黄昏　打湿　一个朝代的　一身

我抓住河水　抓住泪光　和泪光中闪闪发亮的刀子
如前朝游侠　黑衣　披风　飞檐走壁
落日中　我踩着巨浪磨刀　披着边塞诗和柳永词磨刀
磨光月亮　在磨刀声中　与柔白的流水和悠长的命运
一同　浅唱

指上的阳光抹也抹不去

我行走在林中　我的脚高于野草　低于结局
和一个女孩子洗过脚的西瓜盆　丢在路边　芳香溅了我一身
我的名字不大　飘在野水的上面　有很多想象袅袅娜娜地浮出尘世
一个人牵着一片片云边走边唱　牧歌里的故事古色古香

我住在小木屋的中央　靠在温情的左边　花开的时候　身边都是虚名
我不是春天的主角　没有抚摸过大海柔顺而坚硬的皮肤
只用双手环绕着泉水　叮咚而去

泉水的流动　没有改变我命运的方向　可以改变我做人的态度
时间粘在我的手上　蕨草和野葵花在我身边　亭亭玉立
我没有金钱和地位　只有用时间换取空间
怪石坡上半裸着绣荷的女孩子　怪石坡上晒着我的爱情　斑驳的幸福像一幅西
洋油画
和我相拥而眠的林中之夜　如指上的阳光　抹也抹不去

林子太密　闪电挨挨挤挤
和谶语泛舟划桨　灵动的水蛇　划出美丽的弧线
蜕化成蛮荒的一天　逶迤而过
面对裸泳的乡里人　面对赤裸和狂奔的乡野　我无话可说
在无人行走的夜里　点上一支雪茄　浓而难分边界的生活　开始冒烟
在林中　每一条道路都明明灭灭　每一句话都清澈无比

心中有一座寒山寺的人

心中有一座寒山寺的人　一脸的暮鼓晨钟　满眼的朝代更替
有一盏灯来自远古　照着夜半钟声　过禅道　到客船

庙里的木鱼　敲击着老虎斑厚重的大背　生命里发出穿墙而过的声音
老道眉宇间走出两撇白云　他站在云深处　古铜色的经书漫天翻卷
老道在白雾中扯一根眉毛　架起千年栈道　接通宋元明清
有很多条退路　留给命定的破庙和破船　唯独不留给自己

寺院外的桃林　飘落殉情的遗书　桃花灿烂的季节容易命丧桃花
那张下下签记录着昨夜的沉醉　两条身子交错时　所有背弃　都有血泪

谁都有做小人的时候　今天才会有小人　在月光中静听禅声　将渺小交给良心
心中有一座寒山寺的人　走出寺院的那一刻　时间已过千年
盘膝而坐的红尘　谦和宽厚　笑而不老

在水之湄

在南方　在水之湄　临水而居
你一生一世跟随了浮萍
总有被命运打湿的人　怎么也晒不干身世

在南方　在水之湄

水洗干净了谁的污点
城市水一样嫩白　　历史的脸面水红水红
好像人人都没有棱角　　谁做事情又都风生水起
窝棚里的日子湿漉漉稀拉拉
阳光明媚的上午想不到城市说话做事的水深
口杯里的月光照耀着打工仔的幸福或悲伤
一条一条鱼一样的文字南腔北调虚构着迁徙人生
眉宇之上一撇一捺的方言扯动城市滴着活水的脉络

荔枝公园的女性在海风中松了纽扣将世界完全打开
谁在城市的夜晚把她们水灵灵的人生翻阅
地王大厦这一天也变得水性杨花
杜鹃花水一样娇艳和深情　　大小梅沙水做的女人站在水上挽救水
巴登街发廊门前涂脂抹粉的转灯　　转动着水一样的骨肉和似水流年

历史要记录你时你一定不在现场
改写历史的人　　所有的价值都被海水淋湿浇透
在南方　　在水一样灵动的深圳
每一个人都是匆匆过客　　每一个人都有水的媚俗水的尊严
在别人的城市逆水行舟　　一片汪洋都不见
都抓不住一根救命的稻草　　都是给别人送稻草的人
我的履历和过去都有水分　　所有的错误所有的怀想都被水洗白
因为有期待　　我们的日子才如此尊荣并哗哗流淌

水边的故事

一个女孩子用一盆水　　打湿黄昏　　折叠好从水里捞起的季节　　沉鱼落雁
纤纤玉手捋一捋水淋淋的刘海　　无意间触到别人的感情
有人用钓钩把爱慕吊在河滩上　　水边的故事波光粼粼
那波动的黄昏故事　　会成为千古绝唱

女孩子爱在河边洗脸洗花衣　　她湿漉漉地走进　　人家的梦里
多少个早晨和黄昏　　多少目光在河滩上　　流淌成追忆
多少人看到一条活蹦乱跳的鱼　　袅袅娜娜地摆动着　　青春和妩媚
这是一个黄昏中镀金的动词　　是男孩子都会把鞋和理想　　丢在岸边
以一个动词的最佳动作　　扑进柳枝绷紧的河面　　惊起一滩鸥鹭
和一脸盆羞涩

作者简介

　　唐成茂，四川中江县人，现定居深圳。国家一级作家，中国作家协会会员，中国诗歌学会理事，《诗歌月刊》《当代诗人》《滨海文艺》《澳门月刊》（文学版、美术版）等执行主编。在报刊连载过数部长篇。已在《十月》《中华文学选刊》《诗刊》《中国作家》《青年文学》《人民文学》等大量国内外报刊发表文学作品数百万字。已出版《天上有座茶山》等 11 本文学著作。

胡建文

跟着父亲上山

听说父亲在地里种了很多树苗
我特地回家一趟
欣赏父亲的劳动成果

一路上都可以看到坟墓
父亲——给我指点
说这是谁，那又是谁
这些人我都见过，有的还很熟悉
我平静地听着
在心里跟他们默默地打着招呼
就像他们还活着
只是换了一个地方相见

八十岁的父亲，带着我
走遍了我们家的每一块自留地
并一再叮嘱我，不要忘了这些土地
父亲跟我说这些的时候
非常认真
仿佛是进行一个庄严的交接仪式

一群黄牛

一群黄牛
从乡间土路上走来
一踏上新修的水泥路
它们的脚步
不自觉地欢快起来
一只领头的老黄牛
甚至忍不住长哞了一声

它们并不知道
宽阔平坦的水泥路的尽头
就是
屠宰场⋯⋯

父亲
什么都不怕
这就是父亲——

父亲不怕痛
砍柴时，柴刀割到手指
父亲一咬牙
就把割裂的皮扯掉了
吐口唾沫止下血
柴刀继续挥舞

父亲不怕苦
过苦日子，吃过蕨根和"神仙土"
喝再苦的中药，都从不加糖
苦涩的猪胆，别人何曾敢尝
他却用来下酒
总吃得津津有味

父亲不怕累
一米六的个子，背得动一部打谷机
两个肩膀，扛四根百十来斤的木头
他鼓起腮帮子，一声不哼
到七十岁，能挑满满一担粪上山
不歇脚，还对我们说：老子没老呢

父亲不怕死
一个死字，我们常常忌讳
可从父亲的嘴里吐出来
像吐口烟一样随便
喜欢跟我们讨论，死后葬在哪里最好
打棺材的时候
硬要躺进去试试，看舒服不舒服

什么都不怕的父亲
是我们一生最坚实的依靠啊

诗人的居所

那以高价租来的
大约五平方米的空间
勉强装得下一个诗人
和比诗歌更纯粹的生活

霉味是可以容忍的
不能容忍的是世俗臃肿的身躯
每当热浪咄咄逼近的时候
诗歌便瘦成一把扇子，比风更轻

诗人的居所
没有白天与黑夜
一扇低矮的门，抵挡着岁月
却关不住昏暗潮湿的爱情

诗人的居所
比蜗牛更小，比天空更大
装满思想和诗句
蜘蛛独自结网，死亡寂静无声

作者简介

胡建文，笔名剑客书生，20世纪70年代出生，湖南新化人，现居湖南吉首。系吉首大学报社社长、立人学术沙龙主持人、湖南省作家协会会员、湖南诗歌学会理事、国际汉语诗歌协会理事。曾在《诗刊》《人民文学》《星星》等国内刊物发表大量诗作。诗作入选谭五昌主编的《2017年中国新诗排行榜》、王蒙主编的《新中国60年文学大系散文诗精选》等多种权威选本。著有诗集、散文集《寻梦的季节》、《一盏心灯》等10余部。

五、新锐平台

【主持：潇潇、安琪、冷先桥】

戴潍娜

临 摹

方丈跟我在木槛上一道坐下
那时西山的梅花正模仿我的模样
我知，方丈是我两万个梦想里
——我最接近的那一个
一些话，我只对身旁的空椅子说

更年轻的时候，梅花忙着向整个礼堂布施情道
天塌下来，找一条搓衣板儿一样的身体
卖力地清洗掉自己的件件罪行
日子被用得很旧很旧，跟人一样旧
冷脆春光里，万物猛烈地使用自己

梅花醒时醉时，分别想念火海与寺庙
方丈不拈花，只干笑
我说再笑！我去教堂里打你小报告
我们于是临摹那从未存在过的字帖
一如戏仿来生。揣摩凋朽的瞬间
不在寺里，不在教堂，在一个恶作剧中
我，向我的一生道歉

表 妹

那年头，月亮还很乖
坐在那里，叫人看
我不会鞠躬不会笑
跟谁都可能遇见
种种称谓之中
我只愿做诗的表妹

月亮蹭过窗户，门板
连同植物的叶片，像个小阿姨
伺候在家坐监的你。表哥
玉兰花一开，你就将白纸杀伐

我要你浓墨，我要你婆娑
我要你踩着高跷才吻到我
我要你每天将我安葬一遍
像烧掉一页写坏的稿纸

我要你每晚喂给我一勺悲伤的笑话
我要你负责繁衍，如同科学世界
在假设之上推敲得兢兢业业
这座幽灵之城
我要你男子的长发与我秘密相连

我愿你认清字中的荡妇与烈女
还有那些被革命洗荡过的词句
我要你练习反转，双关，押韵
无限的停顿，妖娆的喘息
我要你做我生命中悲伤伟大的休止音
一生都在未完成的欲望里

我可以风雪之夜，死在街头
可以白日里永远拒绝，却逃不过
梦中男人的追捕。表哥——
这样叫你时，我就能获得
一些伦理上的障碍，像面对
所有因艰难而迷人的事业

世界蜿蜒向前——
可以随时起舞，可以四处原谅
我还想滥情，对所有信所有疑
月亮它还没长大
种种称谓之中
我只愿做你的表妹

贵　的

面对面生活久了
好比
平躺在镜面上去死

卧室的镜子一定要买贵的

它决定了你自以为是的形象
家中的男人也一样
这些虚构之物，帮我们订正自己

鞋子一定要买贵的
人一辈子不在床上，就在鞋上
它必须高跟，且有本事典雅地磨出血泡
正因为你付出了这许多
才能收获我如此多的痛苦

床也一定要买贵的
跟鞋子不一样，你不能对死亡吝啬
什么时候做爱
——每当想死的时候

枕头当然也要贵的
万一做梦太认真、太严肃
还能摔到现实比较丰满的部位

书架则要又贵又乱
贵的，让人有胆气穿过群书垒起的森严高墙
乱的，最好能塞进一打姑娘

玉石、古玩、钱币、艺术品统统要买贵的
我不用了解你
爱你就好了

请问：你脑子里都是这同一类事情吗
当然不是，如果一直反省一类事，那是一个学科
恭喜，你已经建立了关于前男友的一门学科

那好吧，反省一定要贵
但不能太深刻，否则药丸
我每天对着镜子面壁
我每天对着男人面壁
……

作者简介

　　戴潍娜，毕业于牛津大学。中国人民大学文学博士，美国杜克大学访问学者，诗人，现就职于中国社会科学院。荣获"2014中国星星诗歌奖年度大学生诗人"；"2014《现代青年》年度十大诗人"称号。出版诗集《我的降落伞坏了》《灵魂体操》《面盾》《瘦江南》，童话小说集《仙草姑娘》，翻译有《天鹅绒监狱》等。2016年自编自导戏剧《侵犯》。主编诗歌翻译杂志《光年》。

吴雨伦

一首神奇的爱尔兰歌曲

这是我偶然间听见的
爱尔兰歌曲
一首非常冷门的歌曲
全中国只有两人
在网站上
关注并转发了它的作者
其中还包括我

多么轻柔唯美的歌曲
一个古老的摇篮曲
夹杂着二十世纪磁带的雪花声
难以辨识　到底是英语
还是爱尔兰语
但这不重要
它让你很容易联想到那些经典的
电影桥段

但它却给我带来了极大的苦恼
每当听到它时
我仿佛置身于
爱尔兰草原上的某个角落
一个小木屋里
屋外阳光灿烂　绿草和绵羊
屋里火炉轻轻燃烧
不时发出麦穗炸裂声
我躺在摇椅上
刀片划过我的手腕
鲜血滴在地板上
幸福地
等待死亡

或许我潜意识里认为
这是比被火车碾死更高级的
诗人的死法

这种感觉令我彻夜无眠
但它又是如此具有吸引力
让我不得不打开这首歌曲
重新寻找那种情景
直到我精疲力竭
倒在床上
却依然无法入眠

为了治好我的失眠
我开始寻找这首歌曲的来历
但正如我之前所言
它是一首冷门的
爱尔兰歌曲
整个中文网站也没有它的资料
甚至没有它的中文译名
只知道它是一首
爱尔兰歌曲

但它真的是一首爱尔兰歌曲吗
我不记得有谁告诉过我

直到我爷看到了这条转发
没错
是这首爱尔兰歌曲的转发
他听到了这首歌
并告诉了我它的中文译名
以及作者的
这是所有中文网站都没有的资料

当然
我不能指望一个八十岁的老人
能给我提供一首爱尔兰歌曲的更多信息了
但这依然令我很吃惊
如果你了解中国历史
把它联系到一位八十岁老人的身上
就会和我一样吃惊
它让我在有那么一小段时间里
开始怀疑中国现当代历史的准确性
怀疑理性思维

怀疑那个把红皮书扔向天空的时代
怀疑能阻挡我爷听到爱尔兰歌曲的一切要素
尽管只有那么一瞬间
但不管怎样
他总归是一个幸运的老头
能够在八十岁的时候
给别人讲述
一首最遥远的爱尔兰歌曲
而且治好了我的失眠

作者简介

　　吴雨伦，男，1995年生于西安。北京师范大学艺术与传媒学院电影学专业2014级学生。已出版长篇小说《巨兽之海》，小说集《沙漏》，散文集《我们家》（合著）。曾获《美文》杂志举办的全国中学生散文大赛一等奖（2014）、第六届包商银行杯全国大学生征文大赛诗歌类优秀奖（2016）、长安诗歌节第四届"唐"青年诗人奖（2017）、《新世纪诗典》第六届NPC李白诗歌奖入围奖（2017）、磨铁读诗会2016年度中国十佳诗人奖（2017）、第七届包商银行杯全国大学生征文大赛诗歌类三等奖（2017）、韩国第二届亚洲狮人奖新人奖（2017）。作品被译成英、德、韩等外语在国外期刊发表。当选《新世纪诗典》2015年度和2016年度"十大魅力诗人"，2016年"十大诗歌新秀"第二名。

熊 曼

某些时刻

某些时刻你眼睛发亮
脸颊像发烫的红樱桃
梦想被倒挂在树上，闪闪发光

某些时刻你面对生活
挥舞着双手，咆哮着
又颓然地转过身去

某些时刻你枯坐
头脑像杂草丛生的荒地
想不起爱过的男人的面旁

某些时刻你告诫自己
得咽下生活黑色嘴唇吐出的谶语
像接受它曾经催生的花朵

某些时刻失眠来袭
白月光没有从窗外渗透进来
黑暗无边，浩大，犹如置身墓室

还有什么能够带来安慰

电视里
穿黑西装的政客还在演讲
他吐出的词汇
带着怡人的温度

我来到室外
刚下过一场冷雨
腊梅的花瓣掉了一地

这些年，灰喜鹊和白鹭
越来越少。麻雀却多起来
还有什么能够带来安慰

除了土地，在一年年地返青
那个躬身把种子埋进土里的人
衣着陈旧，双手红肿
正沉浸在劳作的安详中

寂　静

那会儿
我每天要翻过一座山去对面
有时候是一群人
有时候是一个人

山上植物繁茂
在春夏，油茶开白色的花
野蔷薇开粉色的花
它们都有好闻的香气

我不能忘记那一片土包
从远处看
它们像帽子
又像嵌入人间的
一小块阴影
多么寂静啊
我不敢唱歌
更不敢高声讲话
我的小学时光
就这么提心吊胆地过去了

出太阳了，去田野走走

我指给他看
低处的油菜，小麦，菠菜，萝卜
高处的泡桐，香樟，苦楝，桂树

我牵着他，走在绵软的泥土上
他还不能讲一句完整的话
但已学会张开双臂表达愉悦

一只艳丽的公鸡出现在远处
他挣脱我的手去追赶
多么熟悉的场景

寂静的田野，灰蒙蒙的田野
从前，我经常走过
现在，我们重新走一遍

作者简介

　　熊曼，湖北人，现居武汉。诗歌散见《诗刊》《人民文学》等。

马晓康

白云桥之夜

数不清多少辆车了，将夜晚拉得更深
时间的马达声，越来越清晰
恐惧，让我试着对下一秒的自己窃窃私语

游荡在街头的人，遁入黑暗中安置肉身
（我是外地人，刚从三里屯出来
午夜时分的欲望，比西伯利亚的寒流更凉）

预言的、发誓的——
是啤酒杯里的泡沫

有人站在桥上，有人迎风坠落还唱着歌
还不到当一个登徒子的时候
影子仍在服刑期中煎熬——

锁上房门，我在日记中写道：
又有几个疯子失踪了
在脱衣舞代替交际舞的时刻
身负枷锁的人，对世界爱得更深……

只有爱是一件大事

当内心的嘈杂达成和解时，我日渐熟悉了平淡的技巧
趁还记得眼泪的温度，抓紧将它们冷藏
从活着走向死亡的路上，只有爱是一件大事
是时候去爱了，爱人，爱自己，爱上愤怒和平静
爱闯进房间的微光中的尘埃
我的失踪，是我对自己最大的奖励
不该为消失的事物而急切，更不要喊出名字
要找，就用沙哑的悄悄话找
不要麻烦好心的路人们
从活着走向死亡的路上，只有爱是一件大事

北京的第一场雪

一场雪，不足以掩埋这座城市的欲望
在破产者身上，人间的颜色更加分明

我在窗前读书，一本关于死人的书
每翻过一页，都像从一具尸体上踏过

雨夹雪，淋湿了冬季的秘密——

暂且模糊着吧
天空的色调还没有调好
新的颜料被他们锁进了盒子里

没有人留意这些细节
我无法用一只眼睛，阻止这一切

回山东，和王成功一起喝羊汤

去过许多羊汤馆，羊皮总是完整无缺，像挂起一面大旗
吃过许多羊汤馆里的饼子，近乎一致的方或圆
（死羊就吊在钩子上，尚存余温
和活着的人一样，呼出热气）

我一直在想，有没有过这样一只羊
在刃口下不那么顺从，就连剥皮时还在挣扎
划破了羊皮，兴许还能豁开屠夫的手指——
哪怕被烹煮也能散发更重的膻气
（破羊皮被雪藏，羞于示众
屠夫为了防止感染要包扎伤口
这些事，食客们永远不会知道）
有没有那么一团面，不甘心被人揉捏的形状
像特立独行的犯人，纵身到火里……

王大哥是干房地产的
和土地打交道的人，一定深知
在同一个太阳下
有的地很软
有的地，很硬

作者简介

　　马晓康，男，1992年生，祖籍山东东平。系2015第八届星星夏令营学员、《中国诗歌》第五届"新发现"夏令营学员。出版长篇小说《墨尔本上空的云·人间》，诗集《纸片人》《还魂记》《逃亡记》等。曾获2015《诗选刊》年度优秀诗人奖，有部分诗作被翻译为韩文、英文等。

铁 头

郭沫若故居没有猫

郭沫若故居没有猫
院子很大
有海棠树和银杏树
有积雪
却没有一只像样的猫
他后来当了大官
不常在这里徘徊
他翻译和写过六十六本书
包括《女神》
他是我心中的诗歌男神
那个时代的成功人士
他的天狗写得真好
把我也给吃掉了

在十八楼

站在十八楼
眺望
四处的大楼时而存在
时而消失
远处的人群时而存在
时而消失
天空的云彩时而存在
时而消失
大自然是神奇的魔术师
雾霾是它忠实的助手
掌握全部秘密
只有风在那里游荡
窥视着一切

梦见了三次妈妈

第一次梦见妈妈在月亮上玩儿
第二次梦见妈妈在风雨中行走

路过春天
第三次梦见妈妈遇到坏人
差点被人骗
我惊醒大声呼喊妈妈
姥姥说别怕我在你身边

我的梦有两次是好的
一次是坏的
我想
赶快回到妈妈身边
看看她是不是完好无损
像梦中那样

春天的指甲

春天的指甲长什么样
是不是嫩绿色的树叶
是不是鸟儿的羽毛
是不是儿童的汗珠
我问过春天
指甲用不用修剪
它说不用
因为这是自己的美好留念

作者简介

  铁头，11岁，出版诗集《月亮读书》《柳树是个臭小子》。诗作《今天妈妈不在家》曾入选语文出版社义务教育语文教材。

张 元

阳关三叠

我满台北地张贴寻人启事，打探着
每一寸你可能路过的踪迹
我收获了太多的无人问津
而你至今却依然下落不明
你对世俗有太多的偏见，热爱的依旧纯粹
你有所思考的往比远方更远的地方走去
在海峡的对岸，追寻你赖以生存的信仰
你不被理解的美学趣味，终于
成了秋风中傲立的芦苇
你知道哪些是需要歌颂的矛盾，哪些是
需要被安慰的忧伤
你已经离开很久了，像一个隐者
却拥有着没有被遗忘的往事
其实这两者间并不矛盾，西行的亲人没有悲伤
那在秋风中吟奏的琴弦
第一叠，收纳你疲惫的曾经
第二叠，抚摸你内心的不安
第三叠，熄灭你欲望的火焰
你会在暮色中越走越急，背影越来越远
而我也没有再斟一杯酒
在一个废弃的路口张望
替一个远行的人爱着

只有母亲知道，海水的疼

她又拿出了那封一九四九年的信
纸面上字迹清秀，往事越来越黯淡
许多年前的那个下午，因为出身问题
她被迫踏上了海峡对岸，这片陌生的土地
从此以后，不会言语的海水便成了她
倔强着的咸
骨子里的乡愁，只剩下了半壁江山
她习惯了遥望的姿态，并没有宽恕
已被时光打磨压低的身影

最后的回信连同收件人一起，下落不明

她从不敢轻易喊出身边人的名字
那些在年华中苍老的宿命，早已被遗忘

海水漫过的沙滩，带走了
被历史掩埋已久的秘密
但只有她知道，那些没有被悲伤带走的理由
那些海水深处缄默的命运，在没有人的夜晚
到底有多么惊慌
有多么疼

可是她却只字未提，任凭着这弯浅浅的海峡
潮起潮落
在眼睛里，就这么
波涛汹涌了几十年，一寸一寸衰老
又一寸一寸死去

深夜陪父亲喝酒

你打开了那瓶
藏在书柜里尘封已久的老酒
你说酒沾染了书的灵气，喝起来才够味
这是二十三年来，我们第一次碰杯
所喝下去的每一口，都历经了无数的沧桑
二十三年如一日
你咽下去了太多的辛辣
自斟自饮了太多的无奈

今夜，酒精煮着月色一起沸腾
还有谈笑间风吹来的往事
推杯换盏中湮没了太多的从前
而我在你的目光中，依然只是一个孩子
一生都在学着长大
尽管习惯了漂泊的眼睛不再清秀
往昔的江湖，也变得不那么纯粹
可我一句话都没说
只是端起了酒杯，轻轻地晃荡
任凭这些液体哗哗乱响

就像我这些年的生活
也总是沉默着摇晃

写下自己

我在不停地轮流中
交换季节，每天都相当短暂

在被回忆忘记的伤口上，冥想
看见天空，恐惧于自身的高度

我害怕了攀登的漫长
途中的每一次上升，都让我沉默

我习惯了写下每天的琐碎
这些细节，构成了生命的完整

这些年，我路过了太多的风景
这些年，我咽下了太多的无奈

我想要说出的，渐渐被遗忘
和已经表达的，却又完全对立

所以请你原谅我黄昏时的呜咽
和我半夜醒来时，突然的惶恐

作者简介

张元，1994 年生于甘肃兰州。作品见于《诗刊》《当代》《地火》《芒种》《文艺报》《中国诗歌》等百余家文学期刊。出版个人作品多部。获第七届中国高校文学奖、首届中国青年诗人奖、第四届中国当代诗歌奖、首届牡丹文学奖以及《奔流》《北方作家》《时代文学》等公开期刊年度奖。

焦 典

是的，北京

像这样的夜晚
肯定不止我一个人
在北京的街道上戴着口罩怀想
是的，北京
有许多的事物都像这样
以辉煌开始
却被灰尘盖住方向

霓虹灯什么时候升得那么高了
高的超过了星星的光芒

先谴责煤炭的黑心
再把不道德说成是一种天气
不是我忘记了那些明媚的日子
只是老胡同里
再也没长出干净的月季

既然无法摆脱就不再去叫嚷了
这也许就是我对"稳定"
最后的贡献

是的，北京
我明天也许离开也许不会
但那些把你写在籍贯一栏的人啊
他们已无家乡可回

想象一枚土豆

像一枚土豆
你侧着身睡着
身前蜿蜒　身后冷清
成为初春与深冬的分水岭

我不敢闭上眼睛

害怕醒来就到了黎明

床是一个巨大的想象
我们正走在泥土地里
看着男人　女人　和他们的狗
谦卑地亲吻田里的土豆

没有任何一种情感
能凌驾于其他感情之上

想象一枚土豆
切去有毒的芽
妥协地　一声咔嚓
是这个世界的声响

泥土干了　鲜血呢
匕首还在　愤怒呢

土豆在说话
但是大多数的土豆沉默不语
我们把茎叶举在风里
四下里一片静谧

只有深埋　才能生长

冬　天

一个冰凉圆润的冬天
滚落下红薯热乎乎的吆喝
火炉、梅花、冰糖葫芦
冬天的事物散布在大地的棋盘上
许多白舌头
吐出夏季未尽的欲望
窗户敞开胸口
引诱着人们窥视与进入
晚来一杯黄酒把夜喝空了
今夜没有下雪
满地是被灌醉的星星
别让苹果花攀上树枝去看

春天还有多远
在这个冬天
万物依然生长

作者简介

焦典，北京师范大学文学院大四学生。诗歌作品曾发表于《散文诗》《诗歌风尚》《铁狮子坟诗选》《契阔文学》《丑石》等文学杂志。文章在《京师学人》发表，并被《北京师范大学校报》《中国海洋报》转载。

陆辉艳

自然的方式

自然以它自己的方式
跟他达成了和解
他们坐下来，点燃枯草，面对面吞云吐雾
坟冢立在地头，地里麦苗青翠
坟冢上的草也长势良好
不时有鸟雀飞来，落在生长着的地里
也落在坟冢上。鸟雀叽叽喳喳
它们知晓世间的生，世间的死
都在同一座索桥上，丢掉了铁链子

高处和低处

十分钟前，他仿佛被吊在空中的脚手架上
在快要竣工的三十二层高楼建筑工地
他被替换下来，脸色煞白
"我有恐高症。我讨厌不着地
和临死的滋味……"他说着
双手抱头，哭起来
在这个夏天的傍晚，夕阳扳住他的肩膀
往生活的水潭里猛按
过了许久，他浮起一张沾满泥浆的
无助的，年轻苍白的脸
大口喘气，他的鼻子几乎
碰到了空气中锋利的刃
他把自己割伤了，打着喷嚏
走向那条刚铺好沥青的公路

木　匠

他占有一堆好木料。先是给生活
打制了一扇光鲜的门。那时他很年轻
他走进去，锯榫头，打墨线
哐当哐当，又制了一张床
他睡在上面，第一年迎来了他的女人

第二年他的孩子到来。第三年
他打制了吃饭的桌子，椅子，梳妆用的镜台
他把它们送给别人。之后
他用几十年的时间
造了一艘船。"我要走出去，这木制的
生活……"他热泪盈眶，准备出一趟远门
然而他的双腿已经僵硬
他抖索着，走到月光下。这次他为自己
制了一副棺材
一年后，他睡在里面
相对他一生制造的无数木具
这是唯一的，专为自己打制
并派上用场的

回到小学校园

黄土的操场变成了水泥地
二十年前的那棵石榴树还在
我在它身上刻的字不见了
这些年被雨水冲掉了吗
被光阴抹掉了吗
那间破教室也不见了
那些缺胳膊少腿的桌椅
我浇过水的海棠花
那块笨重的铁，上下课都需要它
发出沉闷声音的铁
那块写满了字的黑板，我被罚站过，领过奖状的讲台
哦，全都不见了
教过我的老师，一个离开了人世
两个调到了镇上，剩下一个，头发花白
戴着老花镜，但他还是一眼
就认出了我

作者简介

陆辉艳，1981 年出生于广西灌阳。出版诗集《高处和低处》《心中的灰熊》。曾获 2017 "华文青年诗人奖"，2015 "青年文学·首届中国青年诗人奖"，《广西文学》"金嗓子文学奖"等。鲁院第 29 届高研班学员，参加过诗刊社第 32 届青春诗会。

苏笑嫣

黑夜从远方而来

黑夜从远方而来　秘而不宣
下弦月　那银铸的耳坠　碰敲玻璃大厦
光点四溅
星辰　与零落的露水

灯光有着流水的姿态　赤脚在街道上
跑来跑去　白天的网又一次收捞走
账目　策划　骗局　争吵　和花言巧语
声音在马路上寂寞地消逝
世界和风　在延长各自的命运

我躺着　毫无困意　黑夜酿造了太多
而冥思又一次提纯了苦味
——夜的巨大根部从中蔓延生长
隐匿的事物出现　猝然不可阻挡
所有因果的总和　说着大片嘈杂
而无声的话语　又如此空阔

在十六楼　背靠深渊的房间　我躺在悬崖边
努力把自己分裂成一个个梦
天空的河流　转动的游荡的夜　浸湿的星子
眼睛般注视着的　那微小而又无穷无尽的温柔
当你在最恐惧最寒冷的顶峰

艰难的季节

一月，艰难的季节　大地静静站立
沉默的建筑物一并转过身去
语言与世界一同在保鲜膜下褪色　像老妇
持续而枯燥地　打磨阴影中缓慢的比喻

冬天用那比棉絮还要轻的　迷漫的静止的白
堵住世界的耳朵　等不到一场雪飘舞
事物便逐一归顺于寂静　庞大的安详的睡眠

沉默的疲惫　光线与影子的眼皮微微张合

这里没有人说话除了时间的细语　瓷白光洁
如同你清透的指节　有着姣美的寂寞
露珠　岁月那迷茫的眼泪颗颗膨胀
空寂的马路在楼群中长时间走着　无限的孤独

我想叫醒被白色覆盖的　昏睡的冻结的希望
在世界的梦中　我努力向外跳跃
然而影子扒住它的阳台不放
宁静环绕我　像青春的灰烬与执着的毁灭
而月亮在户外　像我不可触及的希望
站在最后一根枝杈上

层叠的振翅声响如机器嗡鸣　在午夜
锋利的黑鸟迅速繁生扩散　从我的体内涌出
黑色波浪吞噬天空与街道　那白色的空蒙
空气颤抖　并因改变了密度而改变了质地

这呼唤　拦截　爆裂　吞噬　清醒与真实
改变寂静秩序笼罩的死亡的结构　只属于子夜
但在每一个暗夜玫瑰开放的瞬间
这不断挣扎的黑夜　都将被祝福与确认

骨架子在黑暗中

黑暗从一个屋顶迈过另一个屋顶
一只橘子形容的蜡烛　在窗台上
深入无人之境
几根叮当作响　生着绿苔
锈骨　零落的架子
询问火光　有关洁白与坚硬

然而
然而所有疑问　变为陈述句
梳妆台前的女人擦去浓艳妆容
摘领带的男人突然
将
自己的脖子　勒得一寸寸地紧

一些影子　弯着腰的　直起了身子
不过大部分已经成了罗锅
骨架子走在巷子里　被突然穿透身体的乌鸦　撞得脊梁生疼

因为氧化　骨架子慢慢变黑
因为接连亮起的霓虹　城市越来越亮
骨架子大叫三声　震得
锈骨零落
骨架子组装不出自己
骨架子拼命把骨头扔回自己
骨架子被自己的骨头击中
骨架子觉得
它有多少块骨头　就有
多少个脑子在同时轰鸣

骨架子的所有脑子　在
用不同的声音进行自我辩论

作者简介

苏笑嫣，蒙古族名字慕玺雅。1992 年生。中国作家协会会员。出版有个人文集《蓝色的，是海》《果粒年华》，诗集《脊背上的花》，长篇小说《外省娃娃》《终与自己相遇》，长篇童话《紫贝天葵》。曾获《诗选刊》2010 中国年度先锋诗歌奖、《西北军事文学》2011 年度优秀诗人奖、《黄河文学》首届双年奖（2012—2013）新人奖、首届（2014 年度）"关东诗歌奖新锐奖"、第四届（2011 年度）张坚诗歌奖"新锐奖"等多种奖项。

罗 铖

苹果花

一朵花像你，所有的花都像你
花与花之间，绿叶仰望风的轻

从清晨到黄昏，阳光从一个枝头
到达另一个枝头，透露温情

草地安静地醒来，轻轻地举起花瓣
那些散落的苹果花，是梦中的羽毛

鸟儿飞过树梢，把天空衔在嘴里
一望无际的苹果花，隐藏了鸟影

走在这苹果花下，花粉粘上眉头
温柔地，我只想温柔地用画笔

给自己画一对蜜蜂的翅膀，在纸上
在月光打湿花瓣的树梢

在苹果树下

苹果树上的风吹醒南国
我们坐在河岸上，手握星斗
羞涩的星光，铺满整个天空

村庄与鱼群安睡在黑夜的嘴唇上
野花安静地开放，那些清香如绒绳
捆我们去遥远的远方，在一滴水声里
看一片白帆驶过黎明的海洋

夜听风声

花开到极致，有风来吹
山冈上，马灯照耀黑夜的黑

一朵灯影里的花多么美
美在朦胧与细碎

风，把花朵吹向山南，又吹向山北
鹰的呓语：花朵太妩媚

从一道山梁到另一道山梁
花的小喇叭里响着马铃

尘土藏匿了马的蹄痕
风，吹花边的一棵草，也吹夜行人

灯下读信

灯火在案前燃烧
雨脚的濡湿漫上了案头的信札

俯身向忽明忽暗的文字，我的背影
像一把田野里站立的稻草

准备渺茫地呼唤，准备狂野地奔跑
在黑夜深处
触动风，触动躲在草垛后的人

作者简介

罗铖，1980 年 4 月生于四川苍溪。中国作家协会
会员，巴金文学院签约作家（2013—2015），曾参加
《诗刊》第 29 届青春诗会。出版诗集《黑夜与雪》《橘
黄色的生日》。

江 合

电梯和哈密瓜

我实在想不出
电梯和哈密瓜的关系

或许是刚刚吃完的哈密瓜
留了那么一丝一缕牵挂

那坚韧的甜蜜的丝线般的牵挂
卡在我的牙缝里

电梯上升的瞬间
我被扯回地面

盘旋在嘴边的苍蝇
依稀看见

门缝外
拾荒者麻木的面庞

我必须宽容

我必须要宽容
我——必须要宽容！
即使海水激涌的浪花溅射不到峭壁
——壁上的城堡
城墙将会铭记
用……
不朽的指尖

托起是或不是蓝色的天空
即将或永远不会下沉的陆地

我看见所有人
在空气的痣里
颜色深浅
熔化的
光的大小

叶片痛到弓起腰
突起的血管
蜿蜒潇洒
——像执刀轻笑的大侠

在他的最后一丝风里
蔓延成
痣

给森林的情书

你说你来了
红霞满天
粗糙的渔网
被染成金色的海浪

海浪层叠
洋溢着果香
镜面纹路般的闪亮
马灯和木屋幸福地响着

你说你来了
我就从此
拒绝——
没有洗过澡的鸟
还有屠夫
我夜夜洗马　喂马
背上收好的背包　再放下
我彻夜挑灯

等你和我一起走

作者简介

江合，本名林江合，男，15岁，6岁开始写作，10
岁加入海南省作家协会，是海南省第一位加入省作家
协会的小学生，并于2016年当选海南省青年诗人协会
主席团成员。获第八届全国青少年冰心文学大赛金奖；
诗集《神秘星空》2014年5月由人民文学出版社出版；
当选《现代青年》2014年度新秀诗人。

赵天饴

葫芦岛是个岛吗

葫芦岛是个岛吗
葫芦岛是个半岛啊
从中原之陆探出头来
蜿蜒伸向草原之海

温暖的年头里
长城是绵延的堤坝
把草海和庄稼隔开

严寒的时候
长城是凸起的码头
草原的人渡马而来，从这里跨上岸来

这最初的滩涂和最初的关隘
这最后的季风和最后的良田

一时被揽入怀抱
一时又被弃如草稗
岛民放养在海风里：打鱼、犁地
疆界在哪，就扎根在哪里

山海关里听不到惊涛拍岸
看不到千帆竞发、银鱼跃起

你长在一个帝国的边沿
长在宇宙时空和文明的边沿
那是一扇门、一条道路
那是龙回头才能发现的尾巴

幡旗舞动
烽火燃起
人来人往，生生死死中间
你伏下身去
紧紧贴近那土地
倾听母亲训话的声音

青岛，这是你说过的吗

青岛的路

只有攀登和坠落
青岛的人
只有狂喜和悲恸

身后是孔子絮絮不止
甲虫匆忙在地里繁殖
面前是悬崖直直站立
劈开浪花
帆船不顾夕阳划出的疆界
风停后
在雾的另一头
徐福举起弓箭
射出一团焰火

啤酒厂昼夜不停
工人戴着白帽工作
大麦不满足于做个好个孩子
在黑暗的铁罐里暗暗修炼
大工业才是普罗米修斯
巨大的流水线上
人类的愉快被罐装成瓶
打包成箱
出售

天黑了
太平角涨了大潮
沙滩到处都是缺口
海水喊着愤怒的号子
冲上岸来
鱼顺流而上
长出四肢

青岛
你在橡树路还是在高原
是你说要与这个世界心意相通吗
这是你说过的吗

作者简介

赵天饴,1990 年出生,毕业于北京大学。互联网从业者,自媒体人。创作诗歌万余字,诗歌作品《你可不可以带我回家》曾获中华风杂志 2016 年度优秀作品(诗歌组)。

张　琳

夜读阿赫玛托娃

一个人，在夜里
独拥一盏莲花形台灯
静读阿赫玛托娃

写于 1919 年的诗篇
"我问过布谷鸟，
我能活多少年……"

这样的诗句，冷不丁将我置于旷野
之中，俄罗斯的风雪
裹挟着钟声，仿佛伏尔加河陪着黄河

汹涌而来……
将近百年了，她的额头
依然温热，紧贴我的心房

她活过的日子，我未必
重活一遍，她想要的生活
我却仍需在她的诗中祈祷

我为什么歌唱青草

理由很简单：我爱它们
在荒野上
默默度过青黄相接的一生
不向左，不向右
它们只向上生长着，根在哪儿
它们就活在哪儿
永远比风低一截
让风无处可藏
永远高于泥土，埋住的只是草籽
无法埋没的
是青草毫不潦草的一生
有名无姓的一生
有一次

我在深夜写诗，突然想起
我为什么歌唱青草
为什么像青草一样
眼角挂着晶莹的露珠
想不明白，是一种折磨
想清楚了
是另一种羞愧：活着背井离乡
死成一块墓碑
也免不了被搬来搬去……

说到孤独

我喜欢伊丽莎白·毕晓普说的
"唯有孤独恒常如新"
而阿多尼斯却说
"我的孤独是一座花园"
我似乎忘了孤独
是不可说的，就像星空不可说
就像薄霜不可说

但里尔克忍不住说了一句
"谁此时孤独，就永远孤独"
而叔本华说的
更令人羞愧："要么孤独，要么庸俗"
我找不出更好的答案，这么多年
我有时孤独，有时庸俗

就像一个以月亮为镜的人
有时看见自己圆了
有时看见自己缺了
但黑夜一直在……
像孤独的一个证人

作者简介

　　张琳，女，1989 年生人，现居山西。在《人民文学》
《诗刊》《星星》等发表诗歌作品百余首，出版诗集《纸蝴
蝶》。获 2017 年"龙凤山庄杯"爱情诗歌大赛首奖。

段若兮

世　外

小路把大山捆紧，抛入云中
……每一步，都往云中去

山斜，流水在侧，琴弦洁白
抱琴而来的是风
我不听琴，不相思，不怀旧
心是空的
只用来盛放虫吟，鸟鸣
和被月亮摇落的黄叶

石栏冰凉，云雾缠绕……
再多走一步，就到了世外
只是犹记山下洗衣女子
锁骨明亮，双乳细小

蝴　蝶

斑纹。色彩。翅翼上悬坠的风
蝴蝶闯入四月，化身为豹
雄性。
嗜血。无羁。没有盟友
每一次振翅都招来花朵的箭镞

三月的牢房太暗黑了
需要蝴蝶来砸碎枷锁
蝴蝶如豹。嘶吼，四野倾斜
花朵暴动
大地呈现崩塌之美

……花朵的血液快要流干了
蝴蝶是一只充满仇恨的豹子
扛起负伤的四月
奔向酴醾之境

她从田野走来

……她走近了，身后的田野就消失了
河流静止，绯红的云彩收拢翅膀

嘴里含着一根草茎
草茎上还沾着露水
……她走近了，田野就消失了

她轻咬草茎
唇上染了青草的汁液
我应该跑过去叫她：妈妈
——只是那个时候，她还是一户人家的三女儿
还没有遇见我的爸爸

作者简介

段若分，甘肃人，自幼爱草木，爱厨房，兼爱小诗文。曾参加诗刊社第 33 届青春诗会。其诗作散见于《青年文学》《星星诗刊》《草堂》《诗潮》等刊物，入选多种诗歌选本。出版诗集《人间烟火》。诗集《去见见你的仇人》入选 2017 年"21 世纪文学之星丛书"。

王长征

和平鸽

每次看见和平鸽
仿佛看到战争
那些有名有姓的英雄墓碑
心中高高矗立

鸽子从眼前轻轻走过
洁白的羽毛阳光下舒展
小眼睛滴溜溜乱转
咕咕地鸣叫
像是在讲述
那些即将被人遗忘
关于战争长长的历史故事

飞机驶过夜空

遥远漆黑的夜
不见一颗星星
寂静得如同虚空

一架飞机缓缓进入视野
像一条虚弱蠕动的小虫
睁着一红一绿的眼睛
伴着低沉的轰鸣

难道它也有烦恼的心事
在这万籁俱寂的夜晚
朝向远方踽踽独行

盲人之歌

在河边逡巡
澎湃的激流
令你心惊胆寒

但同时清楚
若要人生没有遗憾
必须抵达河之对岸

咬咬牙
你果断步入激流
面对汹涌波涛
人们指指点点——
直到你拧去衣服的水分

你感到无比自豪
河边那么多明眼人
唯有你知道水流的
方向　深浅

作者简介

王长征，安徽省阜阳市人。系安徽省作家协会、安徽省文艺评论家协会会员，北京西城社科联签约作家。已出版诗集《心向未来》《漂在北京》《幸福不期而遇》，诗论《中国新诗对古典诗歌的继承与发展》，文史专著《北京西城老字号传承故事集锦》等。

陌上千禾

拉萨　没有雾霾

拉萨　没有雾霾
布达拉宫在星夜也透着明亮
而你和我
不知道是流星是恒星
躲在广场的格桑花
不分季节地
笑了　连着蓝天

白雪残埋了四季的五颜六色
而人生、恋爱、色彩
被一支笔收割了
纵然我有千言万言
也只能说　拉萨圣地
唯有你来过　才知道
这里除了美　还是美

拉萨，夜空中你是最闪亮的星
拉萨，黎明中你是最闪烁的光
拉萨，圣地　阳光　蓝天　白云
我该怎么去诉说　这样的冬季
翻开书页
偷望你
或近或远的身影
眼里心里仿佛看见了
松赞干布与文成公主
刚从雪地走过……

蓝天之上传来的哭泣

此刻　我不在西藏
而我　看见了西藏
还有我们　昨天　今天
如果，明天我将死去
是该叫上帝　还是佛祖

原谅我，此生我从来不骗人
而我却活生生骗了自己
这一世　我的眼睛和心
不为什么　只为唤醒你再爱人的心
不求什么　只求梦里的花叫着奇迹

我站在世界的尽头
不是在讲童话故事
是在告诉你树荫下的透过的阳光
傻人不叫傻子　疯子不叫疯人
还有这个社会很多人很多人
无法承受的美和爱
我爱你只是为了爱你　绝非因自己才爱你
遥望黑夜那颗最闪亮的星　会是我一生的骄傲
当然　还会是我永远写不了的那篇文《欲说还休》

落叶淌光飘散　雪深深葬过　你的声音还在
而我已无力再证明映在心间伟大的奇迹
但我从来都不后悔　不是每个人都可以历经一场
坚守过一场柏拉图式《我心永恒》的爱恋

我的心在一朵沙漠玫瑰之上

八月
你在世界的那一边
我在世界的这一角
故乡啊——
中秋思索的词典
两地之间
一边是给予我生命的河流信号
一边是给予我人间天堂的符号
借一杯蓝色的光
摘一朵粉色的花
制一个圆圆的饼
喝一口思乡的酒
寄一封长长的信
写一首诗意的秋
我想说，想说——
八月

我的心，我的心　无论在哪
在哪　都在
在一朵沙漠玫瑰之上

作者简介

　　陌上千禾，原名廖维，女，汉族，四川省达州市渠县人，现居拉萨，在政府机关工作。鲁迅文学院第五届西南青年作家班学员，西藏自治区拉萨市文学艺术界联合会会员，四川散文学会会员。著有《醉心镜梦》《西藏·蓝色的隐喻》等，作品散见于《华侨日报》《西藏文学》《西藏日报》《拉萨晚报》《福州日报》《四川诗歌》《大巴山诗刊》等报刊及一些文学网站。

鱼 安

十二月某日

我不愿谈起月亮的刻薄，以及
谈起杀死野菊的季节，还有
曾使我触目惊心的冷空气
在福音堂外，我曾痛苦如——
一片枯叶，被言谈搓揉成灰

我的灰尘，它只会沉默，只会沾染
更多的嫌疑，它身处异乡，那么
瘦小，那么不知世故
一吹即散

离开臆造的不堪
一想起过敏的日子，红疹的细密
就使人后怕
我知道，钝器会消磨一切尖锐，也会
消磨光亮，事物粗糙到原形毕露
无须赘述

大风过后，十二月某日
我看见花于空中回旋，轻盈
浮出混有万物与悲悯的水面

刚好是在午夜

也刚好是这个时候，我想去山谷
被吹响的月光是空的
夜也是空的，在草地耳语时，虚构者
从来是唯心的，譬如你
不再强求魂魄速入失真的意识
不想睡时就不睡，玫瑰的花夜
已刺穿强迫，刺穿梦境，刺穿花苞
谈及味道
你深知花浆甜美，误食黑夜

就缩入那丛枯萎的睡眠间，匆匆
匆匆被被褥包裹，像早熟的破折号
一语中的，黑夜太黑——
以至无趣
打不开月光的闸门
就呼吸吧
呼吸会有大片花朵开放
不够……还不够……

"去梦里寻找乐子吧"你催我
"不要和我一起守丧，在唯物的世界"

守园人

只剩木樨香留在晚夜，疲倦
看守无味的荒园

呼吸遁入草木的清幽，睡梦藏匿其中
失眠的蟋蟀，把声音抛往高处
枝干，空空如也
悬空的吃语被月色解读，如此恰好

多想入梦，让不能说的话
呢喃二三，在无主的荒坡上温柔开放
这一切准备，只为等待一位故人

守园人，与蟋蟀为伴
从盛满月色的夜囊里，喝出一种醒世的孤独

探　亲

哪朵花从世界消失了？我不知道
沈明问我要不要捡几片叶子的时候
夹竹桃从窗口一闪而过，它们的速度比叶齿锋利
我插不上话

纸做的杯子把时间装成透明
默默地，把默默交给枯萎的喉咙

再也没能喝出水中味道，一想到密封的木匣子
就有孤鹰凄厉的哭喊自缝隙刺中我的天灵

我摸到铁轨的锁骨，那和我一样，疼至瘦弱
鸣笛声附草木的娇躯，水流晃动风影
月光晃动着千万朵苦菊
旷野晃动着我，我晃动的情绪
在木山村口停下

沈明不知道，那些为我续命的叶子飘落在
生养我的大山，连唯一期待的睡前故事
都说到了节哀

我睡深了，我听不见
我抱紧骨灰盒

作者简介

　　鱼安，原名彭媛，土家族，1996 年生于湖南湘西，
现就读江西井冈山大学。曾参加第九届星星大学生诗歌
夏令营，2017 年新发现夏令营。作品散见《星星》《中
国诗歌》等刊物。

吉候路立

骏　马

踩碎了月光
以风的名义奔跑
诅咒里滋生的亡灵
吞噬着悲怆的预言
潜入恐惧的眼睛
灵魂的沉重
在速度里消亡
自由的头颅
可以粉碎
但黑夜不能再长
黎明将提前到来
因为有人举起了火把
布谷鸟一叫
就以太阳的名义获得重生

一只思考的猫

新闻报道
恐怖事件再次袭击
第五条街道
死了不少奔跑着的生命

我家那只枯瘦的黑猫
坐在屋顶
思考它这一生抓过的老鼠

夕阳斜照
母亲指着屋顶
病猫病猫

旧 诗

抱着一堆废弃的旧诗
在火化场，哭了半天
所有的秘密在火炉里
化为了灰烬，没有呻吟
阿依莫打来电话
她说她的心莫名疼了一下

名 字

站在你对面，我的名字
摇摇晃晃，祖先的手
挽留一片森林
以及没有名字的猴子
朦胧的记忆，或梦中
神脉藏在山顶上，一匹白马
向着北方的脚说
土地里，荞麦瘦了
野兽会惊闻我的名字
或以父亲的名义
但骄傲的圣手，卜错了一卦
这一枪，打向我自己
我以为倒下是首歌，很远
在一列火车穿过山洞时
我们正在猎捕名字，一个名字

作者简介

吉候路立，彝族，四川小凉山人，北京师范大学文学院在读硕士研究生。在中诗网、大诗刊、潜溪文学、《中国诗歌》《河埠头》《新太阳》等平台和杂志发表过诗歌。作品入选《青年诗歌年鉴》《每日一诗（2017年卷）》。

袁 翔

一点诗意

推着匆忙的日子
走进四月
阳光娇嗔
绿色从地上溢向蓝天

一点诗意
从眼前的日渐葱茏中产生
众多秘密倏然变成凌空飞燕
她要在四月修剪

多余的东西
简而不繁
在四月，我隶属
庄稼的一部分
和麦子玉米高粱一起
倾听骨骼拔节的声响

母亲与海

喜欢看海
站在大海边
自由坦荡的气息
扑面而来
和我一起看海的母亲
快乐得像个孩子

以往，我用臃肿的文字
写地球的四季
写锥心的爱情
写无常的人生
却不曾写你，我瘦弱的母亲
像叶像雨又像海
的母亲

母亲老了
老了的母亲

像根像伞又像帆
白了的发是
木材燃尽冷却了的灰
却温暖如初

母亲说
大海如此无边无际
我想说
这近在咫尺的辽阔
就是人间母爱

忏悔兼致中年

斜阳扶在办公桌上
皇菊在茶壶中翻滚
这一年　正被
最后的七十二小时驱赶

出差　开会　谈判
听曲　读书　写诗
我喂养身体也
喂养灵魂

茶水有了香气
时光做了盘点
蓦然间　生命已靠近中年

接受了四季的轮回
习惯了中草药的芳香
心中的大悲咒已然唱响
忏悔啊
我心里还有令人厌恶的欲望
惭愧啊
我身上还有盛年不再的伪装

诗人简介

　　袁翔，女，曾用笔名翔子、羽羊、文姬，祖籍河南开封，现居北京。北京师范大学文学学士，中国人民大学哲学院硕士研究生，国际汉语诗歌协会理事，北京诗社社员。作品散见于报刊、网络。

毛俊宁

花　谢

落英
缤纷
是花　最后的谢幕
一如过期的爱
不再令人有所期待

死去的少年
笑容定格在当日
清风不解　你的影子
为何
还吊诡般
行走在多年前的
那个黄昏

也许
只是场误会罢了
或者
只是自欺欺人
就当
是个玩笑
就让全世界都笑我
在那个细雪的午后
天真地以为
这世上
没人像你一样在乎我

指尖划过断桥
凭栏
饮一壶清酒
再把无常
倒入湖水

穿越最热血的年华
归来已两鬓斑斑
不说再见
只看花　狂妄地
凋零了一地

戴云组歌

山

山
这是山吗
还是奔腾东去的海浪
你高高地站立在山之巅
俯瞰脚下的
云蒸霞蔚
浩渺绵延

到了这里　你才知道
生命的自由在这里
生命的张扬在这里

那些密密匝匝的丛林
如深海里飘摇的水藻
随着清冽的山风
飘摇　起舞
那是生命最初的
悸动

你想起了风入松
想起了唐宋金戈铁马
直是气吞万里如虎

一轮明月
在山的额头上
高悬
如和氏之璧般
莹洁
温润

此时正当举杯
或笑语天上人间
或歌哭世事无常
如此　甚好

整一整衣冠
你心下坦然
踏着山的脉搏
归去

水

一尘不染
从群山之巅奔泻而下的
才可以称之为水吧
你抬头仰望
却难以相信
这鬼斧神工的崖壁之上
真的秘藏着水的源头
荷担而行的农人
在崖际之上一笑而过
全然不像你
这般讶异
惊叹

水
自九天而来
在你的周遭
化成了青烟如雾

雨季来了
每一股山泉
都要跳跃出
独具个性的舞蹈
这山中的精灵
在催着竹林拔节
在催着禾苗疯长
而自己
却在叮叮咚咚地
敲着
木鱼声声
却在轰轰烈烈地
唱着
银河渺渺

魂

戴云的魂
是诗意的

他就在这山　这水

这竹林
这袅袅炊烟中
优哉游哉地
徘徊　徜徉
宽袍大袖的他
早已了悟了
人世的纷纷扰扰

于是
或在山巅石上
或在九曲岸边
或在密林深处
你
会不经意地遇见

云上
有金佛曜日
山间
有七彩流虹
村中
有稻花香满
你
在与这山之魂的偶遇中
心　澄明了
泪　莹透了

五蕴皆空
依般若波罗蜜多
你恬然微笑
双手合十

炉香乍爇
茶香正浓
来吧
同这戴云之魂
以茶当酒
干杯

作者简介

毛俊宁，女，20世纪80年代出生，福建人。北京
师范大学文学硕士，现为九州出版社编辑。作品曾入选
《国际汉语诗歌》（2014年卷）。

左 清

村 行

我打树下走过
树上滴下雨滴
枝上摇晃几叶
鸟已飞了两只

江畔暮色

雾水汽沉沉
傍晚
鸟的叫声让林子活了起来
一座满满的樟林

一场雾淹暮埋过后
鸟声寂灭
暮色下，一座孤村
亮起几盏灯

偶 感

下午波光点点
人世凄清
波纹不平的水池
人浮其中
树上一声鸟唱
恍惚一个人家
我站在岸
略感微寒

咏 荷

一夏的荷塘无语
无风也自有股清新
满眼的绿色世界
捧出颗洁白的心

作者简介

　　左清，男，1982年生，江西永新县人。获得首届"杨万里诗歌"全国大赛优秀奖、首届江西"艾慈诗歌奖"，曾受邀在武汉大学、井冈山大学开展诗歌讲座。他力扶唐诗，将传统的唐诗句法融入现代语言，使现代诗重现古代唐诗宋词一样的优美旋律和意境。2016年完成了现代语境下的"现代唐诗"的原理及旋律结构的研究。主张诗歌服务生活，走进读者。

蓝冰琳

我在江边听日落

我来到江边，日头也走到江边
恍如一对情投意合的恋人

闭上了眼，我用我灵锐的耳朵
听着江边稀疏的日落，缓缓地

那声音，是水珠滴落大地
不高不低，赶路的人继续赶路

我在江边听日落，从空中落到水里
落到每一个人的黑夜里

尘世点燃刺眼的霓虹
却忘记听听日头跌入水中的
纯粹得无语的微音

我在江边听日落，日头
决绝地凝视着我　跌入水中

缝隙里的人

缝隙里的人，把酸痛的骨头一再捶打
青蛙在田间啼叫，叫醒了墨黑的夜
缝隙里的人，守着酸痛辗转难眠

我在窗户边看到了一道光
那光是如此暗淡又明亮
像我淡淡的眼神，吹起夜的笙箫

低矮的砖瓦房，低矮的砖土房
一束灯光从梁缝中钻出，逃亡的流犯般
把黑暗抛在脑后

他们是缝隙里的人，把骨头的酸痛捶成
明天工地里饱满的精神和充足的力量
缝隙里的人，被生活挤压到一条长长的
线一般的灯光里

灯光通过缝隙照亮了暗夜
我匍匐前进，希望和缝隙中的人一样
把所有的疼痛捶成力量

站在橙色之上

橙色，悄悄地爬进我的左心房
像血液一样流淌
我站在瀑布之上，犹如踏着我的心脏
一高一低，抖落了所有的夜

折叠与舒展

一张纸，兀自平躺
那是一个，关注舒展的故事
它也会起身，在污泥里翻滚
或者，给自己涂上带水的颜色
风把水吹干，它折叠了一身
泛黄泛老

作者简介

　　蓝冰琳，原名石慧琳，女，苗族。现就读于吉首
大学。吉首大学"十大校园诗人之一"。有作品入选
北京师范大学中国当代新诗研究中心主任、著名诗评
家谭五昌主编的《青年诗歌年鉴》（2015年卷）、《青年
诗歌年鉴》（2016年卷）。已出版个人诗集《掌心朝上》
（2017年）。

胡 薇

青 春

人一排排，成长
树一轮轮，行走

星星偷笑，云上
摩天轮原地打转

青藤，四月的青藤
爬上弯腰的老树

青春，满目疮痍
溢出胭脂味

在雨中

雨，滴落。房檐
烟雾缭绕，却无柔情
沉静，如同透明的玻璃

白墙脆弱
湿了一遍又一遍
淡妆浓抹的白粉
哭花了素颜的脸

你，立在雨中
撑着伞
颠倒整个世界

深 陷

开始只是一本书。让你
翻读，眼眸里一束光
——照亮扉页

句句柔情
陷进去，被一个字锁住
——动弹不得

窗外的时光
掉进滚烫的松脂球
静止成了永恒

远

我能触碰到的
都是遥远的事物
比如
凝重夜晚中
渺小的星辰
比如
离我太远的冬季
还未到达的寒冷

无人相信
撑开的伞
会不解大雨倾盆的
风情

解释、理解
——都太远
突然走来一个懂你的人
——也太远

生活，太多暂停键
暂停到只剩一个
可以转身的狭小空间——
离窗外繁星甚近
离依依杨柳甚远

作者简介

胡薇，江西永新人，现任教于永新县特殊教育学校。从小喜欢诗词歌赋，并坚持写诗作文，有作品发表于《石狮日报》等报刊。

六、网络诗歌

【主持：韩庆成、洪烛、郭思思】

孤　城

灵　感

老妇跟镜子里的自己说话，不断招手
"姑娘，出来吧！
姑娘，出来吧！……"
——她是一个阿尔茨海默病人
或者
一个渐入佳境的诗人

供　词

一江出鞘——冷光——伸向地平线
有时
干脆架到落日的脖子上

我们半零落

窗　花

转世途中，走错了路的花瓣。踔着不凋谢
所有的美
都是一口一口喂刀刃，喂出来的
身后往事
多被疼痛镂空。遇见你时
在别家窗棂
你正就着一纸浮云，过着楷体的烟火日子
寂如一檄求医的皇榜
若我只是过客
一定还会有雾雨霜雪，月黑风高地，将你揭走

绝　望

春天在窗外喊哑多少回嗓子了
那把木椅
再没能回到山林——回到一棵树
骚动的身子里

探出那些绿茸茸的，兴奋的
小耳朵

寂静
静到在枯守的深夜，越来越能听懂
一把日渐疏松的椅子
发出的
闷吼

夜色无语苍凉，更迭如流

旁观者

时光从牙缝里
剔出骨架

我一朵一朵饮过凋敝的春天
如你所见
那走失在灰烬里的，被灰烬永恒吞噬

我且活着。只是活着
如你所见
一日日，长风无从拆走我内心的庙宇

这逝若汹涌的过往
我需要泪眼模糊，才能将你看清

作者简介

孤城，原名赵业胜，安徽无为人，现居北京。中国作家协会会员，中国诗歌学会会员。现任中国作家协会中国诗歌网编辑部主任。出版诗集《孤城诗选》。作品散见《诗刊》《人民文学》《星星》《诗歌月刊》等期刊。诗作入选《中国年度优秀诗歌》《中国诗歌排行榜》《中国新诗年鉴》等选本并获奖。

洪老墨

烤全兔

养了一只宠物兔
今天，它遭遇车祸身亡
妻子伤心说："把它葬了吧！"
由于太血腥
我说："不土葬，火葬吧！"

火葬过程中
飘出阵阵诱人的烧烤香味
于是，我找了个借口
把妻子支开
偷偷去买了一瓶二锅头
还有一包食用盐
以及胡椒粉

莲花血鸭

莲花血鸭
是一道老幼童叟喜爱的佳肴
吴希奭起兵勤王抗元的故事
被军中厨师刘德林
误用鸭血
从南宋末年
一直翻炒到今天

"七月七，毛鸡毛鸭杀一些。"
不管在何时
或者身在何地
莲花血鸭的情结
已根深蒂固在莲花人的血液中

我不是莲花人
女儿想吃我烧制的这道名菜
我没有买到莲花山里长的脆鸭
没有买到莲花山里产的茶油

没有买到莲花山里酿的醇水酒
更没有莲花自然清凉的井水
但我用父爱，烧制了一道
散发出"家"味的
莲花血鸭

向往中的南泥湾

向往中的南泥湾，有点陈旧了
在那边，从清晨驱车来时算起
游学中谱写的上午，不知被谁复制了

一轮朝阳，金色洒满几亩当年的良田
把阡陌的象棋手，融入紫外线
它下滑的形象，停留在亿万分裂的窗前

半透明的玻璃，有自己的记忆力
而在繁复的人行道间
纠集在亮堂的南泥湾纪念碑前
让叫卖小商品的摊贩晕眩

我又看到了，朝阳要令它一辈子生辉
在那边的上面，有当年的故事
半空中，有歌唱花篮花儿香在飞扬

作者简介

　　洪老墨，原名刘晓彬，江西南昌人。中国作家协会会员，中国文艺评论家协会会员。现任江西省作家协会理事，江西省文艺评论家协会理事，南昌市作家协会副主席，南昌市评论家协会副主席。作品散见于国内报刊。出版著作多部。主编多种诗歌选本。获奖若干。

周瑟瑟

刺 猬

它从我的脚边跑过
夜色下
一道黑色的影子
引起孩子与妇女的惊叫
有人追着它踏入草丛
幼小的东西，尖嘴
毛发竖立
有很多次散步时
它从我的脚边跑过
我甚至感觉到了
它温热的身体
所带来的
孩子般的快乐
它是故意的
它与我若即若离
天色暗到看不清它的脸
但我知道它
秀气而胆怯的样子
我小时候
也像它这样
躲藏在草丛中
当我突然跑出来时
我内心的喜悦
大过了
对世界的恐惧

鱼吃鸟

蔚蓝的大海上
鱼飞身跃出水面
白色浪花如煮沸的开水
鱼张开大嘴
我看清了它一排牙齿
它咬住了飞鸟

这奇异的场面
让我兴奋
鱼也有血盆大口
鱼也可以飞起来
只要鸟抬高一点
它就扑了一个空
空洞的嘴张开
一条饥饿的大鱼
鱼头
丑陋、笨拙
它在透明的水下
安静地游动

古运河

古运河是全新的河
运河水
送我们去哪里
没有人关心
游船转一圈
然后调头回来
我们坐在船边
看两岸的灯光
倒映水中
什么人扑向了运河
总有人
在漫长的河道上消失
那些消失的人
拒绝与我们一起上岸
我们回到岸上
在国师塔下指指点点
好像在河上待了半生
我们每个人
都有古运河的秘密
集于漕运总督一身
有人抛砖筑坝
有人吹拉弹唱
我们离开码头
从此消失在夜空

作者简介

周瑟瑟，男，现居北京。当代诗人、小说家。著有诗集《松树下》《栗山》《暴雨将至》《犀牛》等13部，长篇小说《暧昧大街》《苹果》《中关村的乌鸦》等6部。曾获得"2009年中国最有影响力十大诗人"、"2014年国际最佳诗人"、"2015年中国杰出诗人"、第五届"中国桂冠诗歌奖"（2016）、《北京文学》"2015—2016年度诗歌奖"等。主编《卡丘》诗刊。

雪 鹰

断 章

1

比如会见古人
探讨《易经》内外的阴阳
比如与词较劲
纠缠，死去活来
比如追问狄兰·托马斯
"否定铭记否定"，之后的去向
比如在光的中心
黑暗正在噼啪地爆燃

2

离开江湖时
我没带电脑
网络的终端，我看黑屏的天
爱人，如那些月亮一轮一轮
消瘦。大地黑下来
"你的睡眠，你眼里有同样的黑暗"

3

我不知道这道题的难解之处
在于，是你精心设计的测验
你的手里攥着答案
但不知谁能及格
你比我紧张
你已经满头大汗

4

谁也不愿如此无聊
老提那个字，和一种不存在的假设
只是，我想知道
碑文怎么写
你是否记得，那枚落叶
被折断的一角

5

那片沼泽绿草丛生
如同你当时的想法
水，难以驾驭
鸟巢无处搭建
或许一开始的盘旋
就注定了，只有风吹草动
不会鱼蛙成群

6

双脚落地时
夜色正浓
风吹草动处
都是白骨和鬼影

7

那列飞驰的列车
丢下山涧的鸟鸣
如同你的突然失踪
我一直在寻找
这几年，你在哪里啊
丢掉了家
丢掉了月球和我们的坟墓

8

离你越近时
日子的弹性越强
像一根坚韧的橡皮筋
我们在两头
心在中间拔河

9

未成形的诗
有无数可能的意境
当初读你的时候
最渴望读到的是，今天这一节
但所有句子已经表明
当年闪烁的诗意
已被苍茫的夜色
消解

作者简介

　　雪鹰，安徽淮南人。中国诗歌学会会员、中国散文学会会员、安徽省作协会员、淮南市诗歌学会名誉主席。主编《中国当代诗人档案》《中国当代诗人100家》《长淮文学》《长淮诗典》《长淮文丛》《鸿泰文丛》。

刘建彬

春天的马蹄声

马儿你快点跑
在前方等你的是一位叫春天的姑娘
不急更不要心慌，是你的跑不了
疾奔的足音是内心的喜悦
不用敲门
春姑娘的心房早已为你打开
马儿你慢慢地跑轻轻地推开门
用你的马蹄声

又见李白

十里桃花在青弋江边瞭望
汪伦的一封信钓起了李白的胃口
打马，坐一叶扁舟，喝一壶酒赶路
一条鱼就这样醉醺醺地躺进了万家酒店
被桃花潭陶醉，一江秋水向天流
李白不醉，倒是今人独醉难眠
枕梦待旦，粉红色的雾气
渐次蒙蔽了江水的眼
不知李白兄是不是醉眼蒙眬
能够一眼就丈量出桃花潭水深千尺
现代交通如此快捷地把我带进这块乡土
闻一闻这里的气息，李白扑面而来
我醉否？写下几行醉倒的诗句

不骑马，沿江搜寻李白的足印
走不动了，远方灯火闪烁
秋风阵阵把山水唤醒
李白突然从对面向我们走来
后面跟着一位她？搞不清是谁
十里桃花，万家酒店，桃花潭水
青弋江再次涂抹一层粉红
雾茫茫芦花纷飞，似雪
汪伦没来得及送给你的东西

我都可以打包赠予你，不知道
你背得动她吗？

蝉

知了声声喊破了喉咙
干净的街道喊不出一只猫
夏天和这一声声喊结伴
知了知了知了
一长一短
最后把自己喊成干枯的壳
挂在秋天的树上回想夏天

钓　鱼

放长线在人群里垂钓
人如鱼，标注不同的品牌
钓起一条狡猾的鱼
不高兴我只是钓起了我自己
放下去吧！重新做人
检验一下与人为善的智慧
轻易举起一条笨拙的鱼
钓者是最愚蠢的人
也请把它返回去给它一个机会
下次它会变得更加聪明
钓的乐趣在于对手的高明
钓山有钓山的野趣
钓水有钓水的水性
钓鱼有钓鱼的乐趣
山山水水大大小小的鱼可得
贪婪狡诈阴险毒辣这些不好的词语
就不要钓了吧！让它们永远在水下酣睡
温暖友善和和气气不霸道不欺负弱小
愿世上美好的文字都浮出水面
我独坐珠穆朗玛峰上钓什么呢
钓太平洋？钓印度洋
钓大海？钓人类
我能够钓得起什么呢
翻阅厚重的字典只为寻找那个渔字

我的线其实不长
连地球都绑不起来
我只想把鱼钩敲直抚平
让它做个支点
哦！一叶扁舟一顶草帽一个人
春风化雨领着我想起他

作者简介

刘建彬，江西九江人，中国诗歌学会会员。至今读诗30载，写诗20年，出版个人诗集《雪韵》。

周德清

相思树

每年的植树节
我都想种下一棵
相思的树

用我的心
做相思树的根

用我的泪
浇相思树的苗

用我的血
开相思树的花

用我的整个生命
结相思树的果

最后，我就成了
那棵相思的树
在四季的轮回中
等候我相思的人

作者简介

周德清，男，武汉大学哲学博士，西藏民族大学文学院副教授，主要从事文学评论和文学研究工作。平时爱好创作，作品散见于全国各地文学报刊杂志。多次获得诗歌创作及朗诵比赛大奖，系网络文学平台《吟诗品文》主编，《现代美文》专栏作家。2017年10月，获首届杨万里诗歌奖全国大赛传统诗词二等奖、现代诗歌优秀奖

瓦 刀

障眼法

隔着马路相视而笑的人，早已擦肩而过
隔着河流挥手致意的人，转身各奔东西
你发髻轻挽，走出深巷，晃动一片冰岛
问我：喜欢吗？
我的身后，朴素的玉米已做好被收割的准备

其实，我所喜欢的一直在减少
我总能在暗夜深处，翻出岁月的花名册
划掉凝霜的姓名，为不堪重负的生命
腾出一些内存

记得你取笑我：人家宰相肚里能撑船哩——
这尘世没有一处伤疤愿为流出去的血保留伤口
幸好自己不是宰相，我的肚量大如锋芒
一夜秋风凉，我该将马褂换成长衫了

洼地书

你说得对——
收容千万条河流的唯有大海
我却更相信那片洼地
那片不会让我产生恐惧的洼地
那片可以积溪积雨水的洼地
作为这片土地最落魄的部分
在光阴巨大的阴影中
从容地接过车辙、脚印和诅咒
尘世间那些慌乱的遗物
当雨水消逝，溪水干涸
它完整得像一个人人避之的乞丐
在风中，等待被风抬高的尘埃
静静地落下

遇见，或与一匹马的邂逅

那匹母马，翘首等待
被引入赛场
一个没有疆场的时代
它只能通过循环往复的赛道
拾起自己丢失的狂野

再见到它，它在饮水
一团尚未熄灭的焰火
顺着它的脊背徐徐铺展
主人不知去向

抚摸着它拂尘似的尾鬃
它没有反抗
我将左脚伸进马镫
它没有拒绝，摆开了马步

我想我缺少一副铠甲
一匹表面顺从的马
内心是否藏着不可驯服的乖戾
我忽然变得不知所措

拍拍它绸缎一样的腹部
我还是抽出了左脚
身后，它咴咴地嘶鸣
像是回答着我的疑问
又像抛出了它的疑问

动物园实习报告

驯兽师最威风，他敢放虎归山
每天早晨，他手持麻醉枪
打开山门，狮子老虎按时下山
纷纷回到各自笼子
彩绘师最文艺，每天绕园一周
为脱毛的豹子纹上豹纹

给黑熊抹抹黑、白熊补补白
为能说会道的鹦鹉涂上唇彩
饲养员最辛苦，挑着一桶桶饲料
往返园子的每个角落，看上去
他就像送外卖的武大
我虽然清闲，却出力不讨好
园长指示我：给狗尾续貂
常常惹得狗不高兴，貂也不满意

作者简介

瓦刀，本名朱瑞东，1968 年 12 月生于山东郯城。山东省作协会员、临沂市作协副主席。1986 年开始写诗，中途辍笔，2005 年重新触网创作。出版个人诗集《遁入》《瓦刀诗选》《泗渡》等。

绿　野

晚高峰

人流、车流
从西大街向东大街纵深而下
他们交织成滚滚的河流
瞬息，便洞穿了这屏障林立的世界

天光尚且泛白，几只鸟
如一把尘沙散去，而暮色
已悄然于地平线围拢，高楼广厦
机械地擎起手臂，为这些浩荡的
归途客，掀开天幕最后一道帘子

此刻，有风经过
嗖嗖嗖，啪啦啦
刮过天空的脸，和法国梧桐的枝叶间
再没有了一些内容

韭　菜

这无骨之物啊
它们只需阳光、天山上融下的雪水
就一丛丛随风，把生命横铺荒野

但不持立场，也不结党
只用一生的光阴，顺从着刀锋

有时，伤口来不及愈合，也从不说伤痛
它们，埋伏于蛮荒里的生长
只用雷同的表情，一茬茬
喂养了
一个词
"生存"

在帕克勒克草原

大坨大坨的云立在山岗
它们迟缓的身躯，习惯了过往
还有风，吹拂欧亚腹地的山峦
颠簸半山云雨，铺展半山草原

滚落珍珠的群羊，于鹰隼的翅风下
遨游蓝天，于小叶草的惊颤中
蹚出一条还乡的小路

这是海拔三千五百米的高山草甸
红柳的蛮族细叶弯刀
野沙棘的部落摇旗呐喊
却阻拦不了，一条羊肠小道
回家的孤行

月夜雪谷

宛若佛光初现
环山的雪谷，被
一团极光刺穿，亮如
白昼的世界，光芒的锋刃
无处躲闪，而午夜的灵魂
在清澈的星河下高悬

那条雪野上的车辙，孤独的
走入远古的崇山，连同帐篷
里的午夜梦幻，我们都属雪
在这洁白的世界，身心再没有
一丝的污染

[注] 该诗描述为天山托木尔峰脚下一处景致。

作者简介

绿野，原名刘金辉，天山南麓新边塞诗发起者，现为国际汉语诗歌协会副秘书长、中国诗歌学会、中国散文学会会员，诗作被译为多种文字。

唐江波

夏　至

夏天生长的速度
让这一天充满想象和神奇

村庄、田野、河流
仿佛都置身于呼吸之外
那些玉米、谷物、大豆
以及一切和金黄有关的图腾
正尝试用各种方式祈祷
和一场夏雨的邂逅

这是生活给予我们的沉重
草地里蹰行着的一只羊的影子
就让我窥见，这人世
数之不尽的欢喜和悲辛

试着去亲近
一枚种子和一滴露水吧
因为它们身上
盛满了生命和太阳

一个人的大海

在海浪的另一边
在大海不为人知的另一面
大海在时刻等待
一次命运的突围
我知道
海底那些灿烂发光的物体
终有一天会长成一片森林

大海的路通向天空
而大海隐藏的表情却变幻莫测
无法琢磨海的思想
那些打湿了我生活的海浪

还在不停击打，我的坚强

有一种声响如涛声
海从记忆里唤醒自己
寂寞，悲伤，阳光下的黑暗与雷鸣
这苦涩的海多像我的人生
礁石之上，我的身上已浸满海水

当大海超越了天空
白云就变成了一朵大海的浪花
当海的梦想像海鸥一样飞翔
天空一定会为它引领方向
这大海是一个人的大海
在黑夜来临之前
我只想用一滴海水
灌醉自己

在修水，收藏一瓣菊香

不是什么都可以留住
比如爱情、友谊、逝去的光阴
在这个最美的秋天
我用十二小时的车程转场
从国色天香的牡丹之乡
到茶香四溢的江西修水
一踏上这片土地
金子般的阳光瞬间点燃了我的热情
点燃了东浒寨
点燃了金丝皇菊

这是一个丰盈的秋天
适宜饮茶
如果你被这浓浓的茶香灌醉
如果你被修水人的热情灌醉
那么，请不要责怪和抱怨
不要把轻柔的金丝皇菊茶
泡成甜蜜的乡愁
让我们想起千里之外的故乡

在修水
在黄山谷和陈寅恪故里
抑或在马家洲
沁香的菊瓣总是在指尖的光影里滑过
多情的雾气弥漫着心灵的抵达
一杯菊花茶，用琥珀的律动滋养
那些美丽而灵动的生命

在修水
太阳总会在每一天
呈现新的希望和期许
她就像母亲紧紧拥抱着我们
在一杯茶香里，我们的心不改初衷

作者简介

唐江波，山东巨野人，国际汉语诗歌协会常务理事、中国散文学会会员、山东省作家协会会员、菏泽市作协理事、巨野县作家协会副主席兼秘书长、《麒麟文艺》主编。著有诗集《爱在时光深处》。

红 雪

追春风

春风无形吹呀吹
我想追风飞呀飞
檐下冰溜滴着悲喜
枝头芽苞吐着芳菲
湖水笑得醉
一浪咬着一浪要把
光阴拍碎

我心有月华一地白
我胸有国家英雄泪

蓝雾升腾罩山眉
一行大雁从南归
一枚枚小纽扣
拽紧云朵和山水
田畴铺展天下粮仓
人民劳动垒高丰碑

春风有意吹呀吹
我想追风风不回
山上少年唱白了头
湖边女孩望断了眉
惹事的春风去了哪里
婴儿的第一声哭
大烟筒吐出一口灰

恍若草木排着队
花开了花谢了
一条道路弯又弯
隔开了
向上爬的炊烟
向土里钻的碑

开出时间深处的绿皮火车

哐当哐当　一条绿色的蚯蚓
打着节拍
从村前爬过
爬呀爬　爬得山色清幽
爬得叶落缤纷
爬得大雪茫茫

两条闪着寒光的铁
伸向同一路径
相依而行保持尊敬的距离
那道绿就成了一条拉锁
来时　把怀抱系紧
去时　把思念敞开

来来去去一生
将近
哐当哐当　近了远了
哐当哐当　远了近了

生命深处的一道风景
记忆的补丁
从气喘吁吁的早晨开始
一车一车拽走了
风筝垂钓着的春天

如今日暮时分
还奔跑在我的血管里
哐当
哐
当

作者简介

红雪，原名秦斧晨，资深媒体人，现任《大庆晚报》副总编辑。著有诗集《散落民间的阳光》《碑不语》，法制新闻集《见证》。

导 夫

云与船

这肯定是今年一个最静谧的清晨
城市睡在如此微弱如此低矮的秋风中
以致我如此安详地
轻轻抬起今天七点十分清晰而高傲的头颅

昨夜淋湿的云衣密集成群
被天空迅急的一条呼吸饕餮咽入澄明的东方
一幢宽厚的大楼面色温存
背过我淡蓝的眉宇上方的云流驶向深澈的西方

此刻我在中国我在宁夏我在银川
轻轻跳到一个麻雀早起的公园的空地之上
几只年青的秋燕从老成的松柏肩头
急速而有力地划过　如我而南

我仿佛第一次看见你们
以及你们娇小的　轻盈的　活泛的兄弟姐妹
仿佛第一次看见城市高空澄澈的云与船
以及你们不可预知的正午的栖息抑或飞翔

还有那每日习见的悠闲的匆匆的人群
每日习闻的诱人的弥散的味道
那是你们熟悉的人类年长的雌雄同伴
你们蓝色的黑色的背影下的风雨和白昼

此刻　我像麻雀一样胆小　如同秃鹫
轻轻跳下湿冷的巨岩　我真的担心
天空处子般的淡蓝之肤　明澈之眸
被快速游走的狼群云影的寒毫轻轻划伤
楼顶美妇般的温存之身炽色之发
被飘荡远逝的男女彩帜的暧昧情急缠住
此刻我像鸽子一样单纯如同秋燕
轻轻拍落一枚黄叶我真的向往
微弱的阳光澄明的云团

和你那如我而南的深澈的天空

我深深知道你们和我活在同一个城市中
我无法计算你们来时与我返回的不同线路和习惯
因而首先是我其次是你终将承领同一种语言所预知的
这城市的风雨和白昼以及人间的悲欣与冷暖

楼 下

红色的黑色的白色的间或杂色的
一排小汽车头北尾南地匍匐在楼的脚下
它们浑圆的橡胶轮子的皱褶之手
极力扽住水泥方砖拼接的地面挤紧的间隙

高个的矮个的肥胖的消瘦的间或
不高不矮不胖不瘦的几个男人和女人
从车阵的尾部悠闲自得地谈吐而过
他们的狗在他们的前方
如汽车由西向东喘着白气

三只城镇户口的喜鹊接踵而来
拣食着人们遗落的
花生壳瓜子皮
抑或孩子漏嘴的面包碎屑
散乱于小道地面上的粗砾而肆无忌惮的余味

两孔目光想极力远眺
却被对面更高的一栋楼紧急挡回
撞在四楼一张玻璃粘紧的
昨夜疲倦的胡须滋长的脸上
融入秋日灰暗的一个轮廓清晰的黎明

作者简介

导夫，本名马春宝。中国作家协会会员，中国文艺评论家协会会员，中国诗歌学会会员，香港诗人联盟理事，宁夏诗歌学会名誉副会长。著有《丁鹤年诗歌研究》，诗集《山河之侧》等。

赵宏兴

爱情是一只大鸟

那些圆形的山头在天空下
静止，忍不住想伸手去抚摸

夜色在慢慢降临
我感受不到它的重量，但可以
感到自己的眼睛越来越黑
如果这样，夜色不是来自外面
而是来自我的内心
倘若我的眼睛始终是
明亮的，又何必在乎
夜色的降临

异域的空间宁静着，笼罩
在淡淡的夜岚中，充满了惬意
列车一闪而过的窗口内
凝视的人在陌生的风景中
想象如何让爱情落到地面，爱情
是一只大鸟
它在天空飞得太久了

灯光，又一次见到灯光
它们如花朵般绽放
它们的色彩
在夜色里像少女的
眼睛，让人想象

列车在隧道里奔驰
呼啸与黑暗，距离与抵达
山有多大，隧道就有多长
黑暗就有多深
你歌颂山的伟岸
就要包容它内里庞大的黑暗
这岩石里的黑暗
是谁打开了它

黑暗凝固了，列车
是一台凿岩机
在这坚固中的黑暗中掘进
我把目光收回来
构筑自己的世界
空气中飘过她熟悉的味道
让我的内心如藤蔓般伸展

小虫子

唧唧、唧唧——
一只小虫子，在一声声地叫着
远处的马路上传来巨大的轰鸣声
但掩盖不了它弱小的叫声
它的叫声越来越清澈了
和着清风吹在我的体肤上
让我觉得宁静轻爽

它在哪儿
它是如何来到这十六楼的阳台上
它倾尽了生命，就是为了这次鸣叫
并让我在它消逝之前听到
已是秋天了，它是单薄而孤独的
但它并不放弃自己的生命

它细小的喉咙不停地鸣叫着
而我粗犷的喉咙却沉默着
我的喉咙与一只小虫子的喉咙
相比，是多么的惭愧

唧唧、唧唧——
它虽然是一只虫子
在秋风中感知生命的尾声
但它一点也不卑微
它把我的阳台
叫成了广阔的原野
它把我沉睡的心灵
在夜色中唤醒

唧唧、唧唧——
它没有停止
我没有离开
这个夜晚的深处
有了一对知音

石　头

一宁静下来，山就空了
硕大的山谷
盛不下我的心情
溪流潺潺地流着
满河滩的石头
呈现着各种形状
如我胸腔里累积的语言

我一个人坐着
宁愿坐成一块石头
让这情感的河水
冲刷，淹没
等到有一天
滚到你家的门前
这块石头上
印着你的头像

作者简介

赵宏兴，中国作家协会会员。出版长篇小说《父
亲和他的兄弟》《隐秘的岁月》，中短篇小说集《被捆
绑的人》。

王 妃

白兰花

让你久等了，小妹妹
面对枫林，坐在西溪南的国槐下
你就是一幅生动的画啊
没有人这样告诉你吗

口涎暴露了你的缺陷
小妹妹，我不能忽略你的笑容
当你拉住我，塞给我两朵
捂蔫的白兰花
你羞涩奔跑的身影就是一首诗啊
可我还来不及告诉你

我还能再见你吗，小妹妹
多想跟你说，我写不出诗的时候
一点也不沮丧
当我想到两朵白兰花
想到你——

没有正常的智力，但有温暖的手掌
那掌心里握着的两朵
就是你和我呀——
白就是完美
白就是最好的诗

水 仙

我说我得去一趟花鸟市场
他说哎哟求你了别弄了
但车子还是拐了进去
有时候的我他也改变不了

就像我们的爱——
二十多年了，从不确定到确定
再从确定中产生不确定的

矛盾、犹疑和妥协

我们带着水仙回家了
接下来将是短暂的分离
再共度平静的假期
水仙的造型、养殖都是我的活

他的精力都耗在外面。但我不急
疲累的人回到家中躺下或者
走来走去的路线，会在水仙绽放的
那一天有所改变

构　树

一对松鼠在枝干上追逐
当爱情借用了亲密的身体
一切都成为多余
语言从此荒芜

她坐在松鼠的视线之外
爱情触手可及，却又如此遥远
怎不令人叹息……
人在沉静中活着，与活得愈发沉静
是多么不同——

却又不为人知
你看构树的果子熟了
那最红的部分
更像正在溃烂的伤口

作者简介

　　王妃，女，安徽桐城人，现居黄山，中国作家协会
会员。出版诗集《风吹香》《我们不说爱已经很久了》。

杜 杜

原 乡

清晨
与一缕阳光搭肩
一只鸟儿在凝望
绿色安静深远
风是百万乐手
轻轻　轻轻
撩拨着夏天
你
若隐若现

生命的河流深处

当一切遁为无形
焦躁　疼痛　色彩　繁华
群山庙宇　亭台楼阁
都被收进子夜的神器
而此刻
我有万枝蓓蕾
涌出思想的子宫
万朵莲花
在俗世里盛放，轮回
也在天赐的尘缘中
耳鬓厮磨

把想你膨胀成一首诗

怕你爱我
怕有一天，你要经历离开我的心痛
有爱的分离
哪一种都撕心裂肺
我的未来，还有很多你未知的黎明
我也未知
怕你为此历经凶险
若是有一天，你不得不走
不得不松手
那时我的心，会被撕下你手掌那么大一块皮肉

我怕那血淋淋的疼
怕你也疼
怕你是这个世界纷繁的一种
而我甘于落寞，沉迷于在安静中放逐自我
我怕这种不同将你埋没
怕你失去光环
也怕你火热的光环
烧毁黎明
如此温和的黎明，带着蓓蕾的甜香
安静地萌动
也怕你看出我的害怕
突然失落地转身
我有多怕
就有多爱

你在我心里打了一个结

你在我的心里打了一个结
大海一样的颜色
蝴蝶一样的翅膀

太阳升在海面
透出红艳的底蕴
我飞向你
带着我的燕阵
穿梭，像花丛里的蝴蝶

我们的闲暇时光
是最美的地方
阿尔卑斯的泉
珠穆朗玛的雪
……
你在我的心里打了一个结
闲暇时光里细品岁月

作者简介

　　杜杜，本名杜东彦，毕业于中国传媒大学播音主持专业，中国诗歌学会会员、北京海淀区作协理事、北京丰台区作协会员。著有诗集《干草部落》(合集)，《想你时花开万朵》。

杨 罡

瓦尔登湖

赶了一百七十年的路
穿过词语的丛林
眼前豁然开朗
瓦尔登湖
我终于见到了你
你这大地湛蓝的眼睛
一个清瘦的身影
与天光云彩倒映水中
那是一位年轻的哲人
住在湖边的木屋里
晴天种地，雨天读书
三声莺与蟋蟀的鸣唱
夜夜伴他入梦
他在湖边垂钓
在湖上泛舟
有时在林中接待来客
更多的时候
他在寂寞中苦思冥想
只有火车经过时
才能打破这里的宁静
我是一个中国人
一个焦头烂额的中年人
除了看风景
还希望以长途跋涉
来驱遣内心的焦虑
我住在古老的北京城
来自更古老的东部乡村
我不是朝圣者
我只是一个过客

水底的故乡

如同你的回忆
水位一直在上升

八年前
抱子石水电站竣工
在炸响的鞭炮声中
你魂牵梦萦的故乡
沉入水底

自那以后
你身在异乡
每逢中秋佳节
你不再抬头望月
而习惯于低头看水

青山夹岸，大坝飞渡
发电机组背后的水库
碧波荡漾
一只白鹭
贴着水面，来回飞翔

那是归来的游子
在找寻自己的旧窠
它的眼里一片汪洋
就像归来的你
就像归来的兄弟姐妹

水位一直在上升
如同你的内心

摇签记

冬至日，申时一刻
赣西北，黄龙山下
修江源，桃树河边
上西乡，东岳古殿
随机摇财喜签
打卦十数遍，得箕宿

经蜀山陈小平教授指点
译签文如次
你暂时告别君子

走出低矮的群山
急急忙忙出门去求财
悬崖上的鸟窝
你不要去取
秋雨打着梧桐
别有一番滋味上心头
家人啊，你要多关心关心
这个中年男人

作者简介

杨罡，江西修水人，曾居海南10年，现居北京。诗人，资深出版人，影视策划人。著有诗集《亚历山大与女理发师》。

子 钰

战士的爱情

在无数个激情难耐的暗夜
情感的潮水
在你的伊甸
卷起千堆雪
诗人的春天已雄姿英发
在你如花似玉的果园
在你烟雨迷蒙
醉人的香溪与花间置酒
任原始的风暴
将你点燃
把你吹乱
哦，在某个相思怒放的时节
遍吻着你的河堤和浪花
你持续不断抬高的音乐
酒香滔滔，芬芳浩渺

啊！　是你冉冉升高的朝霞
一寸又一寸
映照了我沉雷滚滚远征的雄心
还是你愈发绚烂的晨曦
叠映了闪电与风暴的柔情

浅吟与低唱

你说
物欲的河流已
愈来愈宽了
宽得你用尽一辈子都
无法　泅过去

我说我一直在期待
情缘的浓荫下　能有一个人

能有一颗心　能有一剪纯粹的风云
可所有的期许又
沧桑了鬓边雪　凄迷了游子意
迷惘了心底的炊烟和瓦上的霜

那曲折断了小桥的歌唱啊
桥上已经　没有牧童
没有淳朴如花的期待了
喑哑的琴声　落魄的琵琶
已经没人　愿意倾听了
已经无人　愿意守望了

曾经相遇的相逢与相思
已经不再是相知的相守
和感人的相望了

忽然明白
原来所见的　其实并非
你我所见
原来所愿的　其实并非
你我所愿
原来所有的　其实并非
你我所有
原来所要的　其实并非
你我所要

而我爱你怨你疼你恨你的
最后一遍阳关
最后一曲绝唱
也早被你远去的烟尘
寸寸揉碎了
心亦桑海　情亦苍茫

致玫瑰

花　轻轻绽放在傍晚的池塘里
她　就芬芳馥郁在我爱恋的心上
而我　却不敢采撷那致命的芬芳

花　悄悄绽放在迷人的晚上
她　就芳香婉转在我的身旁
而我终究不曾将热忱的希望都融入那理想
花　浓浓绽放在我思念的忧郁上
人　意乱情狂在苦涩的甜蜜上

作者简介

　　子钰，原名杨子钰，安徽人，现居北京。诗人、作家。现任中国梦组委会执行副主任。

陈波来

致青春

去就去了，远到想不起来
他们坚持要我写下此信
不写就罚，罚红包，春天的
另一场修禊
流觞与足音，从弦上来，嘈杂中
你那头尽是啸吟与娇喘
我这厢，一人白头
写就写了，一封信，把喟叹写道
无处可投，也无人可收
云朵上的老虎
枯井里的羔羊，不定会收到
总之，弦又断了一根

记忆之城

一座城洗着嘉陵江水，一直在流逝
它有沿江挣扎而变大的历史，一直在堆积

反复的磨锉，一部分来自红色砂岩内部
来自浣洗的春天：鹅卵石变得细小、浑圆

又何尝不来自一个远人的经历
溯他少年的梦境，街巷倒悬于空空的足音

长年的雾，也在使真实梦化，使石头模糊
唯有在少年的煤烟里，你才能找到兄弟

一座城似乎与你有约在先：要怎么悲伤
就怎么悲伤！你终归是，哪里来的哪里去

小　雪

他们都在说下雪天气
晒雪景照片

车被厚厚的雪覆盖成面包状
街上被踩得凌乱的雪
他们在北方踩着脚，喊冷
我没敢应声，连点赞也没有
最南的岛上游荡着短衫
我光着上身
仿佛是个罪人，心虚，胆怯
因此挥汗不已

给冬天穿上一件外衣

让铁石之心回到理想的零度线以上，向近乎于梦的
体温靠近。给睁眼睡觉的人套上一件虚妄的内袄
给冬天穿上一件赝假的外衣

在石狮子前赌咒发誓，在原则沦丧而软塌的
床上咬紧牙关。在属于秋后的秘密算账之后，索要
飞奔的子弹费，或骨灰的限期处理费

冬天开出一列迂回向春天的高铁
像扯开扣子，掏出一点点被挤碎的饼干

作者简介

陈波来，1965 年生，原籍贵州湄潭，现居海南海口。诗作散见《诗刊》《星星》《诗神》《诗潮》《诗歌月刊》《诗林》《绿风》《散文诗》《山花》《山东文学》《上海诗人》等境内外百余家报刊。著有诗集《碎：1985—1995》《不得碎》，散文诗集《山海间》。

黄长江

出　发

雄鸡的第二遍更鸣
母亲的锅铲在
已经把夜色制服了的
灯光下　拼命地
与炒菜的锅较量
与油盐酱醋们较量
与菜汤争吵　不知是
在为争执天明　还是
天黑　或是不属于天地的什么

我不知道为什么
母亲把泪水隐流到心里
却又把心钉在我的路上
让我再饱一餐后才去赛跑　那
正在地球另面的太阳

出发　出发　我把希望和失望
都用信心装起　以时间做箭尖
以起跑线为弦
朝着一个方向　射发

本该跑得远的马
　　　　　——写给属马的父亲

您是骏马　您该奔跑
可是您生长的年代
和放牧您的奶奶的绊脚绳
把您绊住了
您的目标　只能是
梦中才是远的
脚下踩着的　永远是
那把　自行车的链子锁

而这时　您的心在飞
头脑的中心在飞
飞遍了祖国的河山大地
飞越了人类的上下五千年
这时　您终于明白
打开自己脚下的锁
关键是要把自己的
子孙　当成钥匙
当成一支支箭
瞄准后　射向远方

您是一匹本该跑得远的马
带着风跑
速度应当比风还快
跑在风的前面
永远跑在风的前面……

两个我曾经看中的地方

二十年前　我看中
离老家不远的一个地方
想在那里盖座房
没有盖　我后怕别人
去盖了　三年前
我又去到那个地方
那里仍还芳草萋萋　空空荡荡

五年前我看中我现在
居住旁的一个地方　想
在那里建一座房　没能建
我并没有担心　别人
去建了　可两年前
那里放了一阵鞭炮
很多人和机械　都
热闹地活动起来
如今呀　高楼林立
我只能站在夹缝中仰望

盼

一瞬　我
只需要那么一个短暂
与闪电一样长的空间

即便永远的别去
美丽亦会　爬进
我的心窗　藏进去

鸽子只能飞去一米
小鸟的嘴儿只能张开一次
行人不能提起一只脚
电花刚好跳起
美丽的但愿便使我足够

抱起永远不会玷污的心
把石头做成的衣衫披起
一样坚硬地望着远方的眼睛
对视片刻　陪着一个
车窗　一个心窗
逐渐靠近

作者简介

　　黄长江，贵州兴仁县人，现居北京。1990 年开始文学创作，迄今已在百余家报刊、电台发表作品约 300 万字，并有文学作品选入《中国当代散文大观》《2016 中国散文排行榜》《2017 中国散文排行榜》《中国诗选 2016》《中国诗选 2017》等百余种集子。著有诗集《觅纯》《小炒诗歌》等。现为中国散文学会、中国诗歌学会、中国报告文学学会会员。

刘雅阁

银　杏

这些金蝶是从庄子的梦中飞出
翅膀——
一扇成春
再一扇成秋
当叶子落尽
它们便又飞回到庄子的梦里

遇　见

你站在窗前
眼中闪烁着一朵斜阳
金色的光芒雕琢你的脸庞
你目光照亮的方向
飞鸟啼成漫天秋霜
继而又纷落成
片片星光

你蓄势已久
终于在这一刻
以雪崩之姿奔涌而来
我举整座火山以迎
雪与火迸射八荒
激起千层巨浪

挥手作别的时刻
你把每一扇窗口都站遍
至于长发——
一匹激越奔流的瀑布
在风中飞扬

手机电话

电话接通
你的声音涌出如花朵

一朵红玫瑰
一枝白海棠
一朵野百合
一枝夜来香
花儿朵朵开
还有一枝勿忘我

偶　遇

喇叭花藤
沿着竹竿
汹涌而上
不知所终
枝叶漫卷
绿浪滔天
只有喇叭花
——在风中沉思
何必随波逐流
哪怕
只开一个早晨

作者简介

　　刘雅阁，作家，诗人，中国通俗文艺研究会理事，电子工程学士，工商管理硕士。热爱诗歌、文学及艺术。近年来，陆续在刊物、报纸、网络发表诗歌、杂文、艺术评论等数篇。

贾 丽

万物皆河流（组诗）

一、叶卡捷琳娜花园

我想天堂也不过如此
在一片绿洲之上
这里极尽奢华、高贵、典雅
四周笼罩在一种温和、宁静的光芒中
湖面阳光灿烂、耀眼
夏宫将自己的身影放在水中
似乎要洗尽铅华
在这儿什么都可以不想
日光落在那儿，那儿就
熠熠生辉，思想无拘无束
纷纷落在清澈透明的水中
鸽子在身边或飞起，或落下
它们无疑是最美的天使
微风吹动着我怀中的美
我慢慢地躺下来
我想枕着美景入眠……
啊，浮生的万物
我们曾如此地贴近
又彼此热爱着对方……

二、叶尼塞河畔

伫立在你的身边
却未能拥有你，我知道
逝者如眼前的河水
草叶向着河水微微倾伏
在润湿的风中不停地摇摆
光灿灿的卵石安之若素
一动不动与我对峙
河水静静地流淌
伸向远方……

放眼望去，秋风似乎
吻遍了近处和远方所有的事物
夏天，仿佛一片白桦树叶
翻转了过去……
而我只想做一条纤细灵动
色泽更为亮丽的
银色小鱼，与浪花为舞
游走在你的河流

三、波罗的海海港

我喜欢
这深邃蓝色的海洋
喜欢这辽阔的美
站在这里
听到海浪单一质朴的声音
晴空上，浮云高如人生
仿佛一幅帘幕的仙境
海水与空气一样明净
此时，一群海鸟飞到
浪花上面
它们把声音不断
传到水下，仿佛
有了归隐之心
而我愿，一生与美为伴
为美，我用真诚的双眼眺望
鲜明依旧的尘世

四、谢尔盖耶夫小镇

凝望塔尖的时候
多想伸手触及
那高处的光芒
这日日更新的蓝天，白云
这高高矗立的教堂
犹如镀上了一层黄金
犹如岁月在闪着亮光
所有的美

犹如一面旗帜陡然展开
我仿佛看见谢尔盖耶夫
永恒地栖居于此地
高处有一群银色的鸽子，扇着翅膀
以宁静的姿势
飞翔在明镜中
向着光……

五、万物皆河流

午后，航行在涅瓦河上
雨点仿佛千万黑色的珍珠
从天撒落
远处，有两艘渔船快速驶来
在船的尾流中
细浪翻腾
犹如俄罗斯孩子们的卷发
站在船上
安静地行自己的路
整个世界都是美妙的
都是可信赖的
穿行在这旖旎的风光之中
犹如幻影轻滑过渺无愁思的梦
从眺望的第一眼开始
我感到梦与真的缠绵
一种永恒的美
荡漾在河面上……

作者简介

贾丽，鲁迅文学院高研班学员，山西省作家协会会员，有作品入选《诗刊》《诗歌月刊》《中国诗歌年选》《山西诗歌年选》等诗刊与选本。

肖章洪

你是珠穆朗玛的云

你是一片云
你是洁白的一片云
你是珠穆朗玛的一片云
你是祥光照耀的珠峰上的一片云

你轻轻地飘扬
你在蓝天下轻轻地飘扬
你在早晨披上绚烂多姿的羽衣
你在傍晚舞动明丽焕彩的霓裳

你蒸腾而起
你轻轻盈盈地蒸腾而起
你从清清冽冽的冰泉蒸腾而起
你从雅鲁藏布大峡谷蒸腾而起

你携香而上
你淡淡微微地携香而上
你携着格桑花的清香而上
你携着雪莲花的清香而上

你是一片云
你是飘向东方的云
你是飘过峨眉飘过衡岳的云
你是飘过岷江飘过湘水的云

你遇到一只鸠
你遇到一只浑身发黑的鸠
你遇到一只白山黑水间蹿出的鸠
你展开云翼翻转身姿缓缓地搏斗

你借南海风
你借翻卷巨浪的南海风

你借摧折黑翅一往无前的南海风
你在万里蓝天维护纯洁勇驭长风
你是珠穆朗玛飘来的一片云
你是永远纯洁的一片云
你是吉祥的一片云
你是一片云

情贯日月，韵飞天外

——纪念永新师范博客创建八周年

春风八度来
温暖万里无疆界
大漠雪化了
江南岸绿了
钱塘潮涨了
夜里有梦，梦里笑了

春风八度来
穿越时空没遮挡
启明星亮了
火烧云漫了
太阳雨落了
日里有思，思时哭了

春风八度来
春汛频频春潮滚
禾水河的浪花
东华岭的松涛
校园里的歌声
在梦里，在思时

春风八度来
心潮涌动诗文频
旧琴弦动了
新丝路开了
交响乐奏起来了
旧园情怀，激荡风雷

春风八度来
博客连接万千情
鼠标飞动了
键盘嘀嗒了
心情放飞了
网络虚拟，情感实在

春风习习来
春花烂漫年年开
春潮连天涌
春歌动心怀
情贯日月，韵飞天外

极速轮滑之青春

一片云，在空中飘忽
一群狼，在星夜追逐
一串星，带流萤迸射
一条龙，携电火飞渡
极速轮滑，狂飙突起
青春激扬着欢乐与速度

轮滑小伙，轮滑靓女
青春在这手拉手
脚踏滑轮，漫卷红旗
风驰电掣，飞跃奔突

轮滑小伙，轮滑靓女
活力在此足跟足
目光闪耀，轮星飞溅
行云流水，极致时速

轮滑小伙，轮滑靓女
激情全在心上头
口号震天，歌声激昂
笑语飞洒，活力出炉

一片云，在空中飘忽
一群狼，在星夜追逐
一串星，带流萤迸射
一条龙，携电火飞渡
极速轮滑，狂飙突起
青春激扬着健美与速度

作者简介

肖章洪，男，有新闻、诗歌、散文、论文等在十多家报刊、网站发表，其中，散文《雪》获《中国教育报》全国教师美文征文一等奖。

肖　扬

年　轮

一株残桩上
有无数圈的年轮
我知道
那是年的象征
虚渺的层面
模糊成
一条直线
混沌迷茫的年
不很清晰
不很突显
似乎飘逸着遥远
似乎
蜿蜒的青石阶上
年轮的圈
在若隐若现……

我的王冠

殷勤的紫外线
肆意地在大地蔓延
堆在稻草间
黄色，伴留下秋天的季节
稻草人身上灰斑点点
灰色的马褂田
黄色的光在隐现
似乎沉睡在金黄的冠冕
但这与我毫无关联
我只是一个稻草人
守卫看长眠
头顶看破蓑帽
却也是黄色镶边
或许那是我的王冠
但我宁愿守着麦田
被堆在稻草间

在风中摇曳……

窗　前

垂帘的小窗前
躲着黑夜
在月亮里看见白天
白色的黑夜
徒劳着塞住耳朵
塞住从前
水瓶深处洞很浅
空头上两个世界
窗门上挂着尘纤
干净、纯洁
邈望的咖喱
一勺油盐
堆成淡平的回旋
竟成了无痕的曲面
数着荣耀
一，二，三我爱黑夜里的耀眼

夜　曲

夜里人们是光辉的拥戴者
可见多了光
也会给人以一种霍乱

夜里的星星在跟谁跳华尔兹
小提琴 C 降调
沉睡了千年的音符
仿佛从枯叶里苏醒
分不清未来和过去
闪烁着生死的诡异

夜里是白天在呻吟
钩镰在喘息
腾然一处烟花的葬礼
一群舞女的游戏

夜里薄如蝉翼的迫近
夜曲又开始一轮新的流离
这流离的宿命
是否已经注定

夜曲谁在弹奏一首哭泣
谁又在聆听
夜曲

作者简介

　　肖扬，90后诗人，江西永新人。毕业于理科院校，现在武汉工作。

刘东生

扩大或缩小的事物（组诗）

规　则

它在横穿马路时被世界遗弃
金黄色的毛在春天的风中颤动
除了体温一点点褪去
面容安详，天空下的城市
此刻在云下很低

它无法正面理解
红绿灯闪烁之间的规则
生命安放的底线
一只猫的离去让春天阵痛

我在红绿灯之间奔波
一直到筋疲力尽
不知该以何种方式离开

风，不能随心所欲地幸福或忧伤

冬天在眼神里离去
城市更换背景
文山步行街色彩的层次
你安静地行走
不打扰任何事物

水沟前的气息
来自乡村的菜园
韭菜翠绿
油菜芯甜润
那些吆喝声如此新鲜

风保持一贯的速度
在河东与河西之间

穿行，让纯净的呼吸透明
此刻的纯粹来自内心的简单

你不能随心所欲
幸福或忧伤
日子一如既往
吃好饭后去上班
有时去古后河绿廊走走
你看人看车
看孩子们春天的笑容
这是生活的意义

隐姓埋名的沧桑

可以借助咖啡抒情
不用任何修饰
真实赋予你灵魂的自由

潮汐退后
找到行走的气息
夜色放任内心无拘无束的空旷
多出来的部分由人涂抹
像霓虹灯讨好眼神
可以设置早年的背景
让夜晚呈现的蓝
带你飞

隐者在都市深居简出
路灯暧昧提示
不要轻易打发任何一个夜晚
一个城市的细节
让你泪流满面

作者简介

　　刘东生，笔名梦逸人。现居住于江西省吉安市吉州区。有诗歌发表于《时代文学》《新诗大观》《中煤地质报》《井冈山报》《吉安晚报》等。

李 洁

弦 歌

在晨光下的石拱门
有人动了心律的琴丝
当微风吹过湖面
便响起千万声的弦歌

歌声飘荡在西北的高楼
染着血痕的手指
还在不停捻拨
回转的曲调
随正午的烈阳
穿透荒寒的广漠
有人在楼底
望着遥隐的楼尖
默然不语

歌声飘荡在汉阳的渡台
尾端焦黑的桐木
还在不停鸣呼
峨峨高山　绵绵流水
一直在等待
来自天际的归帆
有人在崖边
立在暮霞的中央
被镀成暗红的雕像

在月光下的月亮门
有人动了心律的琴丝
当微风吹过湖面
便响起千万声的弦歌

抹茶奶盖

你的清香
给一钩船月
晕了一抹新绿
翡翠玉坠般挂在

昏黑的夜

我掏出吸管
把淡淡的月光
吸入骨髓
化成琴弦上的氤氲

夜风
吹来一片
浸着山雨的茶叶
贴上我的脸面
顿时　唇角
尝到了咸涩

我的抹茶奶盖
她去了哪里
是奔进了月宫
是吹落到山谷
还是藏在幽寂的心底

得心湖

沉凝的是碧玉
还是浪涛的静影
抑或
倾泻的酒意
湖岸边
满目桃李
沾染三春的芬芳
清风吹起涟漪
倒映出青石桥上
学子的衣襟
追寻醉翁的足迹
饮尽一泓书香
浸润心灵

[注] 得心湖为吉安职业技术学院通往图书馆的校内湖。

电线杆

把身体
扔进搅拌机
搅拌滚圆粗糙的模样
磨去所有的棱角
立在街道一旁

把灵魂
揉搓成泥团
拉扯为高高瘦瘦的杆子
拉扯孤独的模样
立在街道一旁

俯看身边的樟树
想起前世扎根的森林
平视近旁的路灯
它们在照亮人们前行
远眺高处的霓虹
扭动的电流
无时无刻不贯穿着头颅

在黑黝黝的夜里
我挑着一笼月光来找你
你的线丝
联系万家的喜怒乐愁
里面有着
翻涌的欲流

我怯生生地挪动脚步
走在钢筋水泥
每片铺砖
掀翻起地底的嘶鸣
在狂躁的城市里
你安静如初
一如立在前世扎根的森林

作者简介

李洁，男，1983年生人，江西吉安人，吉安市作协会员。长期从事中国古代文学教学工作，创作诗歌千余首，散见于各类报纸杂志。现任教于吉安职业技术学院。

王小菲

红 豆

红豆生南国
为爱举起一盏盏灯笼
如此炽热的爱
为何躲不过这个季节的寒潮
还没等我采撷，熬成相思粥喝下
就已经被寒风劫走

是的，没有什么可以永恒
深深爱过之后，还是别离
可是亲爱的，你为何不在我心动的那一刻
说出那三个字，再让我与烟花一起破碎，变冷

在雪花飘舞的季节
让我混着泪水和冰水，吞下那三个字
多么暖心。即便是口头支票
我也能抵御内心的寒流
春风的马蹄，也会提前抵达
我的门楣

在谷雨的树上种植农事

活在一本线装书里，多么安静
闲暇时听关关雎鸠，呦呦鹿鸣
千年之后。布谷鸟叩开一扇沉睡的心扉
我走出书本，恍若隔世

桑田瞬间消失。白色森林，心无法狂奔，思念无法放逐
麻花辫，在人潮人海中踽踽独行
我走丢的绣花鞋，被你拾起

哥哥，你说东隅已逝，桑榆非晚
我们是栖居在一棵树上的两个灵魂
可以在树上种植农事，收获鸟鸣

城市月光里，有人抛掷青春，有人出卖灵魂
有人卖肉，有人卖血
你是一块女娲遗漏的五彩石
有棱有角，温热无比

我们隔着山，隔着海，一起探究
如何在人心的沙漠里打出泉眼
如何在谷雨时节，使鸟鸣开满枝头，星星落满天空
如何以树为巢，钻木取火，交换彼此的石头
说着说着，头就白了

人老了，视野茫茫，树开始摇晃
一树鸟鸣，俯仰之间，凋谢殆尽

这个秋日，我选择蛰伏

今天夏天，上苍滴水不漏
鄱阳湖的鸿雁，远走高飞
《诗经》中走来的拾麻女子，临水而居
痛惜春天、水晶鞋与舞台一并丧失

这个秋日，我如一只青虫
小心蛰伏在叶的背面，心痛很久
直到叶子死去，只剩几根枯草般的经脉
直到将自己体内的石头，取出

在这个迷雾森林里，我无法呼吸
决定乘坐开往春天的高铁，一路向西
在雪域高原放牧自己，与空中掠过的鹰言语

沧海桑田。谁也无法预知未来
何处别有洞天，有远离世俗的桃源
谁能开启幸福的陶罐，让日子丰盈起来
哥哥，米粒一样的风，风一样的女子
能立在你掌心，独舞么
天冷，我们还是……各自抱紧自己吧

十月，每一株植物都低下了头

十月，天空越来越高
我眼里的那一抹蓝，越来越远
荷花的清香，已无处可寻
大地上的植物都低下了头
水稻、小麦、向日葵、常春藤、狗尾巴草
以及河边大片的芦苇，都向大地顿首，感恩

它们在铸就生命的辉煌之后
开始谢幕，将舞台交出
荷花无法承载生命之重，早已香消玉殒
只有少数残叶，在秋风中静穆
等待一场初雪的覆盖

十月，我年近七旬的母亲，听到鸟鸣
从玉米地里，颤颤巍巍地直起腰来
像突然从大地上长出的一株黑色植物
她形容枯槁，腰板依然挺直
她仰起头，用干瘪的手掌放在前额
挡住刺眼的日光，忘情地仰望天空
努力寻找大雁书写的人字

我突然看见，母亲脸上皱褶里的汗水与欢喜
看见她眼里被鸟鸣点亮的那抹蓝
那么远，又那么近

作者简介

王小菲，江西吉安永新人。江西省作家协会会员。诗歌作品散见于《诗歌月刊》《校园文学》《散文诗》《江西日报》《井冈山报》《铁岭日报》《吉安晚报》等。

金 笛

海上咖啡馆

我在品尝深色的海
海的苦涩让我想起

一枚上岸的贝壳
或是一枚海星星
孤独时才会想起
海上那恋的波涛

我品味着
短暂的时光
外面有风吹过
归路已被黑暗吞没
爱的火焰跳动着

那是霓虹的梦幻
像一枚童话的海
在跳着昔日的舞蹈

夕阳已打捞起
最后一枚金币
世界像一片浓缩的海
充满了诱惑和伤感的回忆

海水经过心的岸边
岁月是一群活蹦乱跳的鱼
在我记忆的浅滩
诱饵是一串美丽的谎言

海水经过我的岸边
只有石榴花开你才会明白
一千个钻石在等待
那落日的红晕何时归来

流水经过我的岸边

蝴蝶来信双翅打开
是一页页斑斓的情书
还是红尘与梦幻交替向前

大海是另一枚天空

对于大海
天空已被遗忘多年
海是另一种天空
一枚沉沦的天空

鱼是朋友
它们把星光折叠成海面
让你去打捞往日的梦境

对于翅膀
他们已换成了船票
让你去泅渡
一次又一次迷失的天空

对于一个泅渡者来说
海就是一个脚踏实地的
无垠的天空

也许你是孤岛
为了守望诺言
一生独恋着海

海是一枚童话
色彩斑斓充满诱惑
一叶轻舟飘荡在海上

那是窗外久违的月光

玻璃与海

玻璃
是一种
能看见波浪的语言的海

玻璃对海的认识
就是对母亲的认识

海经过火焰变成玻璃
玻璃经过深思熟虑
最后变成固定的海

因为在大海深处
水从不流动

玻璃是海嫁出去的女儿
更像泼出去的水
再也收不回来

玻璃的梦境永远是海
玻璃对情感的拒绝
是坚毅而永恒的

玻璃变得冷酷而无情
于是人世间最坚硬的部分
也最容易击碎

玻璃曾经是石头
但已不再坚固

玻璃曾经是火焰
但已不再温暖

玻璃曾经是海
但已不再温柔

玻璃可以发出
自己独有的声音
而且决不妥协

玻璃可以宁为玉碎
也不流泪
玻璃是一种沧桑的海

玻璃把海浓缩成天空

玻璃可以穿越阳光
穿越一切生命的领域

甚至可以穿越死亡
如果死亡是终点的海

少女和海

少女的身后是海
海的身后是少女

少女是一片浪漫的海
海是一个天真的少女

少女梦见了海
海梦见了少女的情怀

少女和海

都想让爱去飞过
那一片蓝色的海

作者简介

　　金笛，中华民族文化促进会召公文化研究会首席文化顾问，世界散文诗研究院副院长，世界散文诗博览副主编。

康 城

厦门之眼

沙坡尾，鲸鱼搁浅
堤坝和海水约法三章
要把汹涌挡在岸上

要让黯淡有光
人行天桥上只有你
双子星闪闪发亮
让诗歌显影
城市恢复健康

出租车宽敞
停得下一辆电动车
载得动更多的情感
奔赴欢会

海水卷走茶座的悠闲
垃圾倾倒在小巷口
城市不完美的一面
有真实的生命力

青 弦

纸上的月亮
纸上的灯
不需要电源

你从山上携带下来的精神
你从故乡带来的河水
煮沸咖啡
平面上发出来的光
不是物质的光
也不是波动

不锈钢上的蜗牛
青弦缓慢的时光
荷花、日春和金钱草
喝的是咖啡
不可企及的状态
在葡萄酒杯里微晃
一切看似安然
在晃动和转动中

分　枝
——题岸子画

你站在分叉的树枝上
只是分叉，而不是两棵树
不是两条道路
让你惊惧
而你紧紧地抓住此刻
仿佛一动念
左脚回到过去
右脚跨进未来

你现在要做的是对抗空气
隐约的浮力
不让自己轻易上升

生命的天敌
事实是你为那点红色停留

作者简介

康城，本名郑炳文，1972 年出生于福建漳
州。1994 年福州大学物理系本科毕业。第三说
诗群成员，2000 年创办网络第三说诗歌论坛。
著有诗集《康城的速度》《白色水管》《东山的
风》，诗选集《溯溪》，合作编著《漳州 7 人诗
选》《70 后诗集》《第三说》诗刊、《0596》诗刊。

周思坚

爱的泡泡

那么多的泡泡
一串一串地腾空而起
刚映出天空的蓝
和你稚嫩的眼睛
就一个一个地消失

你会相信世界的纯净
相信轻柔的风，绚烂的光
和他们演绎的繁华
其实
存在就是一种表达
不是所有的爱都能留住
不是所有的痛都会叫喊
沉默只是在心中慢慢地积蓄

必须承认
我们都错过了
经历的瞬间在升腾的一刻
一簇火焰在平静的内心蹿出
我相信
阳光是暖的
微笑是美的
脚步是轻的
我想拥抱每一个人
想把余下的时光交给你
让我重新再爱一次

寻 找

微弱的光
照亮方寸之间
点燃内心的火苗与渴望
闪烁，只是找寻方向
和我不曾忘却的倾慕

其实，我的青春早就挂在
飘向夜空的红灯笼
注定
记忆里只有一种色彩

青涩如初的目光
在月色里一寸一寸地移动
我怀有潮汐
将经历的瞬间
一个一个地积攒
回流到平静如水的内心

就这样
用眼神交流，用心灵倾诉
用拥抱留住一切
感受一个最真实的你

等　候

一袭旗袍
仿佛藏有无边的风月
一次次奢华地转身
目光都会缓缓地流淌

阳光下
我习惯以一棵树的姿势
等候风从指尖
传来悠悠的琴声

春风拂面，阳光正暖
在一场抒情的告白中
美好的词汇
抵不过你不经意的微笑

遇见你
我愿放下尘世间的牵绊
在有风的日子
静静地享受柔柔的清香

小　曲

真的
很想听你歌一曲
这种想法
在夜晚愈发动人

躺在青青的草地
微风，花香
随着你的歌声
柔柔地挤进我的心里

我知道
萍水相逢之后的结局
所以才会紧紧地捂住胸口
深怕你的歌声
都会从我心底流走

明天醒来
星星和露珠都没了
但我相信轮回
相信，有一天
我能和着你的旋律
一起轻轻吟唱

作者简介

　　周思坚，江西永新人，1967 年 12 月 4 日出生，1990 年大学毕业，从事记者十余年，现生活、工作在上海。

蓝　冰

我已经走过万水千山

秋天愈深了，心怀叵测的北风
还在季节的边上徘徊逡巡
我看见它们的刀子闪着寒光
这让胆小的人不免心里发冷
我的天空却是天高云淡一鹤独飞

我已经走过万水千山
远方的道路连接村寨
远方的炉火渴望溪水
远方的牛群耕耘梯田
在我的诗中，这些远方的事物
有的质朴高贵，本性显示光芒
有的暗藏阴谋曲径通幽
它们已成为我的疆域和王朝
山水千秋容颜未改而我已经白发斑斑

我已经走过万水千山
故国的四季
犹如一个个典故生机勃勃蕴含深远
大山深处的禅房门外
几丛经霜的菊花让菊香满院没有纤尘
我抚摸过的高山茶树芽叶肥硕
等待如兰的手指粗糙的手指有约相遇
它们的一生，韵味丰富话语饱满
煮熟的流水激荡它们的灵魂

是否，我该就此隐姓埋名
在通往诗歌的所有路口安营扎寨
用那些赋予生命的词汇垒起烽火台和垛口
万水千山就是我的长城啊
我把一个个带着爱意和思索的句子
射向远方，射向人群
鸿雁衔诗，在你寂寥的梦中排成长队

是否，我该继续年轻时的雄心和梦想
大山依然坚定，河流仍在成长
一个人走在诗歌的路上
有时繁星满天，有时荆棘遍地
偶尔也会遇到同伴的尸骨和收拾残局的秃鹫
诗人们既志同道合又分道扬镳
江山风雨，山水多情
诗人流落他乡，看到风车和骏马
也遭遇友谊和爱情
这一路的心动、感慨和创伤
是生活赐予，也是上天安排的馈赠

永远的天边

一座城
空旷了千年
大漠的太阳再热
也给不了它
一丝温暖

一个人
行走千里万里
万里之外
仍是远方
远方永远不是
梦想的家园

但你仍要去远方
去远方
不是因为远方远
是每个人的心里
都有一个
永远的天边

我在甘肃看到的玉米

在甘肃，在肃南，我看到玉米
已经收割过的玉米或者疲惫地躺在地上
或者叶子枯黄精神萎靡

站在秋天的旷野

司机师傅说
这玉米是种子，不同于转基因
不同于饲料，它们是珍贵的种子
他的话，让我看到明年
大地绿意茵茵，田野黄金满地

这是我熟悉的玉米啊
就像邻居的大姐大嫂，她们总是大声地说话
和别人说起自己的丈夫、孩子毫无顾忌
甚至她们还会和男人一样赤足走在田埂上
让一路的黄昏哗哗作响

看着她们，仿佛也看到我的童年、少年
我和父母在玉米田里劳作
间苗、除草、追肥
这些感恩的玉米
根须扎在大地
叶子彼此相连
适当的时候，她们拿出五色的
璎珞挥舞扬花的穗子
宣示即将到来的秋天

在秋天，玉米们好像是怀孕已久的孕妇
不停地在人前晃来晃去
这样既暴露成果也显示幸福
有了即将到来的金色娃娃
这些邻居大姐没有理由掩饰什么

在甘肃，在肃南
我看到大片大片的玉米
做种子的玉米。这些高贵的植物
让我心生敬仰热泪盈眶

梵净山大金佛寺弥勒金佛前

究竟要用多少黄金
才可以打造最虔诚的信念

世间的功名利禄换不来
不生不灭的永远

究竟用多少技艺
才可以塑成最庄重的佛颜
人生的贪嗔痴怒烧不掉
颠倒梦想的深渊

弥勒佛，弥勒佛
你在未来示现
我在今生看见
肉身的我
还不能尽了尘缘

弥勒佛，弥勒佛
我三跪三拜
奉献您心香一瓣
在心里我已泪流满面
感谢今生的这段佛缘

[注] 梵净山弥勒金佛是世界上最大的玉石镶金弥勒佛，用去了 250 多公斤黄金。

作者简介

蓝冰，本名张国民。内蒙古作家协会会员，辽宁省作家协会会员。张家界国际旅游诗歌联盟副主席。20世纪 80 年代开始诗歌创作。出版有诗集《涛声与群鸟》（1997）、新诗论集《诗情蝉蜕》（2008）、古诗论集《诗境行踪》（2008）、古体诗集《且歌且行》（2013）、新诗集《秘境诗履》（2017）。在《人民日报》《星星》《作家》《上海文学》《草原》《延河》《中国诗人》《诗潮》等刊物发表诗歌作品。有多首诗歌入选《朦胧诗后中国现代主义诗选》《现代主义诗群大观》《报刊诗歌集萃》《青春诗历》等选集。

七、散文诗页

【主持：谭五昌、灵焚、喻子涵】

周庆荣

老龙吟

历史的幻觉，荣光与沧桑。如棉的云擦拭着它的鳞片。一茬又一茬的人间烟火里，一副铠甲仿佛独坐，往昔寻常的沙场真的已经远去？神问。

——题记

一

我听到闪电的声音，所有的光刹那间撒下日常的牵挂。信仰，似乎从此告别荒芜，告别浅表的主义。雷从天空发力，同时让我们集体皈依的是我们熟悉的影像，它穿越时空，解决着眼前的杂乱和曾经的叹息。

整体的意念，清晰在高空的属于我们的领地。

请众人一起喊出它的名字：龙。

二

这时候的龙，几千年后，可以享有老龙的封号，它的龙须悬挂历史的苍茫，它的眼睛一般不浊，只是不愿轻易地炯炯有神。

我们所熟悉的马灯，足以清晰起漫漫来时路和现在的一切。

新出现的几座大山，沉重地站在田野之上。庄稼在匍匐。

"当精神上升，神会伟岸，鬼会自惭形秽？"

三

老龙这一次要做的，是专政掉体内的病灶，剔除体表的蛀虫、虱子和死皮。

经过这次革命，它要年轻。

编年史总是缅怀大的往事，而细节总在打盹。那些被忽略的碎屑正在变成一种力量。

龙子龙孙把白云抛来抛去，幸福者正在把绣球的游戏玩到天上。其时，人间的采棉人赶在入冬前积攒温暖。另有一群人总能晒着没有被阻挡的阳光。

老龙俯瞰人间，至天下的距离尚远。风景模糊，一切都貌似太平。

老龙的眼里布满血丝，它摇动长尾。一些内容需在火里化为灰烬，而一些臃肿需要风的长鞭抽打。

四

"其实，好多次，我就真地如同死去。"

"或者，我想用死亡的方式爱我的名字。你们知道的，知道我的名字所代表的一切。"

"你们是谁？在海水深处。在热的和冷的土地上。在粮食和沙漠的面前。你们一直在那里，脚印太长，深深浅浅。"

"但是，他们追逐麋鹿，织就巨大的网网住鹰，把鳞从红鲤鱼的身上刮除，吃它的肉。狮子的头颅向猎户低下，身子蜷缩，谦恭如蛇，游在杂草间。"

"你们饥饿，你们斯文扫地，他们从旁观者变成主人。"

"我的眼里喷火，忧郁成疾。龙不是救世主，我是挂在天幕的一串碎云。"

五

尽可能高的天上，时间是真实的。

老龙喃喃自语，但它不说梦话。

老龙继续向下看，它从不顾影自怜。一瞥，千年。再一瞥，万里。

山不高，谷不低。树和小草只是共同的绿色。世间万物都一样呢，但它们内部的情形如何？

北风劲吹后的一个下午，老龙对围坐四周的子孙说：

一把麦种撒在土地，不争麦子王，只做麦穗。田野幸福，人幸福。

乱，出在这里，总有一些麦穗自命不凡。它们脱离了群众，浑身长刺。田野就是这样难以简单。

反反复复呢。

厚厚的土埋了一茬斗争，又是一层土埋了斗争的人。

强行闯入者留下，变成自己人，安居乐业的人开始了不能回归的流浪。故事似乎远未结束，老龙眼神忧郁，它的子孙有的在等待下文，有的不耐烦地甩动尾巴。

六

寻常事物必须可以长在宫殿里，比如向日葵。

囤积资源里的金子，以专供的方式废除自由的竞争？

可是，那些善良的人不是蝼蚁呀，他们应该是英雄。

那么，来吧，所有的存在。

都站在我的眼前，学会说服空气做健康的空气。江山不感冒，疫病不流行。

七

海水必须不能抬高欲望，不能欺负贝壳。海星是小生物的信仰，要允许它们自由，鲨鱼不能掠夺它们的营养。

而我忧郁的理由，老龙喷出一口唾沫，世界倾盆大雨。

雨后，它说，想到这些，我无法放心。

八

老龙加重了语气。

金钟罩说明不了什么。上天之水属于每一个沟渠，沟渠边上是油菜花和庄稼。抛石机对付不了海盗，铠甲不能向自己人示威，饱读经书不是为了更好地替自己开脱。

大好河山呢，河里的水要干净，山是高高的责任。

要做一个有智慧有骨头的汉子。

九

我在说你们呢，老龙对龙子龙孙说。

我目光不老，还能望清很远的前方。

虎狼和狮豹都在锻炼身体，它们从敌人的历史里挖坑取土，装进对手的包袱，是轻装疾进，还是步履蹒跚地坐失良机？

我在问你们，规则的平等和规则的突破，你们准备好了？

十

肉身的欲念如同每年的桃花，放弃桃子赶在麦穗之前的成熟。

腾空，驾云，向前一万里！

作者简介

周庆荣，笔名老风，1963 年出生于苏北响水。中国作家协会会员。出版散文诗集《爱是一棵月亮树》《周庆荣散文诗选》《我们》《有理想的人》《有远方的人》《有温度的人》等。

灵 焚

礼 物

1

这一天是我的生日。

每到这一天都会收到你的一份礼物。一颗心，被娟秀的文字一瓣一瓣解开紫罗兰的眼神，深情地望着笔画里一丝不苟的心跳。

那时，一群白色鸟在远方启程。时光尚未抵达，只有文字在纸上醒着。

夕阳总会逐渐慢下来的，你相信自己就是那个黄昏的主人。

从现在开始用礼物预支未来，践约那个等待兑现的今生。

2

我出生的那一天，蓝色的山脉有鸟清脆鸣叫，母亲这么告诉我，当她在淡淡的雾中醒来，怀胎十月的清晨在怀抱里已经睁开了一双清澈明媚的眼睛。

清晨，这是你给我的第一件礼物。黎明的第一瓣曙色是蓝紫，你轻声说，这是你的最爱。

到了黄昏，你会给我最后一件礼物　并且是最好的。

远天的落霞在玻璃上成群飞翔，而你偏爱树梢上的归鸟，炊烟在风中解开波纹，多像你的鬓发流动。在黄昏，你依然任性？但笑容的纹理一定浮云一样安详。

现在，黄昏还在路上，你背着过多尚未送出的礼物。一时半载到不了的。

你总在自言自语：都是你的。

3

启程的白色鸟还没有跟黄昏相遇。

一条路从远方而来，一条路通向远方。忙于生计的人们只能与现实和解，不仅仅因为没有工夫清算积压在每一个夜晚丰满的灯光，最动情的声音就隐身在日常单词的背面。

静下心来，你的礼物源源不断。没有人告诉我，你现在到达哪里？究竟白色鸟与黄昏的距离还有多远？也许没有人知道真相。

我显然已经债台高筑？

我还会继续不断地赊账？

我只知道，我实实在在收到了你的许多礼物。

没有一件不是你的：健康、快乐、苦恼……

而学问、诗歌、顾此失彼、忍痛割爱、激情与理智、拒绝与接纳……也都与你有关。

删除一段往事，更多的往事变得无法涂改；模糊一些细节，许多细节更为清晰。礼物承载着记忆，不会多，也不会少。

有一种膨胀汹涌澎湃，有一种收缩无与伦比，时间在长度里消弭，永恒终于露出了锋利的材质，礼物还原了馈赠的真相。

我，注定要戴上荆棘的桂冠，为你背起一座千年的宗教图腾，走向朝圣者云聚的山岗。

永恒的钉眼里，当血凝固成花朵，光环与虚无相互痴情。

所以，我只能用耐心与命运达成和解。

如果此生根本无法偿还你的礼物，那么请把这份偿还的愿望一并算上吧！我正在积攒我的月色，你只要备好你的河床。

一群从前世起飞的白色鸟，正在穿越蓝色的山脉，朝着今生的黄昏归巢。

黄昏，我将大祭我的生日。

让大地因此静穆无声，月色，把每一个夜晚的河床充满。

作者简介

灵焚，1962年生于福建，中国人民大学哲学院教授，东京大学等日本多所大学客座研究员。已出版散文诗集《情人》《灵焚的散文诗》《女神》，哲学论著《灵肉之境——柏拉图哲学人论思想研究》，合著《西方伦理思想史》等。主持翻译《公共哲学》丛书10卷（与卞崇道），合译著《欧美的公与私》（与徐韬）等，与周庆荣一起主编《闽派诗歌·散文诗卷》《我们·散文诗》（第1辑至第5辑）等。

爱斐儿

朝圣的路上

一

我感谢天降的黑暗为我隔开了远眺或回首，让我别无选择地沿着一个叫做前方的方向行进。

车灯转过弯道，打开高原的山川。

我只有脱掉了多余的肉身，才能驶入高原黑暗的体内。

一颗心既没有迷茫，也没有往事，只有车灯照亮的小雨珠，像一群飞舞的星星，先通过我的眼，再飞入我的心。

我看到一闪而过的树影弯身跪拜心中的神灵。

这一切，借助一颗人类的灵魂体会着感动。

我听到轻雨挲挲的呼吸滑出菩萨的净瓶。

一颗比一颗澄澈，一颗比一颗光明。

就像此刻眼中涌出的泪水，纵然无法灌溉万物生灵，至少足以沐浴你心中深爱的人。

二

我想，那些在我笔下出生入死的花儿，全部都因为某种意义而获得了救赎。

虽然，我还会遇到另一个它们，无论是暗香浮动，还是粉身碎骨，当它们在一本处方中相遇，它们会说：

“谁会像我们一样，在相爱的过程中看清了生死？”

是的，那些迎雪而开的素心梅，那些俯身泥土收拾着死亡苦汁的甘草，那些仰首阅读白云苍犬的玉兰与百合，它们一天比另一天更加轻盈或洁白。

好在，仍有人艰难地爱着。无人能够拒绝爱或者被爱，就像你无法拒绝酒香从一只杯子里跑出来。

整整八年，你把泪水变成海洋，也把血液变成江河，你也把一盘沙子变成了铜墙铁壁，变成了刀刃和枪弹。

接过玉兰递来的白色酒樽，我只想大醉一场，为这个春天。

不邀月，不对影，只为一个人的春天酩酊。

她爱上了他，他也爱上了她，看起来这爱像是真的。

他们在文字中追逐，互设陷阱，撒上蜜糖，掩饰痕迹，在痴情者的角色陶醉不已。生活对于他们只是一只牢笼，看得见的狱卒每天以折磨他们为乐事。

他们因反叛而无意中成为同谋，越狱，叛逃，分享危险或恐惧，亲密中含着阴谋的甜蜜。

三

就这样，海拔三千八百米的黄龙一下捉住了我的呼吸和心跳。

我悄悄收下了突然升高的海拔，也悄悄收下了从天而降的雨粒——这来自高原的礼物，为我披上了一件寒冷的衣裳。

我看到蓦然降临的夜色把黑暗交给了大地和天空，并降下了黑暗的意义给我这个朝圣的人：在这片天空的下面，黑暗有多深，酥油灯就有多亮。

一颗心被注入了多少爱意，他的生命就携带多少光明。

四

长夜如斯，我尚在行旅中，陌生景物蜂拥而至，车灯闪过路边的草木，一片片黑暗的事物开始闪闪发光。

浮世中的沉溺，想必对视于这雨夜的旷达，都像面对一个人隐藏的秘密，布满苍茫的一生，因心事过重而凝滞不前。

朝圣者只有在黑暗中行走得足够久，方能明了周身泪水只为洗净满身的尘埃。

那些彻夜挣扎着的灵魂，无论多么需要获得救赎，也只有在长夜痛哭过，才知道只有拔光了浑身芒刺，才能获得自性光明。

五

我暂时放下了心中的千山和万水，以及藏在寒冷中的马匹和神鹰。

总有一些事物迫使我们卸掉周身的疼痛走向朝圣。

只有看清了那些密布的真言与经文，才能确信这世间存在般若与彼岸。

此时，我的内心佛光闪闪，但你若问，谁配在这样的黑暗中行走，那一定是：

脸上挂满笑意，

心中装着慈悲，

灵魂发着光的人。

六

一切都是心像。

世界被我们自己的心塑造出来。

正像你用深不见底的孤独，染黑你身处的时间之河。

你可以看到并不遥远的彼岸，你也可以听到希望的号角，正在迷雾般的远方吹响。

只是，一块嶙峋的怪石为何突兀出现？

就像你不得不面对的许多意想不到的时刻，时不时地横亘在你的面前，即使你拥有翅膀，也必须赤脚一步步走过。

好在，每个灵魂，注定会遇见同船共渡的另一个，为你提着灯，身负渡你的使命，面对飘零这唯一的归宿，无论拥有什么样的错误与美德，要么互相救赎，要么一起沉沦。

只是，两个不同的灵魂，怎样放弃外缘，才会被全心全意的爱意贯通？

才会为漂泊的心注入勇气和能量，涉过这黑暗的孤独？

那船为何鲜红如同旗帜？

如果命运是一条孤独的河流，而你又必须面对随时可能出现的困境，请你一定留意倾听，那些被你忽略的时刻，也许正是你灵魂的摆渡人，向你传授获得救赎的密码："慈悲的力量广大无边。"

作者简介

爱斐儿，原名王慧琴，中国作协会员。曾用笔名王小雪，祖籍河南许昌，从医多年，文学写作以诗歌和散文诗为主。部分作品先后被翻译成英、日、法等文字。出版散文诗集《非处方用药》《废墟上的抒情》《倒影》。曾获"中国首届屈原诗歌奖银奖""第八届散文诗大奖"等多种奖项。

皇 泯

童好玩·作文（选5）

身体就像电脑，越来越旧

身体越来越旧，就像我办公室那台来不及淘汰的电脑，内存已满，无法下载新软件。

生命的零件锈了，不是未响应，就是死机。

脉搏还在跳着，呼出的是死亡，吸进的生命的氧。

一如键盘虽然被烟蒂烫伤，倒扣烟灰，点击不出一格标点符号，也有半格以示断句，省略号照样显示六个点。

电脑越来越旧，身体越来越旧，思想，却越来越新。

在烟雾笼罩的键盘上，识别功能残缺不全，手写板习以为常的用行楷方块字，潦草出理智之外的感情。

木讷的屋顶，支撑着人字

孤寂的时候，我就像这木讷的屋顶，支撑着人字。

天空蓝得有点儿哑，天空的白云，纹丝不动。

蝉不知在哪根树枝上烦躁，只听到屋顶平台上的空调机声响，躲进纱窗。

窗外，温度越来越高；

窗内，温度越来越低。

有点冷清了，缝补感情的针线掉在地上，闪着寒光。

窗只能半开，就敞开门！

吸铁石，扣不住门，就索性带关门——

前脚在门外，后脚在门内，手机铃声，响在门槛上。

一个人不肯孤独

一个人不想孤独，一个人不得不孤独。

孤独，没有色彩，孤独到极端幻化成五颜六色——

红豆、橙子、黄昏、绿叶、青瓷、蓝天、紫罗兰……所有的意象，在寂寞的时空，呈现在电脑屏幕上，手写板清脆的回应，在酒兴中，让诗意长了翅膀。

想起爱情的红豆被虫咬，想起忌妒的橙子有点酸，想起美丽的黄昏逼近死亡，想起新生的绿叶遭遇倒春寒，想起历史的青瓷裂了缝，想起广阔的蓝天突降雷阵雨，想起浪漫的紫罗兰面临残酷的现实。

不要再想起，一个人还有一个人伴你孤独。
一个人不肯孤独，一个人不一定孤独。

情愿生活在虚构里

很多故事没有真实的细节，我们却情愿生活在虚构里。

譬如姜太公钓鱼，那一根钓线上绝对没有钩，你也情愿成为一条没有鳞甲的鱼。
譬如夫妻间问候情人节，占线，再占线，还是占线，最后，是您拨的电话已关机。
譬如某些人要实现梦想，那一个理念，没有床，不能叫梦幻，没有井，不能叫水中捞月。

譬如，譬如你现在书写一个真实的故事，所有的细节，都真实。
但是，都会在公之于众时标明，本故事纯属虚构，如有雷同，纯属巧合。

在春天丢失了春天

在春天丢失了春天，在冬天就找不到取暖的枯枝。

很多信誓旦旦，都是在旺盛的炉火中煮沸的水，点点滴滴温润的情感，冷却，再冷却，直至冰点，还不如速冻，在高科技的保真里，等待复苏的那一天。

有限的生命细胞萎缩了，怎样让爱站立我衰老的岁月？
明天成为死亡的方向，自己留下的脚印，每一步踏空，都将是埋藏自己的墓穴。

在冬天丢失冬天吧，在春天就能找到复苏的嫩芽。

作者简介

皇泯，本名冯明德，1958 年出生于湖南益阳资水河畔一木匠世家。中国作家协会会员。出版有散文诗集《四重奏》《散文诗日记》《一种过程》，长篇散文诗集《七只笛孔洞穿的一支歌》《国歌》《国歌颂》DVD 版，诗集《双臂交叉》《三维空间》，专题片《我是中国人》DVD 版。获中国散文诗 90 年"中国当代优秀散文诗作品集奖"等。

喻子涵

汉字意象（选5）

雪：故人何许？

那人来过，我敢肯定。上帝递来的纸条在这旷野猎猎飞舞。
我快步走过，天空的花朵全部盛开。而小草的尖，如芒刺脚。
或许那人知道，一个古老的故事一直在流传。

小时候的庭院经常下雪，这个有棱角的符号，以为真正来自母亲的童话。
长大才明白，甘霖或者粟雨，曾在半空犹疑。
沿着细长的手指，我的眼里看见一个英文字母上下左右旋转。
她说：世界很透明，天堂已完成一半。
那人突然出现，故作镇定，默然无语。

院门一直未关，等候新知旧雨。然而天地浑茫，淹没了丝丝箫声。
一朵雪花飘进窗户，在一页纸上褪羽成珠。一张脸试图复原。
我相信，一个人不止一次活在这个世上，不然，谁为上帝递来条子？
满屋子无迹可寻，漂泊的脚步又一定远去。
茫茫天地间，道路消失，故人何许？

歌：记住那条未涉的江

小河淌着水。
一个女人唱给一个男人的歌，按说已是数千年了。

那时，有石头露出水面，他总是召集人们探路过河。
小河蹚水。不止一次成功，跋涉过许多山山水水。
也有失败而返的经历。一脸歉意，不再让人歌唱。
一个心含歉意的人，自己用歌声不断地允诺和道歉：永远记住那条未涉的江。

人类的故乡在江的尽头。天边或海边，连接童年和暮年。
江水并不都很欢快，江面也并不都是光滑。
站在月亮下的妹子，望着他，哥啊哥啊唱个不停，
我知道，这回过江决不能再失误。

之后，世界成为一部歌书，各有各的调，像水淌成各种样式。
而人们各蹚各的河，蹚水的姿势，像妹子的歌声和调子。直到河水干涸，月亮

沉落。

在哥啊哥啊的声音里，我们知道，

沙漠欠一条河，河水欠一汪月亮，

月亮欠一个阿哥，阿哥欠一个妹子。

水：成就剑的美德

一些笔画伸向江河或者湖海，绘下繁富的景象。一种姿势在龟背上刻下流驶的痕迹。

人类最优雅的动作从这里诞生，若干梦想融进自由的玻璃。

撕破不了的细密，压迫不了的柔顺。一幅飘在空中的彩云，在一段面纱上投下柔韧的暗影。

一种阴文化穿越时空，和颜悦色。

然而，它是闲不住的。

寻觅、钻探、填充，像一部公平的法律；怒吼，撞击，反抗命运，像一头逃跑的牛。

它那把锋利的刀，和烈马的蹄，自如有力。一个女政治家的白天和夜晚。天空剖开后的两面颜色。

一苇划过的力量，微风般轻，而潮波随之涌流。

面容的笔画是蓝的。水的心脏在深海里。

双臂划过笔锋，过足了历代书家的瘾，成就剑的美德。

凌波的舞蹈，音乐的纹路像舞女飘过的风，蔚蓝色梦幻，漫过深海。

接近水的灵魂，伟大的猜想。

水流向哪里，哪里就是水的都城，所有文字的家。

朦胧的夜，修整每一根磨损的笔画。

碑：一块碑，为卑微者立着

一块石碑，是为卑微者立着。古人的智慧，注定了一个字的使命。

世上万物都是一种既定与契合。

昨天一场飞雪，今天灿明阳光，是因为我要去看一个人的碑。

雪与晴，晴与碑，碑与我，我与我们，都是同一种命。

一个卑微者，正读着一幅卑微者的碑文——我相信，碑的拥有者，曾经与我有个约定。

碑是一块镜子，照见人的一生，一半走在世上，一半写在碑上。

一块明亮高悬的石碑，碑上称颂的言辞，正是他生前的梦想。

一个卑微者，为什么要答应去看一个卑微者的碑？
因为自己的一半人生，已刻在他的石碑上。

一块碑立给卑微者，是因为他一辈子没有站起来公开说过话。

海：多一滴水，都不是这里的海

关于海，我不想多说什么。
一张地图从上到下都是海，皇帝的身边，从左至右都有海。
可咱们缺水，四周都是刚硬的山和峥嵘的瘦骨。
每一滴水，性命一样珍贵。

何时起，咱们有了三滴水，每一滴都攒藏起来。
月积年累，有了一潭。
一罐满满的酒，高兴的日子里，插着竹管轮番饮用。
醉了，趁着诗意朦胧，封它为海。

其实，海大了，自受其辱。
在水的心中，精卫就可以砸破它；在山的心中，愚公就可以掀翻它。
在强人时代，没有什么东西小于海。
豪气冲天时，人们的唾沫可以把海淹没。

你是知道的，海并不是不可以狂妄。
只是乌蒙山的海，映入的脸庞多了，习惯于悲悯，隐忍，平和。
它要四季平安，善良的清澈才藏得住笑声，融得化苦难。
多一滴水，都不是这里的海。

作者简介

喻子涵，本名喻健，1965 年生，土家族，贵州沿河人，贵州民族大学教授，系中国作家协会会员，贵州省作家协会副主席。著有《孤独的太阳》《汉字意象》等散文诗集 4 部，《雨天作文》等散文集、诗集各 1 部，《新世纪文学群落与诗性前沿》等理论著作 3 部；获第五届全国少数民族文学创作"骏马奖"。

语 伞

书 房

一

它赋予世界安静的气质。

是一个时间之上的空间——

没有晚年。

仿佛延伸过无数人的寿命。

它手里握着丰富命运里最奇异的符号，钥匙一样拥有秘密的栖居地。

坐在它的腹部，用一个叫做阅读的方式养生。

书架上并肩排列的书，像极了密集站立的毫针。眼睛，可以代替手，捻转、提插，刺入心脏的每一根，都深得古代神医的真传，精通针灸术。

而打通我七经八脉的，可能仅仅是短短的一行诗，譬如：

"我认出的风暴激动如大海。"

二

书房，是一个城市迢遥的修辞。

通常它邈远如山谷，满身的树、岩石、野兽、花草、流水、鸟鸣……万物丛生，宗教般互相尊重，各自葆有笃定的信仰。另一个我不认识的我，在用其中的角色形容自己，她找到了她想要的人生，用风续写每一天的祷词，用雨谱唱每一瞬的虔诚——

这一切的一切，在静默中发生，没有任何覆盖气息的声响。

像在另外的宇宙上，不生怨言和困惑。

并且，那一个我，并不知晓地球上眼泪的味道。甚至，她可能还难以想象，真实的她，曾为书房里的每一本书，都擦拭过灰尘。

合上一本书的最后一页。我感到腹中空空。窗外路灯下，不断有车鸣声传来，只是厨房的炉灶，早已被掐灭了火焰。

三

喧嚣的城市里，唯爱书房兀自沉默。

它准备饕餮盛宴。

我咀嚼暴力组合的词语果腹。

眼睛、大脑和心代替了牙齿。多汁的浆果般的语言，风干了的比根茎还坚韧的句子，绿叶蔬菜一样的篇章，如烤肉喷香的启示，一席天地间，组成文学的味道、历史的味道、科学的味道、艺术的味道……

在某一本书里，历史烽烟四起，家国与爱恨情仇成为矛盾……然后，分行的喜剧和悲剧，把太阳和月亮同时拽在手中……后来，我撞见世界上最后消失的那个谜……人群里，一边歌舞升平，另一边，蒙冤者正急于为自己阐释。

朋友和敌人都出现了。

仅仅是饥饿所制造的。

仅仅是一些逝者，一些从未谋面的陌生人——从书房中的书上来到我的思维里，攀沿我的记忆。

他们通过书房，存活在我对未来的认知中。

四

我与书房的特殊距离是：

不说话的时候，我是书房的一部分。

每一次重复相同的姿势整理书籍，挪移某些书的位置和方向，就是在医治书房定期引发的小感冒。

为它清热、散寒，活血化瘀，使它的五脏六腑干净和健康。

我在书房中徘徊的样子，像音符沿着五线谱的五条直线来回踱步。

它的心跳指数，会随我的心情而变化。我不去测量准确的数值，是因为我从来不追逐我读不懂的那部分，我只享用我的感受。

书的页面翻卷，一串明亮的名字随视线穿梭。有时候回到睿智的古代，有时候脱离残酷的现实，有时候我自顾自地仰起头，闭上眼睛，将内心暗角里莫名的哀伤轻轻撩起——

一切都在那里。原来上天是公平的。

五

我因此也沉默了。

沉默，是生活在城市里的一种福气。

这份寂静，这份孤独，有着最初的清新和最后的安稳。像湖上的一叶扁舟，向黛青的远山划去，留给古典意象一个意味深长的回眸。

而曾经走在人群中的不安和惶惑，顿时让我感到，那或许只是一场劣质睡眠里的梦的细节，它们有着相似的画面。

不必惊讶于书房里的目光可以湛蓝。

不必惊讶于倾听使平常事物充满神性。

在这个以平方米为单位限定的空间里，我的躯壳常常被它无限放飞。它给我翅膀，给我热气球，给我直升机，给我宇宙飞船……它又唆使一道阴影灌我毒酒，逼我如临地狱……我不能解释对错，不能张嘴，去破坏艺术与道德的自然规律。

生活过的生活不再重负。

六

置身书房，读两本完全不同的书，便会被"邻国相望，鸡犬之声相闻，民至老死不相往来"而逗笑。

每一本书，都像彼此的邻国。

书房俨然如周天子分封天下，允许同类的书构成王族般的势力，让它们建立自己的领地，使它们的存在都潜藏着历史的意义。

书房淡定、从容。

它满腹经纶。

容得下英雄、懦夫，君子、小人。容得下战争、谋杀、流血事件。容得下宗教自由、贫富，所有的美和丑……容得下我——一个眷恋城市又想逃离城市的人，一只手，指向水，一只手，指向山，在玫瑰和面包上，都镌刻了预言。

我不忍，负了它在方寸之间投入的豁达。

我们之间，多了一份诡秘的象征。

七

黑夜一点一点地填满窗口。

书房显得更沉默了。

古人安于它的沉默，或独善其身，或兼济天下。

我安于它的沉默，是迷恋单纯的文字在被思索后的感觉。当我领受我遇见的词句像溪水一样在我心间流淌，直抵真实与虚无所构成的海洋的那种玄妙，我就想臆造更多的词句，赶赴到别人的眼中——

紧要的是，这可能是献给书房的礼物。

我有我的宿命。

书房有书房的宿命。

它在我的文字里，我的文字在它的身体中。我默默地走出它。然后，我们各自成为物的一部分。

而它，只做灵魂的知音。城市视它为圣贤。

作者简介

语伞，女，生于四川，现居上海。中国作家协会会员。曾获《诗潮》年度诗歌奖、第五届中国散文诗天马奖、第七届中国散文诗大奖等多种奖项。著有散文诗集《假如庄子重返人间》《外滩手记》等。

亚 楠

画里画外（选 5）

丹娜依

这旷世美女，来自天国的梦幻，骤然间演绎成神话。人间正饱受灾难，而神的旨意却已经搁置许久。我知道那时候，提香正用色彩表达理想，让美在无言中承载疼痛。

城堡并不能阻挡什么，而美是无限的。不必去想，生命会发出怎样的光彩，只要美还存在，所有的花朵都必将盛开。

看哪，这凝脂般的胴体，温润中已是柔情万种。从不曾有过抱怨，也不会让自己在囚禁中成为一朵凋零的花瓣。

可是我不知道命运是一种怎样的色彩。我看见，金灿灿的雨自高空射入，一切都不曾改变。而美女恬静如初，只有无边无际的爱在城堡中绽放光明。

拾麦穗者

她们是淳朴的农妇。十九世纪的法国田野，明媚而浪漫。

庄稼已经归仓，空旷的麦田，三位衣着简朴的农妇，正专心致志地拣拾麦穗。她们热爱生活，热爱蓬勃生长的庄稼，就像热爱自己的兄弟姐妹。

土地已经枯竭了。那一年，乡村的粮食，根本无法满足城市日益膨胀的胃。

而夏日的麦田，充满着阳光的气息。不远处，一辆马车在运送干草，高大的麦秸垛，仿佛沉睡的困兽。

羊群正寻找着遗失的麦穗。这些羊就像我们人类，专心致志，辛劳勤勉，收割的麦田，已经成为它们幸福的天堂。

村庄是宁静的，纯朴的风唤醒了淡淡的乡愁。

啊，我看见巴比松乡村的麦浪，就像沉默已久的思想，顷刻间，照亮了所有渴望美的眼睛。

那一刻，米勒的声音从画布上传来：我愿意到死也是一个农民……

星期天午后的大碗岛

沿着乔治·修拉的目光，我看见午后的大碗岛一派繁忙。

淡蓝色的海水，簇拥着悠悠白云，闲散，飘逸，仿佛遥远的仙界。帆影静谧在水中，垂钓的人正等待着鱼的盛宴。

不远处，四个青年把独木舟划得飞快。沙滩上，金色的阳光澄明、热烈。人们三三两两，或交谈着什么，或凝思默想，尽情享受着生命的豁达与悠闲。

此刻，一只黑色的狗，正分享着主人的快乐。它旁若无人，那么悠然自得。另一只棕红色的小狗似乎看到了什么，箭一般朝黑狗奔去。

一对年轻的夫妇，并立在草坪上。他们神态安详，眼中充满着甜蜜。身着黑上衣的贵妇人，右手打着伞，左手牵着的那只猕猴，正好奇地打量着陌生的世界。

阳光依旧明媚。此刻，动与静构成的油画，把我的思绪带向遥远的天堂。

啊，我看见，这些来自都市的鸟，已经成为大碗岛绝版的风景……

卡普西大街

在巴黎，这样的街景司空见惯。天空微微阴沉，仿佛春天正在发芽。树都显露出暖色，静静的，它们用守望照亮自己。

大街上车来人往，那些匆忙的脚步，就像颤动的音符，在河面上安静地流淌。有时也会泛出涟漪，倏忽间，又隐逸在时光深处。

我不知道，关于卡普西大街，曾有过怎样的欢乐和忧伤？这内心的律动，或者，春天又会唤醒谁的记忆？啊，那一刻，浪漫的情怀若一场夜雨，让城市透出多情和温暖。

还有多少爱正在路上？我看见天空那几抹红霞，淡淡的，似乎一切都融在若隐若现里。如此微妙，却又饱含柔情。

而远处，林立的烟囱拢着忧郁。这时候，它们正用宁静装点喧嚣……

塔希提岛的少女

仿佛一坛老酒，在时光深处透着久远的醇香。多么美丽的火焰啊！我知道，这瞬间的燃烧，却已经让美凝成永恒。

而少女胸前的果实和花朵，正涌动着内心的潮汐。南太平洋的和风徐徐吹拂，一种古老的幻影自海中升起，这宁静的躁动，就像一道潜流，焚毁了我的想象。

是来自水的柔润吗？那么淳朴，安详！瞧啊，在这个午后，她们用圣洁照亮了村庄，也为塔希提注入了祥和之光。

此刻，我沐浴着少女的柔情。从她们清澈的眼眸里，我读出了爱与神圣。

作者简介

亚楠，原籍浙江湖州。现为《新疆伊犁晚报》总编辑。获得各类散文诗大奖。出版散文诗集数部。

八、中外诗歌论坛

【主持：罗振亚、杨四平、傅元峰】

关于百年新诗与当下诗歌的七个断想

燎原

2017 年是中国新诗诞生一百周年，如何看待百年新诗和当下诗歌，早已是诗界一个热议的话题。对此，我想从以下七个方面来谈论：

1. 关于"中国新诗"与"中国现代诗歌"的概念。1917 年开始的新诗这一概念，是相对于旧体诗，亦即格律诗的一个称谓，但随着社会历史的发展变迁，到 20 世纪 80 年代中后期，中国的经济形态、社会生活形态、文化艺术形态，已进入现代社会形态。这个时候的诗歌，也进入了以现代观念处理现代问题的新阶段。因此，我更愿意把由此至今的诗歌，称之为"中国现代诗歌"。

2. 这个概念的变迁，也折射出这一文体与中国社会发展进程深层的同构关系。事实上，从旧到新，从传统文明到现代文明，它既体现出提前一步感知社会内在情绪的敏锐，还总是提前一步，寻求新的艺术方式来表达。也正是基于这种思想与艺术的双重超前性，它在每一次变革的最初都是不被理解的，并饱受嘲笑与打压。因此，一部中国现代诗歌史，也是数代诗人历经时代风雨的坎坷磨难，生生不息的创造史和精神史，由此而构成了自己伟大的血脉和魂气。

3. 在中国新诗从奠基到持续发展壮大的历程中，横亘着由以陈独秀、胡适为代表的思想文化先驱，以闻一多、卞之琳为代表的教授学者，以胡风为代表的七月诗派，以穆旦为代表的九叶诗派等一代文化巨子构成的诗人系列，中国新诗的主体，也是他们置身时代问题高能量的精神艺术创造。而在 20 世纪 80 年代至今的中国现代诗歌的背后，是一个结构性更为立体的庞大诗人系列。除了传统意义上的作协系统诗人，在研究机构和高校系统兼具诗歌写作、诗歌批评、诗歌翻译的研究员、教授、研究生系列已日趋活跃；而密布在社会各行的普通人，则表现出更为抢眼的活力。这既表明了当代诗人的群体宽度，还包含了学术界、批评界、翻译界、研究生培养机构等，当代诗歌建设中结构性的厚度。这种与社会架构对应的立体性和参与人数之巨，是当今任何一个文学艺术品种不能比拟的。

4. 中国新诗创造了大量的经典作品，从朦胧诗到第三代以来的中国现代诗歌已经创造并正在继续创造着它的经典作品。这些经典构成了诗歌史的实体，它们既已成为文学史中的专门研究对象，进而成为高校硕士生、博士生的研究论文选题，也构成了中国现代诗歌新的传统和资源。

5. 正是基于这些经典作品和重要作品的持续涌现，也潜在地拉升了社会公众的欣赏水准，20 世纪 80 年代一些症结性的诗歌问题，诸如对"朦胧诗"看不懂的"让人气闷的朦胧"，早已不再是一个问题；诗人们自己关于中国诗歌与世界诗歌接轨的焦虑等，已经转换成了中外诗人在中国本土和国际场合的频繁交流。

6. 当下诗歌当然存在着不少问题，但比之于其他文学艺术门类，也谈不上更多。一个奇怪的现象是，现今几乎没有一位诗人，认为自己的作品不优秀，但对诗歌现状的不满乃至轻蔑，恰恰来自诗歌界内部。假若无数优秀个体的相加，却是整体的一塌糊涂，那么，这到底是诗人过高地估计了自己呢，还是要以对于整体的轻蔑，表达自己的居高临下？批评领域也同样如此，一方面是宏观批评整个诗坛的乏善可陈，而一旦涉及具体的个人，每一位又都成了精英。这无论如何都不符合逻辑。看待一个时代的诗歌，关键要看大势。对于个体夸张性的肯定和对于整体夸张性的否定，则直接影响了对于百年诗歌成果的客观看待和宏观考量。

7. 正如大家都已看到的，眼下的很多诗歌的确水平不高，但我想也不必过于指责，因为写诗也是人的一种本能，且每个人都有写诗的权利。这些诗歌和作者，其实还是当下诗歌的基础和大盘底座。一个时代诗歌之塔的高低，与其底座的大小成正比例关系。这个时代的诗歌之塔越高，它的底座便越需要庞大。

作者简介

燎原，1956 年出生于青海，当代诗歌批评家。著有《地图与背景》《海子评传》《昌耀评传》等作品。

新世纪诗歌写作的叙述策略

赵金钟

一

诗从本质上说是抒情写意的艺术，尤其是中国诗。所以，晋人陆机讲："诗缘情而绮靡，赋体物而浏亮。"①诗与赋是有区别的，诗是抒情表意的文体，而赋则是状物陈述的文体。它们各有门厅，自有路数。基于此，以隐喻为主要特征的抒情性写作便成为中国诗歌的重要传统。

诗以抒情为主，以突出其"种"的特性。但这并不是说抒情是其唯一的存在之道，更不是说，诗歌写作一定要排斥叙事。事实上，中国新诗也并没有这样做。叙事和抒情不仅一直纠缠在创作上，作为问题，它们也一直纠缠于诗学理论之中。"施塔格尔曾将抒情与叙事作为诗歌的不同种类进行过如下区别，'抒情式'使'我'与世界的关系呈现为一种物我相融式的'处在其中'的无间同一状态，有着'感情丰富'的特点。而'叙事式'使'我'与世界的关系呈现为一种'面对面'的状态，在时空的间隔中有了一种反省和思索的能力。这一区分已初步勾勒了它们不同的诗学风格。"②抒情和叙事呈现出了诗与世界的不同关系形态，表现出了诗人不同的情感向度。它们在以各自不同的姿态和魅力争取着诗人和读者。

20世纪80年代中期以后，以"第三代"（"新生代"）为肇始的"俗化写作"崛起，它的一个最为重要的写作策略就是叙事化。反对象征、隐喻、意象以及建立在此基础上的抒情，将小说的叙事和戏剧的矛盾编织技巧引入诗中，敛起浪漫主义时代诗人的想象翅膀，抽掉意象抒写的绮丽与诗歌想象的空灵，从琐屑的生活常态出发，采取生活流的方式，按照自然时空秩序，按部就班地进行叙写。这是一种新的写作策略和审美原则。其好处是纠正诗歌中存在的虚饰的毛病，保持写作的原生性和真实性，增加诗歌的可信度和亲切感。同时也为诗歌创作提供了一些新的写作经

---

① 陆机. 文赋 [M]// 郭绍虞. 中国历代文论选. 上海：上海古籍出版社，1979.
② 孟川，傅华. 当代先锋诗歌的叙事性书写的诗学意义 [J]. 文艺争鸣，2008（6）.

验与抒写方法。

这是中国新诗第一次自觉地、有组织地挑战诗的抒情地位，将叙事放到了诗的显要位置。它对当代新诗的影响是巨大的，"民间写作""中间代""下半身写作""网络诗歌"等流派或思潮均深受其影响。它给诗歌发展带来的是福是祸，一直是学界争论的焦点。

诗的抒情地位之所以在"第三代"那里受到激烈的挑战，直接原因是朦胧诗的强大遮蔽了后来者的身影，使得他们难以显形并发出自己的声音。"朦胧诗人们已经将悲壮的英雄主义和美丽的忧伤写到极致，令人难以企及。'新生代'们只有另辟蹊径、反其道而行之，才能引起人们的注意。"①叙事化选择是他们对抗朦胧诗的策略；而更深层的原因，则应该是整整一个时代的激情消退使然。精神状态以反作用于物质的强大力量推动着整个国家前行，反映在中国新诗创作上，便是"抗战"进行曲、"解放"进行曲、"新生"进行曲、"阶级斗争"进行曲、"反思"进行曲成为诗歌的主潮，直至 70 年代末朦胧诗潮崛起，以一种相反的向度，将这一抒情传统推向极致。极致也便预示着衰弱，预示着一种新的诗风要取而代之。而这一大的精神转向恰恰又遇上了更大的时代风潮：商业主义时代——放逐精神。这种"物质主义"的时代风尚便快速而有力地终结了持续了半个世纪的抒情，进而造就了一个新的读者和作者群。"物欲膨胀、灵性遮蔽年代的诗人们，普遍真情不足、激情淡退，似乎已经无力写作纯粹的抒情诗，只好去操作不需太多主观色彩的所谓'叙事'"②，叙事性写作风习便迅速兴起。

这便是中国 21 世纪诗歌面临的直接传统。它"使我们当代诗人意识到：在诗中渗入一定程度的叙事性，有助于我们摆脱绝对情感和箴言式写作，维系住生存情境中固有的含混与多重可能，使诗更有生活的鼻息和心音，具有真切的、可以还原的当下感，使我们的话语保持硬度并使之在生命经验中深深扎根。"③

二

时间进入 21 世纪，因"第三代"而来的叙事之风依然盛行，但表现得不再像

① 赵金钟. 一片没有绿意的草地——"新生代"诗估评 [J]. 信阳师范学院学报（哲学社会科学版），2001（4）.
② 杨景龙，陶文鹏. 试论中国诗歌的叙事性与戏剧化手法 [J]. 名作欣赏，2009（10）.
③ 张军. 当代诗歌叙事性的控制 [J]. 襄樊学院学报，2003（6）.

"第三代"同仁那样狂热与极端。一些诗人开始自觉地将叙事作为一种有效的方法运用于自己的诗写之中。同时，也开始思索这种方法所能达到的艺术高度和其与生俱来的某种局限，不再把它当成无往而不胜的艺术图腾。正如西川所言："叙事并不能解决一切问题。叙事，以及由此携带而来的对于客观、色情等特色的追求，并不一定能够如我们所预期的那样赋予诗歌以生活和历史的强度。叙事有可能枯燥乏味，客观有可能感觉冷漠，色情有可能矫揉造作。"①诗人们开始更多的思考，并重新凝视抒情的力量，拉紧叙事狂奔的"缰绳"，对之进行合理的"控制"，力争让叙事与抒情做无间的融合。

在叙事化的写作中，白描式的叙述方式和戏剧化的叙事方法依然深受诗人们的青睐，并取得了令人欣喜的成绩。于坚在这方面做得颇为成功。他也因此而在诗坛上为自己赢得了新的声誉。《舅舅》一诗保持了他关注世俗人生与乐于叙事纪实的写作特点，把诗歌从虚玄、幻美中拉出来，返俗至茫茫红尘之中。舅舅"用一生来坚持着 / '老实'"，是一个极其平凡、普通的小人物，他可有可无，"他来到世界上只是为了 / 憨笑着　把一切咽下去 / 人民这个大枕头里面的　一丝 / 填充物"，甚至在他的追悼会上，领导也借口有事不来参加，只让人送来一个"熊洸同志安息"的花圈。这种人是中国人民的大多数，他们的老实承载了中华民族的重量，承传了中华民族的美德。

于坚的《推土机》《芳邻》《立秋》《大道上有一堆白沙》也是好诗。其中后三首"小诗"更有味道。它们因为"小"而没有让故事乱伸腿脚，而是较为内敛地把淡淡的情放在了腹中，体现出于坚"大主题"之外的诗歌的叙述风格。《大道上有一堆白沙》一诗，诗人有感于乱堆乱放、有人制造无人管理的社会现象，以诗的形式发出了批评。这是诗歌的一个主题。但如果认为它是诗的唯一主题显然又不妥当。它显然还有其他解读。如：对失败者的同情——没能挤上做大事（显富贵）的行列，就只有遭遇被遗忘（甚至被戏弄）的命运。由于诗人没有让叙事无限制展开，从而给诗歌留下了联想的空间，创造了表现的张力，诗歌也因而就变得更耐咀嚼。

新世纪叙事性写作的一个可喜变化是，诗人们常常采用"留有余地"的叙述方式，不让叙述在诗中放泼翻腾，而是较为小心地为诗歌的想象与抒情留下一些"空间"，进而为诗积聚了虚活与空灵之气。在诗中，空灵永远是一种美，一种让人既有着落又可以无限放飞想象翅膀的美。它不同于一眼能看到底，也不同于永远望不

---

① 王家新，孙文波. 中国诗歌九十年代备忘录 [M]. 北京：人民文学出版社，2000.

到边。诗坛新秀郑皖豫有一种难得的叙述天赋。她的叙述沉静舒缓，又潜藏着火一般的激情。在她的诗行里，没有"文革"、海关，也没有稻场、麦田，有的主要是"我"、母亲和孩子。她以关注家庭的情状和生命的律动来与世界对话。她的视角独特，体验真切，叙述的感觉细腻、婉约，魅力别具："夜跑得如此之快！几分钟就将苍穹的另一面／翻过来，与地合上。严丝合缝。／地面到处是夜的脚印；月半与星稀，／告诉我，真理巨大。此时，万家灯火，／一个个站出来与苍穹对峙。"(《秋千上》)这是她写夜的降临。令人感奋的是，郑皖豫从不孤立地、单纯地作长距离的叙述，而是习惯于带着感情、想象一起叙述。所以，她的叙述不直白，不枯燥，不狂躁，也不拖沓。虽然她的叙述视角常常较小，但她创造的美感场域却是非常大。她常常用经过自己体味的三言两语，三两个细节，编织出一条条厚实而绵长的彩带，让美和感情丰富地绽开。这是她的叙述天赋所带来的魅力。

三

"过去，情感可能的确对于诗歌是最为重要的构成要素，是诗歌大厦的基石，但今天已经未必了。在更多的时候，我宁愿认为诗歌是一种精神活动的方式，它要求我们的首先是对这一活动方式可能获得的结果的关注。……情感进入诗歌中，仅仅是一种正式的要素，它做到的是使我们在写作中注意到语言的意义上的方向。……一句话，叙述的方法比情感在诗歌构成上更重要。"①新世纪诗歌在处理情感的表达方式时，不再单向度地倚重抒情的力量，而是同时借重叙事的长处，辩证地处理抒情与叙事的关系，让诗性表达在多元共生的状态中完成。一些成功的诗人，更是充分借用叙事的力量进行抒情，以一种貌似客观的"冷抒情"的方式来实现对情感的抒发。因此，"冷抒情"成了叙事性诗歌写作中的重要修辞策略，它常常给诗带来意想不到的艺术力量。

如雷平阳的《杀狗的过程》。它的"冷抒情"给了我难以形容的震撼，它所凝聚的深刻情愫超过了任何方式的滥情。这首诗采取了完全"客观"的写法：时间、地点、人物，故事发生的原因、过程、结尾，一应俱全；而且，自始至终作者都未说一句话，全让"剧"中的角色自己表演："舔一下主人的裤管""抚摸着它的头""将它的头揽进怀里""像系上一条红领巾""主人向它招了招手，它又爬了回来""脖子

---

① 孙文波.我的诗歌观 [J]. 诗探索，1998（4）.

上像插上了／一杆红颜色的小旗子""死在／爬向主人时的路上""像一个回家奔丧的游子"等叩人心扉的细节，将"忠诚与欺骗"表现得活灵活现，进而也就将人的全部虚伪与残忍（以及麻木）表现得淋漓尽致。"冷抒情是指在叙事性书写过程中出现节制的、理性的、不动声色的抒情，叙事以悖论方式实现了对某些隐晦的、深度的情感的表达。"①这首诗写的是"金鼎山农贸市场3单元""杀狗的过程"，但它已完全超越了这个具体的时空，而升华成了一个具有深刻意义的象征符号系统。"杀狗"事件所形成的叙述框架构成了一个巨大的张力网。这一张力网是一个具有丰富而深刻内涵的隐喻性结构，与人类社会的某一时刻同构，并直接指涉人类自身。

新世纪诗人不再执着于对深度和意义的消解，而是充分运用细节、场景和戏剧性策略，构建诗的"隐喻"体系，增强诗的艺术感染力。在这类诗中，大量细节、经验叙述取代了典型意象的组合，意象的中心地位在诗人的款款叙述中被巧妙剥蚀，诗在世俗情状与诗性言说的簇拥中亭亭玉立。诗人田禾的叙述颇有魅力。其诗将叙述与抒情有机结合，既避免了浪漫主义的张扬，又不同于现代主义的冷涩，而是独显自己的艺术个性：有情而不滥情，有叙述而不唯叙述；叙述为显，抒情为隐，二者相携相映，相伴而生。他很在乎结构与剪裁，特别是很在乎细节的遴选和结尾的安排，这一点常常使得其叙述陡生光辉：

> 今夜，月亮是人类的，是我的
> 我用它孝敬我的父亲
> 他在四十里外的镇上做工
> 没有五角钱坐车
> 要走三个小时的夜路回家

这是《夜晚的月亮》的结尾。"我的"月亮，"五角钱"，"三个小时的夜路"，这样的一些细节，编织成这样出色、感人的结尾，怎能不让作品的叙述熠熠生辉呢？诗人的叙述是"浅"的，但诗作的意蕴是深的。它没有一处煽情，但其情却毫不含糊地渗透在每一个字句中！这种叙述携抒情的方式，给田禾的写作带来了极大的好处，使他的诗歌到处弥漫着动人的风景。

---

① 孟川，傅华. 当代先锋诗歌的叙事性书写的诗学意义 [J]. 文艺争鸣，2008（6）.

四

我在这里大谈叙述的好处，是因为新世纪诗歌在叙事方面的确取得了新的成功。但是，我们不能忘了诗歌从本质上来说是抒情的艺术。所以，叙述又天然地成了诗歌创作必须警惕的对象。虽然它已无可置疑地为诗歌创作提供了新的艺术素质和成功经验，贡献出了许多新的可读性和艺术性较高的诗歌作品，但它还是受到了诗坛内外较为广泛的质疑与批评，许多使用这一技法的诗人也不都像这里的诗人那样幸运。一些缺乏诗才或缺乏对生活深刻体验的作者，用了这种方法更加剧了其创作的失败，尤其是语言和结构的失败。前者使得"口水"盛行，后者则导致了"事件报告"或"流水账"的泛滥。这又使得叙事化的策略走向了它的反面。"用诗歌叙事没什么不好，不过叙事肯定不是诗歌这种文体的最强项，而且20世纪90年代以来所谓的叙事性、戏剧化作品，大多复制生活、记流水账，或琐碎质木，或油滑科诨，叙事手法相当笨拙，甚至丝毫不见诗意的灵动、虚活。这样的叙事就是在常规叙事文体中都属拙劣，何况是用来写诗？……而对'叙事性''戏剧化'的提法，也不能不加分析地一概予以肯定。"① 这是一种科学的态度。

我们注意到，为了避免这种尴尬，许多追求叙事化的诗人盯上了"杨朔模式"。"杨朔模式"是20世纪五六十年代散文创作中流行的结构模式，它首先用大量的叙述作铺垫，最后来一小段升华，将作品的主题思想提升上去。这种模式在新时期散文中遭到摒弃，却意外地在诗歌创作中找到了子嗣。这可能是叙事化写作所必须选择的最佳结构模式。因为叙事化写作较为倚重口语和叙述，而这又极容易使诗歌染上俗浅和平直的毛病，因而聪明的诗歌作者就选择"杨朔模式"来提升自己。不同的是，"杨朔模式"大段的渲染铺垫，意在点明"看到（或想到）了什么"；而诗歌"杨朔模式"的大段渲染铺垫，则意在强调"没有看到（或想到）什么"。前者意在弘扬"崇高"，而后者则是为了对"崇高"进行消解。诗歌中的这种模式大概滥觞于韩东的《有关大雁塔》。它在一番叙述之后写道："有关大雁塔／我们又能知道些什么／我们爬上去／看看四周的风景／然后再下来。"韩东的用意是为了突破人们的阅读期待，而随之而起的大量复制者，则显得单纯幼稚、异常可笑。

"杨朔模式"拯救不了诗歌。一首诗是一个繁复的整体，如果长篇幅的叙述造

---

① 杨景龙，陶文鹏. 试论中国诗歌的叙事性与戏剧化手法 [J]. 名作欣赏，2009（10）.

成大面积的荒漠，你指望一两片绿叶能装扮出草原，显然是痴人说梦。满足于线性结构所需要的对过程的明白叙述或事件的简明罗列，是永远写不出好诗来的。还是让我们记住臧克家的这句话吧："诗歌在文艺领域上独树一帜，旗帜上高标着两个大字：抒情。"①我们不必再回到"抒情主义"的老路上去，但我们要坚持让叙事和抒情无间结合，进行及物的抒情。这样，我们最佳的选择或许只能是将叙事当成策略：修辞（技法）的策略和结构的策略。前者让诗诞生有益的戏剧性效果或真实性场域，后者要构建一种隐喻性结构，以对生活作深度展示或诗意呈现。舍此而无他途。

作者简介

赵金钟，诗歌批评家，岭南师范学院文学与传媒学院院长，教授，出版过专著。

---

① 孙光萱.诗海拾贝[M].北京：汉语大词典出版社，2002.

汪剑钊诗歌的自然与生命主题解读

徐宁　吴投文

用诗人泉子的说法，汪剑钊是一只"食腐的金乌"。泉子说："这是一个诗歌的乌鸦时代，但同时也是一个新诗的'诗经'时代。"①汪剑钊的诗歌多运用隐喻手法，画面感强，聚合特征明显，与庄子的齐物论思想似有某种精神上的关联。在他的诗歌中，有一类以自然与生命为主题的诗歌值得注意，此类诗歌具有批判世俗物欲、重构心灵世界与向往诗性人格的主题指向。汪剑钊的诗中有一种隐隐的焦虑，这种焦虑在很大程度上来自现代性的压抑，同时，他表达的又是一种诗性理想和愿景，渴求人类摆脱现实物质的异化束缚，将自然化为生命的有机组成部分，进而达到天人合一的自由境界，使人类的世俗情感得到净化。

在汪剑钊的诗中，《盐水沟》表达了对人类浮华生活的否定，关注自然而暗含对生命本质的思考，感情基调深沉、节制；《我的睡眠》表达了超越生命，平静面对死亡的体验，充满着生与死的哲理思考，感情基调悠远、宁静。汪剑钊的诗歌往往专注于"生命与自然"主题，引发读者对生命意义的思考。在他的诗中，对美的凝望正是出于对生命与自然的尊重，美是实现诗意生活的重要途径，而美的实现则蕴含于自然与生命的关系之中。回归自然，不为物质所累，在生命的梦幻世界里，依靠美来超越生死，追求生命的永恒意义，这在汪剑钊的诗中可以找到比比皆是的例证。

一、自然中的独行者

汪剑钊有不少以自然为题材的诗歌，如《草》写草丛中的玫瑰在日月之下发出耀眼的光芒，享受人们的赞叹，而草却因其朴素、平凡而被忽略，颇有童话寓言的风味；如《树叶如何划破风》，诗人在细致观察的基础上，充分发挥想象力，描述了

---

① 泉子．诗建设 [M]．北京：作家出版社，2014.

在春节前夕一场晚来的风雪中树叶落下的情景，隐含了一种孤寂的生命体验。此类诗歌围绕自然意象展开想象，对自然物象的情态描写细致精微，画面感极强，诗中的中心意象往往折射出人类的当代处境。汪剑钊有一首短诗《盐水沟》，正是此类题材的佳作，也颇能代表他的创作风格。

诗中的盐水沟是一条死水沟，肮脏、了无生机。只有在土地荒芜的地方，才会出现盐水沟，诗中点明了沙漠这一背景。"清风"意味着对阴霾的吹拂，将阴郁、躁动化为平静。在沙漠中，清风吹过曾经繁荣而现在荒凉的废墟；废墟传达出了诗人内心的荒芜与凄凉。废墟由繁荣的毁灭形式，这两个意象照应了诗歌开头的"毁灭"一词。"虚假"与"真相"，作为对历史的描述，形成了鲜明对比。毁灭之前的繁荣是虚假的，而毁灭之后的废墟才显露出繁华下隐藏的虚假。诗中"折断体内的白帆"，后面用了一个分号，分号之前的诗句是对全诗思想感情的一个概括，奠定了全诗荒凉的情感基调。

"一群人"意味着一个团体克服艰难险阻，穿越茫茫沙漠，然而在喧闹中，诗人却更加孤独。穿越沙漠的过程，也是与沙漠交流、对话的过程。在此过程中，诗人体会到自然与宇宙的真实，城市文明仿佛是一艘扬帆远行的船舶，在沙漠中诗人发觉自己所追求的物质功利是虚假与虚无，此刻那颗功利的心冷却下来，好似白帆折断。在脱离众人之后，诗人进入自己的内心深处。"根须"既有根本之意，同时也具有重生、新生的暗示。"高山"巍峨，暗示人生思想的新高度，或人生的更高追求。"低处寻找高山的根须"，象征着此时"我"回到被自己所抛弃的纯真、单纯的内心形态；经历沙漠景色洗礼的"我"，在历史时空中，感觉当初的本心才是自己真正应追求的"高山"。

诗人运用"清风""废墟""历史"等意象，表达了自己的心境——来到雄浑又荒凉的沙漠戈壁，面对自然之景，对比城市文明的繁荣，明白在时间与自然面前，自己在城市文明中所追求的一切，都是人生的废墟。沙漠废墟对自己原来的人生观产生了毁灭性的冲击，而这种冲击让"我"获得了拯救，从原来对人生的虚假陶醉中清醒过来。诗歌开头一句"毁灭，另一种形式的拯救"，流露出诗人的感叹，实际上是生命状态的觉醒。

盐水沟了无生机，与废墟一样荒芜，暗喻生命的沉淀。白色的盐在太阳光下闪烁着耀眼的光芒，白色代表纯洁，但也与死亡、空白、空虚相关。"盐水沟白光闪烁"，白光是自然之象，却也包含着情绪性的生命体验。在历史与自然的沉淀中，诗人尽去心中浮华，对生命的虚无感到悲痛。"风""云""雾"刻画出沙漠地貌，即"构成咸涩的地貌"，这两句既是写实，同时也可以引发读者对人生的解读。诗中所描写的地貌亦可设想为诗人心中的观念形态以及对生命、人生的认知结构。"心脏"在诗中似乎是指诗人的思想，通过"心脏"一词可以见出沙漠之行对于诗人思想的强烈震撼，因为心脏是人类生命的关键所在。另一方面，心脏作为意象具有实写与意指两种功效，既可指诗人的思想，也可指自然的规律，照应诗人在沙漠中的行走经历。心脏的碎裂是指诗人价值观念的断裂，"无泪可流的沟壑"，这里可做两种解读：一种"无泪"指沙漠少雨，而"沟壑"则是沙漠的泪槽；另一种，"无泪"实指诗人的眼泪，"沟壑"指诗人的泪槽。"血液"意味着生命，同时也意味着血腥、暴力的杀戮，"血液给予最后的滋润"，暗示诗人在失望与悲痛后，决定用生命的血液去滋润荒芜的心灵世界，让它重新焕发生机。此诗开头的第一句已经暗示了诗歌由毁灭到拯救的主题，诗中出现了大量对比性的意象，如"虚假"与"真相"，"一群人"与"一个人"，"低处"与"高山"等，在充满悖论的语境下呈现诗人的情感与思想阵痛。

梳理《盐水沟》中的意象，可以发现这些意象特色鲜明，一种是抽象的具有人文色彩的意象，如"毁灭""拯救""历史""真相"等；另一种是具体的自然意象，如"白帆""风暴""盐水沟""风云雾"等。诗歌因为自然实存的意象而有"地气"，给人以现实之感；人文意象则使诗歌境界宏阔，脱离了风花雪月的俗套，超越时空，承载着诗人对于生命、自然、时空的深刻思考。

在诗中，诗人的旅行是象征性的。诗中的表层结构是叙事性的，诗人与同伴一起穿越沙漠；诗中的深层结构则是隐喻性的，诗人在穿越沙漠的过程中，与沙漠进行了一次思想与情感上的碰撞与交流，最终以诗人对自己思想的否定为结局，但引发了更深的人生思索。《盐水沟》是一首短诗，却有相当复杂的意蕴，大致包含着以下几个层面：

其一，对世俗的叛逆。在《盐水沟》中，隐含着诗人对自然万物承受苦难灾难这种博大胸怀与宁静心态的赞赏，诗人穿越沙漠的过程就是解读自然的思想过程，同时对自己的人生进行反思。诗人看到的盐水沟是一片废墟，却也是纯朴、纯真的自然，宁静、坦荡，按照自己的意志刻画地形地貌，率性、自由，无丝毫的虚伪与浮华，与自己在城市中扮演的现代性人格判然有别。更重要的是，诗人认识到一切都会像沙漠里的废墟那样，终归将化为虚无。诗中隐含的主题颇有中国古代田园诗的意味，但有更深的发自现实的忧虑，实质上是对世俗的叛逆，是另一种形式的归隐山林。"以'物'为镜，当代诗人将生活的'在场'证据沉淀为具有文学性的异质经验，其主体意识也在一个个日常生活的横断面中绵延不绝。其自我意识的倾注焦点完全转向物化对象或现实，以求触碰到生存的感性气息。同时，他们尽量谋求精神与文化价值的双重提升，参与并见证着当代诗歌的世俗文化转向。"① 诗人厌弃虚伪、压抑的生活状态，对喧闹与浮华持否定态度，则暗示着孤独情愫的流露，诗人就像一个众人沉睡我独醒的孤独者一样。

其二，对心灵的重构。汪剑钊将诗歌作为自己的梦想，他的专业性写作有极其深厚的功力，善于在有限的诗行中布置孤独的生命情绪，由此引发对人生峻急情境的深刻思考。在《盐水沟》中，诗人对景物的描写看起来是写实性的，实际上却包含着隐喻的深度意向。如果诗中的意象侧重写实，全诗就会显得板滞而缺少灵动，诗歌的主旨也会随之改变。对自然的毁灭是人类的恶行，毫无疑问，废墟是人类自身的枯竭，也是诗人的思想和灵光的枯竭。这是诗人不可忍受的。诗人说，"给虚假的历史补上说出真相的注释：/一群人喧闹地穿越海的风暴，/折断体内的白帆"。在此，"虚假"与"真相"的对立恰恰也是互证，虚假在真相面前现出原形，而真相则是心灵的栖息之处。"一个人独自回到自身，/在低处寻找高山的根须"，这就是寻找心灵的真实和纯度，是一种精神上的皈依。此时，"折断的白帆""回到自身""寻找高山的根须"，都是具有反思性内涵的精神依托。人类在工业革命的帮助下，物质文明取得高度繁荣，正如废墟之上原来的绿洲文明一样繁荣，但是由于对自然过度开发，最后走向毁灭。那些所谓的繁荣也不过是"虚假的历史"。盐水沟亮得让人心痛，因为水源枯竭，绿洲消失，沟中只剩下盐粒，恰如一片心灵的荒漠。诗人痛心于人类对自然的破坏，更痛心于人类对自我心灵的戕害。"沙漠烧烤过的心脏"，这是多么酷烈的情景，诗人痛心于绿洲的消失，人类只能用自己所积累的血汗财富，用更大的代价来恢复绿洲。心灵的重构更其困难，诗的主旨指向更深的一层，更促人深省。

其三，对诗性人格的护卫。这首诗感情深沉、内敛，实则暗含着思想的风暴，里面有一种剧烈的情感的激荡，而诗人将其节制在理性的可控范围之内。《盐水沟》中所包含的隐喻，既指向个体的生存处境，"一个人独自回到自身"，也包含着人与人之间互通声气的共同处境，"一群人喧闹地穿越海的风暴"，两者是纠结并统一在一起的。诗中的自然有时是自然景观，有时也指人的现实，并无决然的界线，相互交融着某种共通的底色。"马丁·海德格尔说：'艺术的本性是诗'，而'诗就是以语词的方式确立存在。'一个真正的诗人不仅是一位诗歌的创作者，更是一位存在的思

---

① 中国文联研究室. 中青年文艺评论家文选设 [M]. 北京：当代中国出版社，2014.

者。"①人与自然，理想与现实的矛盾以及由此所产生的孤独与痛苦，是汪剑钊诗歌不懈表达与探索的主题，就是"一位存在的思者"面对现实的思考。在《盐水沟》中，无论是诗人表达自己在自然面前的渺小，及由此产生的对自然的崇敬之情，还是诗人为人类代言，表达对自然的忏悔，实际上都是对某种诗性人格的护卫。诗的最后一句，"血液给予最后的滋润"，正是以血来滋润这种诗性人格。诗中有一种孤洁的情绪，与自然之景融为一体，又弥散在字里行间，让人深思。表面的平静之下，隐藏着深沉的感情。

二、生命的思考者

自然景观、现实情境固然是汪剑钊诗歌的重要组成部分，对生命、灵魂与死亡的思考也是其诗歌的重要主题，二者你中有我，我中有你，具有密切的关联。《盐水沟》《草》《颓废的月亮》等诗带着浓郁的自然气息，而《睡眠》《建设工地随想曲》《门》等诗歌则是关于生命活力、喧哗与死亡的思考。"一切景语皆情语"，以自然为题材的诗歌都隐含着诗人对生命的思考；"一切情语皆景语"，关于生与死的思考，对人生的感喟，往往都寄托在自然景物、客观事物之中，自然景物、客观事物作为思想与情感的载体，不再只是一种自在的状态，而是包含着生命的情境和人类情感的内核。汪剑钊的短诗《睡眠》值得品味，就在于其中的意义指向值得探究。

"睡眠"意味着梦，梦是一个与现实迥然不同，有着荒诞色彩的虚拟世界。梦只属于个人，梦的世界里所发生的一切都只与个人有关，也只有个体自己才能窥探这个世界。在诗中，把梦比喻为"一只美丽的瓶子"，是一处妙笔，可以引申到生命的幽暗体验之中。"瓶子"体积小，但是体积小并不意味着内容贫瘠，正如"我"的梦境一样，这个世界就装在"我"的大脑上，因此，它虽比床小，但它的丰富程度却可能比现实世界更大。夜晚是"悄悄地刨开黑暗的沃土"的，而白天则是梦的敌对形式，在众人的喧闹沉寂之后，只剩下诗人自己在悄然扇动梦幻的翅膀，此时，诗人必然是孤独的；黑暗意味着死亡与沉寂，而诗人却把它当作"沃土"，这也是一个恰当的比喻，让人想起朱自清《荷塘月色》中的"热闹是它们的，我什么也没有"。这里有孤独，也有一种异乎白日的沉静。"我"的梦在夜晚来临，在静谧与黑暗之中，恰如一幅孤寂的画卷展开。"培植梦幻的花"，这是在诗人的想象中展

① 张三夕. 华中学术 [M]. 武汉：华中师范大学出版社，2011.

开的，黑夜是培植梦幻的土壤，也是诗人的心境的流露。在夜里，一切似乎都变得不确定，梦幻像幼苗那样，需要一个培植的过程。尽管如此，诗人还是愿意在黑暗中耐心看着它长大，直到它开出花朵。这是诗人对睡眠状态的描绘，给人安稳的感觉。

读者可以进一步展开想象，诗人在似睡非睡之际，意识蒙眬，突然他翻身醒来，意识刹那间清醒，但随即又模糊起来，重新陷入梦幻之中。在这模糊之中，诗人拥有掌控梦幻世界的能力，按动"时间的遥控板"，在此诗人让画面定格，以便拥有充足的时间，布置自己的梦幻世界。在这里，诗人的时间意识再次突显出来，生命处于恍惚之中，但又清醒于时间的掌控。时间与生命密不可分，生命在时间中被赋予某种存在的限度。这就是此诗流露出来的生命意识。

读者再往深处想象，似乎外界有某种杂音传入了诗人的耳中。在蒙眬中，诗人仿佛听到了小鸟的啁啾，"小鸟"这一意象来得非常及时，它的吟唱本身带着一种美好。这只快乐的小鸟并不是诗人，因为它的自由是诗人所不具有的，却是诗人强烈向往的。另一方面，这只小鸟又是诗人的化身，因为这只小鸟的喋喋不休，正如诗人用诗歌来发言一样，都是用来逃避孤独的形式。尽管在世俗生活中，诗人有时不得不噤声，但是诗人仍然相信自己即使沉默，也会像花朵一样无言而美丽。

诗人希望进入梦境，他将注意力转移到花朵上来，此处可以想象小鸟休憩在花园中，像花朵一样沉默。这是对睡眠状态恰到好处的描绘，睡眠也有迷人的一面，"花朵的沉默"正是睡眠的理想状态，尽管并非易得。终于沉静下来了，沉静下来的不仅是喧闹，还有诗人的心灵。现实中一切的琐碎都已被梦屏蔽，诗人厌恶的喧哗不复存在，获得了内心的平静。在诗人的内心深处，有一种强烈的渴念，渴望穿透一切日常的阻隔，归化于一种永久的安宁。这种安宁可能只与死亡隔着一层薄纱，诗人在想象中与之达成了最亲密的接触。这里面可能还包含着某种沉重的生命体验，却被诗人化解在超脱之中。

《睡眠》是一首非常细腻的诗歌，看似单纯，意蕴却非常深刻，有沉重的一面，关涉到对生命与死亡的辩证理解。人的睡眠如死亡一样，中国文化对此并不避讳，"长眠于地下"这样的婉转之词，是一种解脱的措辞，实际上也是一种诗意的描绘。与《盐水沟》相比，此诗在平静与节制之中，多了几分轻快、悠远，情感像溪流一样缓缓流出，其中也有一种生命在宁静中变得丰富的体验。"整个死亡的平静"是此诗的点睛之笔，里面包含着深刻的哲学思考，生命终究是短暂的，而死亡却是永久的。生命无法获得终极的平静，终极的平静只属于死亡，生命与死亡相互完成，相互丰富，也相互对照，形成睡眠的外壳和哲理实质。《睡眠》中可能萦绕着来自日常生活的忧烦和看破红尘的旷达，但更深的却是对生命存在的沉思。在诗人平静的语调中，同时也包含着非常复杂的情绪，人生作为一个过程，总是纠结着难以言传的痛苦和忧烦，有时不得不通过做梦来纾解，这样才能得到些许平静和安稳，才能抵达某种自由的幻境。但人生的自由哪能如此容易得到？况且，在自由和梦境之间，只有虚拟的通道，而被现实所阻隔。《睡眠》写得谨严精湛，经得起反复推敲、回味，虽然诗的切口较小，但带给读者深长的回味。

三、情感的守望者

人要获得自由，要诗意地生活，就必须敏感于生活的诗意，而生活的诗意则在人类审美情感的实现之中。人类审美情感的实现在于自然与生命的关系之中：摒弃浮华，回归自然，摆脱对物质生活的过分关注，追求内心生活的平静，经营一片属于自己的内心世界。情感的释放意味着内心的自由，随心所欲，不为世俗所累，像在梦中那样无拘无束。艺术恰恰是人生的"白日梦"，人生总是充满缺陷，但可以在艺术中得到弥补，在艺术中化解生存的危机。艺术是实现自由的途径，诗歌似乎更能体现出艺术的这一功能。在汪剑钊的诗歌中，他反思自我的存在境况，抒发回归自然的热忱，寻求生命的价值与意义。在他的诗中，生命是一个极其重要的关键词，他思考着生与死的关系，寻求超越时空的生命意义。无论是在自然的现实世界中，还是在生命的梦幻世界里，生命都应该遵循审美的情感，至少也不能回避审美对于生命的价值，只有在情感上得到回应，人类才会感受到生命的愉悦，才能体验到生命存在的价值。相反，人类的情感如果被压抑、被扭曲，就会倍感痛苦，即使物质再丰富，生命也会变得毫无意义。

汪剑钊在创作于 2000 年的《建设工地随想曲》中写道："推土机挺着肚子走过的时候，死人不得不再死一次"；在 2004 年的《门》中写道："我们意识中的美，不断打磨，学习死亡的入门术"，都与死亡有关，而又联结着生命的永恒。汪剑钊的诗歌在生命与自然的主题中，一直努力探讨两者之间的隐秘联系，包括生命与死亡、理想与现实、短暂与永恒的关系。他的诗歌富有哲思色彩，正是来源于对生命存在的某种深刻洞察。实际上，在他的诗歌中，这在某种程度上是一个核心视角，由此可以透视其创作中的复杂内涵。

汪剑钊注重感情的自由抒发，他的诗歌梦想基于用诗歌达到对永恒的某种思索，他的创作野心大概也在这里，要在有限的生命中留下几道深刻的烙印。汪剑钊长期以来不懈专注于两个问题：以《盐水沟》为代表的诗歌对现实虚华生活、世俗功利的否定；以《睡眠》为代表的诗歌则追求超越生命的自然限度，平静面对死亡，并把这种审美体验转化为一种内敛的人生姿态。他在《诗歌是什么》一文中这样自述写作的缘由："至于为什么要写，一个原因是出自我喜好幻想的天性，由于写作的存在，我经常可以获得在现实人生以外的另一种人生，那种超越时间和空间局限的体验让我十分着迷；另外一个原因则跟对死亡的恐惧有关，由于意识到生命的短暂，意识到肉体的必然性消亡，我渴盼给这个世界留下一点我存在过的痕迹。我的诗歌梦想是什么？通过词和词的缀连，让汉语的诗性可能尽可能得到发挥，在诗歌缺失的地方播下一些诗歌的种子。我在文字领域中所做的一切工作，包括创作、翻译和评论，都是迈向这一梦想的试步。"[1] 这并非虚言，在他的创作中，对生命永恒的探索，通过诗性思维超脱有限的生命束缚，始终是一个值得注意的主题。

汪剑钊坚持认为，诗歌的主要元素是抒情。这是一个诗人的本色，他的坚持既是情感上的，也是一种理性的态度。抒情在诗歌中被放逐，在当下的诗歌写作中似乎愈演愈烈，这也是社会现实的某种投射。现在的社会风气不容乐观，很多人似乎戴着面具在活着，情感虚假、冷漠，对他人缺乏同情和宽容，人与人之间的利益变得异常重要，信任危机加剧，而信任危机又反过来损害人们之间的情感交流，导致幸福指数下降，精神危机加深。尽管物质利益对人类的重要性不言而喻，但是人之为人的本质绝不只是物质所能概括的。如果人们过于追求物质上的享受，就会对人生的价值产生认知上的失误，很容易对生活产生厌倦之感，对一切都感到枯燥、乏味，生活就会变得机械、庸俗，更容易被生存的压力击垮。也许，汪剑钊诗歌的意义也在这里，他的诗歌让读者重新发现生命之美、生活之美，而人生的价值正在于情感的丰盈和自由。人应该释放心灵的束缚，依照内心的情感去生活，依照内心的情感去表达，依照内心的情感去思考。汪剑钊诗歌中的生命与自然主题，往往联结着情感的真挚和舒放，而情感则是使生命变得自由、富有意义的重要催化剂。汪剑钊的诗往往写得优美而神秘，但又有一种特别的对于创作激情的克制，他的诗中包含着他对生命的独特理解，情感显得深沉、内敛，诗的形式显得庄重而少枝蔓，大概是出于寻找一种与生命对称的表达方式。2004 年，汪剑钊在短诗《门》中这样写道："一首诗可以容纳多少精神？ / 我们意识中的美，不断 / 打磨，学习死亡的入门

---

[1] 刘翔. 来自南方：一只抒情的乌鸦——汪剑钊和他的诗歌创作 [J]. 文学界，2012(2).

术。"在某种程度上，这可以看作是汪剑钊对诗歌精神内涵的追求，在他的诗中可以找到充分的依据。

作者简介

徐宁（1990—），男，河南南阳人，湖南科技大学人文与传播学院研究生，主要从事文艺理论研究和当代文学批评。

吴投文（1968—），男，湖南郴州人，湖南科技大学人文与传播学院教授，主要从事中国现当代文学研究。发表论文与评论百余篇，被《中国社会科学文摘》等学术期刊全文转载多篇。

从一种汹涌状态回到一种澄澈的平静状态

——读安琪的诗

树才

　　十年前我给安琪的诗歌写过一篇批评文章，后来我对自己说，不再从诗人、译者跨界跨到诗歌批评那里去，尽管我还是自信有这个能力，也感觉到写批评对自己还是有一种考验。那篇文章我实际上颇用了一番心思，沉浸到安琪诗歌当中和安琪本人的状态中去，写那篇文章后我认识到诗人写诗人还是要有一种机缘，太认真了，显得心很重，不认真了，又变成印象式的友谊的回应，会偏离诗歌批评自身的高度，所以自给安琪写过那篇文章后我就没再为当代诗人写过批评文章了，有写的话也只是对一首诗的细读这样的东西。

　　这些年我自己的生活也遇到困难，读别人的诗不再那么大块地用心力，有一次遇到张清华教授，他突然赞美起安琪来，说安琪这一年来的诗不得了，我就跟安琪短信要了一组，读后印象很深。我自觉对安琪的心灵构成比较了解，我坦率承认她现在《极地之境》这本诗集达到的笔力，从某种角度来说是一个更加强烈的理想主义者所能达到的。她本身也苦，但是她还能想象苦难，这样的话苦难就变得更大，这和俄罗斯的苦难诗人们形成一种关照。

　　安琪是 1969 年出生的，1969 年出生的有一批好诗人，她们都是用生命去面对诗歌的，这一点从某种角度更符合诗歌作为一种修辞艺术的存在，那就是，既给诗人一种长期拿命去搏它的雄心，同时也考验诗人的诗艺。诗人的个人生活跟别人一样都是吃喝拉撒睡，不因为你写诗就崇高，你内心的一种形象是别人看不见的，只有通过诗句才能看到。诗人都有义务去找到一种开阔的方式，能多样化甚至是无风格、不追求风格地去展开自己的诗歌写作。生活的进程把你带到什么样的情境，你就可以处理那样的情境，把生活、生命给你提供的材料转化为诗句。

　　安琪早期的长诗写作给人感觉很炫目，以至于我有点担心，这样的生命强度如何能维持持久的创作？但是很快我发现没有必要担心，上次我给她写文章时，她刚来北京，还不知道诗歌这一块的水深水浅和水深火热，生命也没有把她逼到那样一种境地，那个时候她还处于一种理想化的写作喷发状态，感觉如泥石流一样泥沙俱下，那个时候她写得东西写得大而且长，雄浑，追求一种势。而《极地之境》则是从一种汹涌状态回到一种澄澈的平静状态，是一种自觉的过滤，这恰恰是我当年对安琪本来不抱希望的一种期待，结果她达成了。当时我说，安琪你要是既能保留诗歌的这种势——这是女诗人极其稀少的，即使男诗人也很少有的势，同时达到法国诗人对待诗歌语言的那种态度——光修辞就能抵达语言的一种纯粹的美，这样的一种态度对于中国新诗以来的诗人来说一直是不敏感的，中国诗人既不敢全身心地信任语言，又不敢彻底地游戏语言，总是处于一种似是而非的非要追求语言的某种意义的一种焦虑，实际上这既引不出你自己的语言潜力，同时阻隔了意义的呈现，意义不是写作之初的诗人就能得到的，意义永远是在诗人不断地写诗、在和语言发生关系的过程中才不断显形的。所以安琪在《极地之境》中对于语言的落笔能力，也就是笔力，很让我关注。

我关注和区别女诗人，主要不是从"看得见"的地方而是从"看不见"的地方去看，下面来说说为什么重视"看不见"的地方。"看不见"的地方也就是她们的心，她们的心量有多大，她们的心智有多尖，安琪无疑是一个心很大的人，她的这种心，以前是一种欲想，把自己从漳州的一个很小的文化馆，一下发射导弹一般发射到北京来，实际上是对北京这样的一个大文化地方不当一回事，而且相信自己能在北京这个地方找到不光是生存，还有诗歌空间的自信，这里面有安琪当时的一种孩子气和不服气，我称之为"心智"。一个人做诗歌这种事，尤其在全世界的语境里，诗歌既不能成名，又需要那么多的付出，没有"心智"是绝对不行的。这个心要大，就是把生命放到大处去，和历史作比较，不是和当代人作比较，那个时候她找到的参照物就是庞德。当时我和安琪讲，你见到庞德，就把庞德当做现代诗的源头，可见对世界范围的现代诗还不够了解，但从中我们可以看到她对庞德的一种偏爱，这是心大的一种表现。来北京后，生活的苦难和曲折把她的心越发撑大了，人心都是撑大的，一个人不经历困难，她的心要很大有时也只是类似儿童的一个志向，安琪是一个在大处用心的人，所以诗歌才能逐渐逐渐地走向开阔这样一个境地。

说完大处，那么来说小处，小处就是落笔。落笔就是在你有自己的心气心智的情况下，实际上一个常人也经受到生活的磨难，他还是很期待诗人能在人类情感的普遍意义上把它们转化成诗。一个诗人心被撑大以后还能在小处写好每一首诗，还能有能力去看自己每一句诗里的每一个词每一个字的位置、气息以及移动等，也就是说在小处要有一个笔力，要心大，笔力好。说到底，一首好诗究竟好不好，还要看诗人不在场的时候，这首诗怎么样能够代替他，像他一样有血有肉地去说话去表达，在吐露气息中也有节奏和温度。我觉得在当代诗的写作里面，像诗歌这样从未定型的、未完成的、不确定的、无方向的，自身成为自身的材料、形式的时候，诗人要把自己跟语言达成一种尽可能自由的关系，才能把自身语言的潜力激发出来，潜力激发出来时，完全可以达到自发写作。这种状态安琪诗集《极地之境》中基本完成了。安琪的诗正如这本诗集的名字《极地之境》一样，折射出安琪这个人的心境是很大的，"极地"的极是往极端之处的意思，一个诗人只有用心用笔都有能力了，这个诗人才能作成。安琪在北京的十年，十年磨一剑——也可以说这一剑毕生都要磨，安琪这一剑真的可以说是磨成了。安琪在女性诗人中，既是面目鲜明的，同时又是隐而不发的，我更赞成隐而不发，就跟一个男性可以不去强调他的男性身份，我们在最好的女诗人那里，不光感觉到了人类都能感觉到的震惊，安琪如果只是去追求一个女性诗人的位置，可能不符合她的心。这本诗集自序体现出来的思考，尽管从大文化语境里中国社会的女性主义是需要有人做出贡献的，但作为一个诗人，可以把自己放到更加尖锐，更加困难的一个位置上去——我就是无条件地把自己的诗磨得更加锋利，更具痛感，我觉得就可以了。

　　我在读《极地之镜》时，发现安琪的笔力有时好到什么程度？2008年4月14日这天，她一口气写了7首诗，而且这7首诗要我的话我会把时间去掉，不让人觉得一天写这么多会不会质量有问题，但事实是，这7首同一天写的诗质量都很好，而且稍微间接了一下，随着景物的推移，还透出了我所偏爱的领悟，在山水之间若有所悟，7首都不长，就跟素描似的，很见笔力。我深信当代诗歌的灵性和出路，一个诗人不管信不信佛教、上帝，这不重要，重要的是他有没有跟中国古典的空灵达成默契，这是当代诗人的出路之一，安琪本来是一个比较狂烈的人，有这一面，也天真，生活的苦被她透悟了，也能见出她对佛禅智慧的向往，使她真正安静下来，清澈无比。这7首诗跟她以前的诗作略有不同，我把它们视为安琪生命中的某种面向，可以扶植下去。每个人和社会之间的关系总是名利关系，一个诗人身上有禅心了，他和社会之间锈迹斑斑的名利关系总是能够去掉一些，而比较结实的明亮的部分，总会露出来，它特别有助于诗人去处理有生之年和自己所能得到的所谓成就——这个成就是批评建构起来的——的关系，他会比其他诗人更能松开，你越松开，你得到的就更多，你越不松开，你越得不到。这是许多诗人悟不到的地方。安琪的诗从《任性》开始，越来越变得耐心，有多种品种混合而成，现在已经凝结成金刚一样执拗、倔强的品质。我记得当年安琪做《中间代诗全集》，老天给她设置了多少障碍，我每次都觉得她已经摔倒了，她哭着抹着眼泪又爬起来，还要做，结果还是做成了，这个全集是 21 世纪头十年最重要的一个诗歌选本，把 20 世纪 60 年代人的写作整合到一个大的空间里，这是她身上非常顽强的一面，可以笼统地说是自信、开阔的心态。

　　作为一个诗人，因为你不知道什么时候能写什么时候不能写，你就只管写，我觉得凭我这几年跟国际诗歌的语际交流，安琪可以加强一点"国际关系"，就是国际诗歌间的语际关系，汉语写成了，但汉语诗歌的很多出路不在本地，莫言如果不得诺贝尔文学奖，中国还是会把他等同于中国的其他小说家，但他一得诺贝尔文学奖，他就是世界范围内的写作者，莫言已经大于他自己了。他的命运怎么造成的，实际上我觉得是因为汉语现在变成了世界范围内受期待的语言，欧洲现在在调整和汉语的关系，现在这个时期，是一百年来汉语最好的时期，安琪的许多诗歌如果译出去会非常好，今后我若有这样的机会，自然不会旁落安琪这样重要的诗人。

作者简介

　　　　树才，诗人，中国社会科学院外国文学研究所研究员，出版过《单独者》等诗集数部。

2016 年中国新诗之一瞥

谭五昌

　　相对于 2015 年而言，2016 年的中国诗坛整体上呈现出平稳的态势与格局。2015 年度，在一些具有新闻效应的诗歌事件于诗坛内部引起广泛论争与大众强烈关注的喧闹之后，无论诗界人士还是大众读者，都渐渐平静下来并开始回归到诗歌创作、阅读与批评的正常状态。2016 年度的整个诗坛依然呈现热闹兴旺的景象，各种诗歌活动依然接踵而至，各种性质的诗歌选本也相继纷纷亮相，虽然编者的审美趣味、诗学理念各不相同，选本风格各具特点，但编者们持守的民间、官方、学院等编选立场与文化格局与以前大致相同，基本不变。此外，各种名目与层级的诗会、诗歌节、诗歌论坛也依然在中国频繁展开，参与的诗人与评论家为数甚多。再者，各种名目、层级、宗旨与性质的诗歌奖项（如海子诗歌奖、昌耀诗歌奖、闻一多诗歌奖、李白诗歌奖、陈子昂诗歌奖、中国青年诗人奖、两岸桂冠诗人奖，等等）也在整个华语诗坛如火如荼地颁发与举行，并且也大致维持着官方奖、民间奖、学院奖的奖项性质与评奖格局。

　　因而，与 2015 年一脉相承，2016 年的中国新诗创作同样呈现出欣欣向荣的喜人态势与局面。从宏观的美学风格与价值取向层面着眼，我本人把 2016 年度的诗歌创作大致归纳成七种主要的写作向度。现分别简要论述之。

向度之一：关注现实与时代状况的非虚构写作

　　持守现实主义精神，是中国诗人最为优良的精神传统之一，从屈原，到杜甫，到艾青，到北岛，现实主义诗歌的精神传统从古至今，绵延不绝。诗人们在诗歌写作中关注现实问题与时代状态，不逃避，不隐藏，不伪饰，展示出了诗人们直面现实的可贵精神与真诚、勇敢的历史担当意识，诗人作为社会良知代言人的光荣伦理角色由此得以自我建构与巩固。

关注重大、敏锐的社会现实问题与时代现象，依然是不少当代诗人的诗思焦点与表现兴趣之所在。许多诗人在诗歌写作中表达了对于当下生存环境日趋恶化的深沉担忧，严力在《把水烧醒》一诗中对人们乱砍滥伐树木导致环境恶劣的严重现象予以了鲜活、生动的艺术性描绘，其现代性的反讽手法与现实批判精神的有机结合，极大地彰显了该诗干预生活的艺术力量。谭践的《雾霾传》继续展示了近几年来全体社会人员对雾霾问题与环境恶化现象的高度关注，作者用亦庄亦谐的叙述口吻凸显其环境保护意识，发人深思。高凯的《经过县城》与孙晓杰的《废墟里的挖掘机》则共同对当下城乡房屋拆迁社会问题，表示出了强烈的现实关怀与人文关怀，高凯诗作的语言平实朴素，暗含委婉的讽刺语气；孙晓杰的诗作则构思精巧，角度新颖，从拟人化的挖掘机角度表达生存之忧思。与此相似，郑琼的《拧紧》、花语的《火车开过田村》、华海的《钢铁敲击的……》等诗人诗作，则把社会现实关怀的目光直接投注到底层人民的身上。花语与华海在他们的诗作中运用"钢铁"的意象，在象征层面上有力地揭示了工业化进程中大机器生产方式对底层工人命运的无形碾压，两首诗作的语调外表平静，但内在情感深沉。青年诗人马晓康在其诗作《大工业时代，请原谅我抬高了心跳》中对我们这个工业化进程空前加剧的时代进行了有效命名，并运用现代主义的意象与修辞方式，传达了一种淳朴的忧伤情绪。

在此基础上，有些诗人表达了更为强烈、自觉的现实关怀精神与社会责任意识，精神视野也更为开阔。例如，许耀林的诗作《诅咒战争》直接以当下在国际上流行的恐怖主义威胁与局部动荡地区的战争现象作为表现主题，作者态度鲜明，义正词严，语调铿锵，充满阳刚之气。徐柏坚的诗作《让孩子们学会善良》也姿态鲜明地表达了热爱和平的时代主题，只是诗人说话语气温柔，充满纯粹的抒情色彩。杨克的《脱欧》以时下欧盟内部分裂的国际新闻事件为关注点，诗人以表面漫不经心的调侃与反讽语气来表明自己对于国际时事的态度，情感故作暧昧，言此意彼，引人玩味并沉思。伊沙的《吉隆坡云顶赌城联想》一诗更是国际视野与奇思妙想的结合体，作者以科学幻想外加戏剧性的表现手法，以幽默的话语，揭示了地球的生存危机，由此呈现出了诗人对于人类前途与命运的内在忧思，令人警醒。

与一些诗人直接关注现实与时代状况、表现重大社会主题的思维取向有所区别，有些诗人则更多关注现实生活中个人的生存境遇，或者关注人们的集体生存境遇。叶延滨的诗作《抉择，做个好蛋还是坏蛋》非常敏锐地触及了现实生活中极为常见的、非此即彼的抉择现象，诗人以轻松戏谑的语言方式，叙述了自己及自己的同类在二难选择中的种种尴尬情状，以黑色幽默的效果呈现了现实人生的困境主题。

与此类似，吕约的《头顶的声音》以现实生活中司空见惯的噪音污染给自己的写作带来困扰为表现内容，诗人以举重若轻的戏谑语言与反讽手法来叙述理想与现实对立带来的巨大心灵落差，给读者以强烈的情绪感染与精神共鸣。卡西在诗作《我不想用曾经的方式面对现实生活》中则以心灵坦白的手法，以质朴的审美趣味，在现实生活之外建构了一个属于诗人自己的精神乌托邦。与叶延滨、吕约等诗人对于现实生存困境的自我心理分析手法略有不同，有些诗人则倾向于直接表达外在世界投射于自我的内在感受，例如谢克强在诗作《醒着》中直接抒发诗人自己为当今苦难世界分忧解难的真诚情感，洪老墨在诗作《2016年第一场雪》中借助于一场雪景的描述，坦诚地表达诗人对于当今世道的社会忧虑，而大枪的《夏至，热度及其他》则以如何逃避酷夏这一社会大众普遍感兴趣的话题，作为诗歌的题材与主题，诗人对于酷夏场景充满艺术想象力的生动描写，大大缓解了大众读者对于酷夏的畏惧心态，从而彰显出艺术对现实进行干预与超越的独特审美力量。

向度之二：以民族历史与个人经验为表现内容的记忆写作

我们对于诗歌写作中的现实主义精神持肯定态度，但从文学写作的本质来看，写作在更大程度上是源于写作者对自己生命历程与情感记忆的一种语言形式的再现行为。在这个意义上讲，诗歌写作就是以语言与意象为载体的记忆写作，它是对人类思想与情感经历事后沉淀与提纯式的书写行为，具有丰富的精神信息与很高的审美价值。因而，记忆写作为诗歌写作（包括一切文学写作）带来一种特殊的魅力，它能传递出许多富有价值的情感与思想信息。

记忆一般指向集体记忆（历史记忆）与个体记忆，诗人们的记忆写作常常也是围绕这两个维度展开。具有历史情结的诗人，其往往对于民族历史上那些重要的人与事具有强烈的兴趣与深厚的情感，或生发出怀古之幽情，或寄托某种现实感触。姚风的《谒屈子祠》以屈原为追慕对象，在对古代伟大诗人的缅怀崇仰之情的背后，流露出诗人（作者）本人对于现实的某种不满情绪。龚学敏的《在洋县龙亭镇谒蔡伦墓词》对于蔡伦所表达的仰慕之情与对中国古代文明的赞美之情水乳交融在一起，诗人所运用的长句形式恰如其分地表达出其对于中华民族灿烂历史文化的尊敬情感，做到了形式与内容的和谐统一。与此类似，蔡天新的《海瑞》、育邦的《赵孟頫》也是以中国历史文化名人为追思对象，二位江南诗人以朴质而灵动的诗句，颇为传神地再现了对二位历史人物的精神想象。洪烛的《时光倒流》以仓央嘉措的爱情传说为主体表现内容，诗人运用优美的想象与生动的叙述，勾勒出了一代情诗王子的传奇人生与其美轮美奂的内心情感世界。雪丰谷的《芍药圃想起云丫头》以清朝才子曹雪芹的小说《红楼梦》里的人物作为情思对象，简洁有味的语言，生动的场景描叙，洋溢出某种与曹雪芹时代相对称的才子气息。与前面几位诗人的有具体指向性的历史怀古有所不同，郭新民的《蟋蟀罐》通过一只穿越历史的蟋蟀，对整个民族历史文化进行了一次全面的梳理与反思，作品角度巧妙，以小见大。祁人的《登江心屿》是对无数历史人物的集体缅怀与凭吊，诗人登江心屿的动机并不完全怀古与崇古，而是与历史人物进行想象中的心灵对话，幽远的思绪与真情的坦白，让全诗充满抒情的气息。而杨东彪的《矗立的文字——致鲁迅》与皇泯的《徐志摩墓，饮泉水濯洗的诗》则把历史怀古拉近到现代文坛人物，杨东彪诗作的语言铿锵有力，掷地有声，阳刚之气沛然于天地之间，与鲁迅形象完全对应。皇泯诗作的语言则是清新灵动，情调浪漫唯美，与新月派诗人徐志摩的形象相匹配。苏历铭的《过青年路》则以诗人路过青年路的见闻与联想为灵感触发点，用充满内在激情的语言方式，为读者打捞起20世纪上半叶中华民族一段屈辱的历史记忆。

上述诗人们的历史记忆的书写实质上更多是一种历史想象的书写，因为诗人们对于自己所书写的历史人物、事件与情景并无亲身体验，主要来自于相关历史知识。因而，许多的诗人更喜欢书写自己的个人记忆，因为这是属于他们自身的生命经历与情感体验，是深入骨髓与灵魂的，其写作的内在驱动力也就更为强大。在以个人经验为表现对象的记忆写作中，对童年记忆与乡村经验的书写比较普遍，这是因为诗人们对于童年的记忆最为深刻与最为美好（它符合人类的天性），同时还因为大多数中国当代诗人具有乡村背景。

田禾的《白事》对诗人童年时代奶奶的葬礼予以了生动的描述，诗中的细节暗示出奶奶贫穷到骨的悲惨与凄凉，朴实无华的语言，沉重的情绪氛围，令人过目难忘。高旭旺的《瓦雨》一诗在立意上与田禾较为接近，诗人描述了童年记忆中乡村老屋的一场雨景，该诗通过母亲的话语来刻画家庭的贫困，优美、细腻的场景描写与悲哀的情绪体验构成了作品的艺术张力。陈树照的《歌谣》也描述了童年时的一个片段，朴素的民谣式语言，有意无意地触及苦难体验与死亡体验，作品苍凉沉重的情绪氛围给读者以渗透性的感染力。

刘频的《李二花，给你一颗糖吃——1973年纪实》将童年回忆的时间点定格在20世纪70年代中期，诗作叙述了诗人小时候与伙伴们对一个疯女人的戏耍场景，口语化的语言读之令人感觉亲切，该诗最出彩的地方是那个疯女人面对小孩子们要求她喊反动口号时主动放弃美食的诱惑，以及突然的清醒与恐惧，由此传达出了那个特定年代给人们带来的精神伤害，发人深思。此外，杨廷成的《牙合村记》与商泽军的《大崇庄的十字街》都是对于童年时代乡村生活记忆片段的诗性书写，二位诗人质朴、自然的语言风格与其淳朴动人的乡村情感相得益彰。与田禾等诗人忧伤、沉重性的童年记忆与乡村经验写作取向相反，不少诗人在相同题材与主题表现上，则着力传达出一种快乐、美好的童年情感体验。例如胡建文的《麻雀，麻雀》、谢小灵的《踢毽子》、阿信的《我们没法从一场春天的游戏中退出来》等诗作，就是这类性质的作品，这些诗作整体上以比较欢快的语调描述诗人们儿时游戏的场景，语言单纯，节奏明快，给读者传递着正能量的情绪体验。

还有部分诗人，偏好书写青春记忆与成长经验。例如，姜念光在诗作《祖国之夜》中运用激情的节奏、精确的语言、生动的想象再现了诗人军旅生涯中的青春记忆与成长经验，令人称赏。李皓的《在雾霾天去见前女友》以甜蜜与惆怅相混杂的复杂心态，揭示了诗人的一段青春恋情，比喻的巧妙设置，反讽语气的自如运用，展示出作者不俗的艺术功力。陈美明的《当我老了》以时光倒流的假定性情境，用鲜活、到位的语言再现了诗人青春时代的欢乐心态。晓音的《三个喇嘛的八角街》刻画了诗人一个青春记忆的片段，青春的美好与八角街的神秘构成该诗颇具亮点与魅力的内容。而刘向东的《微小而又透明的鱼群》与蒋芸徽的《奔走》将记忆的时间与空间拉得更近，它已经超越童年经验与青春经验，指向诗人生命记忆中最深刻最美好的一个瞬间，怀旧的语调，优美的语言与意象，呈现出记忆写作的心灵图景。总之，记忆写作大面积地激发了诗人的经验表达与情感诉求，使得其诗歌文本魅力独具。

向度之三：人性写作与神性写作

当诗人关注社会现实、时代境遇、历史想象与个体记忆，其书写重点更多地是指向外部世界，是对外部世界的反映与揭示，体现出诗人的社会责任感与历史意识，而当诗人向内转，关注自己的内心世界与灵魂状况，其写作便完全内在化了，诗歌写作的现代性特质也得到了最大程度的彰显。近些年来，人性写作倾向颇为盛行，诗人们对人性丰富性与复杂性的揭示，达到了很高的境界。

在2016年的人性诗歌写作潮流中，部分诗人侧重表达人性中那些美好的、正面的部分。例如，树才在诗作《文人之死》中通过著名现代作家夏衍临终之前交代秘书去请大夫的细节描述，展示了老一代文人身上那种骨子里对人的尊重意识，这是一种人性之光的闪耀，读之令人悄然动容。李少君的《泄露》则着眼于观察一位恋爱中女性的无意动作，她的矜持与可爱均通过她有意闭上眼睛的动作细节透露出来，诗人对恋爱中女性微妙心态的洞若观火式的揭示令人莞尔。与李少君的《泄露》相映成趣，车延高的《提心吊胆的爱你》用心灵坦白的语言与手法，表达了诗人对自己女儿的深深热爱以及爱之方式的用心良苦，世道人心的险恶与父母之爱的伟大、无私构成鲜明对比，作品的款款深情沁人心脾。陈泰灸的《夜过淄博，我想起一群美丽的狐狸》利用文人普遍喜欢的《聊斋志异》传说，传达了诗人对美丽可爱女性坦率的热爱之情，作品语言的活泼俏皮与意象的鲜活生动有机结合。与陈泰灸的作品相呼应，黄亚洲的《穿过波罗的海，去丹麦》利用安徒生的《卖火柴的小女孩》童话故事给读者带来的心灵震撼力，重新构想了卖火柴的小女孩与她奶奶的幸福归宿，诗人悲天怜人的博爱情怀与丰富出色的艺术想象，再次给读者带来深刻的心灵感动。青年诗人聂权的《熟悉》通过偶遇的两个小孩很快彼此熟悉的友好场景的描述，展现了小孩子的天真无邪，人性善的美德与光芒，令成人世界相形见绌。

上述诗人诗作，是对人性中的真、善、美品质的弘扬，而另外一些诗人则倾向于对人性中的负面性与真实性一面予以揭示。陆健的《在江宁》以世人与诗人之间的包容与被包容关系为切入口，通过诗人自身复杂心态的自我分析，凸显出人性的深度，诗作语言的犀利与反讽手法的运用有力地呈现了作品的主题。王桂林的《身体的阴暗如同这世界》则直接以身体欲望为观察点，诗人用富有力度的语言与意象对人性之恶的现代性主题予以了直接而勇敢的呈现。梁尔源的《镜子》通过自己在镜子前不自觉掩饰自己缺陷的心态的自我剖析，坦诚的自白与人性的弱点互为映衬。冰峰的《一瓶白酒》叙述了二位好友在酒桌上因为小事争吵从此永远断交的真实人生经历，人心的变幻莫测与人性的不可理喻令人唏嘘，此诗的思想深度由此彰显出来。此外，王顺彬的《白乌鸦》、若离的《傻瓜》、田湘的《校花》、张民的《医生与病人》、马慧聪的《人模树样》、师力斌的《抑郁症》等诗人诗作均涉及人性负面部分，诗人们不同的艺术表现手法使得人性主题的丰富性得到了完美的展示。

人性写作体现了诗人直面欲望世界的真诚态度，而当诗人主动渴望提升自己的精神境界与灵魂状况，则其写作便跃升到神性写作的层面了。具体点说，神性写作是建立在人性写作的基础之上，是基于人性体验之上的神性体验、灵幻体验与宗教性体验，简言之，神性写作是对人性写作的完全纯化与全面提升，神圣性、庄严性、超验性是神性写作的主要特征，神性写作这种写作向度在 21 世纪以来的诗坛一直颇为盛行，它是对口语化写作与日常生活写作的必要反拨。

作为神性写作最具代表性的诗人之一，吉狄马加近些年为诗坛奉献了诸多具神性写作典型风格的精品力作，这次他又为我们带来了诗作《寻找费德里科·加西亚·洛尔加》，诗人用表情庄重、精确大气的语言，用娓娓道来的方式，为我们呈现了一位令人敬仰的西班牙杰出诗人洛尔加的英雄形象，氤氲在字里行间的对于杰出诗人的朝圣心态令人回味无穷。与此类似，艾明波的《拜谒杜甫草堂》也是传达了诗人对于一代诗圣杜甫的朝圣心态（正如爱斐儿一首诗作的标题《朝圣者》所提示的那样）。干天全的《作为诗人的你——致雨果》、李东海的《永远的曼德拉》、熊国太的《革命猎豹——献给菲德尔·卡斯特罗》则将朝圣的目光投向国外那些杰出的历史人物身上。在崇高、庄严、神秘事物面前的朝圣心态与敬畏心态，是神性写作诗人最为经典的精神姿态。例如，大解的《大海》、陆群的《村庄的神祇或可降临》、李南的《在鼓浪屿草木诗经咖啡馆留宿》、杨北城的《布拉格，圣维特大教堂》、李永才的《落日颂》、姚辉的《月光》、雨田的《柯鲁可湖》、黄恩鹏的《青海湖》、羊子的《请让开一下》、李浩的《吃与雾》、江合的《4月22日为乌云所作》、度母洛妃的《号角》等诗人诗作，均传达出了诗人们在神圣之物面前的朝圣心态与敬畏心态，而他们的艺术风格因人而异，或大气，或质朴，或厚重，或空灵，或纯粹，或优美，或深邃，不一而足。

有些诗人，还把他们的朝圣心态与敬畏心态投射到动植物身上。比如，石厉的《老虎，老虎》表现了诗人对百兽之王的崇敬之情，诗作运用庄重的修辞与活跃的想象，将老虎高大威猛的形象刻画得栩栩如生。江非的《一只老虎穿过黄昏时的墓园》在艺术风格上与石厉的老虎诗篇比较接近，但立意有所不同。刘立云的《鲸，或者赞美》以空灵的想象与语言，塑造了鲸鱼作为大海之王的威猛形象。曹谁的《美人鱼梦》则以童话般的想象与表现手法，勾勒出了一个如梦似幻的绚丽梦境。而刘以林的《院中大杏树》对一株大植物表现出了神明般的崇拜之心，从中折射出诗人的某种泛神论思想。夏花的诗作《泛爱论》可以视为对刘以林的泛神论思想倾向的呼应性作品，女诗人夏花在作品中宣扬的泛爱论思想与刘以林作品中流露的泛神论思想在最高的意义上其实是同一的。可以说，泛神论与泛爱论是神性写作的思想背景与基本动力，它对人性、人心均有升华之功能。当然就诗歌写作的实际情形而论，神性写作与人性写作并无清晰的边界，它们常常混合在一起，现以诗人程步涛的诗作《读碑》为例，该诗既包含有人性化的情感成分，同时又包含着超逸人性的神性体验，在作品的情感结构中，最终实现了由人性到神性的飞升，这使得神性写作具有深厚的人性基础，而它的艺术合法性由此得以确立。总之，人性写作与神性写作全方位展示了诗人真实的精神世界与内在层次。

向度之四：口语化写作与修辞性写作

进入 21 世纪，随着大众文化的全面崛起，能够迎合大众文化趣味的口语化写作在诗坛蔚然成风，形成一股新的写作潮流，从社会文化层面来说，口语化写作能够反映大众的生存经验，满足大众的阅读趣味，但从诗学层面来看，口语化写作也体现为诗人的一种语言意识与语言态度。当一个诗人有意识地使用口语进行写作，他就是有意识地建构着自己的艺术风格与诗学理念。从写作人数来看，口语写作诗人数量巨大，难以准确统计，其中很多持先锋写作立场的诗人，往往选择口语进行诗歌写作。也就是说，口语诗人与先锋诗人存在较大的重合成分。

侯马与沈浩波被认为是口语写作的代表性诗人之一，这次侯马带来的诗作《端午节》保持了诗人一贯的日常生活叙事与解构主义手法组合在一起的创作特色，诗作前半程是轻松、流畅、煞有介事的口语叙事，到结尾处则用幽默、反讽的语调完成意义的解构与颠覆，读之令人忍俊不禁。沈浩波的《父与子》展示的是在城市工作的儿子与乡下老父亲会面交流时最为常见也最为尴尬的一幕：父子之间的交流障碍，表面上看是儿子使用的普通话与老父亲使用的方言之间的对接不上，彼此别扭，而更深层的原因则是父子两代人的城乡文化隔阂与情感距离，诗作娴熟的口语表达与无奈自嘲的语气的并置，给读者以强烈的情感冲击与心灵共鸣。荣斌的《女儿》展示了一位城市父亲与叛逆女儿的关系纠葛，父亲对女儿的耐心与爱心最终败给了未成年女儿的我行我素，诗作的戏剧性场景设置和对语感的良好把握，让该诗颇具可读性。总起来看，幽默、俏皮是口语诗歌文本常有的艺术效果。比如，赵思运的《陈鲜花》运用轻松、活泼的口语，为读者披露了女诗人安琪的一则趣闻轶事，诗作通过善意调侃女诗人安琪乡音太重常把诗人"陈先发"念成"陈鲜花"而达到幽默的阅读效果。此外，反讽手法、解构精神也是口语诗歌的鲜明艺术表征。例如，马非的《爱》运用通俗易懂的语言与比喻，表达了对于生活本质的看法，诗人对于生活本身暧昧不明的态度与内在微妙的自我反讽，才是该诗的出彩之处。与此相似，青年诗人左右的《许愿树》运用特别通俗的大众化语言，表达了对于大众的祝愿之意，但是文本结尾处调侃、反讽语调的出现，顿时让文本的原有意义实现了自我解构，一种后现代性的审美趣味油然而生。除了前面提及的诗人诗作，林之云的《那只猫》、李强的《打铁》、卢卫平的《我为什么总有这样的担心》、北魏的《我的保姆角色》、李宏伟的《你是我所有的女性称谓》、水笔的《爱是力气活儿》、老德的《稻草人》、王彦山的《这几年》、黄海的《丧》、牛红旗的《三年了，又三年了》、光双龙的《道歉》、黎权的《农贸市场》等诗人的诗作，均是在思想艺术方面各具特色的口语诗歌文本。

与口语写作相比，修辞性写作无疑更能体现出诗人对于语言艺术的重视，而且，追求修辞效果的诗人，往往追求词语自身的想象力，同时更倾向于选用书面语。修辞性写作，或者词语写作，是进入 21 世纪以来华语诗坛新的美学潮流，它反映了现代汉语诗人对于修辞与技艺本身的极端重视。一般说来，修辞性写作主要围绕着词与物的关系具体展开，也就是说，诗人在诗歌文本中一方面应体现出对于词语的想象力，一方面应体现出对于事物本身的想象力，以及词与物双重缠绕的综合性想象力。

作为在修辞性写作领域开风气之先的诗人，欧阳江河的诗作《墨水瓶》含义深远，该诗不但具有诗学追求上的隐喻意味（让人产生对应性的联想），而且在文本内部，诗人说话的语调非常雄辩，词语智慧组合，意义自由衍生，启人心智。同样以修辞与技艺著称的诗人臧棣，他在《人在墨西哥》一诗中以从容经营其语言节奏、说话方式与文本结构而给人留下深刻印象，其深厚诗艺功底不难为人感知。林雪的《坐堂医》与胡弦的《玛曲》在语言方式与艺术风格上与臧棣的《人在墨西哥》颇有几份神似，但三位诗人身上还是保留着各自的艺术个性。高兴的《词语》、梁雪波的《词语里的人》、瘦西鸿的《拆字游戏》则共同彰显了诗人们自觉、强烈的词语意识，简言之，高兴的诗作追求词与物的对应，想象辽阔，气象庄严；梁雪波的诗作修辞精准，情感色彩浓烈；瘦西鸿的诗作则语言活泼、机智，充满奇思妙想。此外，徐俊国的《散步者：致修辞的拐弯》、南鸥的《阿瓦小镇》、杨志学的《在龙门石窟》、保保的《我们说到了光》、瓦刀的《光阴谣》、雪鹰的《虚无》、王西平的《前世为花的讯息》、田晓华的《手术，就是刀中有术》、牛放的《杂技》、远心的《拒马河上》、苏明的《读友人诗选》、戴潍娜的《雪下进来了》等一批诗人的诗作，均是在修辞与技艺方面值得称道的文本。

向度之五：智性写作与形而上写作

一个诗人的修辞技艺再怎么高超，如果其文本缺乏思想性，或者说，如果一位诗人没有建构思想的能力，那么他（她）就不大可能成为一位杰出的现代汉语诗人，古今中外许多伟大与杰出的诗人同时还兼具哲人或思想者的身份。所谓的智性写作，是指写作者在其文本中能够传达对于生活与人生的理性思考与智性感悟，努力从生活现象中发现与提炼哲理；而所谓的形而上写作，则是指写作者在写作中直面生命现象而展开形而上的思考（即纯粹的哲思）。智性写作与形而上写作之间的界限并不鲜明，只不过相对于智性写作而言，形而上写作显得更为纯粹与抽象一些。

刘川的《水瓶》展开了一场佛祖与弟子阿难的想象性对话，阿难对伟大与渺小的顿时觉悟展示出了诗人禅宗式的心灵智慧。王黎明的《忏悔诗》从死亡想象的角度，揭示出人性虚伪的一面，诗人的认知方式，非常接近禅宗式的顿悟。杨角的《花生米定律》也是通过诗人自己的感悟，对生命难以避免衰老与死亡的现象，产生了清醒、理性的认知。李骏虎的《生活的方向》态度鲜明地思考生活本身的意义与价值，直抒胸臆，发人深思。黄梵的《中年人的胡子》表现的是时间主题，诗人从胡子的角度巧妙切入，对于时间的压迫与自己的中年心态进行了颇为理性的自我分析，展示出诗人随时间而来的生命智慧。王晟的《恶》展示的是恶势力在当今社会横行的非正常现象，诗人对今日人们信仰普遍失落的原因进行了认真的探讨。沙戈的《江山》通过爷孙两代人围绕江山问题的对话，得到了江山永恒、从未失去（相对于变动不居的朝代与政权而言）的崭新认知，给人以醍醐灌顶之感。此外，陈先发的《不可多得的容器》、张执浩的《奇异的生命》、泉子的《波德莱尔对我们的吸引》、衣米一的《海给我们什么》、余怒的《出现》、徐慢的《枯萎》、梅尔的《死与生——致蒙克》、顾北的《杜冷丁》、语伞的《第三面镜子》等诗人诗作，均对生活与人生进行了主动性的理性思考，或提出了自己的思想命题，以期与自己理想中的读者共同探讨。

而许多诗人直接跃入到形而上写作的层面。也就说，诗人们在写作中直接面对生命与存在本身展开纯粹性的哲思。例如，女诗人梅依然的一首诗直接以《形而上学》为标题，诗作的内容就是作者力图对生命、存在、欲望本身进行纯思辨。罗亮的诗作《此在》以哲学术语为标题，诗人以非常跳跃性的思维与语言表达了对存在现象的偶然性与无逻辑的主观认知。南子的《在这里》对罗亮笔下"此在"的抽象含义予以了感性的展现，诗人用女性特有的温柔而坚强的意志，表达了对于自己命运的承担意识。阎志的《世界》明确表达了诗人对世界所知甚少，可以看作是对"不可知论"的哲学观的一种诗性回应。阎安的《追赶石头的人》与西绪弗斯的神话构成互文关系，诗人通过中国式意象场景的营造，表达了其对具有存在主义色彩与意味的哲学理念的内在体认。潇潇的《我是谁》以女性诗人特有的敏锐感性，对

"我是谁"这一现代主义的经典哲学命题予以了令人情绪沸腾的严肃追问。

对于死亡现象的直面与思考，一直是哲学的重大命题之一。诗人对死亡现象的关注与书写，凸显了其写作的形而上特质。梁晓明的《死亡八章》直接对自己与人类生命的死亡现象进行了严肃的、深入的、多方位的思考，沉重的语调给人以压抑之感。周亚平的《今年又死了一批马》将对死亡现象的思考延伸到动物身上，略带严肃的语气反而凸显了死亡的荒诞意味。黄芳的《风吹过》质朴而生动地描述了自己路遇的一个葬礼场面，诗人对生命无常的瞬间感悟。冯晏的《一百年以后》通过对死亡想象的精彩描述，再次加深了读者对生命终有一死的残酷真相的思想认识。与前面几位诗人情绪相对灰暗的死亡态度有所不同，吴海歌在《一生》中对自己的生命历程与死亡归宿娓娓道来，诗人对于死亡的态度显得平静而坦然。而雁西在《宇宙树》中把自己生命的死亡想象、类比成树木的循环过程，诗人以庄子的齐物论思想来看待死亡现象，其死亡心态豁达乐观，令人感佩。金迪在《迷人的虚无》中对生命与存在表达了一种欣悦的心态，周庆荣则在《存在与虚无》中对爱与死的辩证性关系进行了充满哲思意味的阐述，诗人对虚无思想体认的背后是对生命本身的热爱与价值认同。

此外，童蔚的《姊妹》、徐南鹏的《刀记》、方文竹的《搬运》、北塔的《城堡》、安琪的《一意孤行》、冯艳华的《一棵高粱站在了谷子地里》、盛华厚的《雨的秋》、庄晓明的《挽歌》等诗人诗作，均是充满哲思性意味与形而上色彩的诗歌文本，它们在艺术上也各具特色。总之，形而上写作与智性写作体现了诗歌写作的思想高度与深度，值得我们格外重视。

向度之六：地方性写作或本土性写作

地方性写作或本土性写作近些年来方兴未艾的发展态势与当下全球化的语境紧密相关。

正因为全球化浪潮对各国的文化与文学构成巨大威胁，文学写作的本土化呼声才日益高涨，并进入自觉的实践阶段。在当前全球化的背景下，所谓的地方性写作或本土性写作就是对中国经验、地方经验与民族经验的呈现与揭示，而这一点，既构成了当代中国诗人写作的文化身份，也构成了当代中国诗人写作的地域性差异与民族性特质（当然，具体到每个诗人的写作，肯定还是存在个体的风格差别的）。

来自中国不同省份、地区及民族的诗人，由于他们的生存环境与文化土壤的各不相同，当他们有意识地进行地方性写作或本土性写作，其文本必然呈现出丰富多彩的地方性元素与本土文化内涵。例如，来自新疆的一批诗人给我们呈现了一个自然与文化意义上的大美新疆：亚楠在《蓝色迷宫》中用优美的诗笔为读者描绘了一片又一片的新疆景区，景色如梦似幻；绿野在《飞跃天山山脉》中用奔放、大气的笔触为我们勾勒出了天山雄姿，力透纸背；曲近在《马奶酒》中以充满豪情的艺术想象描画出新疆汉子畅饮马奶酒的场面，令人憧憬；彭惊宇在《听吐尔地·尼亚孜弹唱〈红玫瑰〉》中则以对新疆民族音乐的艺术敏感与热爱之情，运用具有南疆特色的语言与意象，抒发诗人内心浓烈如火的爱情。这些诗篇，为读者呈现了新疆辽阔、神奇、绚丽多姿的景色与风土人情。再例如，来自海南的诗人王凡、乐冰、李孟伦等，在他们的文本中，海南风情与元素随处可见。王凡的《海南》运用一系列本土化的意象，生动传神地再现了海南岛的风光与面貌。乐冰的《南海，我的祖宗海》以精确、到位的语言，塑造出了南海伟岸、壮阔、气象万千的祖宗海形象，诗人代表海南人民对于南海的挚爱情感体现出强烈自觉的国家认同。李孟伦的《三角梅的天空下》则以海南岛常见的花朵为主体意象，把海南明丽的风光刻画得鲜明夺目。而来自浙江、江苏与安徽等江南地区的诗人沈秋伟在他的《南浔旧水》中，张维在他的《静如永世》中，李建军在他的《坚定》中，阿成在他的《黄崖峡谷》中，刘剑在他的《开春的风声总在晨梦中响起》中，既共同描绘出江南地区秀丽柔美的景色风光，同时也展示出江南诗歌婉约、细腻、优美的共通性地域审美风格特征。

不同地域的诗人在其诗歌文本中常常有意无意地呈现本土性元素与文化特色，例如，我们在居住和生活于四川的诗人梁平的诗作《富兴堂书店》中，通过诗人精彩的见闻描述，能够感受到天府之国深厚绵长的历史文化底蕴，而在另一位四川诗人赵晓梦的诗作《小街》中，我们通过作者对于故乡风貌朴实而深情的描述，真切感受到巴蜀乡村的原始淳朴的动人景象。同样是四川诗人，来自大凉山的彝族诗人海讯、倮伍拉且、鲁娟等，则在他们的诗作《疼痛的火焰》《伤悲》《草原上》当中，不仅仅给我们生动地描述出大凉山的自然风光，更给我们展示了彝人在现代化进程中痛苦与奋进、忧伤与欣喜相混杂相纠结的复杂民族心态。来自云南小凉山地区的鲁若迪基与阿卓务林，则在其诗作《天坑》与《外侄女阿嘎》中，不但为我们描述了奇特、原始的自然景象，也为我们呈现了少数民族地区人们当下的生存状况与他们纯朴、善良、可爱的性格与精神品质。来自江西的诗人胡刚毅在其诗作《井冈山的春天》中，来自湖南的诗人刘晓平在其诗作《稻田》中，则把湘赣革命老区的自然风光与农耕生活方式，予以了鲜明如画的再现。来自广西的诗人高作余在《贝江边上的四姐妹》中对广西柳州地区的贝江风光与苗家女性精神面貌进行了绘声绘色的艺术化描写，来自广东的瑶族诗人唐德亮在《上山记》中生动地描绘了瑶族人家的生存环境，传达出了瑶族人民渴望美好生活的心声。来自西北地区的古马、唐晴与陆子在其诗作《一个朔方的早晨》《老龙潭》与《六行诗》中，分别为我们带来了西北苍凉、辽阔、大气的自然景象与璀璨、厚重的历史文化。而来自东北的韩春燕在其诗作《无雪的北方，只有一条河是白的》中，为我们带来了苍茫肃穆的一派北国风光。由此可见，地方性写作或本土性写作的独特魅力，在于其地域元素的丰富性与陌生化审美经验的传达。

向度之七：抒情性写作与意象性写作

我以前在文章中指出过，在当今全球化语境的压迫下，许多中国当代诗人对中国诗歌美学传统开始重新审视与打量，表现出自觉的写作认同与艺术回归倾向。这些诗人持守传统的写作方法与审美趣味，通常选择运用抒情与意象的方式进行诗歌写作，以此表情达意，大力彰显诗歌的审美特质。

不少诗人在诗歌写作中非常重视抒情。食指的《记小学同学聚会》以诗人一次小学同学聚会为题材，在对真实场景的叙述中，抒发的同学情谊真诚淳朴，感人肺腑。远岸的《冬日的温暖》以古巴革命领袖卡斯特罗为缅怀对象，诗人运用贴切的意象与语言，从心灵深处抒发了自己对于卡斯特罗的深切怀念之情。龚璇的《在卡夫卡墓前》以诗人自己一次出国经历中拜谒卡夫卡墓为契机，表达了自己对命运悲惨的一代文学天才卡夫卡的深切同情，情感沉痛而苦涩。韩庆成的《西安机场听到广播找李小雨》以诗人自己一次真实的出游经历为题材，表达了对已逝诗人李小雨的缅怀之情，作品外在语调平静节制，但骨子里饱含深情。赖廷阶的《诗歌慈母》同样表达对已逝诗人李小雨的缅怀之情，但诗人完全直抒胸臆，以情感的真挚强烈而打动读者。沙克的《为海子母亲读诗》也是以诗人一次诗歌活动中的真实经历为题材，通过巧妙地化用海子的诗歌意象，表达了作者对海子母亲儿子般深沉、美好的情愫。与此类似，舒喆的《母亲走到哪里就照亮哪里》以自己的老母亲为书写对象，诗人以对母亲的崇敬心态刻画出母亲圣母般的形象，情感虔诚，令人动容。况璃的《大地的记忆》与阿里的《痛并沉默着的大地》则以大地作为书写对象，诗人用丰富的意象表达了自己对于大地母亲般的热爱与感恩的心态。刘耶在《佛光山心语》

一诗中对佛教道场表达了诗人发自灵魂深处的膜拜与赞美情感,秀芝在《一首诗能够活多久》一诗中突发奇想地关注起一首诗的生存时间,诗人对诗歌艺术的虔诚与热爱情感,唤起读者的心灵共鸣。荣荣的《醉的时候他们才是相爱的》透过情人之间非常态的行为与情感状态的生动叙述,表现了诗人对于爱情与众不同的深度体验。慕白的《与王单单、江一郎夜饮增城》则通过一幅文人聚会的日常场景的描述,抒发了诗人对世俗生活的真诚热爱。此外,冰虹的《飞升》、芦苇岸的《我们欢愉的时辰》、谢长安的《梅萨维德的孤独》、陈小平的《四月的周末》、王艺的《等待什么》与朱文平的《初吻》等诗人诗作,共同抒发了诗人们一种极具浪漫色彩的生命情感体验,而张琳的《水边怀想》、孔占伟的《梨花吟》、马启代的《用月光疗伤》、吴昕孺的《在王国维故居前邂逅一只不知名的鸟》、石立新的《七夕诗篇》、和克纯的《静坐》、五噶的《各坝布的蓝天》等诗人诗作则通过具有视觉美感的场景画面,抒发了诗人们具有古典与唯美意味的情怀意绪。

另外一批诗人,则在对意象的精心营造中显示其对传统审美趣味的维系。李发模的《松岩幽居》以简洁文雅的语言,描绘了一幅世外桃源的生活图景,展示了诗人古雅的文人生活情调。曾凡华的《月泉十四行》采用工整的十四行诗的形式,对文人普遍钟情的月泉形象予以了意象繁复、情致高雅的生动刻画。庄伟杰的《在柳江》以文人工笔画的手法,细致传神地刻画出柳江的风光迷人与绰约风姿。唐成茂的《新富春江山居图》也以传统的文人白描与意象手法,给读者展示出了富春江风光的气象万千。四月的《长夜》在继承了古典语言与想象的基础上,诗人运用自己出色的艺术描画能力,为读者创造出长夜宁静而又骚动的诗意境界。周占林的《夜宿柳下林》、张况的《在梅岭赏无影之梅》、娜仁其其格的《槐花寂静》、冉冉的《手心的镜子》、高彦平的《荼蘼花》、西可的《重阳节》、方群的《花生》、方明的《天池》等诗人诗作,则在富有传统叙述风格的风景书写中,彰显其古典性的审美意趣。与之相反,一些诗人在写景状物的诗篇中,依然显露现代性的思维与语言方式。比如商震的《夜风》、潘红莉的《骑者的草原》与汪剑钊的《戈壁》,三位诗人运用机智组合的语言与富有力度的想象,刻画出现代人心目中的夜风、草原与戈壁形象,颇具艺术感染效果。

当然,在实际的情形中,抒情性写作与意象性写作是呈交叉重叠状态的,换言之,在传统的审美性写作中,一首诗歌中的抒情成分与意象元素通常有机结合在一起,水乳交融,很难机械分开,有时候还带有一些叙事成分的。比如,刘春的《午夜,东长安街》、阿毛的《大瀑布》、宋晓杰的《柿子树》、楚天舒的《又上天山》、吴投文的《旗袍》、夏海涛的《石佛》、肖黛的《离别曲》、欧阳白的《2016 年元月 4 日，或者月光之水》、柏常青的《菊花》、邓涛的《天空下》、王爱红的《参观泾县红星宣纸厂》、胡勇的《棉花，随时准备给大地母亲一个永久的吻》等一批诗人的诗作，均是这种混合型的诗歌文本。这些数量丰富的诗歌作品，充分彰显了古老而弥新的审美力量。

通过对以上七种诗歌写作向度宏观性的概述与简要论述，我们可以充分感知 2016 年度中国新诗写作在艺术手法、美学格局与精神世界的整体风貌与无限丰富性，并对本年度的创作实绩产生极大的认同感。值新诗百年之际，让我们具有抱负的广大的现代汉语诗人们继续努力，共同见证中国新诗的美好未来。

作者简介

谭五昌，江西永新人。2004 年 6 月获北京大学文学博士学位，毕业后任教于北京师范大学文学院，现任北京师范大学中国当代新诗研究中心主任，国际汉语诗歌协会秘书长。兼任贵州民族大学、西南民族大学、云南丽江师范学院等多所高校的客座教授。曾在国内核心期刊发表学术论文数十篇。已出版《二十世纪中国新诗中的死亡想象》《诗意的放逐与重建——论第三代诗歌》《面朝大海 春暖花开——海子诗歌精品》《21 世纪诗歌排行榜》《见证莫言》《"我们"散文诗群研究》等学术著作及诗歌类编著 20 余种。2006 年被中国作家网列为"新锐评论家"。2007 年被评为"中国十大新锐诗歌评论家"。自 2011 年起至今，发起并主持年度"中国新锐批评家高端论坛"，在国内批评界与学术界产生了良好的反响。

九、汉语诗人研究

【主持：赵金钟、干天全、马启代】

颂歌、我—你关系、知音及其他

——关于吉狄马加诗歌的演讲

敬文东

各位同学:

大家晚上好。

今天,想跟诸位聊聊彝族诗人吉狄马加,尤其是他的长诗近作《致马雅可夫斯基》。吉狄马加是我大学时代就开始关注,至今仍然很感兴趣,甚至还很喜欢的诗人——虽然诗人这个身份,在今天听上去很是可疑。吉狄马加早期那批或许是效法兰斯顿·休斯的作品,给我留下的印象既深刻,又美好。那批诗称得上单纯、透明、深情以至于忘情,近乎高地歌谣,毫无凝滞之态,完全不似 1980 年代的先锋诗歌那般尖锐、神经质和"扮酷""求怪"。事实上,这种特质至今仍然回荡于吉狄马加的所有诗作,只是饱经世事后获取的单纯更加坚实有力,更能寸劲制敌。吉狄马加的诗歌生涯起始于 1980 年代早、中期,迄今已逾 30 年。诗人自己呢,也从青葱、粉嫩的少年,渐次步入沧桑中年;他从故乡大凉山开始写作,途经成都、北京、青海,直至现在的整个世界。简单观察一下吉狄马加 30 多年的诗歌样态,便不难发现:他的写作既不先锋(比如跟他的四川老乡欧阳江河、肖开愚等人相比),也说不上保守(比如与他的前辈贺敬之等人相较)。当然,自命先锋派的那起子人,会觉得他趋于保守;而自命革命、其激情也多导源于"革命力比多"①的那伙子人,会觉得他的诗中自有一些先锋性的异质之物,颇为打眼,实在有违革命话语给出的基本教义。

吉狄马加具有超强的行动能力,对行动本身充满了渴意。但他更是一位"博"极群书,同时也"驳"杂群书的诗人。他熟悉整部世界诗歌史,尤其是自 19 世纪末期以来的西方现代主义诗歌史。但无论是他的诗歌作品,还是他的散文作品,30 多

---

① "革命力比多"是我十多年前整出的一个概念,模仿的是杰姆逊的"历史力比多"[敬文东.在革命的星空下 [J].文艺争鸣,2002 年(3).]

年来，一直倾向于清新、清澈和单纯，但又不可以说成"浅显"，更和通常意义上与"浅显"连为一体的"易懂"没有瓜葛——问题的关键和症结，均不在此处。这样一个原本可以足够复杂的人，给自己许下如此这般的写作心愿，一定是深思熟虑后的自觉选择，很可能还有更多不为人知的人生缘分在起作用。德国哲人费希特早就在某处说过：一个人选择什么样的哲学，关键要看他是什么样的人。一个人与文学风格、文学情怀、文学理念间的关系，实在太神秘，太不可思议，不说也罢。吉狄马加曾坦承他有很多诗歌师傅，但他可能更愿意像杜甫所说的那样，"转益多师是吾师"。①在众多师傅里边，艾青无疑给了他更为重大的影响。②顺便说一句，艾氏或许才算得上一整部中国新诗史上"第三条道路"的真正发起者：既不食洋未化地貌似先锋，也不会无端端地被革命激情所焚化。像其师傅一样，吉狄马加也是"第三条道路"的践行者，虽孤独，却满具韧性，也满有孤胆之豪情——这也是他给人留下深刻印象的地方。

最近，吉狄马加有一首长诗，名曰《致马雅可夫斯基》，发表在 2016 年的《人民文学》第 3 期，篇幅近 500 行。这样的体量，在当下中国的诗歌写作中比较罕见，也显得有些意味深长，甚或不同寻常。今天，我准备重点谈论这首诗，但尤其想谈谈这首诗带来了哪些启示，更想看看这些启示是否有可能为当下诗歌写作提供帮助。如果可能，我想将启示具体化——架空或空言，肯定不是你我想看到和想要的结局。或许，谈论这个问题，远比谈论吉狄马加的诗作更重要；而要对他的全部诗作做一个整体性的评价，现在显然不是时候———一切都在进行之中，一切似乎皆有可能。不过，我的讲解需要绕道或曰借道而行，这倒不仅仅是我喜欢弧线的缘故，主要还是因为《致马雅可夫斯基》能够引发的问题与思考，必须跟漫长的古典汉诗传统联系在一起，才能得到恰切的说明，也才不算辜负它庞大的体量。

打开吉狄马加的几乎所有诗集，扑面而来的，或者说，让读者印象至为深刻的，乃是臂力强劲、味道醇正、态度真诚，未曾显现矫揉造作之姿容的颂歌。③也许，这就是最近 30 多年来，吉狄马加有别于所有大陆中国诗人的奇特之处，以及醒目之处。

---

① 吉狄马加. 诗歌是人类预言明天的最奇幻的工具：答希腊新闻记者问 [J]. 扬子江诗刊，2016 年 (3).
② 张清华. 火焰与土地的歌手 [J]. 大昆仑，2011(1).
③ 我曾对此作过十分详细的分析，但主要从彝族文化入手 [敬文东 . 在神灵的护佑下 [J]. 天涯，2011(4).]

历史地看，汉民族制造的颂歌打一开始，就是献给个人（比如祖先、帝王、官僚）、自然与山川（比如泰山、黄河）的，无视神灵或超验性。或许，屈原的《九歌》算得上不可多见的例外。《九歌》之所以有资格成为例外，大致上与屈原所在的楚国有关。楚国所属的巫楚文化（长江流域）与《诗经》认领的中原文化（黄河流域）很不一样。当北国——也就是黄河流域——已经"绝地天通"时，亦即人可以不理会神的心思自作主张时，南楚故地，也就是今天湖南、湖北一带，仍然巫风大盛。楚民们依然需要视神灵的脸色行事，生怕一不留"神"，惹"神"灵不高兴而招致祸端。这种看似原始、落后的情形，不仅孕育了屈原那种既小心翼翼，又辉煌灿烂的想象力，也让他的诗与巫风联系在一块儿。因此，《九歌》里确实有不少"颂诗"是献给神灵的。但需要注意的是：《楚辞》虽然伟大，却算不得汉语诗歌的正宗。我们常常宣称汉语诗歌有两大传统，一是北方的《诗经》，一是南方的《楚辞》。实际上自秦汉以来，特别是汉末五言诗大规模流行起来之后，《诗经》里的四言体，《楚辞》中长短不一的句式、句法和语法，统统没有得到继承——两汉以后的中国人的呼吸，似乎不同于两周时中国人的呼吸。说《诗经》和《楚辞》是汉语诗歌的传统，主要指的是精神方面；至于《楚辞》中那些神秘、超验的成分，在后世诗歌中保留得更是少之又少，几近于无或零。从这个角度看，颂歌在古代汉语诗歌史上确实存在，却基本和神灵没有关系。古典汉语诗歌成长于"一个世界"（西方是"两个世界"）；这"一个世界"上不存在彼岸，不存在拯救，不存在神灵和超验性。它只是一个孤零零——但又从不光秃秃——的世界；古典汉语诗歌打一开始，就是世俗性的。《诗经》以"关关雎鸠，在河之洲"为起始，不以"起初神创造天地"为开篇，或许就是要开宗明义：《诗经》中的所有诗篇，都将是尘世的，与超验无关，与神灵无涉。此处可以举一个小例子。《诗经·周颂》的第一首颂歌是《清庙》，足够短小，但也足够精悍：

> 於穆清庙，肃雝显相。
> 济济多士，秉文之德。
> 对越在天，骏奔走在庙。
> 不显不承，无射于人斯。

"於"在此读"呜呼"的"呜"（wū），不读"关于"的"于"（yú）。"于"（yú）在未简化前，和"於"（wū）长相完全相同。在此，它是叹词，也有人将它认作发语词。但无论叹词，还是发语词，都跟颂诗的情绪与呼吸节奏相般配。为了简便，但更是偷懒起见，我在网上找到了一个还算不错，还算准确的白话翻译，大致如下：

> 啊！庄严而清静的宗庙，助祭的公卿多么庄重显耀！
> 济济一堂的众多官吏，都秉承着文王的德操；
> 为颂扬文王的在天之灵，敏捷地在庙中奔跑操劳。
> 文王的盛德实在显赫美好，他永远不被人们忘掉！

华夏诸族自商、周以降，便极力倡导祖先崇拜。无论是尊贵如王室者，还是一般性的贵族（庶民暂且勿论），无不以祖先崇拜为第一崇拜——《清庙》里的周文王，就是作为被崇拜的周之先祖而出现。在此，可以很容易地辨识出：颂扬者和被颂扬者之间的关系，不是亲密的我—你关系。它是在庄严的祭祀场所中，"我"对第三者，亦即对周文王的颂扬；而文王作为已故者，作为被"我"颂扬的人，乃是不在场的；在场的，仅仅是文王在"我"心目中的那缕"精神"，我则是文王的后人，是文王匍匐在地的崇拜者。很显然，颂扬者的"颂扬"及其赞词和被颂扬者之间，是隔着一层的；它不是针对某个在场者的颂扬，而是对经由祭坛隔离开来的某种精神的膜拜。这时候的颂歌，可以说，是颂扬既在场又不在场的某种精神，不是颂扬某一个有血有肉的人，或扎扎实实的物。西方的颂歌传统不比我们晚，但和我们不一样：它从一开始，就是有意识地献给神灵的，具有超验的性质。促成中西间这种差异的原因，至今仍是斯芬克斯之谜。赫西俄德颂扬的宙斯，但丁颂扬的跟"他"的"主"（his God 而不是 my God）相关的天堂，都是超验的，不具备尘世的味道，虽然那也不是实体的人或物。中国的颂歌永远都是献给名山大川，以及曾经存活的人，其实体不在，精神却既在场又不在场，这就是所谓的间接性，与郭沫若制造颂歌时拥有的直接性，简直不可同日而语。《诗经》里无论《周颂》还是《商颂》，颂扬者与被颂扬者之间，都不是亲密无间的我—你关系，因为根本不具备直接性。这一点，倒是和赫西俄德、但丁遭遇的情形相等同。

古典汉诗中另一种规模更大的颂歌，就是我曾经鄙夷过的"押韵的谀辞"。① 它施与的对象，通常是皇帝，是达官贵人，是某个难堪者有求于"人"的那个"人"。这种诗是直接性的，是赤裸裸的——非直接、非赤裸对"押韵的谀辞"毫无意义；

---

① 敬文东. 牲人盈天下 [M]. 桂林：广西师范大学出版社，2011.

被颂扬者是在场的，并且始终是活物——非活物对"押韵的谀辞"也毫无意义。这可以被看作一种不对等的我—你关系，比喻层面上的或需要加引号的我—你关系："我"和"你"面对面，"我"把颂歌献给"你"，只因为"我"有求于"你"，因而我在生命或人格上注定低于你。就像第一类颂歌，人在祖先的英灵面前是跪下去的。跪天地、跪祖宗、跪山林……在中国的传统里广受褒扬，但跪尘世间某个有权有势的人则要遭到唾弃，不过却屡屡有人这样做，此中情由，诸位不难知之。我们伟大的杜甫，情急之下，就写过很多谀辞，献给那些他以为可以帮他走出困境的人。他曾向人诉说过自己的卑贱之举："朝扣富儿门，暮随肥马尘。残杯与冷炙，到处潜悲辛。"（杜甫：《奉赠韦左丞丈二十二韵》）朱大可在一篇著名的文章里很是幽默地调侃说：官方拒绝了"此人痛苦的申请"。① 这句话说得特别好：谀辞并不总是管用，而在它不管用时，反倒会加深谀辞面临的难堪与屈辱。杜拾遗穷愁之际写就的"押韵谀辞"，从颂扬者和被颂扬者的关系上看，隔着词语和纸张；这种"隔"，看起来好像促成了关系上的间接性，就像宗庙里祭祀周文王时的赞美之词，但实质上是完全不一样的。纸张和词语只是表象，它的直接性很明显：词语一如马克思所说，只能震动树叶和空气，却能直接刺激被颂扬者的耳膜，进而温暖其心田；纸张不过是将声音化的语言以记号（sign）为方式，承载起来而已——那层窗户纸事实上很容易被捅破。

兜了个大圈子后，现在可以回到吉狄马加，继而回到《致马雅可夫斯基》。吉狄马加之所以敢违时而动，逆向性地使用颂歌，也许跟他背靠着的彝族文化有关。彝族是大陆中国出现得最早的民族之一，有自己水深土厚的文化传承，令它的兄弟民族好生羡慕。在吉狄马加早期歌颂自己民族的一首诗作中，我们大致上能够看出些许端倪：

> 给我们血液，给我们土地
> 你比人类古老的历史还要漫长
> 给我们启示，给我们慰藉
> 让子孙在冥冥中，看见祖先的模样
>
> （吉狄马加：《彝人谈火》）

---

① 朱大可. 流氓的精神分析 [J]. 花城，1996(6).

像黑人兰斯顿·休斯代表全体黑人感谢河流那般，吉狄马加在代表他的族人感谢火，这太阳的人间片段。他的颂扬声感情真挚，不掺杂念，动用的是膜拜的神情，以及与这种神情两相般配的颂赞体，亦即刘勰所谓的"四始之至，颂居其极。颂者，容也，所以美盛德而述形容也"。虽然吉狄马加与火是面对面的，却仍然够不上我—你关系，因为在彝人眼中，火是太阳的片段，是太阳派驻人间的大使，具有世俗和超验的双重身份，它代表太阳君临一切的架势，早已谢绝了火与任何人拥有任何平等关系的可能性——至少彝人的先祖们乐于如此认为。吉狄马加对火的态度，与早他不几年的多多对太阳的态度完全不同。多多除了对真实的太阳——而非它的人间片段——拥有高度的感激外，更多的，反倒是悲悯与同情，而且，最终还要落实于同情与悲悯："你不自由 / 像一枚四海通用的钱！"（多多：《致太阳》）多多表达的，是一个普通人对神奇造物的理解和同情，胸怀宽广、博大，却不似吉狄马加那般虔敬与沉静。吉狄马加的如此做派，或许跟彝人顶礼膜拜的大经大典——《勒俄特依》——深度有染。这本书记载着一个跟火（这太阳的人间片段）有关的故事。说的是大洪水退去后，整个世界只剩下躲在木桶里，方才逃脱劫难的居木武吾。此人和天神的女儿结为连理，却遭到了天神的报复，生下了三个哑巴儿子。居木武吾后来碰巧窥得神意，知道了如何让儿子开口说话的秘密，于是取火烧水，用开水给儿子洗澡，长子说声"俄底俄夺，成为藏族的始祖"；次子说声"阿兹格叶，成为彝族的始祖"；三子说声"毕子的咯，成为汉族的始祖"。① 在几年前草就的有关吉狄马加的小文中，我对此有过粗陋的评论，此处不妨直接挪用："和《圣经》中巴别塔故事的寓意很可能恰相反对，彝人的火，不仅跟创生有关，还跟语言和种族有染；汉、藏、彝三个伟大的民族，拥有一个共同的发源地、共同的祖先。或许，在火的声援下，《勒俄特依》杜撰的巴别塔故事的寓意恰好是：尽管三个民族言语不通、难以交流，却没有任何理由相互仇根和杀戮，毕竟它们拥有共同的肉身性的祖先，而不是《圣经》暗示的那样，人是上帝用语言创造出来的。"②

和语言相比，肉身具有不容分说的直接性。连神都知道，这个世界从来不存在大于肉体的真理；而被同一种肉体定义过的一切，都值得来自于、导源于这个肉体的子民的颂扬。或许，这就是彝人吉狄马加从祖先那里获取的信念；历经 30 多年的寒霜雨雪，这个信念看上去仍然坚不可摧，完好如初。正是基于这种来自民族文化

---

① 凉山彝族自治州人民政府组织编选 . 中国彝文典籍译丛（第一辑）[M]. 成都：四川民族出版社，2006 年，第 51 页。

② 敬文东 . 颂歌：作为一种抵抗的工具 [J]. 民族文学，2011（6）.

深处的心性，吉狄马加才本能性地倾向于艾青的"第三条道路"，他的写作打一开始，就跟最近30多年公认的诗歌源头——朦胧诗——没啥直接的关系；他打一开始，就懂得如何将现代性导致的情愫（比如孤独），跟民族文化界定过的那种情愫（比如赞美）结合起来。

我一直对如下问题有兴趣：像吉狄马加这类有深厚的本民族文化素养，又用汉语写作，他们到底能给当下的汉语写作带来什么？汉语写作这几十年来写得更多的，是仇恨，是厌世，是对孤独和自恋的把握，是自我抚摸，是对世、人（不仅仅是"世人"）的不信任。吉狄马加的颂歌对当下汉诗写作意义何在？接下来我想同诸位讨论这个问题。

但现在，有必要事先介绍一下吉狄马加的赞颂对象——马雅可夫斯基。在我上中学和上大学的1980年代，马雅可夫斯基在中国名声极大；把时间往前推，名头就更响——因为1949年以后，中国几乎在每一个方面，都学习了苏联，有道是："苏联的今天，就是我们的明天。"在20世纪五六十年代，贺敬之、郭小川等一大批诗人，都不同程度地学习过马雅可夫斯基，尤其是他的楼梯体。楼梯体在俄语中可能有它的过人之处；在汉语中，也极其适合"歌德"体，尤其是能够帮助"歌德"体迅速达致它瞄准的目标。只不过从这个角度，可以很方便地看出，马雅可夫斯基确实一度在中国非常流行。

马氏的诗人身份十分复杂，至少包含着两重身份。一重是现代主义诗人，具体讲，就是十月革命前后，短暂活跃于俄罗斯的未来主义诗人。这伙人叫嚣着要把普希金扔进大海，要写围绕着机器组建起来的，那套来自科学和理性的新东西。总体来说，马雅可夫斯基写出的现代主义诗歌确实很地道。在题为《关于这个》（罗大冈译）的诗篇里，他如是说：

> 做四次老头儿，
> 我将使自己恢复青春四次，
> 在走进坟墓之前。

年轻，但幻想着死亡；词语青葱，却刺眼地征用了"坟墓"。你不假思索就能认出，这是一个典型意义上的现代主义诗人。因为现代主义的教义虽然有千条万条，其精髓"一言以蔽之曰"：不过是绝望和哀歌。另外一方面，马氏还是一位名声显赫的社会主义诗人，热衷于社会主义预示的光明未来，对十月革命后的苏联充满信赖，并以极大的热情加入其中。以下例证可以证明，在马氏的内心深处，对社会主义该是多么自信：1922年春，茨维塔耶娃离开苏联去欧洲前夕，在莫斯科某个地方巧遇马雅可夫斯基。她问后者有什么话要转告欧洲。马雅可夫斯基很坦然地说，告诉他们，真理在我们这边。他的诗《放开喉咙歌唱》（岳凤麟译）更可以为他的自信和热情作证：

> 我把这一切，
> 从武装到牙齿的军队
> ——这支军队二十年来
> 节节胜利——
> 直到最后一页诗稿，
> 都献给你，
> 全世界的无产阶级。

马氏集现代主义诗人和社会主义诗人于一身，至此班班可考；两者之间相互冲突的迹象，也必将显露无遗，也必将班班可考。时时在诗中和现实生活中思考死亡，就是冲突促成的结果，既合情又合理。早在1916年，他就在《脊椎骨的笛子》（罗大冈译）中写道："我愈来愈想／拿一粒枪弹来作我生命的最后的句点。／今天／完全碰巧／我开了诀别奏演会。"1917年，他又在《人》（罗大冈译）中写道："让／我的灵魂／无痛无楚／被引向太空。"没有必要怀疑，死亡乃现代主义最重要的少数几个主题之一。从波德莱尔开始，甚至从波氏追认的先驱者爱伦·坡开始，无论是作为主题，还是意象，死亡都是现代主义艺术（包括诗歌）挥之不去的阴影。或许就是这一点，导致马雅可夫斯基终其一生，都在希望与绝望之间左右摇摆，在生存与毁灭之间左顾右盼，无所适从。很显然，期盼着吊死在同一棵树上的人虽然愚蠢到单纯、固执，但是既保险又安全；脚踩两只船的那起子人虽然复杂到居然很聪明，却十分危险。就这样，马雅可夫斯基总是纠葛在个人和大众之间。作为一个未来主义诗人，他本该关心自己的内心甚于一切；作为一个社会主义诗人，他又本该关心大众甚于一切。他两方面都看似做得很彻底，却又根本不可能做彻底：他始终没有能力让自己吊死在同一棵树上。他想退守个人心智时，另一种力量却拉着他变成大众——反过来也一样。最终，诸位都知道，是现代主义的重大母题，也就是死亡，战胜了一个社会主义诗人本该关心的所有东西，包括希望、自信、战斗和热情——这世上，唯有死神永生。马雅可夫斯基临前有几句话说得很好："我还没有活完我人间的岁月，在人间我还没有爱够可爱的东西。"①话虽如此，迫于广泛冲突带来的巨大压力，死亡作为胚胎，实际上早早落户于马雅可夫斯基之身。茨维塔耶娃以女人的敏感，看出了其中的奥秘："作为人的马雅可夫斯基，连续十二年一直在扼杀潜在于自身、作为诗人的马雅可夫斯基，第十三个年头诗人站起身来杀死了那个人。他的自杀延续了十二年，仿佛发生了两次自杀，在这种情况下，两次——都不是自杀，因为，头一次——是功勋，第二次——是节日。"但天才的茨维塔耶娃到底还是错了，她相中了马氏身上的凡人素质，却忘记了凡人想扼杀的诗人具有双重身份。遗憾的是，茨维塔耶娃的错误还不止于此，因为她从马雅可夫斯基之死中，总结出了一个极其不祥，却又貌似高贵的"定理"："像人一样活着，像诗人一样死去。"马氏终于在 1930 年 4 月 14 日开枪自杀，更接近于像人一样死去，不大像诗人一样死去——诗人的死到底长啥样？茨维塔耶娃没有给我们准备答案，更没有为我们画出肖像。

又兜了一圈。现在再次回到吉狄马加，回到他的《致马雅可夫斯基》。我在此指指戳戳，就是想给大家看看：吉狄马加为什么要赞美马雅可夫斯基这样一个失败者？赞美倒也罢了，为什么还要特意启动来自肉体首肯过的那种赞美力量？如果我们足够敏锐，就很快会发现，吉狄马加试图通过致敬马雅可夫斯基，尤其是通过亲近马氏那种跟肉身、跟灵魂多方撕扯的写作方式，反对或矫正目下汉语诗歌写作中从词到词（或称词生词）的坏倾向。作为"第三条道路"的践履者，吉狄马加有此念头（或潜意识），实属正常。遍读吉狄马加之诗会发现，他的诗歌哲学很透明，也看似很简单，不过是对具体的人、事、物进行歌咏，甚至赞美；不仅及身，而且及神，但尤其是及肉，因而反对语义空转，反对词汇养虎为患般，反过来抽干了人、事、物。从诗歌本体论的角度看，诗人唯一的现实，就是纸和笔（或纸和笔的替代者）；附着于纸张之上的，则是笔尖刻画出来的词语、词语和词语，终归是词语。现代汉诗一路蹒跚到而今，早已比历史上任何时候更加注重技术，无数诗人热衷于发挥技术方面的复杂性，妄图穷尽一切可以穷尽的写作技巧，许许多多词语已经被许许多多诗人挨个儿绑架了一个遍，所有词语都在被算计，所有词语也在被算计中，

---

① 余振.马雅可夫斯基选集：第二卷 [M].北京：人民文学出版社，1984.

从了诗人的心、遂了诗人的愿，有如传说中的师太从了老衲。不用说，从词到词的写作现象，跟长达一个多世纪的现代主义联系在一起：当一个人无限转向自己的内心，长时间地沉迷于内心，内心势必会耗空。而当内心空无一物时，也就只有无聊的词语无聊到跟自己交配，以便生出必须加引号的新词。这种由词生词而不及身、及神、及肉的作品，在当下比比皆是——

　　　　见刀子就戳，见梦就做，见钱就花。
　　　　花红也好，花白也好，都是花旗银行的颜色。
　　　　见花你就开吧。花非花也开。
　　　　……

　　　　　　　　　　　　　　　　　　（欧阳江河：《万古销愁》）

　　如果没有"见钱就花"中的那个"花"字，后面几行诗就会自动消失，根本没有机缘面世。这些诗句，就像被打开的水龙头，自动性地哗哗直流，可以词语接龙般，永无休止地"接龙"下去，甚至还可以搞出一两个海角天涯来让尔等瞧瞧。而写诗的那个人，一旦停止了"接龙"的游戏，作为读者的我们就有理由问你为什么？你究竟想干吗？但即便如此，这样的诗行组合终究是没有意义的，顶多算词语搭配，哦，不，词语交配游戏，有望怡智，而无望于怡神、怡心，跟肉体反应更是毫无关系：从词到词原本就是以根绝肉身为旨归的。吉狄马加很可能认为，正是马雅可夫斯基在身份上的痛苦冲突，揭示了写作跟神志有多么密切的关系，也道明了词语和肉身在怎样的程度上生死相许，甚至不惜以肉身的死亡为之付账。《致马雅可夫斯基》在多处暗示：马氏的自杀或自杀的马氏，正是写作诚实的象征——

　　　　那些没有通过心脏和肺叶的所谓纯诗
　　　　还在评论家的书中被误会拔高，他们披着
　　　　乐师的外袍，正以不朽者的面目穿过厅堂
　　　　他们没有竖琴，没有动人的嘴唇
　　　　只想通过语言的游戏而获得廉价的荣耀

　　　　　　　　　　　　　　　　　（吉狄马加：《致马雅可夫斯基》）

　　所谓词生词或从词到词，就是"那些没有通过心脏和肺叶的所谓纯诗"；反过来说，只有经由心脏和肺叶——这肉身各部件中的带头大哥——处理过、过滤过和抚摸过的词语，才可能构筑有呼吸、有心跳的诗篇。这些诗篇当然是粗粝的，不是表面光滑的；没有摩擦力的纯诗基本上不具备力量，而伟大的诗篇总是不纯的。只有经过不纯之物的长期洗礼，而后重新归来的天真才更有力量。吉狄马加以马雅可夫斯基的写作生涯为例，暗示的是：只有经过内心修炼，并不断反刍，词语从仓颉那里出发后，方能得到再次锻造；词语呈现出的每一个姿势，每一个偏旁，每一个内部的拐弯处，都经过内心力量的赋予、侵染，这个时候出现的诗句一定是不纯的，但也才显得更有力量。如果说，我们还相信，或者还愿意相信诗歌这种艺术形式具有特别的"纠正性力量"，就必须破除从词到词，或词生词这样的现代妖孽。为此，吉狄马加不惜对马氏动用颂歌的方式：

> 因为你，形式在某种唯一的时刻
> 才能取得没有悬念的最后的引力
> 当然，更是因为你——诗歌从此
> 不仅仅只代表一个人，它要为——
> 更多的人祈求同情、怜悯和保护
> 无产者的声音和母亲悄声的哭泣
>
> （吉狄马加：《致马雅可夫斯基》）

词语以及词语构成的形式，只能从内心获取力量，因为词语本身无所谓力量——它在被使用之前，只不过是一堆表情漠然的符码。在吉狄马加的赞美声中，遥远的俄国人和词语的关系，反倒更能暗合汉文化的一个基本伦理：所谓写作，就是修行；你的境界有多高，你能赋予形式的力量就有多强大，也才能在某些必要的时候，做到一锤定音，亦即"没有悬念的最后的引力"。吉狄马加赞美的，是那种不仅仅是技术的写作，又何况词生词，或从词到词。我不懂俄语，不知道俄国人马雅可夫斯基是否真的做到了这一点，至少吉狄马加宁愿相信他做到了这一点。"宁愿"一词中，有令人心酸和酸楚的成分，其潜台词是"但愿"。苏东坡一声"但愿人长久"，之所以具有摧枯拉朽的作用，之所以能让百代之下的人依然百感交集、五味杂陈，差不多全赖"但愿"两字带来的冲击力。只有在这等境地，诗歌的力量才值得信赖，也才显得重要。这就是吉狄马加的祈祷：

诗没有死去，它的呼吸比铅块还要沉重
虽然它不是世界的教士，无法赦免
全部的罪恶，但请相信它却始终
会站在人类道德法庭的最高处，一步
也不会离去，它发出的经久不息的声音
将穿越所有的世纪——并成为见证！

（吉狄马加：《致马雅可夫斯基》）

　　如果诗仅仅修炼到词生词为止，就基本上可以休矣，因为它除了为某些人带去并不高明的文字游戏，并不多么好玩的智力体操外，什么也没有。从古至今，也无论中外，诗都不具备止恶、息（或熄）战的能力。鲁迅半开玩笑半是严肃地认为：赶走军阀的不是文章，而是革命军的枪炮。但诗确实具有见证的能力，而见证自有其力量。杜甫的《石壕吏》开篇两句是："暮投石壕村，有吏夜捉人！"在这里，没有任何技巧存在，仅仅是一个目击者情急之下的口不择言——但它需要双倍的感叹号。见证的力量在于它的真实性；而真实性，就寄居于口不择言这种话语方式之本身，不需要修辞，不需要装饰：是事情催生了词语，并且赋予了词语及诗形以力量，但这等情形仍然取决于内心的修炼，内心的坚强。在俄罗斯，马氏之死向来被不少人当作谜语看待。他身为社会主义诗人，当他为社会主义讴歌，当他目睹斯大林时代的罪恶，[1]并受未来主义诗人之身份的监督，他笔下的诗行当真没有打滑吗？他使用的楼梯体应和着俄语的本性，真的将见证的力量推到了高潮？而最终，当两种身份相互冲突，当马氏欲"站在人类道德法庭的最高处"而终不可得，他究竟该怎么办？吉狄马加的赞美能力获得过祖先肉身的首肯，因而他的赞美终归是善意的，这种善意毫不犹豫地排除了上述疑问，"宁愿"相信被赞美者在真诚地见证，在没有矛盾地记录。而颂歌，其力量的来源之一，端在于本心的良善。我猜，吉狄马加之所以要把颂歌献给马雅可夫斯基，更有可能出于对霸权的憎恶——

他们只允许把整齐划一的产品——
说成是所有的种族要活下去的唯一

---

① 奥兰多·费吉斯.耳语者：斯大林时代苏联的私人生活 [M].毛俊杰译，桂林：广西师范大学出版社，2014.

他们不理解一个手工匠人为何哭泣手

他们嘲笑用细竹制成的安第斯山排箫

（吉狄马加：《致马雅可夫斯基》）

　　恰如吉狄马加的暗示，霸权无处不在，歧视无处不在。不要以为吉狄马加乐于批判的，仅仅是霸权以及它带来的摧毁力；实际上，他更乐于批判的，乃是一切试图或者已经凌驾于他人之上的力量——以这样的方式定义霸权，可能更安全一点。此外，吉狄马加或许对社会主义时期"人人平等"的理念记忆深刻，愿意从马雅可夫斯基的诗作中，尤其是他的生平中，发掘社会主义的遗产，才写下了赞美马氏的诗句。但这个问题太复杂，暂且打住不论。

　　吉狄马加的诗句透露的，已经是人类共通、共同的东西，不再是地方性的遗产。我们可能没机会了解某些情、事、物，但我们也许有能力理解这些不曾了解到的情、事、物。了解和理解终归是两个不同层面的东西，不可以混为一谈。在吉狄马加的颂歌里，最有力量的马雅可夫斯基，不是未来主义诗人的马雅可夫斯基，甚至不单纯是社会主义诗人的马雅可夫斯基，当然，更不会是自杀的那个马雅可夫斯基，而是自杀后，仍然能够致使其诗作长久存活与呼吸的那个马雅可夫斯基：他才是马雅可夫斯基自身的精华部分，是碾不碎、磨不灭的传奇，是珍珠、玛瑙和宝石——但这样的比喻很可能俗气了一些，诸位请见谅。有最具力量的马雅可夫斯基存在，或者，有吉狄马加颂扬的那个马雅可夫斯基存在，胜利看起来是可以企盼的：

马雅可夫斯基，新的诺亚——

正在曙光照耀的群山之巅，等待

你的方舟降临在陆地和海洋的尽头

（吉狄马加：《致马雅可夫斯基》）

　　在这里，吉狄马加以如许颂歌，为我们构造了一个类似于创世记或诺亚方舟的故事。这是颂歌的题中应有之义：颂歌原本就是为希望、光明与和平而设。它倾向于一切美好的名词，涉及一切美好的动词，但也需要中性的介词和助词作为转渡，或桥梁——虽然助词和介词也能在罪恶中，帮助罪恶进行它需要的摆渡。如果不存在希望，或者压根儿不提供希望，颂歌就是没意义的，因为它压根儿不知道自己将前往何方。这个问题如此重要，以至于在此需要再重复一遍：吉狄马加颂扬的那个马雅可夫斯基，不是死掉的那个马雅可夫斯基。我不知道究竟哪个马雅可夫斯基胜利了，但其中一定有一个更有力量的、能够挡住自杀本身的那个胜利者。当然，这里边有一种很神秘的东西，我说不清楚，但最好是不要说清楚，冒犯神秘毕竟是不祥的，正如叶芝说"见解是不祥的"。

《致马雅可夫斯基》能够继续引发我们思索的，是诗学上的知音问题。诸位想必都知道，古典汉诗中，有两大相互依存的主题，一个是万古愁，另外一个就是知音难求。在别的地方，我曾专门论及过这两个问题，此处只就吉狄马加的新作，对知音问题谈点额外的体会或心得。《诗经·伐木》有言："嘤其鸣矣，求其友生。"就是说，无知的鸟儿们相互间都在鸣叫酬答，长有四个心室的人难道不更应该如此吗？古典诗人普遍相信，知音总是与万古愁联系在一起：人生苦短导致了万古愁，万古愁需要知音去弥补，或充实。彼此相知如此重要，以至于万难解决的万古愁，都希望经由它得到解决。从《诗经》开始，知音一直是古典汉诗中特别重要的问题。关于知音难求，古人已经说得够多了：钟子期从俞伯牙浩浩汤汤的琴声中，辨析出"高山"和"流水"，是中国古人赋予知音的绝佳意象——张枣生前，就热衷于同友人深夜喝几杯"高山"酒，和"流水"酒；靖节先生的《停云》之所以被王夫之评为"深远广大"，也是因为它对友情与理解的渴求真挚感人，以至于"停云"一词几经转换，终于成为兄弟和知音的替换语。无论是陶渊明的"目送回舟远，情随万化遗"，还是钟鸣的"这就是那只能够'帮助'我们的鸟 / 它在边远地区栖息后向我们飞来"，知音都是实实在在、扎扎实实的我你关系，也就是曼德尔施塔姆那句著名的话：我们应该"朝向朋友、朝向天然地与他亲近的人们"，[①]这种关系是面对面的，也必须是面对面的；和颂歌中的间接性相比，面对面在此显得至关重要。日本学者松原朗说得很好："人们在作诗的时候，即使类似'咏怀'那样的独白的抒情诗，也需要有一个跟自己相关的他人的存在，来作为倾吐心声的对象。这种诗歌的结构，可以说在面对某个超越性存在的祈祷中，或者针对为政者的嗟怨中，或者是寄送友人的怀念之情中，都同样存在……甚至可以说，诗歌本身就是从唯恐与他人断绝关系的情感中生发出来。"[②]

这里反复被道及的我你关系，始终是世俗的，不曾须臾是神学的。对 20 世纪神学史稍有常识的人都知道，神学中存在着一种典型的我—你关系。马丁·布伯有

---

① 曼德尔施塔姆. 时代的喧嚣 [M]. 黄灿然等译，北京：作家出版社，1998.
② 松原朗. 中国离别诗形成考论 [M]. 李寅生译，北京：中华书局，2014.

一本很著名的小书，就题作《我与你》，很是醒目，也很让人神伤。在这本书中，神学家马丁·布伯的核心意思不过是：只有通过"你"，才能成为"我"，亦即古斯塔夫·奥托所说的"一神论的重心'在于上帝与个体之间的关系'"。① 马丁·布伯所谓的"你"，指的是"上帝"。在所有有可能同人相关的关系中，上帝（即"你"）与人（即"我"）的关系始终是，也绝对是第一关系。而在"我"（即"人"）与"你"（即上帝）组成的关系中，上帝（即"你"）拥有毋庸置疑的先在性，只因为"你"（即上帝）是"我"（即"人"）的定义者、制造者。在此基础上，或在此前提的笼罩下，才是作为凡人或信众的"你"与"我"在面对面。很显然，前者不是平等关系，因为"你"让我匍匐，构筑起一种伪装的面对面；后者也许是平等关系，因为"你"至少跟"我"一样，都是肉身凡胎，都是父精母血的结果。

在中国古典诗学的知音关系里边，我和你是一种对等关系。我呼唤的那个你，有时候是具体的人，甚至就是我认识的某个人，而有时候，只是我想象中的某个完美对象——总之，是能够解我心结、销我万古愁的那个你。随着词语组成诗行，随着诗行构筑完整的诗篇，我一路上总是在呼唤你，让你在词语、诗行的形成间，在诗篇一步步得到完成间，在诗篇形成的氛围里边，渐渐成形。和我面对面的那个你，是我通过编织词语编织出来的，但背后，仍然是寻觅知音的冲动，滚烫、热切而迫不及待；你仅仅是一种氛围性的成形，不是事实上的成形——你只是被心性浸染的词语召唤出来的。事实上，古典汉诗的精确性，就来自于它营造的那种氛围。这是氛围性的真实。对于伟大的古典汉诗，这一点至关重要，虽然很少被人提起。

在吉狄马加对马氏的颂歌里，"我"（即吉狄马加）与"你"（即马雅可夫斯基）看上去虽然是面对面的，但"我"在身位上事实上远低于"你"："我"对"你"采取的，仅仅是仰视，却不臣服的姿态。做个不恰当的比喻，马雅可夫斯基对"我"（即吉狄马加来）来说，几乎是一种"半神"式的存在。当然，这个"半神"仅仅在比喻的意义上才能成立，没有宗教色彩——它是仰慕，但不是匍匐的对象。所以，《致马雅可夫斯基》终归是颂诗，不是知音之诗。知音是面对面的相互理解，至少也是氛围性的互相理解。吉狄马加表达的，仅仅是"我"对"你"的单边性理解。一定要注意：所有的颂歌，都是"我"对"你"的理解，不是我们彼此间的互相理解。也就是说，被颂扬的那个"你"是否理解"我"的理解，一点都不重要，但"我"必

---

① 卡特琳娜·克拉克、迈克尔·霍奎斯特．米哈伊尔·巴赫金 [M].语冰译，北京：中国人民大学出版社，2000.

须理解"你"，这绝不是无所谓的事情；而在极端的情况下，还得理解"你"对我的不理解。颂歌终归是一种单边关系，是在理解"你"的情况下，是在更进一步理解"你"的情况下，乐于赞美"你"。这情形，不能被当作"剃头挑子一头热"的样板来看待。那是"我"急需"你"的帮助，最终，自觉自愿地"傍"上了"你"。这有点类似于周人在明堂里颂扬他们的祖先周文王，他们根本不在乎文王是否知道自己被祭祀；他们只是认同围绕伟大祖先组建起来的那套价值理念，或者说，那个既在场又不在场的精神。虽然吉狄马加的诗中有如下句式，好像表达的是面对面的我—你关系：

> 马雅可夫斯基，纵然你能看见飞行器……

> 马雅可夫斯基，毫无疑问——
> 你正穿越一个对你而言陌生的世纪
> 在这里我要告诉你——我的兄长
> 你的诗句中其实已经预言过它的凶吉
> 在通往地狱和天堂的交叉路口上……
> （吉狄马加：《致马雅可夫斯基》）

但这只是假装或被冒认的我—你关系。不能因为诗中出现了世俗性的"兄长"一词，就自动解除了"你"对"我"拥有的"半神"地位。当然，还有另一种情况需要得到小心翼翼地照看——

> 无论是你的低语，还是雷霆般的轰鸣
> 你的声音都是这个世界上——
> 为数不多的仅次于神的声音……
> （吉狄马加：《致马雅可夫斯基》）

但也不能因为诗中出现了"仅次于神的声音"，就认定吉狄马加将马氏当作了"半神"，虽然从表面上看，"仅次于神"就是我们所说的"半神"。事实上，"半神"既不是宗教意义上的神，也不是人格神，仅仅是高于人，几近于神的领域，可以无限接近，但似乎又永远到不了的那个地方。这种性质的赞美，或许可以获致美好的结局，恰如吉狄马加在早期诗作里写到过的那样——

> 啊，黑色的梦想，就在我消失的时候
> 请为我的民族升起明亮而又温暖的星星
> 啊，黑色的梦想，让我伴随着你
> 最后进入那死亡之乡……

（吉狄马加：《黑色狂想曲》）

此处的"进入死亡之乡"，不是马雅可夫斯基那种跟子弹绑在一块的"死亡"。相反，这种彝人式的死亡几乎是复活的同义词——《勒俄特依》对此有上好的叙述。汉族先祖中的达观之士认为："生者为过客，死者为归人。"（李白：《拟古十二首》其九）一个心悦诚服的"归"字，道尽了死的理所当然，甚至道尽了死的……甜蜜。在华夏诸族眼中，死从来就不是西方人理解中的惨烈之事，而是生之为人者在人间需要完成的最后一件事。因此，"进入死亡之乡"就是自然而然的，像睡眠一样。它是放大了的休息，是无限倍数的睡眠。古人有言："贫者士之常也，死者人之终也，处常得终，当何忧哉？""处常得终"不仅不值得忧伤，反倒是人生幸事——就是说，"处常归终"才是人之为人的胜利。如果颂歌带来的是失败，颂歌就没有意义；颂歌一定要讴歌胜利，因为它原本就是为胜利而生。自有现代艺术以来，无论是小说、电影、诗歌、戏剧、雕塑、绘画，几乎全是悲观绝望的，颂歌万难得见。即便是最接近颂歌的米斯特拉尔的诗歌，也笼罩着质地厚重的绝望，那根本上就是一种强打欢颜的赞美。不用说，这种质地特殊的赞美是极其虚无的：那仅仅是在虚无之乡做好了迈步的准备，却不知道去往何处。因此，那顶多是提起了一只脚，却永远无法，也不会踩下去。但在吉狄马加这里，托彝族祖先的福，没有虚无，有的只是实实在在的胜利，哪怕最后"进入那死亡之乡"。

诸位，时已至此，我们是否有资格得出一个很肤浅的小结论呢？通过解读《致马雅可夫斯基》，我们也许可以看到，因为某种外来的文明因素进入现代汉诗，致使现代汉诗虽然身处这个时代，却不仅可以像华夏古人那样寻找知音，还居然拥有更为艰难、更加骇人听闻的赞美能力。而且这种赞美能力，以及它焕发的道德力量，不会让我们为它感到虚妄，更不会让我们为它感到肤浅和矫情。看起来，只要我们用心寻找，用心而不仅仅是用词体悟一切，既四处"开源"，又绝不自动"节流"，赞美的力量终归还是存在的——这就是《致马雅可夫斯基》给我们带来的启示。至于《致马雅可夫斯基》在写作技术方面的好坏、优劣，反而显得很不重要；重要的，是它引发了我们对这些问题的重新思考。我觉得，这些启示，恰恰是当代汉诗写作面临的难题。汉诗行进至此，面对的，已经不是可以斤斤计较的战术问题，而是过"经"过"脉"的战略问题。按照某些"妙人儿"的新说法，这很可能是个"拐点"。那就看汉语诗歌的有心人将怎么"拐"、将往哪里"拐"。

谢谢诸位。

（录音整理：张皓涵）

作者简介

敬文东，四川人，1968 年出生。著名学者、评论家。1999 年获得文学博士学位，现执教于中央民族大学文学与新闻传播学院，博士生导师。出版的学术著作主要有《指引与注视》《被委以重任的方言》《写在学术边上》等多部。论文《格非小词典或桃源变形记》荣获第二届唐弢青年文学研究奖。

十、少数民族诗歌

【主持：罗庆春（阿库乌雾）、卡西、杨廷成】

娜仁琪琪格

一斗水，突然而至

突然来到我们行程中的是一斗水
抵达它　需要匆匆掠过红石峡
于是我们在高台之上做鸟状
鸟瞰红石峡的一湾绿水在山谷中游走
我们像鸟儿落在树枝　歇了歇脚
呼啦啦地就飞走

真要感谢萍子的一句话　改变的行程中
丰富了更多的风光　继续穿越巍峨的太行山
继续仰望雄奇的山峰　继续着继续就螺旋式地上升
穿过一个又一个人工开凿的长长的隧道
我们就穿行在　一个又一个庞大的山体中
接连地转动三百六十度的弯
在这里　你不能不感叹河南人　每个人都可能是
老愚公

在这里我不能不膜拜　我看到自然的佛龛
清晰地印在高山阔大的平整上
我看到了菩萨　再一转　又遇到了如来
看到佛龛
我要感谢大卫　不是他突然起身站在车门口
发表演说　我就不会向那边看
车奔跑得有多快　"嗖"一下子就成为经过
很多事物都会被忽略
白茫茫的　灰蒙蒙的　糊里糊涂的
有些时候　我们什么也看不见

攀了高峰又入了谷底　就到了"石头村"
这青石的老屋　青石的路面　青石板的桌椅
青石的墙缝里开出一丛丛　一朵朵
黄色的花　红色的花　它们是多么明鲜
而那些在初冬里褪去艳丽　明媚的花草
它们展示的是古旧　是消失
有些东西注定成为永恒　在消失中走入轮回

画铅笔画的琳子　找到了故乡还是丢了魂儿？
我都到了一斗水泉　我都走入了白径
穿峡谷　爬高山
一不小心　可能就过了河南到了山西的陵川
可是她还没跟上来
她和旅游达人梅子都掉进古村落的迷魂阵里去了么
举着手机　相机　啪啪地拍个不停
疯狂地取着各自的素材

跑得最快的是马新潮　每一次都是他走在最前面
是他急于看到前面的风光　还是为我们在带路
我在白径上迟疑　想到他是不是已过了古道
到了山西

而我和萍子不敢向前走了　太阳站在山峰的顶上
往下落
我们真是有些担心　老虎　野狼　大熊
突然从草丛中蹿出来　我们虽都热爱自然
却也心存敬畏
我们嘴上不说　心有潜滋的默契

现在我停下来敬拜　一斗水泉
敬拜一次一斗　又永不枯竭的神秘
敬拜一斗水养兵饮马　庇护了旷古与新生
敬拜　这一方的安宁与平静

我在神泉面前敬拜时　宋晓杰　刘海潮
和本次活动的策划召集人李阳　正被摄影师昆哥
拍摄进一堆又一堆金黄的玉米穗子里

就在这样一个初冬的下午　我们穿越了南太行
进入了桃花源　我们离开时
黑下来的天幕　把它包裹进
更深的寂静　更深的安宁

登司马坡拜谒太史公

硕大的太阳走向天穹之顶

天空瓦蓝　白云浅淡　缓缓流动
此时　没有风吹
凝神处的仰望　高山仰止　在云天之际
在司马坡　在朝神道　一步步攀登
为拜谒　为千年一遇

历史浩远　时间苍茫白驹过隙
请原谅一个弱小才疏的女子
隔着世代　穿越时空　动用"千年一遇"
我也是踏千里烟波而来　在陡峭的尘世

我曾在您的故事里　掩面涕泪　那混沌的
世界　您偏要泾渭分明　在帝王的威仪下
在奸诈的叵测里　傲然的风骨　从不畏惧死亡
"人固有一死，或重于泰山，或轻于鸿毛"

屈辱与悲愤　萧瑟的严冬寒凉刺骨
在腐刑的渊薮　默然前行
只为成就"史书"的夙愿　担当起天赐的使命
还历史以历史　还真相以真相
烛照千秋万代
苍茫的世世代代啊　以实录　以细节
洋洋洒洒的五十二万余言　收存浩荡的烟波与风云
记录史册的人　谁说您于掷笔处下落不明？
您在耸入云霄的巅峰——"通古今之变，穷无人之际"

在司马迁祠　我看到一株树　把自己置于
绝壁　而那倔强的傲然风姿
没有什么可动摇　可摧毁

静放如莲

雨骤起　红石岩陷在了雨幕里
碧水连天　倾盆奔泻　凭窗而望的我
心生怅然　千缕忧丝交织在雨中

从中午小憩中睁开眼　我看到
我的忧虑是多余的
天空洒落下来的已是微雨

大雨已为我们让开了路　　已把通往九莲山的
每一个石阶洗得洁净

透骨的清凉含着软玉　　一寸一寸浸入我的肌骨
我走在一个一个地抵达　　又一个一个经过的
九莲潭路上　　我是那临渊而歌的人啊
每一潭水都流经了我　　浸润了我
碧水如镜　　照见万物　　照见我心的
微澜　　也照见我心的平静
此时　　我就是行走在峡谷中的一株植物
每一次吸纳　　每一步行走　　都濯涤着凡尘的肉身

仰头望见　　青龙瀑布在崖壁上
泼洒水墨飞倾　　我与山体　　树木　　亭阁
石桥　　便是这浓墨淡韵里的晕染
至九莲台　　望谷底　　烟岚弥漫　　袅袅升腾
游龙舒卷　　仙风飘逸　　簇拥着黄红依翠
那些梦里的江南
涌上壁立雄壮绵延的山体

我看见
每一坐莲峰上都有佛　　每一个沟壑都住着神仙
俯下身去　　轻轻叩拜　　感恩惠泽
静放如莲

作者简介

娜仁琪琪格，蒙古族。生于内蒙古，长于辽宁朝阳，现居北京。中国作家协会会员。大型女性诗歌丛书《诗歌风赏》主编，大型青年诗歌丛书《诗歌风尚》主编。参加诗刊社第 22 届青春诗会。著有诗集《在时光的鳞片上》《嵌入时光的褶皱》。诗集《在时光的鳞片上》入选 21 世纪文学之星丛书。获得冰心儿童文学奖、辽宁文学奖、《现代青年》2015 年度最佳诗人奖等奖项。

刘晓平

合拢宴

合拢宴是侗家人的一种创意——
四方桌一路排开
长条凳一路对接
酒坛子抱出来
百鸡宴摆出来
客人来了　喝……
结婚嫁娶　喝……
迎生喜庆　喝……
节日寿诞　喝……

这才是快意人生
这才叫酣畅淋漓
这才叫生活艺术化
平平凡凡的日子
也一定要铺陈为天地的大喜……

秋　歌

阳光在秋风的指使下
急匆匆从田野上走了一遍　又
一遍　果实都收获了
麻雀在田野里
齐唱着秋歌
新播的种子　在
泥土的温暖中　唱
着秋歌的和声　又
开始了梦的旅程……
稻草人却还站立着
司守着他的职责
不知哪来的鸽群
带着呼啸的鸽哨
掠过秋收后的田野
村里的孩子
紧追不舍——

这是什么鸟
飞翔着　还带着
这么好听的旋律……

荷　塘

石堰坪村广场上
有一排绿树站立着
旁边有一片荷塘　夏天
荷花开成了人们的笑脸
树上翠鸟有着诱人的歌喉
云朵舞动着乡村的神韵
荷塘倒映着游人的倩影

今夜　乡亲们上演了精彩的戏曲
场上场下的笑容传递着欢欣
只有我置身于空山的孤寂
寻找一只鸟儿飞翔的方向
老想着荷塘那头鱼儿
与我讲述她的来路与去路……

稻　田

那些散乱不堪的稻田
越来越少的稻谷
需要另一些生命的手
紧紧地搂住
那些生长稻谷的土地越来越少
人们是很容易忘记伤痛的
昨天的灾荒和饥饿渐渐远去
只有再重复一次
才会记得　人
是离不开稻田的

作者简介

刘晓平，土家族。现任湖南省张家界市文联主席。系中国作家协会会员、湖南省作家协会理事、省文联委员、省散文学会副会长。

和克纯

灵魂依于月光

温情总是走在春风之前
浪漫总是伴随蝴蝶的舞步

一种久远的渴望
常常止步于途中

当孤独的灵魂依于月光
眼泪
总是藏于花朵的背后

远　方

远方　很远
远方　遥不可及
三十年前
从邮局寄出的信
至今
仍在路上

托起一颗诗心

一位楚楚动人的妙龄母亲
怀里抱着酣睡中的婴儿
悄悄走出房间
来到开满鲜花的庭前
月明星稀
夜色美好
一边温情地吻着小宝贝花蕾似的脸蛋
一边深情地沉吟着《丽江低语》的诗句
书香伴着花香
花香伴着乳香
乳香伴着花香
画在人中
人在画中

这般醉美的诗意
缘于托起一颗诗心

独对苍穹

独对苍穹
采一叶月华
撷一瓣星辉
酌一坛美酒

拂山岚
听泉音
感受尘世中的空灵
充实躯体里的骨血

膜拜
浩浩乎流水
顶礼
巍巍乎高山

作者简介

和克纯，纳西族，丽江石鼓人，高校教授，酷爱读书，擅长评论。素有淡泊乾坤大，宁静日月长之情怀。不论走到哪里，总有阳光相伴，花香相随。以发现美、创美作、歌颂美好的一切为己任。闲适中取乐，平淡中求进，不求物质之富贵，但求精神之富有。

马 英

我想和丘比特谈谈

我想和丘比特谈谈
你缝合了我的胸口
又为一个人打开
是什么意思
你用爱神之箭射中了我们
就跑了，不管我们的死活
你不够意思
当我在冰冷的月光下
思念她的时候
你干吗去了
我要和丘比特谈谈

一场幻觉

真没想到，是这样的开局
在这样一个场景狭路相逢
孤独的人群里，谁遇见了谁
陌生而又熟悉
苍茫的大漠，雾野横渡
奔腾的风席卷红尘无影
美丽的女人盛开在梦的黑夜
我如何拯救她心灵的苦难……

可是当风平浪静的时候
并没有人在我强壮的怀抱里
这一切只不过是幻觉
我对爱情的完美想象，到此为止
这样的结局，并不是我所期望的
这是一个该死的结局

风的怀念

不惑之年，山不惑，水不惑
思念如风，在心的旷野迷路

在这苍茫的北方，落叶纷飞的深秋
苦涩的诗人，续写着漂泊的记忆

冰河的尽头，我梦见了风的眼睛
而她在远方，比我的思念还远

不要去追问她是谁
她是风，她没有名字

静立于沙漠的黄昏，默默地凝望
我们是岁月的情人

烟　斗

　　——鲁迅文学院第五期高研班同桌师兄、诗人
高景森临别时赠我一只精美的烟斗。

这只烟斗还很年轻
它来自遥远的荷兰，寂寞地躺在
北京八里庄的某商城一角
被一个充满灵性的诗人相中，然后
就传递到了我的手里
它很新，很沉
结实得就像男人的骨头一样

这是一个亲切的烟斗
它具有思想和智慧
它寄托着思念和真诚
它还具有温度，握在手中
就像握住了一只激情的大手
它是烟具中的贵族
而且必须有上等的烟丝，没有杂质
才能够配得上它
用它来可以抽烟，感受烤烟的品质
用它还可以怀念朋友的品质

现在，这只烟斗，就和我在一起
人们都说，我拿着它
比想象中的还要潇洒些

但是我不能一边喝着酒一边吸烟斗
我怕我的泪水浇灭了它，把我远方的兄弟
从睡梦中惊醒

作者简介

马英，原名莫·策登巴拉，蒙古族，1969年生，阿拉善右旗人。中央民族大学毕业。内蒙古阿拉善盟文联主席，内蒙古文学翻译家协会副主席，中国作家协会会员。出版著作《诗的岁月》《额鲁特的雪》《岔路之鬼》《九十分钟的爱情》《不屈的诗心》《阿拉善长调民歌的生态理想》《烟雨童梦连环画》《冰冷的伏尔加河》等十部。翻译长篇小说《苍茫戈壁》《风雪扎萨克》，诗集《苍天的暗语》《八仙圣水》等近20部。荣获全国蒙古文学"朵日纳奖"、内蒙古自治区"五个一工程奖"，文学"索龙嘎奖"、艺术"萨日纳奖"，"苍天的驼羔"诗歌大赛第一名，全国第十一届少数民族文学创作"骏马奖"。

马文秀

故　事

你是一座山，没有山顶的山
攀不到的顶端，有诸多的传说

故事穿插了几个年代，将所有的缺憾
进行悬挂，拉长，延伸出众多的意象
如酒的苦涩，被我张望
而那些人正在用它，掩饰溢出身体外的苦楚

交谈间，拼凑出故事的序幕和结局
如深秋的万山红遍
高潮处再添加几笔色彩，跌宕起伏里
更显真实性

而我无法构思出她们故事中的对话
然后，写封长信给你
字迹是当时情绪浓缩物，生成的花朵状
踩着我柔弱身躯路过，从未想过寄达

巷子口，我们转身各自走
所有的心事交汇在上空
升腾，气流外，埋在心窝深处的心事
借着火红的太阳，一点点地伸展
我又一次涌动了对土地的憧憬，对生存的渴望

幻想所有美好后
闭上眼，将手举过头顶
将宁静的事物从喧嚣中抽离

忧郁，顺流而下

风暴后，一片花朵摇曳
闪电落入池中，旋转乾坤
夺目的黑夜，抵不过眸光
将似水的时光引入沙漠的甘苦中

俯首，在静止的地方
望不到岸边垂柳在风中的方向
离去，有些模糊、抽象
睁开眼，清凉处流水潺潺
亿万年的孤独，此时已不再存在
南边路口旁，我将日子数成星星的模样
你的祈祷穿透蓝天
将离去变得波澜不惊
存在过的那些瞬间也随之毫无音讯
后来所有的故事就像雾气的蒸腾
从心口一直往上走，陈旧且重复
气息让一朵花羞涩
像一道从我伤口处照进的光

谎言里，幸福成花

伏笔，凸显一场绝症
和平化地分开，连亏欠都可以被诗化
隔着屏幕，情节的编造比小说更虚拟
谎言就如裂开的石榴，在收获的季节
过于突兀
"身在天堂，心在地狱"
修饰困境，你模仿着死期将至的痛苦
嗓音、眼睛、双腿……你残废主要的器官
且都在你的文字下苟延残喘
戏剧化地掩饰，太过于精心
谎言里，你幸福成花
我望向，残荷里双栖的鸳鸯
终于，狠下心
删除你设置情节的文字，抛却，攒满的情义
裹紧风衣，走向风口
看到裂歪嘴的浮沉，蜂拥而至
不，尘埃终要落于地面
悬浮，不过是假象前的喧闹
分开的结局，你不该诬陷给命运

边缘的光芒，无比妖娆

万物野蛮生长，辨不出的物种
肆意，宣告破土而出的喜悦
绕过泥泞，长途跋涉在这个季节
靠着车窗，我看到四米以外的太阳
慵懒，充斥着神经末梢，安眠或许是最好的慰藉
如果非得以符号化来定格一段感情
那么，我想我们彼此该成为句号
你一头，我一头
相识而笑，掀起我的红头巾，温婉如画
你说的白头，在我的眉眼里无比妖娆
翻山越岭以石头的飘荡鉴定一段爱情
漫长或者曲折
旅途中我无可想象一场风暴的来临
爱或者不爱，爱过谁，已是不可碰触的荆棘

作者简介

马文秀，回族，90后。青海省作家协会会员，鲁迅文学院第二十八期少数民族文学创作班学员。作品散见于《民族文学》《青年作家》《诗潮》《诗林》《诗歌月刊》《诗江南》《绿风》《星星》《回族文学》《青海湖》《北方作家》《山东文学》等刊物，作品入选《中国回族文学作品大系诗歌卷》《青年诗歌年鉴》（2015年、2016年卷）等选本。著有诗集《雪域回声》，长篇小说《暮歌成殇》。

深 雪

缩 回

我坚硬并始终想保留自己
生活中袒露在外的部分
很多时候，我已很难缩回
惯于失眠的人
眼底的明亮恐怕要入不敷出

我试图解释自己，用力后却觉得毫无意义
一开始没有摊开说清的
如今多说也无益

我还是继续
对生活突生热爱之时
又对世事冷冷地一瞥

生活是什么

无数个夜晚重复
加重的沉默在我的体内凶猛
一个一个的梦抵达我而后妄图带走
一部分的我，这使我
眼中的黑白愈发分明
常常是
感受力比语言激烈
视觉比语言犀利
直觉比多年所学更具天赋
而一味袒露只会过早让我面临庞大的孤独
越想揭示生活生活就越伪装得无辜
生活是什么，无非是心爱的玫瑰花刺不小心钻入了你的手掌
而你正往外拔的过程

以己为灯

收获，并不全是喜悦
有些熟了的东西会是伤口

只要出点力气，成长的事物也能让它自行消亡
哭诉无声或有声。我必以己为灯

夜路不短，行人不多
嘶叫的马和车一匹、一架
某些气息来临，带走安定
恐惧是自然的东西
不同于睡眠，任由被盗

看得见理想实现的现状
看得见磐石与春雨如何折磨
看得见你在暮色孤绝之枯容

给你刺目，无法妥协
恕我的光不为你照亮

黑眼圈

也许只要闭上双眼
黑夜便悄然送你进入睡眠
你的疲倦一层又一层
那么浓
不要总在午夜泡喝咖啡
久喝成瘾
之后会少了许多的梦
有些本该在梦里去相见的人
遗失在你的清醒中
圈在了黑夜之外

作者简介

深雪，原名马慧，回族，1994年生于青海。系青海省作家协会会员，民刊《大诗刊》副主编。有作品发表于《诗歌月刊》《诗江南》《青海湖》《青海日报》等，有作品入选于《青年诗歌年鉴》《金马车诗歌》《华语诗歌双年展》等。著有长篇小说《掌灯人》。

马 越

鱼和人

鱼把人关在房子里
四面大墙密不透风
偶尔鱼会拿根直钩钓人
把"愿者"放出去
换下一个人来养
可里面的食客
总会把直钩下的诱饵
吃得干干净净
养肥自己
继续护卫
钢筋混凝土的家

牦 牛

爷爷的黑色牦牛
圆圆的眼皮小心地捧着黑色眸子
每前进一步
眼睛便下意识地紧张一下
它在未融化的河边
饮下积雪的寒
吞下青草的香
长直流苏的披肩
成了阔太牦牛
在雪山脚下炫耀的法宝
"爷爷，你什么时候带我去看牦牛"
"等你不听话的时候，叫它吃了你"
可我不听话了无数回
还是没有看到
爷爷的黑色牦牛
连同这些想象和对话
梦一样
和着积雪
被牦牛饮下

忆

历史翻了个身

大唐盛世的牡丹
被宋朝一阵急促的雨
卷入潮湿的泥土

来年
长成一支儒雅
又绾着青丝的
木钗

风吹过
长安的味道
顺势牵动了回忆

在大明宫有感

我们从来都不懂
兴衰更替是种怎样的
撕心裂肺的疼痛
对于游客
如画的帝业
到宫阙万千都作土的遗憾
只有电瓶车上的五十分钟

然而历史切切实实地
走过千年
它忘记盛极一时的荣耀
吞下安史之乱和宫变的动荡
安静成一片硕大的废墟

风吹过
树叶抖动作响
历史的残骸在心中
掀起千万波澜

作者简介

马越，女，1995 年出生于青海。毕业于陕西师范大学。青海省作家协会会员，有散文、诗歌散见于国内刊物。

晶 达

花 事

是的
又冷了下来
那就按我们约定的那样
穿上一件花袄吧
花不用多
几朵就够了
反正夏天就要到来
所有的花都将开放

不要玫瑰
也不要百合
它们无根也肯绽放
就要昙花吧
一首歌还没唱完
他就来了又走了

我预言天又会变冷
我准备了一件花袄
我预言你要离开
却只能目送

红 龙

红
是鲜血的红
是生长了前年的果
殷殷地
要滴出泪

不是等候
而是煎熬
没有肢体的灵魂
曾是自由的
却是无依的

你踩着云和雨
潜入我的梦里
在梦的洪流里重生

我们在神的庇佑下告别
你走了
我却从此成了一个可以解梦的人

十一月的雪

十一月的雪
一朵朵飘在远方——
一个叫作故乡的远方

不可避免地被重力引着
从天空落下
像离家的逐梦的浪子

落在地上
是一张无染的画纸
落在松树
是一件洁白的斗篷
落在手心
是一个孩童整个秋天的愿望

开始有脚印、有车辙
有温暖的目光

雪融化的时候
是梦破碎了
还是实现了

冬天的女儿

生于寒冷
困于雪中

埋葬一切的白色
让世界变得没有悬念

吱吱地踩响
静静地滑
像时钟在跳
时间在走

奔跑或者飞翔
都不能代表自由

渴望一团火焰
渴望彩虹

等草发芽
等树开花

哪怕自己
将在春天死去

作者简介

晶达，达斡尔族，90后女诗人，祖籍内蒙古呼伦贝尔，现在北京学习与生活。在国内诗刊发表过若干诗作，作品入选《青年诗歌年鉴》等选本。

雷　子

怀中抱月·川贝

寒夜听见一声咳嗽
雪山上的一株草微微颤动
持续地咳　惊心动魄
令冬眠的山魈于混沌间迷茫奔走

清风从远山飘来　浊气围追堵截
跌跌撞撞的呼吸是狰狞的梦
用手将心口紧紧捂住
深怕柔弱的肺会在猛咳中呼啸而出

正如世间所有人都有自己的克星与对手
隐匿于万仞悬崖的贝母是人间的一味良药
川贝母属百合科　花朵有黄、紫两种
味苦、甘，性寒微。入肺、心经

生于"龙脊"的贝，长在"川源"的母
浓蜜贝母　槽鳞贝母　瓦布贝母已入药典
还有七种未被命名的　它们还在山野漂泊

一年贝母叶似针，茎似蚁蛋眼难觅
再年叶如"乳鸡舌"，茎如麻粒满天星
三年叶成"一匹草"，珍珠沃土捧珍宝
四年两叶"剪刀夹"，贝与母成怀抱月
五年苗似"树幺儿"，贝心母体褒连生
六年树儿"灯笼花"，贝母茎抱似莲花
七年八年修成"精"，蓬座树葶锤号"八卦"
贝籽落土再繁衍　代代药农敬山神
生命周期千数轮回、方知贝母异常尊贵

天生丽质的川贝　宛若珍珠
它虽不能被荣耀地佩戴
却可将被雾霾侵蚀的肺洗濯
内服：止气喘、咯血、失音、肺痿、气虚弱
外用加复方：生肌、杀菌、化脓
药到病除，肺气肃降　吐故纳新　经络畅通

肺痨病在古代被视为恶疾　犹如豺狼虎豹
民间有种秘方已失传　这令乌鸦家族欢呼
否则它们将与贝母在荒芜的肺上筑巢
肺主五行金　替代它们的是雪梨、枇杷、胡萝卜

"怀中抱月"是溺爱众生的佛
人间的肺被城市的欲望罐装太多的尘与火
爱。有些微苦　慈悲，激流隐伏
花开端午，黄橙粉紫的贝母花在空山翩翩起舞

[注]"怀中抱月"是川贝母中的一种。

战争残酷

皎皎月光占据莽莽大地
贝多芬的《英雄交响曲》倏然迸发
疆土之上　硝烟之下　钢质的旋律雄浑激越
从冷兵器之戕到热兵器之斯
十万场战争有十万个铿锵的理由
自卫或者还击

惨烈的战争是巨大的坟墓
欲望吐出饕餮的胃将资源的目标搜索
子弹被冠以各种圣名在人间走火
其实每个人都可能是一粒愤怒的子弹
从未有机会将委屈与伤害付诸行动
多数人一生哑然，因为枪膛和扳机在高处

闭目聆听音符悲壮的陈述
仿佛呼啸的弹片正穿越身体
战栗的血液从燃烧到冰凉
直至倒下的夕阳与嘶鸣的战马融为一体

挥戈而战的将士啊
一次激战就浓缩了你们短暂的一生
浴血奋战的将士啊
你们就这样巍峨成一座座屹立于天地的纪念碑

红月高悬　史书里的残血流淌成凄厉的涛声
战争　一根闪电般敏感紧绷的神经
国防　一个民族用忠贞驻守的高地

日月经天　江河行地
国旗辉煌　人民如新

悲怆的交响乐逆流于时空之上
我听见历史的声声惊咳
透过战争的头颅，青山隐于骨骼
跨过灼烫的焦土，食尸兽从火焰里逃离
战鼓嘶哑　号角无声

古今中外，多少母亲夜夜恸哭
那是战争与强权摘掉她们的"宝贝和心肝"
谁以和平的名义而战
谁以自由的名义而战
都是母亲的儿子啊
却被万千个理由屠杀与毁灭

血流成河　虔诚祈祷
无情杀戮　尸横遍野
苍生如蝼蚁　哀号遍地
尘埃将绝望隐埋于繁华都市或茫茫荒野

战士的鲜血弥合了一次次断裂的边界
战士的残肢筑起一道道威严的海防线
胜利的狙击者被鲜花和掌声追捧
失败的狙击者得到永世的伤感和卑微

一首雄浑的交响曲如霹雳将我电击
空旷的凯旋门隐约有战士远去的跫音
目睹战争残酷，直到疯狂跳跃的音符休止
我……我的文字失去力气
只有不肯结痂的伤口挣扎荼蘼

每天地球上有万千婴儿降生
无关国界与肤色　无关姓氏与族群
希望他们祥和的名字如种子
在人间被声声呼唤与传播
世界"和平"　世界"止戈"

作者简介

　　雷子，女，羌族。诗作发表于《星星》等国内诗歌刊物。出版诗集《逆时光》。

十一、诗歌访谈

【主持：花语、南鸥、向卫国】

新时期诗歌的揭幕人

南鸥 VS 谢冕

南　鸥

谢冕老师您好！对您老的访谈期待已久，今天终于如愿。其实，早在1995年的"红枫湖诗会"我就目睹您老的风采，而在"2007海宁中国新诗九十年学术论坛暨纪念诗人徐志摩诞辰110周年穆旦逝世30周年高端论坛"上我再次倾听您老对新世纪以来汉语诗歌的精妙论述后，我就期待着。

谢　冕

你好南鸥！"红枫湖诗会"很多年了，当时应《山花》主编何锐先生的邀请参加，现在回忆起来，如果当时能够按照会议设定的一些议题充分地展开讨论，会议应该会开出一些成效。

诗歌是民族的心灵，是时代的脉搏，每一个时代都需要一些敢于担当、有着诗歌理想的诗人默默地做一些梳理工作，看到你们年轻的一代依然对诗歌保持着令人赞赏的虔诚与敬畏我甚感欣慰。新诗已近百年，更需要从众多的角度对其进行有效的梳理。《世纪访谈》选题很好，希望能够按照你确定的"从史实、文本、学术"出发的理念一直好好地做下去。

南　鸥

自朦胧诗以来这30多年的时间里，您老是汉语诗歌批评最具影响力的诗歌批评家之一，特别是您老对"朦胧诗"的发掘与鼎力支持，揭开了新时期诗歌发展的大幕，对汉语新诗的发展方向具有直接的历史性的建构性意义。尽管是对"百年新诗"的访谈，我想为了话题的深入和展开，我们今天的访谈就界定在"朦胧诗"以来直至今日的汉语诗歌吧。

谢　冕

好的，我们就着重谈谈"朦胧诗"以来的汉语诗歌。"朦胧诗"兴起于20世纪70年代末80年代初，这就决定了其自身是新诗百年以来最为特殊的一个诗歌现象，也是最具影响力的一个诗歌潮流。作为一位诗歌评论工作者，在那个历史的节点上发表了对"朦胧诗"一些基本认知是我的工作和职责，至于你所说"揭开了新时期诗歌发展的大幕，对汉语新诗的发展方向具有直接的历史性的建构性意义"，我想还是由时间来告我们吧。

南　鸥

"朦胧诗"已是中国新诗的一座不朽的丰碑，路人尽知。但在20世纪70年代末与80年代初之交它却备受质疑，饱受责难，在当时的历史语境之下，要对其作出哪怕仅仅是诗学上的判断，不仅需要诗学素养，更需要巨大的理论勇气和学术品格，请您老谈谈当时的诗学语境和您老承受的压力？

谢　冕

由于"文化大革命"时期对人们思想的禁锢，也由于中国新诗的发展始终与意识形态保持着甚为密切的关系，而这种关系在新中国成立后，特别是"文化大革命"十年表现得更为突出。而"朦胧诗"注重创作主体内心情感的抒发，众多诗歌权威人士惊呼"让人懂""古怪"，甚至称为诗歌的逆流。在这样的话语背景之下"朦胧诗"备受质疑与责难就在所难免。当时我仗着自己年轻，有点胆大妄为，从学术出发，明确地表达了自己的诗学立场，支持"朦胧诗"。那时候有不少人批评我，包括艾青和臧克家先生等元老级人物。我当时还是个无名小辈呀，确实承受了很大的精神压力。

南　鸥

当时朦胧诗人的文本仅仅在北岛主编的《今天》及其他一些地下油印刊物上出现，请您老谈谈最初是在什么样的情形接触到"朦胧诗"的？对当时的主流诗歌而言，"朦胧诗"为您提供了哪些新的诗学认知？

谢　冕

记得我是在北岛主编的《今天》地下刊物上最初读到食指、北岛、顾城、江河、舒婷、多多、芒克、梁小斌、杨炼等朦胧诗人的作品，而对于当时的主流诗歌而言，无论在思想上还是在艺术手法上，都引起我全新的思考，让我获得一种全新的阅读快感。在思想上，它们对人的主体精神的追求令人激动和赞赏；在艺术手法上，他们大胆地借鉴西方现代艺术思潮，强调用富有声音、色彩、质感的意象，给人以潜在的暗示与朦胧的美学享受。

南　鸥

就目前诗歌界的普遍认知，您老于1980年5月7日发表在《光明日报》上的

《在新的崛起面前》以及随后孙绍振的《新的美学原则在崛起》、徐敬亚的《崛起的诗群》三篇文论，标志着"朦胧诗"被主流媒体接受和认可，请您老谈谈这三篇文论好吗？您老认为的"崛起"体现在哪几个方面？

谢　冕

记得在《光明日报》上发表《在新的崛起面前》之前，我们在广西开了一个全国性的"南宁诗会"，实际上这篇文章是在"南宁诗会"上应《光明日报》之约而写的。随后孙绍振的《新的美学原则在崛起》、徐敬亚的《崛起的诗群》也相继发表，后来被诗歌界称为"三个崛起论"。从当时的整个诗歌现场来看，似乎只有一种为意识形态服务的诗歌，我认为这是不正常的状态。诗歌应该是多元的，应该是丰富的，应该是充分表达自己内心的文本。而朦胧诗的出现，正好与我的思考与我的心灵产生了共鸣，我好像在黑暗中看到了一种新的诗歌曙色。这篇文章主要想表达对朦胧诗的支持，现在看来，当时只是说了一些必须说的话而已，只是表达了我的诗学主张而已。我想谁也没想到后来会产生这样的影响，"新的崛起"会成为一种新的概括和新的命名。所谓"新的崛起"，就是呼唤诗歌的自由写作，恢复诗歌的多元状态，打破"文革"背景之下诗歌坚硬的、固化的"统一体"的模式。

南　鸥

我在 2006 年应安琪之约写的《中间代——独具理性禀赋的精神群雕》谈道：我始终认为世界上没有一个民族的心灵，像我们民族一样被意识形态如此强烈地渗透与浸染，所以我们一个时代诗歌脉络的演变，更多体现在意识形态的轨迹之上，绝非是纯粹意义上的诗学自身规律的演化。请问您老，从新诗自身的发展历程和中国思想文化的演变脉络来看，"朦胧诗"具有什么样的诗学的意义？或者说为我们提供了怎样的诗学传统？在"精神解放"这个向度上又有哪些思想上的贡献？

谢　冕

赞同你的观点，而正是在这样的历史语境之下，朦胧诗才形成了非常可贵的传统。朦胧诗这个可贵的传统是什么呢？就是让生命回到生命，恢复个体生命的主体精神；就是让诗歌回到诗歌。但是令人意想不到的是，人们却过早轻率地否定了新诗潮的经验。几乎就在新诗潮刚刚站稳脚跟的时候，迫不及待的后来者就扬起了"反价值""反崇高""反意象"的旗帜。"朦胧诗"可贵的传统我们来不及消化，来不及发扬就被弱化了，就被忽视了。这里存在着认识的误区，他们不明白，艺术的发展，不是一种简单的"取代"，它的常态应该是彼此共存。

南 鸥

现在诗歌界已经达成共识，"第三代诗歌运动"是徐敬亚策动的，以"旗号"和"山头"为特征，以反价值、反崇高、反英雄为诗学旨趣，以安徽的《诗歌报》和《深圳青年》共同发起的"86诗歌大展"为阵地的一次大规模的诗歌运动。现在请您老谈谈"第三代诗歌运动"当时的人文背景，为什么会突然席卷全国？它有什么样的诗学意义？

谢 冕

1980年12月，我在《诗刊》又发表了一篇题为《失去平静之后》的文论，随后还有一些诗歌评论家也相继发表了一系列支持"朦胧诗"的文章。记得当时公刘也将北岛、顾城、舒婷、江河、梁小斌、杨炼等诗人的创作作为一个思潮性现象来论说，可以说"朦胧诗"得到了认可，并赢得广泛的赞誉。与此同时，思想界、文化界日渐活跃，我国迎来了新时期的一个相对开明宽松的人文环境，"第三代诗歌运动"正是在这样的背景之下蓄势而发的。

关于"第三代诗歌运动"的诗学意义，我想它既有积极的诗学意义，又有其相当的破坏性。它的积极意义是让诗歌从宏大的题旨回到诗人个体生命的感悟上来，回到世俗生活的场景和细节，回到诗歌语言上来。而它的负面影响也是不可否认的：一是它所倡导的反价值、反崇高、反英雄显然是对价值体系的一个致命的伤害；二是口号很多，旗帜很多，昼夜之间就冒出那么多的"山头"和"旗号"，一张小报上就有十几个流派的作品，都想树起一面旗帜。从严肃的诗学意义上来说这是很不正常的，这种离开诗歌文本拔地而起的造山运动是本末倒置的，对诗歌同样是一种伤害。

南 鸥

从现在来看，人们的共识是朦胧诗的思想贡献是解放，而我认为"第三代诗歌运动"的贡献同样是解放，它的解放是集中在诗歌与意识形态过于亲密的关系之上，换句话说，它反对的是意识形态对诗歌的笼罩与吞噬，那么我们是否可以把"第三代诗歌运动"同样看成是又一次思想解放运动呢？

谢 冕

可以这样理解："朦胧诗"解放的是人的主体精神，而"第三代诗歌运动"企图解放的是诗歌与意识形态过于亲密的关系。如果从思想解放这个角度来认识"朦胧诗"和"第三代诗歌运动"，我想"第三代诗歌运动"应该是以"朦胧诗"为突破口的思想解放运动的延续。

南 鸥

新诗进入 90 年代后就进入了一个沉寂的时代。当然，这种沉寂也是一种特征，我在 2006 年写的《倾斜的屋宇——后现代与当代诗歌》把这种特征具体表述为"逃逸性"写作，并指出这种"逃逸性"写作是对尖锐的人文环境的漠视与对良知的背叛。请问您老是否同意我对 90 年代诗歌的描述？如果不同意，请问您老如何概括其诗学特征？

谢 冕

是的，沉寂也是一个过程，同时也具有自己的特征。诗歌进入 20 世纪 90 年代后，确实进入一个沉寂的时期。当然，从诗歌自身发展规律来看，新诗经过 80 年代中期的"第三代诗歌运动"的狂飙激进之后进入一个相对自省的时期也是很正常的。

南 鸥

新世纪以来，迅猛发展的网络为人们话语权的释放提供了前所未有的机制与平台，诗歌也进入了网络全景时代。一部分诗歌批评家认为当下诗歌是新诗百年以来最繁荣的黄金时期，一部分则认为是貌似繁荣，是一种假象。千人一腔，万人一调，高度同质化倾向日益严峻，而黄金时期更是无从谈起。请问您老如何评价新世纪以来的汉语诗歌？诗歌高度同质化问题如何得到解决？

谢 冕

新世纪以来，一部分有着天然潜质的诗人脱颖而出，与此同时泥沙俱下，混淆了诗歌的真伪是一个不争的事实，我想说这个时期是百年新诗以来最为丰富、多元、充满活力、为诗歌的发展提供无限可能的一个时期是可以的。当下的诗歌现场，缺失应有的担当，没有涌现灿若星河的优秀诗人，没有出现杰出的诗歌文本，说这个时期是百年新诗的黄金时期是不够严谨的。我读了很多的诗，如果讲千篇一律，一点都不过火。对此我不理解。没有创造性，没有独创性，这个很要命。就文学艺术自身的发展规律来说，高度同质化是其繁荣的发轫期的一个共同特征，而对于我们今天面对的网络时代来说，复制这种最基本的手段又令这种同质化到了无以复加的程度。这个问题的解决只能依赖于诗歌自身的发展，依赖于有着诗歌理想的诗人对诗性的警醒与自觉。

南 鸥

"多元"无疑是我们时代总体的特征和历史的趋势，但我认为"多元"本身就包含着一种精神虚无的逻辑结果，在倡导事物之间的差异的同时，也否定了事物之间的差异。近十年来，我反复谈到"多元"不能掩盖事物之间的差异，我们要严格区别价值多元与精神虚无的界限，而当下的诗歌现场呈现出的一种貌似繁荣而混乱的局面，我认为人们对"多元"的认知存在着误区。请问您老，如何看待诗歌创作与诗歌批评中"多元"问题？

谢 冕

我在 20 世纪 80 年代末期的一篇文章中就说过："这是一个否定偶像因而也失去偶像的文学时代，这是一个怀疑权威因而也无视权威的文学时代，这又是一个不承认既有秩序，因此失去秩序的文学时代……"当时我为什么会这样说呢？其实"多元"是一个哲学范畴，是后现代的一个最基本的特征，否定一切是其根本的出发点，而正是由于"否定"这个出发点，"多元"这个特征也才得以呈现出来。但是，这个多元的特征只是一种存在的秩序和态势，不能无限放大，不能走向极端。也就是说"多元"是一种有序的"多元"，而不是一种无序和混乱。我们无论是在诗歌创作中，还是在诗歌批评中，既要倡导"多元"，又不能否定各个"元"之间的差异，而应该遵循这种具有差异性的"多元"的原则。

南 鸥

诗歌的高贵性一直是诗歌界众说纷纭的话题，人们总是会用"诗歌是文学皇冠上的明珠"等来言说诗歌的高贵性。您老也在研讨会上谈到"诗歌是高贵的，诗歌是极少数人的事业，只有极少数人能够创作和欣赏诗歌"。但我认为这些都不是诗歌高贵性的本质，我认为诗歌的高贵性应该是指诗歌的纯粹性，是指它的独立意志与精神品格，是指它触摸大地，普度众生的情怀。诗歌因为独立的品格而高贵，因为触摸大地而高贵，又因为高贵而更纯粹。请问您老，是否同意我对诗歌高贵性的认知？

谢 冕

我说过，诗是一种很高贵的东西，不适合"很多人"来写，诗是文学当中的皇冠，是高高在上的，要有一定素养的人才能来写，不是全民都能写诗的。诗歌可以是日常生活的一部分。但写诗不是。不可能人人都写诗。诗是很贵族的，不是平民的，不是谁都能写的。诗歌就是高贵的。但我只是强调诗歌高贵性的一个方面，而你所述则是概括了诗歌高贵性的本质内涵。

南 鸥

诗歌精神是我们无法回避的话题。在我看来独立、自由、担当是诗歌精神的内核，它具体体现在发现、指认、批判、赞美、命名、引领等精神向度之上。我知道您老在诸多文论中也反复谈到诗歌精神，请问您老如何理解一个时代的诗歌精神？

谢　冕

是的，独立、自由与担当是诗歌精神的内核。我说过，所有的诗人都是当代诗人，所有的诗歌都是当代诗歌。李白就是唐代的当代诗人，诗人是离不开时代的。离开了当代我们去写作，离开了我们现实中的焦虑、欢乐和痛苦去写诗，写给一百年以后的人来看，这怎么可能呢？这是谎言嘛。我希望诗人们不仅仅抒发个人情感，更应该关心身外的世界。

诗人抒发个人情感没错。但是杰出的诗人都是站在时代前沿的，他们用自己的诗歌来反映时代，让人们通过诗歌看到时代精神。我们现在诗歌的病症是什么呢？就是缺乏社会的担当，这是当代诗人的痼疾。许多诗人的创作完全封闭在自我之中，沉溺于私语状态，自我欣赏，甚至自我抚摸。他在那嘀嘀咕咕的，自言自语，既不能感动自己，也不能感动别人。而大家都学着，都跟着来，认为这是时尚，这非常致命的。

南　鸥

我在诸多文论中谈到由于社会的转型，短短的三十年时间，我们的心灵经历了上百年甚至是几个世纪的精神的演绎，时代的深刻巨变，为我们的创作提供了不可复制的、辽阔而深刻的原生资源，请问您老，诗人们面对深刻巨变的时代，为什么没有产生伟大的作品？

谢　冕

我前面已经谈到，杰出的诗人都是站在时代前沿的，尽管深刻巨变的时代为我们的创作提供了不可复制的辽阔的原生资源，但我们的诗人不敢担当，不敢站在时代最前列，缺乏应有的精神气质和诗性品格，缺乏胸怀与勇气，自然无法产生伟大的作品。从另一方面来看，诗人的认知确实也需要时间的沉淀。当然或许存在了伟大的作品，是我们没有看见。

南　鸥

我在 2006 年写的《当下诗歌的三大"绝症"》的文论中谈到价值的自我放弃，心灵的自我赦免，命运的自我放逐；谈到独立与责任这个诗学最高品格的严重缺失；谈到创造力与想象力的空前匮乏，审美极度贫血是当下汉语诗歌的三大"绝症"。当然这只是我个人的认知，请问您老认为当下汉语诗歌最为根本的"病症"是什么？

谢　冕

我们当代诗歌缺失的除了担当，还是担当；除了思想，还是思想；除了想象力，还是想象力。

我一直在想，一些诗人为什么全然不知道，当我们的身边充斥着物欲的诱惑，当精神、思想的价值受到普遍的质疑时，诗歌就是一种拯救。也就是说即使所有的人都不再坚守，诗人也要坚守到最后，原因很简单，因为他是诗人，他的工作是人的灵魂。

　　我还多次谈到，一些人不珍惜自"朦胧诗"以来的那来之不易的成果，他们正在肆意地挥霍前人用泪水，甚至是用血水换来的有限的创作自由。他们奢侈地极端地滥用这些昂贵的自由，他们不遗余力地使诗歌鄙俗化，以轻蔑的态度嘲弄崇高；他们让诗歌远离思想，追求浅薄和时尚；他们放弃了想象力与创造力，甚至破坏诗歌与生俱来的审美性；他们抽空思想，殚精竭虑地玩弄所谓的技巧，使诗歌变成空洞的彩色气球。

谢冕简介

　　谢冕，1932 年 1 月 6 日生于福建省福州市。1955 年考入北京大学中国语言文学系，1960 年毕业留校任教至今。现为北京大学教授、博士研究生导师、北京大学中国语言文学研究所所长。系中国作协全委。著有学术专著《湖岸诗评》《共和国的星光》《文学的绿色革命》《新世纪的太阳》《1898：百年忧患》《论二十世纪中国文学》《大转型——后新时期文化研究》（合著）等十余种，以及散文随笔集《世纪留言》《永远的校园》《流向远方的水》《心中风景》等。主编《二十世纪中国文学》（10 卷）、《百年中国文学经典》（8 卷）、《百年中国文学总系》（17 卷）等。专著《论二十世纪中国文学》获中国当代文学研究会优秀成果奖。

南鸥简介

　　南鸥，原名王军。1964 年出生，汉族，现居贵阳。20 世纪 80 年代中期开始诗歌写作。贵州文学院签约作家。出版诗集《火浴》、《春天的裂缝》和长篇报告文学《阻击黑暗》(合著)。著有自传体长篇小说《服从心灵》、诗学文论集《倾斜的屋宇》和随笔《坐在伤口的旁边渴望桃花》。主编《中国当代汉诗年鉴》(2006—2009) 四卷。部分作品被译成英文介绍到欧美，入选《21 世纪中国文学大系》《中国诗典（1978—2008)》和《百年中国长诗经典》等重要选本。着力当下诗歌批评，力图构建当代诗歌批评的"元素批评"谱系。获贵州第二届"乌江文学奖"和贵州"十大影响力诗人奖"，及"中国当代诗歌奖"等。

西川：诗人的工作状态

花语 VS 西川

花　语

西川老师，您好！很荣幸您在百忙之中抽出时间，接受中国诗歌网的访谈！您生于 1963 年，属兔，这些年您在中央美院人文学院任教，业余时间写诗，著书，频频得奖，您算不算兔子里跑得最快，也最幸运的那只？

西　川

不，我其实跑得不算快。很多事是不得不干，是别人要求我干的。我自己要干的事总是被诸多杂事一再往后拖。顺便说一句，我已离开中央美术学院，现在是北京师范大学的教师。你提到我生于 1963 年，这可能意味着你打算问一些有关我个人成长方面的问题。咱们能谈点儿别的吗？文学问题、文化问题、思想问题、历史问题、政治问题？我接受过很多采访，凡是不了解我的记者都会询问我的成长史，但我自己对此并没有什么兴趣。

花　语

抱歉，可是咱们还是从您的一些经历开始吧。这样自然些。您生于江苏徐州，能否谈谈您的故乡和少年成长经历？

西　川

真要谈成长史啊！好吧。我父母都是山东人。我只是生在徐州。四岁半就到了北京。我在北京长大，一开始是在部队大院里，初二的时候家搬到了北京东城区米市大街那边一条胡同里。但这样说我的少年时代依然等于没说，因为我从小学四年级就通过考试进入了当时的北京外国语学院附属外国语学校（这所学校今已不存）。我平时住校，只在星期六才回家，星期天晚上又得返校（关于我的中学时代我写过一篇散文名为《天上的学校》，收在我的《我和我：西川集》中）。这种情况一直持续到大学毕业。我对徐州没什么印象。在我最早的记忆中，徐州到处是煤尘。我对徐州的了解很多是来自书本。我父母有时会跟我提到徐州。我知道苏轼在徐州写过这样的诗:"醉中走上黄茅冈,满冈乱石如群羊。冈头醉倒石作床,仰看白云天茫茫。歌声落谷秋风长,路人举首东南望,拍手大笑使君狂。"——这是我爸教给我的。不过尽管我不很了解徐州,我还是为我生在这座历史名城而感到骄傲。我希望能有机会再回徐州看看。徐州那边也有人联系过我,要邀我过去,但由于各种原因而没能成行。我上一次到徐州已经是 1981 年的事了。

花 语

您曾在《中国青年报》发表文章《太像诗人的诗人不是好诗人》,那么,是否意味着:不像诗人的诗人才是好诗人? 什么样的人,在您眼中,才算好诗人?

西 川

哦,那不是一篇文章,而是《中国青年报》的编辑从我一篇更长的文章中截出来的片段,取了这个题目,发表出来。当然观点是我的。关于"诗人""诗人的我""浪漫主义诗人的中国变种",我在《诗人观念与诗歌观念的历史性落差》那篇文章中已经有很多讨论了。那篇文章收在我的《大河拐大弯》这本书中,网上也能搜到。我想,诗人肯定必须有才华——什么事情要干好都需要才华。我最近在读傅斯年。傅斯年在历史研究方面的才华洋溢在他的学术文字中。另一方面,诗人还必须能够保持工作状态。我一眼就能看出一个诗人是不是处于工作状态。当然我自己并不总是处在工作状态,但我知道处在工作状态的诗人是什么样,他的谈吐、他的神态都会告诉我他是不是在工作。像诗人的诗人只是生活方式意义上的诗人。我对"好诗人"没有标准。但是重要诗人必须对语言、存在、文化、历史和社会生活具备高强的感受力和思辨力,并且能够找到恰当的、富于表现力、感染力和形式感的语言表达出来。

花 语

您曾在美国艾奥瓦大学做访问学者,艾奥瓦大学的教学里有诗歌课吗? 您觉得美国的教育与中国的教育区别在哪儿?

西 川

2012 年胡少卿曾就中国当代文学的海外传播和艾奥瓦大学的国际写作项目对我进行过一次专访。他的专访曾部分发表在《西湖》(2013 年第 2 期)和《诗刊》(2014年第 3 期上半月号)两本杂志上。我不知道再多说什么。我是 2002 年去的艾奥瓦大学,参加那里的国际写作项目(IWP)。那一年有 30 多位各国作家参加了该项目。我们并不上课,但经常有各种讨论会,但给我留下较深印象的是一些有关政治问题的讨论,例如关于东欧和阿拉伯的讲座和讨论。我们还与写作系的学生合作做翻译。在国际文化交流中,大家可能有一个误会,以为国际诗人、作家们会敞开了讨论具体的文学艺术问题，这种情况也有，但大家更多的是讨论社会、政治问题。艾奥瓦有很多讲座、朗诵会。我在那里见到过美国前副总统阿尔·戈尔、U2乐队主唱巴诺，还有诺奖诗人沃尔科特等。我和我前后去的绝大多数中国作家有一个不同的身份，我同时也是那里的亚洲研究中心的访问学者。我和一位美国教授以及另一位日本女作家共同给学生们上一门课，叫作"今日亚洲新闻与写作"。美国或者北美的教育方式和中国的教育方式有很多不同之处。我也曾在2007年上半年在纽约大学的东亚系做过访问教授，2009年下半年在加拿大维多利亚大学做过访问艺术家。都是要给学生上课的。每次上课之前我都要求学生阅读40至50页的文字材料。上课过程中会有一些讨论，下课后学生们得做作业，我得写评语；每周还要有专门的时间接待学生，与他们交谈，回答问题。去年的秋冬季学期我也曾在北京大学的燕京学堂教过一学期的研究生课程。我有二十几个学生，除了3个中国学生，都是来自世界各地的。我发现中国学生的作业往往摆着架子写得四平八稳，而外国学生们的思想总是很活跃，能够一下抓住问题，并且能够发现问题的层次。他们的理论素养一般说来都好于中国学生，他们的阅读面很宽，能够用亚里士多德、康德、黑格尔的思想讨论诗歌，而中国学生做不到从庄子、孟子，或者朱熹、王阳明的角度出发讨论问题。顺便说一句，美国的诗歌文化与中国的诗歌文化颇为不同。在美国，如果不是在大学里，诗歌朗诵会的听众中年轻人只占到1/3，不少听众是中年人，甚至还有老年人。而在中国，人们一般认为诗歌是年轻人的事。

花　语

您有译著《博尔赫斯八十忆旧》，在您看来博尔赫斯最伟大的地方是什么？他的诗歌具有怎样的特质才促使了您的翻译？

西　川

我曾在2014年12月12日在北大做过一个名为"向博尔赫斯提问"的讲座。我的讲座稿后来收在了广西师大出版社"理想国"编辑部编的《在自己身上，克服这个时代》这本书中。我在那个讲座中把我对博尔赫斯的看法已经谈得很充分了。《博尔赫斯八十忆旧》是旧书名，广西师大出版社后来把书名改为《博尔赫斯谈话录》重新出版。博尔赫斯对我来讲不完全是个诗人，他更主要是位短篇小说和随笔作家，更重要的，他是位爱智者。我很喜欢博尔赫斯。当然，他不是我唯一喜欢的外国作家。对我而言，与博尔赫斯处在对称位置上的是美国诗人埃兹拉·庞德。但不久前我推掉了一家出版社要我翻译《庞德诗选》的邀请。那将花去我五六年的时间，而我又不是专门研究庞德和美国诗歌的学者。我已经出版了五部翻译作品，除《博尔赫斯谈话录》，还有《米沃什词典》《我站着，我受得了：豪格诗选》《水面波纹：盖瑞·斯奈德诗选》《重新注册：西川译诗集》。此外还有一些零零碎碎的翻译，例如我为《鲍勃·迪伦诗选》翻译了 6 首歌词。拉丁美洲有几位重要诗人：聂鲁达，具有处理风景的能力——他能把历史和爱情统统处理为风景；帕斯，具有处理思想的能力——我指的是诗歌思想；博尔赫斯，具有处理噩梦的能力——一般人只能处理梦。中美洲还有两位重要诗人：沃尔科特和爱德华·布拉思韦特，后者咱们还没有介绍过，其作品充满实验色彩。

花　语

"西川在不经意之间，把生活的片断组成了寓言，让噩梦和游戏构成交会，沮丧与讽刺构成默认和融合，让诗句构成似是而非的表述，背后是黑暗的隐义。如果但丁追求的是不朽的话，那莎士比亚追求的是此生此世，而卡夫卡追求的是虚无，西川为人们写下的只是瞬间，并且是不真实的瞬间，尴尬，还有荒谬。"这是我在百度里找到的别人对您的评，这段话您怎么看？

西　川

我对但丁、莎士比亚、卡夫卡都有相当的尊敬。19 世纪晚期英国的卡莱尔说过，10 个基督教世纪成就一个但丁。这已经够吓人的了。别的不说，但丁的《神曲》押的是三联韵，持续押韵 14233 行。我们干不来。这样押韵会把我押疯了的。莎士比亚则拥有自由的无向度。我曾建议我的学生们在上外国文学这门课时至少读一个莎士比亚的剧本，《李尔王》《奥赛罗》《罗密欧与朱丽叶》或者《雅典的泰门》等，都行。我理解的莎士比亚与译者朱生豪、梁实秋等人所呈现出来的文雅化的莎士比亚不完全相同。从某种意义上说，我理解的莎士比亚是《发条橙》的作者安东尼·伯杰斯的莎士比亚。他写过一本妙趣横生的《莎士比亚评传》。曾经有朋友要我不假思索地说出 3位 20 世纪西方作家的名字，我说出的第一位就是卡夫卡。卡夫卡的 K，无解的难题。在卡夫卡面前，连一些文学大人物都会显现出浅薄。卡夫卡不仅进入了文学史，他还进入了思想史。英国人彼得·沃森所著《20 世纪思想史》中就有讨论卡夫卡的段落。我不可能觉得自己可以与他们相提并论。我知道事物的深浅。

花　语

您曾出版有散文集《游荡与闲谈：一个中国人的印度之行》，我想知道您眼中真实的印度是怎样的？

西　川

我眼中真实的印度已经写在《游荡与闲谈》中了。不过那书中写的是我 1997 年游荡印度时的所思所感。我后来又多次去过印度。这些年来我跟一些印度诗人、作家建立了友谊。我们可以真正地讨论问题：文学问题、文化问题、中印古代经典、当代政治、东方与西方，等等。印度知识分子中有一些真正的精英。我受益于与他们的交往。我曾经被印度思想家阿什斯·南地（美国《外交》杂志开列的 100 位当代思想家之一）"修理"过一回。我跟他谈到塔利班，他说你说的塔利班不过是《纽约时报》上的塔利班，而他是经过调查研究才认识的塔利班。不过后来，阿什斯表示了对我的好感，2013 年 12 月，在新德里的一个文学对话活动中，他当着许多印度人的面，说我是小阿什斯·南地。我感到荣幸。

西川简介

原名刘军，1963 年生于江苏，1985 年毕业于北京大学英文系。诗人、翻译家，曾任美国纽约大学东亚系附属访问教授（2007），加拿大维多利亚大学写作系奥赖恩访问艺术家（2009），北京中央美术学院教授、图书馆馆长，现为北京师范大学特聘教授。出版 9 部诗集，包括《深浅》《够一梦》，另出版有两部随笔集、两部评著、一部诗剧。此外，还翻译有庞德、博尔赫斯、米沃什、盖瑞·斯奈德等人的作品。曾获鲁迅文学奖（2001）、上海《东方早报》"文化中国十年人物大奖（2001—2011）"、腾讯书院文学奖致敬诗人奖（2015）、中坤国际诗歌奖（2015）、诗歌与人国际诗歌奖（2015）、德国魏玛全球论文竞赛十佳（1999）等。其诗歌和随笔被收入多种选本并被广泛译介，发表于 20 多个国家的报纸杂志，其中包括英国《泰晤士报文学副刊》、美国《巴黎评论》、德国《写作国际》等。纽约新方向出版社于 2012 年出版由 Lucas Klein 英译的《蚊子志：西川诗选》，该书入围 2013 年度美国最佳翻译图书奖并获美国文学翻译家协会 2013 年度卢西恩·斯泰克亚洲翻译奖等。

花语简介

花语，祖籍湖北仙桃，现居北京。中国诗歌网特约编辑。参加第 27 届青春诗会。曾获 2017 第四届"海子诗歌奖提名奖"，2016"《山东诗人》年度诗人奖"，2015"《延河》最受读者欢迎诗人奖"。"《西北军事文学》2012 年度优秀诗人奖"等。著有诗集《没有人知道我风沙满袖》《扣响黎明的花语》。

十二、留学生诗苑

【主持：四月、谭五昌、大枪】

姜硕勋

[韩国]

爱是地狱冥犬

爱情是狗
为了不被咬
把它拴在那里

就像电影中的某个场面
你所说的话全都像是乱码字幕
拔出枪瞄准
你现在像个歹徒

爱情好冷
我们像是夜晚间的沙漠
哭着叫你不要这样的我
在你面前窝囊哀求的我
最后你 砰 砰 砰
从身后开了枪

像是要我贴好就马上滚
我没有发火
眼泪掉了下来
盯着前方不停走
害怕露出没出息的表情
没有回答的背影
像个傻瓜 眼泪 嗒

发誓再也不要受到伤害
气喘吁吁 疼痛难忍
装作若无其事地转过身
他还在一直看着啊
双脚啊
拜托不要再迟疑了
就像电影那样走吧

我会潇洒地离开你
我会走远
像是在说"你算什么东西"
爱情是狗
为了不被咬，把它拴在那里
你可以恨我

李智湖
[韩国]

心

我看不到你的心
我听不见你的心
只感到你的心

你看不到我的心
你听不见我的心
你也只感到我的心

丁洙连
[韩国]

爱　情

有一天，对某一个难忍来了爱情
爱情没有跟他说自己的名字叫爱情
让他感到了陌生

不知道把爱情该叫什么名字
因为暖和，男人把它叫春天
因为它留下了清香，有时候男人把它叫作花

裴恩惠利
[韩国]

夏　天

夏天来了，孩子们的嬉笑声覆盖了汽车声音
夏天来了，奶奶也挺直了那弯曲的后背
夏天来了，爸爸的几根白发变成了黑发
夏天来了，一切都有了生命

张雪娥
[缅甸]

你

我愿化成一缕清风
从耳边佛过柔软的青丝
吹走你脸颊上的汗珠
带来专属你的丝丝清凉

我愿化成一缕清风
吹动着夏日午后的风铃
叮叮当
那是为你演奏的爱的交响曲

我愿化为一缕清风
飞到你的身边
为你吹散心中的忧愁
给你带来灿烂的微笑

千明慧

[韩国]

望　月

你又悄悄地挥下幽雾
不满高楼和灯光
我整个的心灵又一次
把烦恼消除干净

你又温柔地送来秋波
普照着我眼前的树叶
用和蔼宽容的眼光
注视着我的命运

崔景德

[韩国]

你的意义

你的一言一语一个微笑
对我而言也有莫大的意义
你的一个细微的眼神一个寂寞的背影
对我而言都是不易的约定
你的一切出现在我面前
成为了无解之谜

金美惠

[韩国]

再见春天

你那么甜蜜的，又那么忧伤的
你的笑容能够让我们也笑起来
你的眼泪能够湿润干旱的心

在无聊的生活中，你的美丽能够让我们抬起头来
把一切烦恼都带走

你那么凉爽，又那么冷漠
刚刚吹到的气息，在我的脸上温柔地发痒
你突然发脾气，让我们想起西北风姑娘

你不耐烦地摇动，把粉粉的花朵落在地上
只留下绿绿叶子

到底是怎么啦

哦，夏天，原来是你来了

杨春蕾
[马来西亚]

如　果

如果你是一片云
那我就是云下的雾霾
吹呀吹呀
飘呀飘呀

如果你是一粒沙
那我就是沙中的一滴水
为你我牺牲了自己
一次又一次
我化为乌有

如果你是一张白纸
我就是书写你故事的笔
沙沙沙
勾勒出　你的眉
沙沙沙
勾勒出　我们的专属的童话

十三、汉语诗学著作评介

【主持：蒋登科、唐诗、赵思运】

当代诗歌史的建构实践

——评《1990 年代新诗潮研究》对当代诗歌史的介入

蒋登科　邱食存

中国当代诗歌是否需要写史、怎么写史，一直是当代诗歌研究难以忽略的重要话题。一般认为，当代文学史研究落后于古代文学史和现代文学史。当代文学史家洪子诚先生曾坦承，当代文学史写作"确实问题不少"，"没有取得突破性的进展"，①而当代诗歌史写作的滞后与缺憾显得尤为突出，这其中至少有两个方面的原因：首先，古代和现代文学史所设立的学科标准和价值体系对当代文学史写作构成了巨大的压力，加上当代文学史所处理的对象在时间上离得太近，似乎很难获得一种所谓"客观"的叙述方式，这样，唐弢先生在 20 世纪 80 年代提出的"当代文学不宜写史"的观点被一再征用也似乎成了佐证当代文学史研究现状的谶语。其次，从主观上来看，当代诗歌批评家、史学家等诗歌研究人员过于相信他们本人据以批评当代诗歌的理论和方法的效度。这些都不利于当代诗歌史写作。因此，当代诗歌研究人员要做的不仅是"质疑诗"，更要"质疑自身"，这种质疑应该成为一种"普遍性的自觉意识"。譬如，对于 1990 年代诗歌，批评家们多有指责，认为这些诗歌远离现实，对当代人的生存处境、历史境遇缺乏关心。这当然有其合理性，但也忽略了 1990 年代含混而多元化的历史背景。事实上，学者们此时也普遍变得"犹疑"了。1992 年，钱理群说他"为一种失落感压抑感所攫住，并且像陷入了'无物之阵'似的，无以摆脱"。②而戴锦华也认为，1990 年代以来中国大众文化领域涌现的大量文化现象，给"知识界"造成了"迷惘"，让他们"感到了理论和习用话语的无力与无效"。③学者们此时的"犹疑"相对于他们在 1980 年代展现出的"激情"有着不同的历史背景，体现出了一种反思性的自觉意识。其实，知识界的这种转变也恰恰说明，在时光流转中，历史事实和经验

① 洪子诚.问题与方法：中国当代文学史研究讲稿 [M]. 北京：生活·读书·新知三联书店，2002.

② 钱理群.丰富的痛苦——堂吉诃德和哈姆雷特的东移 [M]. 长春：时代文艺出版社，1993.

③ 李陀、戴锦华、宋伟杰、何鲤.漫谈文化研究中的现代性问题 [M].// 陈思和，杨扬.90 年代批评文选.上海：汉语大词典出版社，2001.

容易遭到掩埋，从而造成现实的碎片化倾向。因此，当代诗歌研究不能再继续纠缠于"是否宜于写史"的问题，而应该把焦点放在"怎样写史"的具体操作上面。诗歌批评、理论界对当代诗歌的打捞性研究应该具有一种紧迫感，毕竟，"时间所造成的隔膜会越来越深刻"，当代人研究当代文学史，有其"不可取代的价值"。

诗评家罗振亚一直以来都在用自己的实际行动诠释着当代诗歌"怎样写史"这一紧迫性命题，先后出版了《中国现代主义诗歌史论》（2002）、《朦胧诗后先锋诗歌研究》（2005）和《1990 年代新诗潮研究》（2014），引起了诗歌批评、理论界的普遍关注。这些专著都围绕中国现当代诗歌中现代主义诗歌创作展开，史论结合，视野开阔，为未来中国当代诗歌通史的编撰提供了"养料"；研究对象由整个中国现代主义诗歌到朦胧诗后先锋诗歌再到 1990 年代先锋诗歌，逐步集中深化，形成了一个现代主义诗歌研究体系，体现了罗振亚多年来对"怎样写史"独立而深入的思考脉络。

《1990 年代新诗潮研究》是作者 2008 年国家社科基金一般项目"'个人化写作'：90 年代先锋诗学的建构与对话"的研究成果。面对现实中纷繁复杂的诗坛，以及诗歌理论、批评和诗歌创作之间的龃龉，作者没有忘记专业诗评家的责任与担当；作者力图还原 1990 年代先锋诗歌的"历史真实面目"，"为当下新诗创作和理论的繁荣，提供历史经验、教训与启迪，更为将来成熟的、高质量的中国新诗史的编撰做必要的阶段性的学术准备"。① 可见，作者有着明晰的"文学史"写作指向，即以一种"文学史"的眼光打量整个 1990 年代先锋诗歌。毕竟，"文学史"也包括"专题史、文类史、阶段史，以及带文学史性质的重要作家、流派研究等范围"。《1990 年代新诗潮研究》分为上、下两编：上编将 1990 年代先锋诗歌置放于 90 年代特殊的大众消费文化语境中进行深度梳理，分专题从宏观上概括 20 世纪 90 年代先锋诗歌主要流派的特点，凸显了同一流派诗人共性的一面，属于"专题史"；下编则选取 90 年代先锋诗歌主要流派中具有文学史意义的重要诗人进行深入的文本分析，强调的是诗人个体差异性和生长性。

具体而言，上编分为 8 章，第一章简要而准确地呈现了 90 年代先锋诗歌在 90 年代以大众消费为潮流的文化、历史和社会语境中的裂变与转型，指出 90 年代先锋诗人在具体的历史困境和噬心的精神逃亡的过程中认识到，诗人的成功方式应该和"诗性保持高度的一致"，诗歌创作应该"靠文本说话而不能主义先行"。② 这一章是作者将整个 90 年代先锋诗歌认定为"个人化写作"的逻辑起点。第二章讲民刊传统。朦胧诗

---

① 罗振亚 .1990 年代新诗潮研究 [M].保定：河北大学出版社，2014.
② 同上。

以来，中国先锋诗歌的生产和传播的传统媒介为民刊。一开始，民刊仅仅是一种让先锋诗歌得以发表和流传的有效媒介，但越到后来，民刊俨然成为先锋诗人们所看重的民间立场和边缘姿态的试金石，1990年代，民刊策略依然为先锋诗人们所倚重。第三章中，作者从诗学高度将"个人化写作"作为整个1990年代中国先锋诗歌的观照点。作者认为1990年代先锋诗歌有意识地通过个人化写作"多向度、多层面"地关注"此在"，从而"告别了大一统的集体言说方式"①。同时，作者也清醒地认识到"个人化写作"的负面效应，如一些诗人"拒绝意义指涉和精神提升，剥离了和生活的关联"②。在接下来具体关照1990年代先锋诗歌各个流派的"个人化写作"特征之前，作者在第四章集中梳理了1990年代先锋诗歌的"叙事性"，认为1990年代先锋诗歌的叙事性具有"建设性意义"的审美维度，凭借这种"成熟的'叙事诗学'"实现了"对1980年代诗艺本质性置换"③。从第五章到第八章，作者分章逐一梳理和剖析了1990年代先锋诗歌主要流派：民间写作、"知识分子写作"、女性诗歌和70后诗歌。应该说，每一流派都能轻易写成一部大书，但可贵的是，作者并没有被细部枝叶所干扰遮蔽，相反，作者紧紧围绕各流派的核心特征，深入挖掘，细部打捞，使每一章都主旨鲜明，简洁明了。总之，整个上编紧扣1990年代先锋诗歌的内在演化动力、流变规律和整体特点，对1990年代先锋诗歌在当代文学史上的意义也做出了准确定位。

下编共7章，是对上编整体文学史观照的具体化，让读者看到了诗人们的个体差异性和生长性。第九章论及民间写作代表诗人于坚1990年代的诗歌，主要从"低"姿态、"看"的美学和语言意识三个方面点出于坚诗歌的独特价值和意义。第十章从后现代的视角论述了伊沙的诗歌实验。作者跳出对伊沙诗歌要么大力赞赏、要么极度贬低的极端思维定式，抓住其"后现代"解构策略后面的建构意义。第十一、十二章分别论述了属于"知识分子写作"流派的张曙光和西川。作者先是围绕张曙光"孤独"和"寂寞"的性格特征以凸显其诗歌创作体现出的那种有着"悲戚"色泽的"思"的品格。西川则从对"圣歌"的迷恋到寻找"杂诗"的可能性这一过程中，逐渐领悟到的"常"中求"变"，"变"中求"常"的诗歌创作要义。第十三、十四章分别论及1980年代就已成名的女诗人王小妮和翟永明。作者认为王小妮早在1980年代中后期就确立了个人化写作的诗歌立场，这种立场在90年代更为坚定；而翟永明在1990年代逐渐超越了其1980年代开创的"黑夜诗学"所彰显的

---

① 罗振亚.1990年代新诗潮研究[M].保定：河北大学出版社，2014.

② 同上。

③ 同上。

女性主义性别立场，注重两性之间的"对话"，"进入人性、命运和存在等抽象命题的思考"①。第十五章则从读者反应的维度对1990年代先锋诗歌进行价值估衡，形成一个诗人、文本与读者完整的评价体系。

　　总之，"当代文学不宜写史"主要是1980年代的观念，不足为凭，我们应该多在"怎样写史"上下功夫，毕竟，"随着各种诗学现象的进一步历史化，从宏观角度对20世纪的中国新诗进行整体研究成为可能，也很有必要"②。当代诗歌史需要的是一种介入精神。《1990年代新诗潮研究》是一部关于1990年代先锋诗歌发展的优秀的阶段史和专题史，对1990年代先锋诗歌进行了有效而中肯的宏观与微观双向剖析，于1990年代的历史考察中建构1990年代先锋诗歌体系，这些对如何构建中国当代诗歌史无疑有很大的启发意义：首先，寻找共性下的特殊性。其次，多以文本说话，采取客观公正的态度，特别是作者对于坚、伊沙和"70后"诗人的评价可作如是观。最后，要将诗歌美学研究同历史研究结合起来，作者正是基于1990年代复杂而多元化的历史背景考察1990年代先锋诗歌，指出这一时期诗歌的反叛性、实验性和边缘性等特征。作者这种"写史"的努力得到了评论家们的大力肯定和赞赏：诗评家吴思敬认为，专著对"未来的中国当代新诗史的编撰是有重要意义的"③；诗评家陈仲义则认为，作者的"现代主义诗歌研究，持续有效地形成了一条研究链，是诗歌界难得的收获"，而作者的"稳健、公允、笃实而不乏前卫掘进，成就了新诗史家应有的素质"④；评论家李怡也认为该专著史料收集丰富，诗歌文本品评细致，现象描述准确，"充满历史建构之严肃严谨"。⑤

作者简介

　　蒋登科，中国作家协会会员，西南大学中国新诗研究所教授，博士生导师。主要从事中国现代诗学研究，出版诗学著作十余种，发表论文300余篇。

　　邱食存，文学博士，四川文理学院外国语学院讲师，主要从事比较文学与世界文学、中国现代诗学研究。

---

① 罗振亚.1990年代新诗潮研究 [M].保定：河北大学出版社，2014.
② 蒋登科.现代主义诗歌的整体打量——读罗振亚《中国现代主义诗歌史论》[J].文艺评论，2003.
③ 罗振亚.1990年代新诗潮研究 [M].保定：河北大学出版社，2014.
④ 同上。
⑤ 同上。

第三代诗歌的勘探

——评谭五昌《诗意的放逐与重建》

赵思运

　　别林斯基曾把文学批评称为"运动着的美学"。不仅研究对象处于运动发展过程之中，而且研究者也随着历史的演进而不断开拓视野，辟出新见。1983 年 7 月，成都几所高校的青年诗人创办油印诗刊《第三代人》，开启了第三代诗潮的序幕。此后，关于"第三代诗歌"的专著多部问世，如有陈仲义的《诗的哗变》（鹭江出版社 1994）、李振声的《季节轮换》（学林出版社 1996）、孙基林的《崛起与喧嚣：从朦胧诗到第三代》（国际文化出版公司 2004）、罗振亚《朦胧诗后先锋诗歌研究》（中国社会科学出版社 2005）、刘波的《第三代诗歌研究》（河北大学出版社 2012）等。谭五昌的《诗意的放逐与重建：论"第三代诗歌"》（昆仑出版社 2013）密切追踪"第三代诗歌"的运动全程，深度勘探透视内在的真相和格局，闪烁着深挚的反思眼光。

一、坚实理论架构与缜密的思辨

　　如何界定"第三代诗歌"，是全书的逻辑起点和逻辑基点。一般论者往往将"第三代诗歌"理解为一个代际概念和时间概念，界定为朦胧诗潮之后的新一代诗人及诗歌形态。谭五昌独辟蹊径，提出"第三代诗歌"概念的两层内涵，除了时间代际概念之外，他还提出一个"质量"概念。他说："它也是一个'质量'概念，即表明'第三代诗歌'与'朦胧诗'相比无论在思想内容及艺术方式等方面均具有自己的新质。正是后一点构成了'第三代诗歌'这一概念得以成立的充足理由。"①　他将"第三代诗歌"界定为朦胧诗之后的具有不同程度的前卫性质或先锋色彩的诗歌文本。于是，他的立论基于"质量"概念，同时将"质量"概念与"时间代际"概念融合起来，将第三代诗歌的视野从 20 世纪 80 年代延续到 90 年代。谭五昌将伊沙、

---

① 谭五昌.诗意的放逐与重建 [M].北京：昆仑出版社，2013.

阿坚、余怒、蓝蓝、黄灿然等 90 年代崛起于诗坛的"中间代诗人"纳入第三代诗群，既看到了先锋诗歌的内在断裂与调适，又看到了历史的延续性。90 年代以来在主流意识形态文化、知识分子精英文化、市民文化三足鼎立的背景下，诗学发生了深刻转型，多元文化价值取向分化与互渗。谭五昌从全局出发，概括提取出 4 种取向：解构冲动中的文化虚无主义、宗教文化的追求与亲近、"后乌托邦"文化的建构意向、平民文化的建构与重塑。可以说，从 80 年代中期发轫到新世纪的落幕，在更大的历史空间里，去凝视相对完整的第三代诗歌的真相，是谭五昌这部著作的一个鲜明的特点。

确立了"第三代诗歌"的逻辑起点之后，谭五昌便营构了一个完整的研究视野，做到宏观架构与微观透视相结合。导论部分从"朦胧诗到第三代诗歌的嬗变"论述 80 年代先锋诗的内部转型，确立了"第三代诗歌"的研究对象和研究起点。第一章"'第三代诗歌'的文化意义与精神景观"，对于"第三代诗歌"进行社会与历史批评、文化阐释，在深层统领全书；第二章撷取"女性写作""知识分子写作""中年写作""个人写作"，论述了新型理论话语与诗学主张；第三章"审美革命与话语转换"论述了"第三代诗歌"的审美原则与艺术实践，第四章则是从"平民立场与先锋姿态""古代精神与浪漫诗意的歌吟""面向人生的艺术'朝圣'""心仪神性的'先知'歌者"等方面，对于第三代诗人写作群体及代表诗人进行深入解读。导论显示出高屋建瓴的理论俯瞰意识，第一章是远景全景鸟瞰，第二章是中景块状扫描，第三章是审美内部的近景勘探，第四章犹如第三代诗群的一系列特写镜头。于是，全书点面结合，层次清晰，浇注出严谨的逻辑结构。

思辨的缜密与细腻，是谭五昌这部著作的又一特色。这种思辨特色既体现在大的架构上，也体现在微观辨析上。如他对"第三代诗歌"与后现代主义、现代主义文化关系的辨析，颇具学理功力。关于"第三代诗歌"的文化内涵特点，大部分论者会认为后现代主义是其主导性质。谭五昌注重其内在的复杂性，一方面，他看到第三代诗歌整体上的后现代主义文化特征——颠覆传统、解构文本、削平深度、反文化、反崇高、反诗意；另一方面，他在基本的后现代主义文化特征中又发现了现代主义的文化元素，思维更具有辩证性。他用大量笔触论析了"第三代诗歌"的现代性与后现代性的二重性，避免了简单化的贴标签倾向。

关于"第三代诗歌"的格局，谭五昌在着眼于大格局的完整性同时，也着意于内部艺术景观的丰富性，勾勒出板块之间的异质元素。同样是对朦胧诗的颠覆与反叛，但有内在差异的三种姿态：A. 周伦佑、蓝马为代表的"非非主义"、李亚伟为代表的"莽汉主义"和尚仲敏为代表的"大学生诗派";B. 韩东、于坚为代表的"他们";C. 海子、骆一禾、欧阳江河、王家新、陈东东、西川等人。其中的 A 是激进否定的先锋姿态,具有强烈的革命色彩,B 和 C 则是以正面更新的价值观念的方式去否定朦胧诗的审美范式。而 B 跟 C 亦有所不同:B 倡导的是平民态度,以此间接颠覆朦胧诗的贵族态度,C 以对精神深度和神性美学的建构,来从深层颠覆朦胧诗的审美形态。这样,一般学者眼里充满极端颠覆性质的第三代诗群,被谭五昌呈现出一个"内在对话"的"价值制衡"的隐形结构。

谭五昌缜密与细腻的思辨特色,也体现在细部比较方面。他论述"第三代诗歌"与后现代主义、现代主义文化关系的时候,列举了舒婷的《致大海》、尚仲敏的《大海》、韩东的《你见过大海》等三首关于大海的诗歌进行比较分析,值得称道。舒婷的《致大海》代表了朦胧诗群的浪漫主义兼现代主义基本特征。谭五昌看到舒婷笔下的大海与普希金笔下的大海在俄罗斯传统方面的文化通约与异质体验,"大海"是一个公共象征,"与 18、19 世纪西方文学传统中的'大海'的形象与意义的体系相对接,一脉相承,在传统与经典的意义上,'大海'是全部的人类生活的巨大象征体,是所有价值的来源"。① 舒婷的《致大海》"无疑是非常生动地传达了'朦胧诗群'那一代人的人生价值观与世界观,具有典范性的文化价值与精神价值。"② 同样是第三代诗人,尚仲敏的《大海》与韩东的《你见过大海》也有诗思与诗艺的区别。尚仲敏的《大海》充满了现代主义生命体验。而韩东的《你见过大海》通过口语化的语感节奏和平静冷漠的语调,颠覆了舒婷、普希金笔下大海的公共象征,强化了解构主义的文化观点和审美趣味,以后现代主义文化的颠覆特质,代表了第三代诗人的基本文化风貌。由此可见,第三代诗歌的后现代主义并非纯粹,而是夹杂了现代主义的诉求。谭五昌对韩东的《你见过大海》的细读,尤见功力。他一方面看到对于传统文化意象"大海"的解构带来的后现代主义文化态度,另一方面,又独具眼光地发现,韩东在潜意识层面依然将"大海"意象作为历史的诗性隐喻,"水手"作为历史主体的隐喻,二者之间传递出诗人关于人对历史潮流的抗争意志,凸显了人作为个体生命的自我焦虑,体现出现代主义的文化旨趣,属于典型的后现代主义与现代主义审美文化的融合文本。以这首诗隐喻整个第三代诗人的文化特征,极具典型性。

---

① 谭五昌. 诗意的放逐与重建 [M]. 北京:昆仑出版社,2013.
② 同上。

二、对"革命情结"的精微剖析

这部著作有一条贯穿始终的隐秘的线索,那就是对"第三代诗歌"中的革命情结及其反思与调适的彰显。而谭五昌这部著作的研究方法对这个命题的剖析来说,真乃如虎添翼。谭五昌的研究方法是,将"第三代诗歌"置于大的社会文化语境下,作为文化转型的诗性隐喻来进行深入探讨研究,融汇了社会批评、文化批评、艺术批评、精神批评等不同维度,在宏阔的视野中,清晰地呈现出第三代诗歌的内在秩序。因为谭五昌深知:"一部艺术品,无论它如何拒绝或忽视其社会,但总是深深地植根于社会之中的。它有其大量的文化意义,因而并不存在'自在的艺术作品'那样的东西。"①关于"第三代诗歌"革命情结与激进色彩,大部分论者往往做了"扩大化"处理。谭五昌的著作对 20 世纪 80 年代第三代诗歌的革命性颠覆意识,进行了社会学、历史学、文化学的学理呈现,而对于他们在 90 年代的调适,用大量文字做了精微剖析。

谭五昌不仅看到了 80 年代"第三代诗歌"对诗意的放逐,也看到了 90 年代对诗意的重建。当他将视野拉到 20 世纪八九十年代以后,他对第三代诗人的革命意识和颠覆意识的反思,就更加深切了。他抓住了历史转折关头诞生的两大诗歌群体——《北回归线》和《倾向》——来透视第三代诗人的诗学转型。1988 年底诞生的"北回归线"群体,已经开始反思第三代诗人的无序反叛的"革命"思维,主张重建文化认同与人类精神。梁晓明和余刚发起过"极端主义"诗歌团体,在"1986年现代主义诗群大展"中独立一格。梁晓明、刘翔、余刚最初都是《非非》成员,经过反思之后,意识到重新追求诗学深度的重要性。梁晓明在创刊号的刊首词写道:"《北回归线》是一本先锋的诗刊。……它是怀着创建一种真正意义上的现代诗而站立起来。……《北回归线》的诗歌重视的是人的根本精神,它的努力的明天是在世界文化的同构中(我说的是同构一种世界文化,而不是跟从)找到并建立起中国现代诗歌的尊严与位置。……《北回归线》注意的诗歌是人的本质的反映与精神。"梁晓明在第二期前言里写道:"人类的文化与历史在有着各自内容的关系线上,在这里,《北回归线》的诗人们正本着穷尽与丰富自己生存内容的雄心在向着眼前这个时代的最高峰不断迈进。……这样坚持的努力,《北回归线》也就能最终完成它的存在

---

① 谭五昌 . 诗意的放逐与重建 [M]. 北京:昆仑出版社,2013.

意义并能自在地安慰于人了。"1989 年春天创刊的《倾向》对第三代诗人的弊端有了清醒认识："写作并不是语言之下的动作、纯感官的行为、宣泄或作为生活方式的无聊之举，从情绪感受直抵语言并且到语言为止的倒退；写作也不是从评议到语言的试验，为填补一个偶然碰到的形式空格的努力，一场游戏或一个无关紧要的小小发明。"①《倾向》同仁有针对性地提出了知识分子精神立场。《北回归线》和《倾向》以及"幸存者俱乐部"、《现代汉诗》《象罔》《九十年代》等的理性态度，无疑是第三代诗人内部价值的自省与调适，同时，又为 90 年代以来知识分子写作开了先声与滥觞。

三、转型后第三代诗人的理论话语

之所以将谭五昌的《诗意的放逐与重建》界定为"一部富有诗学反思精神的'行动美学'"，是由于他密切凝视着第三代诗人不断延展的审美触须。谭五昌用情用心最多的大概是关于 90 年代转型之后的第三代诗人论述。这也是全书的最大亮点。

第二章，集中论述了"女性写作""知识分子写作""中年写作""个人写作"等四种新型理论话语与诗学主张。特别是后三者，构成了有机联系的概念家族。"知识分子写作"强调的是诗人的精神立场、精神向度和话语方式，"个人写作"是知识分子写作的创作主体的基石，它强调的是"个人主体性"的确立，具有自主性、选择性、介入性的独立个体。这是知识分子写作立场的前提。"中年写作"则是创作主体与诗学话语双重觉醒。其实，三者可以统称为"知识分子写作"。谭五昌将知识分子写作置于 90 年代初国家主流意识形态和商业化的市民意识形态双重压迫与攻击的困境下，考量他们的突围意义。尤其是 1993 年开始昙花一现的"人文精神大讨论"，更加显示出知识分子写作的悲壮。在这片精神废墟上重新站起的知识分子写作，接续《北回归线》和《倾向》《幸存者》的理想意绪，尤其艰苦卓绝。他们强调介入和入世，已不再是"激情修辞"（王家新语）。隐逸气息曾经十分浓郁的西川，也告别了《十二只天鹅》那种从形而上的天空，深深扎入深厚的大地。他在《札记》一诗中说：

从前我写作偶然的诗歌

---

① 谭五昌 . 诗意的放逐与重建 [M]. 北京：昆仑出版社，2013.

写雪的气味

写钉子的反光

写破门而入的思想之沙

而生活说：不！

现在我要写出事物的必然

写手变黑的原因

写精神的反面

写割尾巴的刀子和叫喊

而诗歌说：不！"①

　　"知识分子写作"确立了创作主体和生存现实之间的理性诗学态度，摆脱了第三代诗人中的不及物性虚无性，他们对于第三代诗人的革命情结的调适已经臻于成熟。"知识分子写作"倡导对于现实语境的介入性，但是又不是简单的批判功能。在王家新看来，知识分子的个人写作，与庞大的主流意识形态和生存语境之间保持的是高度警惕的疏离立场，既要避免被意识形态同化，又要避免在写作中建构一种新的意识形态话语，因为诗人与现实之间不是简单的对抗关系，而是赋予"个人写作"多种文化品格：

　　　　它意味着更为自觉地摆脱、消解意识形态对一个作家、诗人的支配和同化。同时又意味着在一种被给定的语境中如何处理与它的多重关系；它意味着一种既不同于"对抗"也有别于逃避的"承担"，同时又意味着给自身留下一个更大的回旋余地……它承担着对一切公共书写的抵制、区别与分离，但同时又避免使自己"角色化"与"姿态化"，它不断从更开阔、独特的视角来透视一切，使显然是政治的东西失去政治的意义，同时又使"没有政治意义的东西带上政治意义"。②

---

① 西川 . 西川诗选 [M]. 北京：人民文学出版社，1997.

② 王家新 . 当代诗学的一个回顾 [J]. 诗神，1996.

所以知识分子写作的承担，具有两重含义：一，反对"非历史化"的"纯诗"倾向，反对抽象的国际化诗歌，而倡导积极地对现实和历史有所担当；二，这种担当不是简单的道德意义上的担当，而是诗学意义的担当，是对汉语母语写作的担当。因此说，知识分子写作倡导的"中年写作"体现了创作主体与诗学话语双重觉醒。诗人不再是青春期写作的激情颠覆和激进革命，而是放弃了朦胧诗群和第三代早期的非诗学的公开对抗姿态，在诗歌文本与生存语境的互文关系中，呈现时代的本相。同时，他们都具有诗歌形式本体意识的觉醒，正如王家新所说："诗歌毕竟是一门伟大的技艺，诗歌的写作和阅读在任何时代都应该是一件让人梦绕魂牵的事情。"① 所以，谭五昌说："与'青春型写作'比较起来，'中年写作'意味着一种成熟的艺术态度，一份从容平静的写作心境，一片丰富而广阔的艺术视野。它真正能将诗歌提升到一种自觉的语言艺术的高度，使写作能通过技艺的引导、规范与不断的自我拓展、自我完善而打开一个无垠的诗性智慧空间。"②谭五昌对于知识分子写作的论述，显示出一个学者深邃的历史眼光。

第四章是对第三代诗人诗歌写作的群体归类与个体解读。在第一节论述了一般文学史和学者论及的"平民立场与先锋姿态"（"他们"的韩东、于坚；"非非主义"的周伦佑、蓝马、杨黎、何小竹；"莽汉主义"的李亚伟、胡冬、万夏；另类摇滚诗人，伊沙）之后，在第二节论述郑单衣、柏桦、黑大春为代表的"古代精神与浪漫诗意的歌吟"，第三节论述王家新、西川、陈东东、欧阳江河为代表是"面向人生的艺术'朝圣'"，第四节论述海子、骆一禾、戈麦为代表的"心仪神性的'先知'歌者"。在内容的选择上可以看出，后三节的内容与第一节的颠覆性的激进革命风格，形成了强烈的制衡性，使观点更加稳妥。这种布局，是谭五昌对于"第三代诗歌"中的革命情结进行诗学淘洗之后的澄净心态的外化，也是过滤掉激进的革命色彩之后诗歌内在本相的客观呈现。这，大概也是学理思辨尘埃落定的境界吧？

作者简介

赵思运，山东郓城人。华东师范大学文学博士、东南大学艺术学博士后，浙江传媒学院教授。已出版《现代诗歌阅读》、《边与缘——新时期诗歌侧论》、《何其芳人格解码》等诗学论著多部。

---

① 谭五昌.诗意的放逐与重建[M].北京：昆仑出版社，2013.
② 同上。

附录一：国际汉语诗歌协会简介及工作计划

一、协会性质：本协会为诗歌团体，由国内外从事新诗创作、评论、研究、翻译、编辑等工作的专业人员组成，系非营利性的民间社团与学术组织。

二、协会宗旨与目的：广泛团结海内外诗人与诗歌研究专家，全面整合国际诗歌资源，积极展开现代汉语诗歌艺术及文化的国际性交流，致力于推动 21 世纪现代汉语诗歌事业繁荣局面与兴旺态势的形成。

三、本协会拟开展的工作计划与业务范围：

（1）定期或不定期编辑出版国际汉语诗歌协会会刊《国际汉语诗歌》。

（2）拟与国内诗刊或文学期刊、其他诗歌团体与学术机构合作举办形式多样的诗歌论坛与诗歌节，推动当代诗歌创作与诗学研究工作健康发展。

（3）拟与国内诗刊或文学期刊、其他诗歌团体、学术机构、文化单位及有关社会组织，合作举办有档次、高品位的诗歌奖与诗会，以表彰在现代汉语诗歌的创作、批评、翻译以及诗歌演讲、朗诵、重要诗歌活动的组织策划方面卓有建树或取得突出成就的海内外诗人、诗评家、翻译家（包括汉学家在内）与诗歌活动家。

（4）不定期组织举办较高层次的诗歌类著作首发式（发布会）、诗坛名家读者见面会、诗歌朗诵会等专题性的诗歌活动。

（5）与其他国际性及全国性的诗歌团体、艺术团体、高校社团等组织开展诗歌艺术与文化方面的交流与合作活动。

（6）拟建立国际汉语诗歌协会理事会，承担相应义务，以维持国际汉语诗歌协会各项工作计划的正常运转及开展相关诗歌活动的稳定性与长期性。

（7）在自觉遵守社会各项法律法规的前提下，国际汉语诗歌协会应自觉配合 21 世纪中国政府所制定的文化强国的总体发展策略，积极创建或参与承办一些很有文化价值的诗歌项目（比如与有关单位合建诗歌主题公园、诗歌碑林、诗歌长廊，等等），以充分发挥国际汉语诗歌协会在新世纪中国文化建设中所起到的积极作用与独特价值。

附录二：国际汉语诗歌协会机构人员名单

顾　　问：李　瑛　成幼殊　余光中（中国台湾）　谢　冕　吴思敬　吉狄马加

会　　长：屠　岸

副 会 长：郑　敏　孙玉石　赵振江　周宏兴　燎　原
　　　　　罗　门（中国台湾）　洛　夫（加拿大）

秘 书 长：谭五昌

常务副秘书长：顾春芳

副秘书长：杨四平　姚江平　秦　风　刘少伯　大　枪
　　　　　牛红旗　乐　冰　绿　野　杨廷成　亚　楠

名誉理事长：梁小斌

理 事 长：梅　尔

常务副理事长：许耀林（澳大利亚）

副理事长：冰　峰　雁　西　倮　倮　王爱红　王顺彬　韩庆成　张道通
　　　　　朱文平　刘福君　骆　家　银　莲　若　离

常务理事：远　岸　庄伟杰　鲁若迪基　唐　诗　唐成茂　艾　子　王桂林
　　　　　沙　克　杨北城　况　璃　马培松　吴海歌　高作余　张春华
　　　　　冷先桥　刘晓平　花　语　李皓　宁明　李孟伦　西　可
　　　　　赵晓梦　海　讯　方文竹　谭　践　胡刚毅　吴昕孺　欧阳白
　　　　　张亚军　李东海　林之云　柳必成　林汉筠　严　鹰　和克纯
　　　　　游　华　邓　涛　盛华厚　唐江波　查曙明　舒　喆　野　宾
　　　　　琼　吉　度母洛妃（中国香港）　方　明（中国台湾）

理　　事：陈泰炙　于连胜　陈树照　第广龙　肖　黛　邓剑英　谭长流　刘井彬
　　　　　汤松波　韩斌生　爱斐儿　马慧聪　邓诗鸿　金肽频　卢卫平　叶　坪
　　　　　牛　放　瓦　刀　贾　楠　夏　花　杨　矿　杨　罡　谢长安　马启代
　　　　　马志刚　陈桂明　阿卓务林　颜　溶　周　野　水　笔　洪老墨
　　　　　旷胡兰　胡建文　周思坚　周启垠　胡永刚　马　丽　萱　歌　王彦山
　　　　　纪少飞　徐良平　王　琪　黄　海　艾明波　阿　B　赵永红　安　妮
　　　　　周荣新　李海龙　牧　斯　衣米一　陈伟平　樊建军　欧阳明　邹瑞峰

语　伞	熊国太	曹有云	雪　鹰	王博生	曹　谁	涂国平	曾若水
郭俊明	敕勒川	黑骏马	刘宝华	赵襄敏	阎海育	宋石头	毛秀璞
夏　放	沈秋伟	邹联安	陈　琦	石继丽	单增曲措	阿琪阿钰	
李　川	许　敏	聂丽芹	盛孝源	肖章洪	雁　飞	陈明秋	逐梦苍凉
魏　克	周　毅	王春芳	曾绯龙	杨　角	周孟杰	林　莉	阿　毛
吕　斐	鲁　娟	周德清	老　刀	裴郁平	李木马	黑　羊	王长征
毛惠云	刘旭峰	光双龙	钱轩毅	万建平	渭　波	徐　勇	李贤平
谢小灵	周园园	杨小林	漆宇勤	梅依然	牛　黄	刘芝英	吴捍东
李　洁	何伟征	魏棋宇	怡　霖	堆　雪	袁　翔	毛俊宁	刘建彬
樊晓敏	孔庆根	齐宗弟	谭朝春	林明理（中国台湾）			
陈　剑（新加坡）		舒　然（新加坡）		王性初（美国）		绿　音（美国）	

秘书：伍聪花　任美玲　唐　梅　杨淑岚　马文秀

【说明：国际汉语诗歌协会理事会全体成员的任职期原则上每二年为一届，一届任职期满，下一届重新聘任，将视具体情况考虑对有关人员加以必要的调整。】

汉语诗歌创作委员会（排名不分先后）：

任洪渊	食　指	芒　克	严　力	王家新	欧阳江河	西　川	吉狄马加
梁小斌	杨　炼	李发模	谭仲池	潞　潞	陆　健	莫　非	树　才
梁　平	陆　健	臧　棣	宋　琳	李亚伟	田　禾	大　解	梁晓明
马　莉	蓝　蓝	黄亚洲	侯　马	伊　沙	刘立云	车延高	商　震
陈先发	龚学敏	雨　田	高　凯	潘　维	荣　荣	马永波	骆　英
赵红尘	周庆荣	潇　潇	冯　晏	姜念光	伊　蕾	黄恩鹏	阿　信
林　雪	李轻松	娜　夜	郁　郁	黄　梵	桑　克	代　薇	灵　焚
刘以林	安　琪	宋晓杰	向以鲜	凸　凹	赵　野	郭新民	谷　禾
姚　辉	庄晓明	刘　频	喻子涵	谭延桐	李　强	洪　烛	胡丘陵
晓　音	徐　慢	寒　烟	吕　约	沈浩波	刘　川	徐俊国	金所军
张　况	孙　磊	谢湘南	刘　春	江　非	泉　子	郑小琼	阿　斐
蓉　子（中国台湾）		向　明（中国台湾）		白　灵（中国台湾）			
犁　青（中国香港）		姚　风（中国澳门）		哈　达（蒙古国）			
严　力（美国）		非　马（美国）					

汉语诗歌批评委员会（排名不分先后）：

蓝棣之　杨匡汉　骆寒超　朱先树　吕　进　陈仲义　徐敬亚　袁忠岳
姜耕玉　杨远宏　沈　奇　唐晓渡　燎　原　周晓风　耿占春　张清华
张　柠　刘士杰　罗振亚　朱子庆　李　怡　李　震　王　珂　李少君
姜　涛　王泽龙　邹建军　蒋登科　毕光明　郭小聪　王　毅　江弱水
谢有顺　苍　耳　孙基林　罗庆春　杨志学　何言宏　张桃洲　向卫国
马步升　夏可君　傅元峰　干天全　李润霞　陈祖君　陈　敢　赵金钟
张德明　温远辉　赵思运　熊国华　王金城　荣光启　孙晓娅　张立群
邓　程　柳冬妩　谭　畅　谭克修　路　云　梁雪波　斯　如　吴投文
龚奎林　董迎春　刘　波　王学东　杨清发　苏　明　罗小凤

汉语诗歌传播委员会（排名不分先后）：

张子清　高　兴　祁　人　周占林　阎　志　谢克强　李　笠　章　燕
北　塔　蔡天新　张　智　杨晓民　汪剑钊　马永波　中　岛　潘虹莉
晴朗李寒　潘洗尘　黄礼孩　马铃薯兄弟　杨宗泽　高旭旺　张洪波
彭惊宇　顾　北　张　民　发　星　金　笛　金　迪　罗继仁　彭志强
郭思思　邓万鹏　苇　白　李寂荡　楚天舒　唐　晴　张玉太　世中人
普　冬　金石开　陈小平　李永才　柳宗宣　周亚平　娜仁琪琪格　旺忘望
章治萍　蒲小林　安娟英　布兰臣　朱又可　张　维　林茶居　阿尔丁夫翼人
超　侠　念　琪　阿索拉毅　邓宝剑　胡秋萍　王舒漫　柳春蕊　苏一刀
陈　红　季　冉　黑　丰　张脉峰　罗　晖　詹　泽　周翼虎　徐春林
戴　萱　张　宏　张松松　吴　笑　杨晓华　杨子钰　胡乐民　李　军
柏　荷　蓝　帆　王　威　白　心　杜　杜　陈相国　王吉勇　一米阳光
柴金龙　崔志刚　傅天虹（中国香港）秀　实（中国香港）方　群（中国台湾）
杨小滨（中国台湾）田　原（日本）施　雨（美国）蔡克霖（美国）
柯　雷（荷兰）

【说明：汉语诗歌创作委员会由海内外有影响的现代汉语诗人构成，汉语诗歌批评委员会由海内外有影响的诗歌评论家与研究专家构成，而汉语诗歌传播委员会则由海内外有影响的诗歌翻译家、诗刊及出版社的诗歌编辑、汉学家，以及热心于诗歌朗诵艺术的人士构成。】

编后记

  《国际汉语诗歌》作为国际汉语诗歌协会主办的诗学出版物，在出版了 2013 年卷与 2014 年卷以后，由于我本人工作繁忙，加之筹措出版资金很费时间与精力，出版事宜被拖延下来了，后来我决定出版《国际汉语诗歌（2015—2017 年卷）》，这样书稿的质量能够有更好的保障，又体现了《国际汉语诗歌》出版的连续性，可以给许多热心支持《国际汉语诗歌》的诗界朋友们一个交代。

  《国际汉语诗歌》分为"汉诗外译""外国诗歌""港澳台及海外诗坛""汉诗方阵""新锐平台""网络诗歌""散文诗页""中外诗歌论坛""汉语诗人研究""少数民族诗歌""诗歌访谈""留学生诗苑""汉语诗学著作评介"等部分。

  《国际汉语诗歌》以海内外广大的诗人、诗歌专家与诗歌爱好者为读者对象，意欲极力凸显其国际化的出版物品质。热忱欢迎海内外广大的诗人、诗评家、翻译家及致力于诗歌研究的汉学家为本学会赐稿！稿件一经采用，即赠作者样书二册，敬望各位方家理解体谅。

  本协会冀望能够得到海内外诗界人士与读者一如既往的关切、支持与帮助。谢谢！

谭五昌

2017 年 12 月于北京